JN329761

仮面の伯爵とワルツを

主要登場人物

イザベル（イジー）・ジェーン・オーブリー…子爵の妹。〈最愛の人を失った女性たちの会〉代表
アシュビー伯
パリス・ニコラス・ランカスター…………陸軍大佐
ウィリアム（ウィル）・オーブリー………イザベルの兄。陸軍少佐。故人
チャールズ（チャーリー）
・ハロルド・オーブリー………………スティルゴー子爵。イザベルの兄
レディ・ハイヤシンス………………………イザベルの母親
ジョン・ハンソン六世………………………イザベルの求婚者
オリヴィア・ハンソン………………………ジョンの姉
アイリス・チルトン…………………………イザベルの友人
ソフィー・ポーレット・フェアチャイルド……イザベルの友人
ライアン・マカリスター……………………陸軍少佐
マーティン・フィップス……………………アシュビーの執事

1

貧しい隠者のようにひっそりと
尽きせぬ疑念とともに生きるのだ
時すら癒《いや》すことのできない悲しみに沈む
わたしを見つけることができるのは、あなたの愛だけ

ウォルター・ローリー卿《きょう》

一八一七年、ロンドン

イザベル・オーブリーは勇気を奮い立たせるために大きく息を吸って、ランカスター・ハウスの石段をのぼった。アシュビー伯爵の邸宅は、メイフェアでも特に立派な屋敷が立ち並ぶパークレーンにある。ヨーロッパ大陸のどこかでナポレオン相手に命がけで戦っている彼に思いをはせながら、この屋敷の前を何度通り過ぎたことだろう。伯爵が帰還したのは二年前、ワーテルローの戦いが終わった直後のことだ。

イザベルは胸を高鳴らせて真鍮《しんちゅう》製のノッカーを鳴らした。丸々と太った執事が戸口に出てくる。「おはようございます。どのようなご用でしょう?」

イザベルはにっこりした。「おはようございます。伯爵にお目にかかりたいのですが」

執事は残念そうに、禿《は》げた頭を横に振った。「大変申し訳ないのですが、ご主人さまはどなたにもお会いになりません。それではごきげんよう」イザベルの鼻先でドアが静かに閉まった。

〝そんな!〟イザベルは落胆して一歩下がった。再会の場面を妄想するばかりで、面会を拒否される可能性は頭をかすめもしなかった。だが、門前払いをされたのは自分だけではないらしい。

「もう帰りましょう、ミス・イザベル」歩道で通行人に目を光らせていた侍女の声に、イザベルは通りを振り返った。果物をのせた荷馬車以外、人の気配はない。やんごとなき方々の大半はまだふかふかのベッドのなかだろうけれど、朝っぱらから公園で馬を走らせる物好きがいないともかぎらない。「ガーゴイルの玄関先にいるところを見られたら、ひどく面倒なことになりますよ」侍女はやきもきして通りの左右を見渡した。

「ルーシー、お願いだからそんな呼び方をしないで」イザベルはたしなめた。「かわいそうな人なんだから」だが、侍女の言い分にも一理ある。ガーゴイルの屋敷をひとりで訪れたことが噂《うわさ》になれば、母はどれほどショックを受けるだろう。良家の、しかも未婚の娘が、私的な理由で男性の家を訪ねるなど言語道断。兄のスティルゴー子爵に知られたら、水曜に〈オールマックス〉で催される舞踏会で、最初にワルツを踊った独身男性のもとへ嫁がされてしまう。これまであれこれと難癖をつけては求婚者を遠ざけてきたイザベルだったが、五人目を断ったところで言い訳も尽きてしまった。

〝頭を使いなさい！〟伯爵に近づく方法がなにかあるはずだ。唇を噛《か》んで思案していると、ひとつの考えが浮かんだ。いささかずうずうしいが、ほかに手はない。イザベルは手さげ袋《レティキュール》のなかをかきまわして、鉛筆と上品なカードを取り出した。そこには彼女の名前の上に〝〈最愛の人を失った女性たちの会〉代表〟と記してある。イザベルはカードの裏に短いメッセージを書きつけ、怖《お》じ気《け》づく前に再びノッカーを鳴らした。

すぐに執事が出てきた。「伯爵にこのカードを渡して、裏のメッセージを読むよう伝えてくださる？」イザベルはドアを閉められる前に急いで言った。

人のよさそうな執事の目が同情するようにやわらぐ。「ご主人さまに面会に来られた女性はあなたが初めてではないのです。しかし、ご主人さまはどなたにもお会いになりませんでした。お気の毒ですが……」

イザベルは身をこわばらせた。「わたしは伯爵の……女友達ではありません。伯爵は兄の友人で、上官でした。わたしには会ってくださるはずですから、どうかカードを渡してください」

執事はイザベルと、数歩うしろに控えている侍女を探るように見てから、カードを受け取った。「うかがってまいります」ドアが閉まった。

イザベルは両手をもみ合わせた。たとえ悪夢のなかでも、アシュビーの変わり果てた顔を想像することはできなかった。大佐であり、第一八騎兵連隊の隊長だったアシュビーが戦いで負傷して隠者になってしまうなど、まったく予想外の事態だった。記憶のなかの彼は活力に満ちあふれ、頭の回転が速く、魅力的で、威厳のある整った容貌《ようぼう》をしていた。そもそもあれほどの財力があれば、顔に傷があっても取り巻きには不自由しないだろうに。当の本人にはどんな長所をもってしても補いがたい欠点に思えるらしい。

執事がドアを開けた。「お入りください、ミス・オーブリー。ご主人さまがお会いになると申しております」

〝やっぱり覚えていてくれたんだわ〟イザベルは気を取り直して敷居をまたいだ。ランカスター・ハウスは銀色と青を基調とした壮麗な邸宅だ。二階まで吹き抜けになった天井からは、まばゆいばかりのシャンデリアが下がっている。〝ここがアシュビーの住まいなのね〟イザベルは過去二年間、伯爵が人目を避けて引きこもっていた屋敷を熱心に見まわした。それにしても、アシュビーほど精力的な男性が、屋敷にこもりきりでよく耐えられるものだ。わたしだったら、一週間もしないうちに音をあげるに違いない。

イザベルはルーシーを玄関ホールに残し、執事の案内で来客用の居間へ入った。すぐにガラス製の棚に並んだ一連の彫像に目を奪われる。精巧に彫られた小さな猿の木像で、そのうちの一体はウェリントン公に生き写しだった。また別の一体はカースルレー卿にそっくりだ。

「ガーゴイルは芸術家肌なのね」イザベルはほほえんで、ジョージ四世を思わせる丸々とした猿を手に取った。「それにひねくれたユーモアの持ち主だわ」

「ガーゴイルは他人に私物をいじられるのが好きではないんだがね」

イザベルはびくっとした。木彫りの猿が彼女の手から奪われ、棚の上に戻される。

「ぼくに用があるとか?」イザベルの目の前に、グレーの髪のひょろりとした男が険しい顔つきで立っていた。楽天的な騎兵隊員の兄が数年前に食事に招待した男性とは似ても似つかない。

イザベルの心は沈んだ。「いったいなにが——」そこで彼女は口をつぐみ、礼儀正しく膝を折るおじぎをした。これほどまでに変わり果ててしまったのは戦争のせいだろうか? それとも、わたしが記憶のなかの彼を美化していただけ? 伯爵は体に合わない赤っぽいコートを着ていた。イザベルはのろのろと視線を上げた。〝顔に傷がない!〟

伯爵がいぶかしげに彼女を見つめた。「ぼくにどんな用があるのかな、ミス……?」

「オーブリーです。ウィルの妹の」覚えてもいないなら、なぜほかの女性には開かなかった扉をわたしに開いてくれたのかしら?

「オーブリー……ウィリアム・オーブリー少佐か? もちろん覚えているとも。すばらしい男だった。心からお悔やみを申し上げる。

イザベルは眉根を寄せた。長年の親友を失ったというのに、そんなありきたりのことを言うなんて、どこか不自然だ。「あの、カードに書いたメッセージを……お読みになりました?」彼女は控えめに尋ねた。カードの裏に書いたメッセージを理解できるのはアシュビーだけだ。

伯爵はきょとんとして目をしばたたいた。「カード？」

そのとき、衝撃とともにイザベルは真実を悟った。〝この男は偽者だわ！〟だから顔を負傷したなどと嘘《うそ》をついて社交界から遠ざかったのだ。アシュビーは死んで、わたしの兄と同じくベルギーの冷たい土のなかにいる。この悪党はそれにつけ込んで伯爵の名をかたり、彼の財産を食いつぶしているに違いない。ここから逃げなくては。誰かにこのことを告げないと！

「お時間をとっていただいてありがとうございました。先約を思い出しまして、これでおいとまさせていただきます」イザベルは出口へ急いだ。

両開きのドアが開き、執事が現れた。彼はイザベルの表情に気づくとすかさず居間のなかに入り、背後でドアを閉めた。「ミス・オーブリー、わたくしもその男も伯爵にお仕えしております」執事は穏やかな声で言った。

「フィップス、なんでばらすんだ！」偽伯爵が叫んだ。「あんたのくだらない思いつきのせいでつるし首だぞ！」

「そっちがうまく立ちまわらないからだ」フィップスは怒りにつばを飛ばした。「この女性のねらいを探り出したかっただけなのに」

「ボウ・ストリートの捕り手でもないのに、そんなのわかるわけがない！」

イザベルは丸々とした執事と痩《や》せっぽちの共犯者をにらみつけた。これからやるべきことがわかった。ボウ・ストリートの捕り手に訴えればいいのだ。

痩せた男が汗のにじんだ額にハンカチを当てた。「この人が言ったのはカードのことだけだ」

フィップスがベストのポケットからカードを取り出し、短いメッセージを読んだ。「これはどういう意味です？」いぶかしげに尋ねる。

「伯爵に尋ねるといいわ」イザベルはぴしゃりと言い返し、ドアに向かって叫んだ。「ルーシー！　急いでお兄さまにボウ・ストリートの捕り手を連れてくるよう伝えて！　この伯爵は偽者よ！」

「わかりました、ミス・イザベル」玄関ホールからルーシーのくぐもった返事が聞こえる。

「その人を見張っていろ！」フィップスは共謀者に命じて居間から駆け出した。偽伯爵が出口に立ちはだかる。玄関のドアが開き、再び大きな音をさせて閉まるのが聞こえた。

「ミス・イザベル！　さっきの男に玄関をふさがれました」ルーシーが叫ぶ。「どうすれば？」

「もたもたしていてはだめ！」イザベルは大声で言った。「肋骨《ろっこつ》にパラソルを突き刺しておやりなさい！」

「痛いじゃないか！」玄関ホールから執事の金切り声が響いてきた。「なんてことをするんだ！」

「まだだめです！　次はなにを？」

イザベルはひょろりとした男をにらんだ。男が申し訳なさそうに肩をすくめる。心のなかで悪態をつきながら、イザベルは彼の肩越しに玄関ホールをのぞき込んだ。「隅に花瓶が置いてあるわ。あれを頭にぶつけて！」

「ダッドリー、そのお嬢さんを黙らせてくれ」フィップスが大声で懇願する。「このままでは殺される！」

ダッドリーが玄関のほうを振り返った瞬間、イザベルは彼の頭をレティキュールでたたいた。「この悪党！」そう叫んで居間から駆け出す。「ニューゲート監獄で朽ち果てるといいわ」花瓶を振り上げるルーシーの前で、玄関に立ちふさがったフィップスが身をすくめているのが見えた。背後からダッドリーの足音が迫ってくる。あと少しでルーシーのもとにたどり着くというとき、太い咆哮《ほうこう》があたりを凍りつかせた。ルーシーの手から花瓶が落ちる。

「ヘクター、お座り」回廊から、男らしく深みのある声がした。そちらを見上げたイザベルは、はっと息をのんだ。シャンデリアが視界をはばんでいるものの、彫刻が施された欄干のあいだから、耳をぴんと立てて座る黒いレトリーバー犬と、艶《つや》のある黒いヘシアンブーツが見えた。「ダッドリー、おまえが着ているのはぼくのコートか？」頭上からアシュビーの声が響く。

ダッドリーは身をすくめた。「はい。これにはわけが――」

「そうだろうとも。フィップス、玄関をふさぐのはよせ。その女性を解放しろ」

フィップスは玄関ホールを見下ろす威圧的な人物にすがるような視線を向けた。「ご主人さま、わたくしは――」

「言うとおりにするんだ」アシュビーが踵《きびす》を返すと、ブーツがきゅっと音をたてた。

イザベルは勇気を奮い立たせた。今がチャンスだ。「アシュビー伯爵、ふたりだけでお話ししたいのですが。あなたが本物の伯爵であることを確かめたく――」

アシュビーが立ちどまり、揺らめくシャンデリアの光のなかで目を細めた。「居間で待っていてくれ」ようやく答える。「すぐに行く」彼はそう言うと、堅木張りの床にブーツの音を響かせながら屋敷の奥へと消えた。

フィップスがしゅんとした表情で近づいてきた。「ミス・オーブリー、申し訳ございませんでした」

「わたくしからも謝罪いたします」ダッドリーが勢いよくうなずく。その腕には、きれいにたたまれたコートがかけられていた。

「あなたを驚かせるつもりはなかったのです」フィップスが続ける。

「あなたの侍女も」ダッドリーも加勢した。「しかし、こうでもしないと、ご主人さまは誰ともお会いにならないので……」

「やりすぎました。心からおわび申し上げます」彼らは懇願するようにイザベルを見た。ダッドリーが頭のこぶをさすり、フィップスが脇腹《わきばら》に手を当てる。

イザベルはもじもじしている男たちに目をやって無愛想に言った。「ルーシーにも謝るのでしょうね？」

「もちろんです」彼らは口をそろえて深く頭を下げた。

イザベルは玄関脇の居間に戻った。不安に駆られて室内を歩きまわる。少しすると、迷いのない足音が居間に近づいてきた。彼女は息を詰め、その人物の登場を待った。

伯爵が部屋に足を踏み入れると同時に、イザベルの鼓動は激しく乱れた。「アシュビー」

サテンのマスクをつけた彼はドアの枠に寄りかかり、広い胸の前で腕を組んだ。「偽者と思われなくてよかった。ニューゲートで一生を終えるところだった」がっしりした肩に、不ぞろいだが艶のある黒髪がかかっていた。白いリネンのシャツから、脈打つ喉元と厚みのある胸板がのぞいている。引きしまった腿に細身の黒いズボンが張りつき、長年鞍《くら》の上で培われたしなやかな筋肉を強調していた。長身の威圧的な体軀《たいく》は、いやになるほど男らしい。

イザベルは膝を曲げておじぎをしながら、空色の目を見開いた。かつてアシュビーは、舞踏会場に現れただけで女たちが失神するとか、彼と踊ろうと女が殺到するせいでダンスカードが必要な唯一の男だとか言われていた。当時のイザベルにはその意味がよくわからなかったが、今は違う。マスクをつけていても、愁いのある魅力は磁石のように女を引きつけるだろう。人も物も、望んで得られないものなどないに違いない。

マスク越しにふたつの目が、太陽のような巻き毛の上にのった黄色いボンネットから、同系色のドレスへとまなざしを移す。ふたりの視線が合ったとき、イザベルは自分の記憶がひとつ正しくなかったことに気づいた。彼の瞳は青ではない。そう見えたのは青い軍服のせいだ。実際は、海のごとく複雑なグラデーションを帯びた緑だった。伯爵がひょいと体を起こした。「用件を言って、さっさと帰ってくれ」

イザベルは呆然《ぼうぜん》と相手を見つめることしかできなかった。

「なるほど」マスクの下で、唇が皮肉っぽく弧を描く。「真偽の確認がすんで好奇心も満たされたようだ。これでお引き取り願おうか？」アシュビーはわずか五歩で広い居間を横切った。黒いレトリーバーがそのあとを追う。彼はきびきびした動作で通りに面した窓に厚いカーテンを引き、部屋を暗くした。この人は毎日、どんな思いで鏡と向き合っているのだろう？　外界とのつながりを断って生きるのは、さぞ孤独に違いない。

イザベルは気を取り直して口を開いた。「アシュビー卿、わたしは〈最愛の人を失った女性たちの会〉の代表をしております。先の戦争で一家の稼ぎ手を失い、貧しい生活を強いられている女性を助ける慈善団体です。商人や鍛冶《かじ》屋、農業を営んでいた兵士たちが、女性や子供をあとに残して戦っています。わたしたちは――」

「残念だが、そういう話に関心はない。これで失礼する」彼はドアへ向かった。

相手が自分の前を通り過ぎようとした瞬間、イザベルは彼の腕をつかんだ。指先を通じて、鋼のような筋肉がびくりと反応したのがわかった。「関心を持つべきです」彼女は言い張った。「自ら指揮した部下の家族もいるのですから。戦場で命を落とした勇敢な兵士たちの家族なんです」

アシュビーは腕に視線を落とし、再び彼女と目を合わせた。「なにが言いたい？」

イザベルは彼の腕を放した。「亡くなった兵士たちに対して、あなたにもなんらかの責任があるはずです。残された家族のために行動することが、兵士たちを弔うことになるとは思いませんか？」

アシュビーはイザベルとの距離を詰め、射抜くような視線を浴びせた。「破壊することがぼくの務めだった。そして、その務めは果たした」

かすかにシェイビングクリームの香りがする。森や湿地を思わせる清涼な香りだ。イザベルはひるまずに相手を見返した。「わたしの兄は――」

「きみの正体はわかっているよ、イザベル」

彼女はどきりとした。「そんな……」急に息苦しくなる。女として……以前より魅力的になったと思ってくれているだろうか？　少女時代のイザベルはアシュビーに夢中だった。当時の彼は賭《か》けごとや女遊びにふける、いわゆる放蕩者《ほうとうもの》だった。兄のウィルは、アシュビーがあまりにも早く爵位を継いだために周囲が放《ほう》っておかないのだと言っていた。しかしイザベルは、派手な身なりをした貴族の男たちとアシュビーとの違いを見抜いていた。彼の魅力は地位や外見ではなく、その内面だと。

「大きくなったね」アシュビーがつぶやいた。「前に会ったときは、短いスカートをはいて、ポニーテールを揺らしていたのに」

イザベルの頬が熱くなった。「それは七年も前のことだわ」最後に会ったとき、アシュビーは軍服姿で、白いズボンと胸に銀のラインが入った軽騎兵用の青い上着を身につけていた。毛皮の裏打ちをした同系色のコートを肩にかけた姿の、なんと凛々《りり》しかったことか。そして、当時一五歳の少女だったイザベルは大失態を演じた……。「ヘクターの面倒を見てくれてい

のライン や喉元、それに唇までは隠れていない。イザベルはその唇のやわらかさを知っていた。

彼女はアシュビーから視線を引きはがし、カーペットの上にしゃがんで小さく口笛を吹いた。大きな犬が立ち上がり、耳をぴくぴくと動かす。犬は珍客を調べようと、イザベルのそばへ寄って手のにおいをかいだ。

「久しぶりね、ヘクター。わたしのこと、覚えてる?」艶やかな毛に指を絡ませ、体をなでる。「あなたが小さかったころ、わたしたちは親友だったのよ」犬が吠《ほ》え、うれしそうに尻尾《しっぽ》を振ったので、イザベルは声をあげて笑った。「なんて大きくなったのかしら。毛並みもきれいで、とっても元気そう」目を上げると、アシュビーの謎《なぞ》めいた視線とぶつかった。「ちゃんと世話をしてもらっているのね」

「ああ。ヘクターには二度も命を救われた。ぼくにとっては兄弟も同然だ」彼はイザベルに手を差し出した。

彼女はどきどきしながら、大きくあたたかな手を取って助け起こしてもらった。厚いカーテンがもたらした暗がりのなかで、ふたりはごく近くに立っていた。

「ウィルの死は残念だった」アシュビーがしわがれた声で言った。「連れて帰ると約束したのに」

「約束したからな」顔の大部分を黒いサテンのマスクが覆ってはいるが、意志の強そうな顎

たのね」

「あなただって、ワーテルローで大変な目に遭ったのでしょう」イザベルはつぶやいた。

「ソラウレンだ」アシュビーは息を吸った。「ソラウレンで顔面を負傷した」

「四年前のことね」イザベルは人々が彼のことを〝メイフェアのガーゴイル〟とあだ名するまで、けがのことを知らなかった。「ウィルは教えてくれなかったわ」

「ひどい顔になったことを？　あいつはまっすぐな男だった。友人の噂話などしないよ。化け物のようになっても、人間として接してくれた」

アシュビーの激情に満ちた瞳を見て、イザベルは切なくなった。「アシュビー卿、あなたは誰よりもやさしくて心の広い人だわ。自分のことを化け物だなんて言わないで」

「本性を知ったら驚くさ」

彼の口調に、イザベルは背筋がぞくりとした。「わたしだって、絶望や寂しさなら経験したわ。でも、それは他人を助けることで……自分よりも困っている人に手を差し伸べることで、癒すことができる」

「崇高な道を選んだきみには敬意を表するよ。だからといって、誰もが同じように感じるわけじゃない」

彼女はアシュビーが背を向ける前につけ加えた。「あたたかい食事や毛布に目を輝かせる子供を見たことがある？　自分が差し出した小さな善意で母親に笑顔が戻ったとき、それを見た子供がどんな表情をするか。わたしもあなたも他人に与えるものがあるのだから、そうするのが義務だわ」

彼はしばらく黙り込んだ。「それで、ぼくになにをしろと？」

協力すると言ってくれたわけではないが、興味を引くことには成功したらしい。「〈最愛の人を失った女性たちの会〉の本部は、議会に法案を提出するために事務弁護士を雇ったの。さっき説明したような、女性や子供たちに補償金を給付する法案を成立させたいから」

「〝本部〟というのは、きみひとりを指すのか？」

「レディ・アイリス・チルトンとミセス・ソフィー・フェアチャイルド、それにわたしよ」

「続けて」

「わたしたちは議会に影響力のある人に法案をあと押ししてもらいたいと考えているの。あなたは議員だから――」

「貴族院に顔を出さなくなって、もうずいぶんになる。それに近い将来、復帰したいとも思っていない。よって、ぼくはきみの求めている人物じゃない。ほかには？」

「あなたには地位も影響力もあるし、陸軍省に顔がきくでしょう。たとえ議会に参加していなくても、わたしたちの活動にこれ以上ふさわしい人はいないわ」

「それは誤解だ」アシュビーは重々しい声で言った。「ぼくは他人を助けられるような男ではない」

〝わたしを助けることはできるのに……〟イザベルの心は沈んだ。アシュビーとウィルが楽しげに笑っている場面が思い出され、やりきれない気分になった。「わたしたちはお互いに……助け合えるのではないかしら？」そっと提案する。

彼の顔がこわばった。「ぼくにきみの助けが必要とは気づかなかったよ」

「戦争で負傷したのはあなただけではないのよ」

「だったら、どう助けるというんだ？」アシュビーが嚙みついた。「ぼくの人生はとうに終わったんだぞ！」彼の視線がイザベルの唇に落ちる。再び目が合ったとき、彼女はアシュビーが遠い昔の夜のことを思い返しているのを確信し、どこかへ隠れたくなった。

イザベルは震えながら息を吐いた。彼に思いを寄せても無駄なことは、とうの昔に学んだはずなのに……。「あなたはウィルのことを兄弟のように思っていると言ったでしょう。わたしはウィルの妹として――」

「おせっかいはやめてくれ」アシュビーは頰を打たれたみたいな顔をして、うなるように言った。「きみの哀れみを受けるつもりはない！」

彼の激しい怒りにイザベルはたじろいだ。「ごめんなさい。決してそんな――」

「帰ってくれ。もうここへは来るな。ガーゴイルは同情も嘲《あざけ》りも必要としていない」アシュビーはそう言い捨てると、彼女を残してつかつかと居間から出ていった。

「誰も取り次ぐなと言ったはずだ！」アシュビーは屋敷が揺れそうなほどの大声で怒鳴った。ぶつぶつと悪態をつきながら、足音も荒く階段をのぼる。いまいましい娘だ！　なぜ今ごろになって、ぼくの前に現れた？

フィップスが息を切らして主人のあとを追いかけた。「あの女性はわたくしに暴力を振るおうとしたのです」

いきなりアシュビーが振り返ったので、執事は階段から転げ落ちそうになった。「それともうひとつ。カーテンは常に下ろしておけと言わなかったか？」

フィップスは手すりにしがみついて、ぜいぜいと息をついた。「おっしゃいました。しかし、ミス・オーブリーを暗い部屋にお通しするわけにはいきませんでしょう？」

「そもそも屋敷に入れたのが間違いだ。このおせっかいめ！」寝室へ向かいながらも、アシュビーは怒りでこめかみがずきずきするのを感じていた。なにかを……投げつけるとかして、陽光のなかにたたずむイザベル・オーブリーの面影を消し去ってしまいたい。それにしても、なんてきれいになったのだろう。最初は彼女だとわからなかった。少女時代のイザベルは髪をリボンで結わえ、目をきらきらさせて、人形のように愛らしかった。ところが、さっき会った女性はひどく悩ましい。紳士にあるまじき感想かもしれないが、それが正直な気持ちなのだから仕方ない。居間の中央に立っていた人物は、どこから見ても成熟した女性だった。卵形の顔を縁取るやわらかな巻き毛と、やや開いたピンク色の唇。すらりとして女らしい曲線を描く食べごろの果実のような体つき。妹と思えだと？ ぼくがまだ若くて、顔に傷もなかったころは、そんなふうに思っていなかったくせに。急に年をとったような気分だ。こっちは七年前のキスの続きがしたくてたまらなかったのに、すっかり老人扱いされた気がした。

アシュビーはマスクを取り、執事がいることを承知で肩越しに放った。「屋敷のなかでぼくをつけまわすのは、なにか理由があるのか？ 道案内をしてもらう必要はないぞ」

「ダッドリーはご主人さまのふりをすることをいやがっていました。それをお伝えしておきたくて」

アシュビーはふんと鼻を鳴らした。「それで、その大胆不敵な従者は今どこにいる?」

「どこかへ隠れてしまいました」

「よし。そのままにしておけ」アシュビーは寝室に入ると鏡台の引き出しを開けた。なかをひっかきまわしても目当てのものは見つからない。フィップスが咳払《せきばら》いをした。アシュビーはうっとうしそうに執事をにらみつけた。「まだちょろちょろしていたのか?」

「わたくしだって、いつもあんな対応をしているわけではありません」

「茶番劇をしている暇があるなら、屋敷の切り盛りに身を入れるんだな」アシュビーは二番目の引き出しを開けた。そこも収穫はなかった。

整頓《せいとん》された衣類をまんべんなく引っくり返していく主人を見て、フィップスは小さな声で言った。「普通、美しい蝶《ちょう》の訪問を受けた男性は機嫌がよくなるものですが……」

「蝶だって!」アシュビーは苦笑いした。「あのふたりにすっかり骨抜きにされたようだな」

フィップスが肩をすくめた。「嫌われ役を演じるのはつらかったです」

「ぼくもおまえにはいろいろと腹を立てているが、パラソルや花瓶で攻撃したりはしない。荷造りをさせて、ここから出ていってもらおうかとは思っているがね」

「わたくしはあなたさまを見捨てたりはしません」

「まったく!」いつまでたっても所望のものが見つからないので、アシュビーはクローゼットの捜索に移った。執事が物言いたげな顔で立っている。「ぼくが白髪になる前に、腹にあることを言え」

「ミス・オーブリーのことです。あの方はなにか個人的な用があって、だんなさまを訪ねてこられたはずです」フィップスはベストのポケットからカードを取り出した。

「ということは、ぼくらの話を立ち聞きしていたわけだ。驚いたね」アシュビーは上等な上着を脇へよけ、整然と積み重ねられた箱を片っ端から開けていった。真新しい首巻き《クラヴァット》を無造作に放り投げる。

フィップスが続けた。「わたくしたちの企《たくら》みに気づいたとき、ミス・オーブリーは……ひどく取り乱しておられました」

「おまえとダッドリーのことを詐欺師だと思ったんだろう」

「そう、そこなのです。それなのにおびえるどころか怒り出して――なんというか、心から悲しそうな顔をされました」

アシュビーは執事を振り返った。「彼女は少し前にお兄さんを亡くしたんだ。とても仲のいいきょうだいだった。ぼくは彼女の兄の親友で、上官でもあった」

「それならば、なぜあの方を帰してしまわれたのです？　しかも泣かせるなんて」

本当はイザベルを部屋に閉じ込めて、鍵《かぎ》をのみ込んでしまいたかった。だがそんなことをしたら、一生マスクを外せなくなってしまう。迷子の子犬を保護するやさしいイザベルだって、ぼくの素顔を見たら失神するはずだ。

アシュビーは歯を食いしばった。「いったいあれをどこへやったんだ？」

「〝あれ〟とはなんのことでしょう？」

アシュビーは執事をにらんだ。「わかっているはずだ！」

フィップスが小走りに近づいてきた。「ベッドの下のトランクに軍服や勲章と一緒に入っております。しかし、本当にごらんになるのですか？　この前――」

「見るかどうかを判断するのはぼくだ。もう下がれ！」アシュビーは執事を押しのけ、ベッドの前に膝をついた。重いトランクを引っ張り出して留め金を外す。二年ぶりのことに手が震えた。

「鞍覆いで包んであります」

アシュビーはさっと立ち上がると、フィップスを部屋の外へ押し出し、ドアを蹴《け》って閉めた。しばし考えてから鍵をかける。あの執事ときたら、すっかり子守気取りだ。だが、それも無理からぬことだった。幼いアシュビーを育てたのは召し使いたちなのだから。彼らはいつまでたっても保護者気分が抜けない。アシュビーは大きなため息をついてベッドに腰を下ろし、トランクの中身を見つめた。軍服の脇に、毛皮の帽子、サーベル、火打ち式の拳銃《けんじゅう》がおさめられ、一番上に勲章がのっている。それらを前にすると過去の記憶が押し寄せてきた。楽しいものもあるが、ほとんどは耐えがたいものだ。「いったいぼくはなにを期待していたんだ？」彼は自分に問いかけた。

前にこのトランクを開けたときは、母の形見の手鏡を残して屋敷じゅうの鏡をたたき割った。アシュビーは美しい鞍覆いのなかに手を入れた。そして目をそらしたまま手鏡を取り出した。

四年前、命の保証はできないと言って、三人の外科医がアシュビーへの執刀を拒むなか、ウィルが歩兵大隊の野営地で見つけてきた小柄なインド人の外科医助手がようやく手術を引き受けてくれた。そのインド人のおかげで命拾いしたことをアシュビーが知ったのは、あとになってからだ。

アシュビーは過去の痛みに目を閉じた。ウィルは命の恩人なのに、ぼくは彼になにをした？　拳銃の音が脳裏にこだまする。魂を引き裂かれるような感覚に襲われ、アシュビーは身震いした。ウィルの妹と再会したのも罰の一部なのかもしれない。イザベルは内面も外面も親友にそっくりだ。

自分を助けることもできない男が、どうして彼女の助けになれる？

アシュビーは目を開けて、手鏡に映ったガーゴイルと対峙《たいじ》した。「地獄に堕《お》ちろ！」かすれ声で言うと、鏡のなかのガーゴイルが同じ台詞《せりふ》を返してくる。

こすれるような音がして視線を上げると、ドアとカーペットのあいだにカードが差し込まれていた。アシュビーは立ち上がってドアに近づき、カードを拾った。イザベルの名前と〝〈最愛の人を失った女性たちの会〉代表〟の文字が上品に浮き上がっている。

「裏を見てください」フィップスの声がした。のぞき穴でも開いているのかと思うほどのタイミングのよさだ。ぶつぶつ言いながらカードを裏返した瞬間、アシュビーは心臓をわしづかみにされた。そこには飾り文字のような美しい筆跡でこう書かれていた。〝わたしのヒーローの力が必要なのです〟

2

その美貌が一〇〇〇の船を動かし
天へとそびえるトロイの塔に火を放ったのか？
美しいヘレンよ
そなたのキスで永遠の命を授けておくれ

クリストファー・マーロウ『フォースタス博士の悲劇』

七年前、セブン・ドーヴァー・ストリート

「今日の夕食はなんだろう？」ウィリアム・オーブリー大尉は、ドーヴァー・ストリートに馬を進めながら舌なめずりをした。「このにおいからして、オックステールシチューに、豚とりんごの包み焼き、ローストビーフとヨークシャープディングってところかな？」

「三日間の休暇で帰ることは連絡してないんだろう？」アシュビーは尋ねた。

「びっくりさせたいからね」ウィルがにやりとした。「イジーがどんな反応をするか、想像するだけでわくわくするよ」

アシュビーの口元に小さな笑みが浮かんだ。「彼女はおまえが帰ると、いつもそうだから
な」

ウィルが皮肉めかした視線を向ける。「ぼくが帰ると？」

アシュビーは頬が熱くなった。「やめろよ。ぼくは彼女の気持ちに気づいていないことになっているんだから」

ウィルが笑い声をあげた。「アッシュ、妹がきみを好きだってことは、目と耳がついていれば誰でもわかるさ」

「そんなことはない。第一、ぼくまで知っているとわかったら、彼女がいたたまれない思いをするじゃないか」

「いたたまれなくなるのはきみだろう？」ウィルが楽しげに笑った。「きみに色目を使う女は各地にいるんだろうが、赤面させることができるのはぼくの妹だけなんだから。あいつもたいしたもんだよ」

それは事実だった。イザベル・オーブリーはアシュビーを赤面させる。しかも徹底的に。ほかの女性たちとは、どうも勝手が違うのだ。アシュビーはこれまで女性に不自由したことがなかった。地位や財産に引かれて寄ってくる女もいたし、奔放な素行に引かれる者もいた。だが最終的には、どの女も彼の引きしまった肉体とそれが呼び覚ます魔力に夢中になる。そんなアシュビーが、たった一五歳の少女に振りまわされていた。

「噂をすれば小悪魔の登場だ」ウィルは薔薇《ばら》園の脇に置かれたベンチに腰かけている妹を見つけ、楽しげに笑った。膝に黒い子犬がのっている。「イザベル・ジェーン・オーブリー！」彼が呼びかけた。「ここへ来て、へとへとの兄貴におかえりのキスをしてくれ」

「ウィル！」イザベルがさっと立ち上がった。アシュビーの姿を認めると、空色の瞳に焦がれるような色が浮かぶ。彼の心臓は一瞬鼓動をとめ、すぐにあたたかな感情でふくれ上がった。遠い昔に、これと同じ感覚を味わったことがある気がした。

「一目瞭然《りょうぜん》だな」ウィルがそうつぶやいて馬から下り、両腕を広げた。イザベルは布を張ったバスケットに子犬を入れると、兄めがけて駆け出した。

アシュビーは兄と妹の再会をほほえましく見つめながら馬を下りて、控えていた馬丁に自分とウィルの手綱を預けた。「ぼくにはキスしてくれないのかい？」兄の胸に頰をうずめているイザベルにほほえみかける。

彼女は兄の腕から離れ、おずおずとアシュビーに近づいた。あどけない笑みとピンク色の頰がたまらなく愛らしい。「アシュビー大尉」イザベルが小さく頭を下げた。アシュビーが身をかがめると、彼女はつま先立ちになって彼の頰にそっとキスをした。

「もう少佐なんだぞ」ウィルが訂正する。

「まあ、すごいわ。兄より先に昇進したんですね」イザベルの輝くような笑みに、アシュビーは頭がぼうっとした。彼女は心から祝福してくれる。主人を敬うことが仕事の召し使いさえ、こんなふうに喜んでくれたことはない。

「ありがとう」アシュビーはぎこちなくうなずいた。

「三〇までには中佐になるさ」ウィルが指摘する。「それはそうと、これはエクルズ・ケーキのにおいだろう？」ドライフルーツ入りの焼き菓子の香りに、彼は鼻をひくひくさせた。

「スペインのシウダード・ロドリゴからロンドンのセント・ジェームズ・ストリートまで、おまえの嗅覚《きゅうかく》はありとあらゆる料理をかぎ分けるんだな」アシュビーは苦笑した。

イザベルもあきれて頭を振る。「ウィル、ちょっと待って。新しく連れてきたワンちゃんを見てやってくれない？　左のうしろ脚を引きずっているんだけど、原因がわからないの」

「そんなこと、ぼくにわかるもんか。おまえのヒーローにきけよ」ウィルはアシュビーを指して、ほかの家族に挨拶《あいさつ》をするために家のなかへ消えた。

イザベルの視線を感じながら、アシュビーはベンチへと近づいた。「ちょっと見てみよう」彼女はアシュビーと並んでベンチに腰かけ、小さな黒い塊を抱き上げて彼の手にのせた。

「ここまでどうやって来たのかしら？　まだ生まれて間もないでしょう。母犬やきょうだいはどうなったと思う？　あちこち探したのだけど、ドーヴァー・ストリートの半径一キロ圏内にはいなかったの」

小さな犬はちょうどアシュビーの片手にのる大きさだ。彼は子犬の体をなで、首筋に指をはわせた。子犬が気持ちよさそうに鼻を鳴らす。「左のうしろ脚だったね？　どれどれ」彼は子犬をそっと仰向けにして脚を調べた。「切り傷も打ち身もないし、骨も折れてない」だが立たせようとすると、子犬は左脚をかばって尻もちをついた。アシュビーは再び子犬を抱き上げた。「この毛むくじゃらくんを、どこで見つけたんだい?」「お母さまったら、この子を通りへ追い出そうとしたのよ」

「お母さまの薔薇園を荒らしていたの」イザベルが答える。「お母さまったら、この子を通りへ追い出そうとしたのよ」

「薔薇園か……」アシュビーはにっこりした。小さな脚を持ち上げて、肉球を丹念に調べる。

「これだ」彼はごく細い棘《とげ》を引き抜き、イザベルに差し出した。「もう心配ない」

イザベルが瞳を輝かせた。「あなたってすごいわ、アシュビー……じゃなくて、アシュビー少佐」

「パリ……」彼の心臓が早鐘を打つ。「いや、みんなと同じようにアシュビーと呼んでくれ」

「ありがとう……アシュビー」イザベルは彼の頬に無邪気なキスをした。子犬がアシュビーの膝から飛びおりて玄関のほうへ走っていく。「こら、うちのなかに入っちゃだめよ!」イザベルは艶のある巻き毛を揺らし、短いスカートの裾《すそ》からズロースに覆われた細いふくらはぎをのぞかせて家に駆け込んだ。

そのとき、アシュビーは妻を迎えようと思った。そういう気持ちになるなんて自分でも驚きだ。だが、こんなふうに子供や犬が出迎えてくれる家が、調理場からおいしそうな料理の香りが漂ってくる家が欲しい。前線で、事務弁護士や銀行家や管財人ではない人と便りを交わしたかった。家族が欲しい。それこそが一生をかけられる唯一のもの、戦いのあとに帰りたいと思う唯一の場所だ。

自分の決意に満足して、アシュビーは口笛を吹きながら、すっかり慣れ親しんだにぎやかな家に入った。口いっぱいにケーキを頬張ったウィルが階段の下に立っている。「犬は？」

「治ったよ」

二階の騒ぎが大きくなった。「なにがそんなにおもしろいのか、見に行こう」

階段をのぼっていくと、上から転がり下りてきた犬につまずきそうになった。甲高い叫び声と騒々しい足音が突進してくる。イザベルをそのまま小さくしたような、ウィルの八歳になる双子の姉妹、テディーとフレディーだ。さらにそのうしろからイザベル本人と、レディ・ハイヤシンスの怒りの声に押された三人の召し使いが走ってきた。「今すぐにその不潔な生き物を外へ出さないと、明日の朝いちばんに別の働き口を探すはめになりますからね！」

「ようこそセブン・ドーヴァー・ストリートへ」ウィルがくすくす笑った。

アシュビーもにやりとした。〝子供と子犬が出迎えてくれる家か……〟決意を新たにした彼は、女主人と対面するためにウィルについて居間へ向かった。

「ああ、ウィリアム！　愛《いと》しい息子！」レディ・ハイヤシンスがウィルに駆け寄り、大きな音をたてて頬にキスをした。「それにアシュビー大尉もよく来てくれたこと。夕食を食べていってくれるでしょう？　そうしてくださらなきゃだめよ。ランカスター・ハウスでどんな豪華な料理を用意しているとしてもね。一緒に食事をして、ウェリントン公の話を聞かせてちょうだい」

「喜んでごちそうになります」アシュビーはにっこりした。

「よかったわ。これで決まりね。誰かを〈ホワイツ〉へやって、スティルゴーを連れて帰らせないと。ノリス!」

「お兄さんは楽しくやっているようだな」アシュビーはウィルのほうを向き、口の片端を上げた。

ウィルが肩をすくめる。「ああ、みんながみんな、きみのようにはいかないのさ」

「そういう意味じゃない。きみのお兄さんには、多くの貴族と同じく養うべき家族がいる。ぼくにはいない」

「きみにもいるじゃないか」ウィルは親しみを込めてアシュビーの背中をたたいた。「ぼくらはどうなる? きみになにかあったら、イジーは一生ぼくと口をきいてくれないよ」

アシュビーは破顔一笑した。「イジーがこれからもあんなふうにほほえみかけてくれるなら、ふたりでグレトナ・グリーンへ駆け落ちするかもしれない」

「ぜひともそうしてくれ。そうなれば、ぼくらは心安らかに暮らせるってものさ」

「きみの母上が反対するだろう」アシュビーはにやりとした。

「本気でそんなふうに思っているのか?」ウィルがおどけて顔をくしゃくしゃにする。「母は神に生贄《いけにえ》を捧《ささ》げてでも、きみとイジーをくっつけようとするんじゃないかな。実はもう、そうしているのかも……」ちょうどレディ・ハイヤシンスが戻ってきたので、彼は口をつぐんだ。

「ああ、ふたりともなんてひどい格好なの」レディ・ハイヤシンスが埃《ほこり》っぽい軍服に顔をしかめる。「夕食の前に体を洗って着替えないとね。ウィル、アシュビーを客間へ案内してあげて」

「アシュビーに案内なんかいらないよ」そう言いつつも、ウィルは先頭に立って歩き出した。「妹の寝室はあそこだ」歩きながら背後を指さす。「駆け落ちするときのために教えておくよ」

「そそのかすな」

「念のためさ」ウィルは肩をすくめて自分の寝室へ消えた。

アシュビーはさらに廊下を進んで客間に入った。イザベルと駆け落ちするというアイデアは愉快だが、現実にはありえない。自分は彼女より一三歳も年上なのだから。戦争が終わるころにはイザベルも一人前のレディに成長し、彼みたいな年寄りのどこに引かれたのか、すっかり忘れているだろう。

アシュビーは体を洗って清潔な軍服に着替え、ランカスター・ハウスのフィップスに帰りが遅くなる旨を知らせるための使いを出した。ここへ来る前に近衛騎兵旅団本部へ寄って昇進の挨拶をすませたので、あと三日間は自由だ。休暇が終わって地獄へ戻る前に、ある女性のもとを訪れるつもりだった。そうとも、明日は自分の領地であるアシュビー・パークへ行って、オリヴィアに会おう。そう思うと胸があたたかくなった。オリヴィアは以前から結婚をほのめかしていたから、戦争が終わる前に式を挙げたがるはずだ。結婚に伴う別のことも待たなくていいような口ぶりだった。誓いを交わす日取りはあとで話し合わなくてはいけない。アシュビーとしてはことを急ぐつもりはなかった。父親のいない子供を残すわけにはいかないからだ。

夕食の席についたところで、彼はイザベルの不在に気づいた。

「アシュビー、すごいじゃないか」スティルゴー子爵チャールズ・オーブリーが、感心したようにアシュビーを眺めた。「もう少佐になったのか？　やるなあ。ケンブリッジ大学でやんちゃをしていたころは、きみが戦場の英雄になるとは思いもしなかったよ」

アシュビーはにっこりしてうなずいた。「自分がいちばん驚いています」ウィルのほうへ肩を寄せ、小さな声で尋ねる。「イジーは？　一緒に食べないのか？」

ウィルは肩をすくめた。「どこへ行ったのかな？　きみがいるのに食事の席に現れないなんて」テーブルの向こうに目をやる。「テオドラ、フレデリカ、お姉さんはどうしたんだ？」

「ふんがいしてるんだって」フレディーが不満そうに答えた。

「それを言うなら憤慨だろう？」ウィルが言い直す。「それで、どこにいるんだ？」

「新しいワンちゃんと屋根裏よ」テディーが大声で答える。

「違うもん」フレディーが抗議した。「イジーは寝室だもん。ママがあの黒いワンちゃんを飼っていいって言うまで、ごはんを食べないんだって」すがるような目で母親を見る。「ねえ、わたしたちもワンちゃんを飼っていい？」

レディ・ハイヤシンスが鼻を鳴らした。「いけません。イジーもよ。意地を張るつもりなら、ずっと部屋にいればいいんです」

「ぼくが説得してみましょう」アシュビーは席を立って二階に上がった。どの部屋がイザベルの寝室か定かではなかったので、足音を忍ばせ、犬の鳴き声に耳を澄ませる。ところが聞こえてきたのは少女の泣き声だった。アシュビーは大きく息を吸い、そっとドアをノックした。

「あっちへ行って！」鼻にかかった声がした。

「アシュビーだよ。入ってもいいかい？」

「だめよ。付き添いがいないもの」

アシュビーは苦笑して頭を振った。男女のしきたりを気にしているのか。確かにぼくは男だし、彼女には自分を若い女性とみなす権利がある。「それならドアを閉めないでおくから」

「わかったわ」イザベルは洟《はな》をすすった。

彼女は床に座り、布を張ったバスケットをいじっていた。泣いたせいで目の縁と鼻の先が赤くなっている。アシュビーはドアを半分開けたまま部屋に入った。「黒いチビ悪魔はどうしたんだい？」そう言って部屋を見まわした。少女の部屋に入るのは初めてだ。フリルのついたピンクのカーテンやベッドの上に並んだ人形は、成熟した女性の部屋ではお目にかかれないものだった。

「ベッドの下に隠れてるわ」イザベルは彼のほうを見ようともせず、ハンカチで洟をかんだ。

「かわいそうに、みんなが追いかけるから、死ぬほどおびえてしまったのよ」

「おびえたりしていないよ」アシュビーは彼女の隣に片膝をついた。「まだ小さいから、怖いという感情はわからないはずだ。すごく楽しいゲームかなにかだと思っているんだろう。

「おびき出そうとしてもだめだったの。きっとわたしのことも怖くなったのよ」

アシュビーはフリルのたくさんついたピンクのベッドカバーに目をやった。「食べ物で釣ってみた?」

イザベルはベッドのそばに置いてあるミルク皿のほうを見た。「全然飲まないの」

いつかこんな娘が欲しい、とアシュビーは思った。「犬相手に、いささかむきになっているとは思わないかい?」

「あの子はわたしが責任を持って面倒を見なきゃ」

「誰かに頼まれたわけではないだろう?」

「だからなに?」イザベルが顔を上げると、たっぷりした巻き毛が金色に輝いた。感情豊かな瞳の下で頬が紅潮し、ふっくらした唇は激情に震えている。「目の前に苦しんでる生き物がいるのに、見なかったふりなんてできないわ。誰かが解決してくれるのをあてにして、なにもしないなんて最低よ。この小さな犬はこの世で誰も頼る人がいないの。それがわからない?」

アシュビーは息苦しくなった。少女だって? 冗談もいいかげんにしろ。彼女は小さなレディだ。それも将来、とびきりの女性に成長する可能性を秘めた……。「どうしてきみの母上は、犬を飼うことに猛反対するのかな?」

「家具をだめにされるのがいやなのよ」イザベルはゆっくりと、しかし批判的に答えた。「わたし、調理場の外にミルクの皿を置いておくつもりだったの」美しい瞳に涙が浮かぶ。「でも、食事と一時的な寝場所を与えるだけじゃだめ。道路に出たら、馬車に轢《ひ》かれて死んでしまうかもしれない。確かにただの犬かもしれないけれど、まだ赤ちゃんで、親もいないのよ。愛情が必要なの。そうじゃなきゃ、どうして生きていくことができる?」

アシュビーは犬がうらやましくなった。「生き物は愛情なしでも育つよ」静かに答える。

イザベルは、そんな残酷な発言は聞いたことがないというような目つきをした。「わざわざ様子を見に来てくださってありがとう。でも、夕食が冷たくなってしまうわ」

アシュビーは彼女の凍りつくほどの視線に耐えられなかった。「ちゃんと面倒を見ると約束したら、ぼくにあの子を預けてくれるかな?」

イザベルがぽかんとする。「スペインの前線に連れていくの?」

「犬を飼っている兵士はたくさんいる。野営地にいればぼくが――」

「命がけで戦っているあいだも面倒を見てもらえる?」イザベルのなめらかな頰を涙が伝った。瞳にはアシュビーの身を案ずる強い思いが宿っている。「突っかかったりしてごめんなさい。ばかだったわ。あなたは誰よりも心が広くて思いやりがある人なのに」

彼は詰めていた息を吐いて立ち上がった。「そんなことはないよ。さあ、食事に行こう。ヘクターが逃げ出さないよう、ドアを閉めておこうね」

「ヘクター?」イザベルがほほえんで立ち上がった。

「いいだろう？　ぼくの名はパリスで、ヘクターは偉大な戦士（ホメロスによる『イリアス』の登場人物ヘクトルはトロイア戦争でトロイ軍の総大将を務めた。パリスという弟がいる）だ。いつかそういう相棒が必要になるかもしれない。ヘクターとぼくでウィルを守るんだ」アシュビーは彼女のあとについて廊下に出ると、寝室のドアを閉めた。

「ヘクターはあのままベッドの下から出てこないつもりかしら？」階段を下りながら、イザベルが言う。

「そのうち出てくるから大丈夫」

彼女はアシュビーの横顔を見つめた。「ミルクが欲しいから？」

「ミルクも欲しいだろうし、なでてもほしいだろうし、どっちの欲求が強いかわからないけどね」イザベルのほっとした表情を視界の隅にとらえ、彼はにっこりした。「ぼくだったら、なでてもらいたいと思うだろうな」そう言って、ベッドの下からはい出る真似《まね》をする。

「覚えておくわ、アシュビー」イザベルは愛らしい笑顔で言った。

こういう言葉が彼を赤面させるのだ。

オックステールシチューと豚とりんごの包み焼きが並んだテーブルにふたりが加わると、みんな笑顔になった。「ようやく聞き分けてくれたのね」レディ・ハイヤシンスが言う。

イザベルは勝ち誇った笑みを浮かべた。「アシュビーがあの子を飼ってくれるのよ。ヘクターをスペインへ連れていくんですって」

「ヘクターだって？」ウィルが忍び笑いを漏らす。「そのうちアシュビーの頭上に天使の輪が現れるぞ」

アシュビーはイザベルのうれしそうな顔を見た。この笑顔が見られるなら、どんな苦労も平気だ。

「きみは本気であの犬を連れていく気なのか？」夕食のあと、男性陣だけ残ってウィスキーと葉巻を楽しんでいる最中にスティルゴー子爵が尋ねた。

「イジーにそう約束したので」アシュビーは答えた。「今さら破るわけにはいきません」

「フィップスに任せればいいじゃないか」ウィルが眉を上げる。

「フィップスは犬のことなどなにも知らないから」アシュビーはウィスキーを一気に流し込み、喉が焼ける感覚を味わった。自分が愚か者に思えてくる。犬を引き取ったからではなく、そうするに至った動機のせいだ。「それにオリヴィアに預けるわけにもいかないし」

「オリヴィア……確かにな……」ウィルが嫌悪感をあらわにした。「あの女は哀れな子犬を釜茹《かまゆ》でにして、召し使いに食べさせかねない」

「そういう意味じゃなくて、イジーを傷つけたくないからだ」アシュビーは訂正した。

「ほう、どうしてぼくの妹が傷つくんだ？」

アシュビーはウィルの不機嫌そうな視線をとらえた。「ぼくはオリヴィアに結婚を申し込むことにした」

「いつ、そんな愚かな決心を？」

「今日だよ」なぜ罪悪感を覚えなければならないのだろう？

ウィルが兄をちらりと見た。「チャーリー、しばらく席を外してくれるかい？」

「いいとも」スティルゴー子爵が立ち上がった。「〈プードルズ〉でカードをする約束をしてるんだ」彼はテーブルをまわってアシュビーの肩をたたいた。「アシュビー、気をつけてな。ウィル、また明日」

スティルゴー子爵がいなくなったとたん、ウィルは激しい剣幕で言った。「オリヴィアだって？　すっかりおかしくなったのか？　ポルトガルのブサコ・リッジで命知らずな行動に出たときも正気を疑ったが、昇進ついでにそこまで悪化したとは知らなかった」

アシュビーはウィスキーのお代わりを注いだ。「手厳しいね」

「ちゃんと説明しろ」

アシュビーはグラスのなかの液体をまわした。「ブサコでのぼくの行為を正気じゃないと思うのは、おまえに家族がいるからだ。にぎやかな笑い声に満ちた家があるからさ。ぼくには大きくて豪華で空っぽな屋敷しかない」

「レディ・オリヴィア・ハンソンなら、その屋敷に笑い声を招き入れてくれるとでも？　よく考えてみろよ。オリヴィアとイザベルは似ても似つかない。オリヴィアは冷たくて計算高い、けちな女だ」

「オリヴィアとは子供のころからのつき合いなんだ。よくわかってる」

ウィルは怒りに身を震わせた。「それで？」

「彼女はぼくに愛情を抱いている」

ウィルはどすんと椅子に腰を下ろし、うめきながら頭を振った。「しっかりしてくれよ。

ウェリントン公がきみを天才扱いする理由はわかる。異例の昇進をさせたのも当然だ。だが、きみはときどき救いようがなく愚かな決断をする」

アシュビーは琥珀色《こはくいろ》の液体を飲みかけてやめた。「もう帰らないと」テーブルに手をついて立ち上がる。「おまえもぼくも酔ってるんだ。三日後に会おう」彼はイザベルが椅子の上に置いていったバスケットを取り上げてドアへ向かった。バスケットのふたを開け、眠っている黒い塊を見て口元を緩める。「ご主人さまにさよならのキスはすんだかい？ ずいぶん長い別れになるぞ」

玄関の前には軍の馬が待機していた。「ありがとう、ジミー」手綱を受け取って馬丁を下がらせる。馬にまたがろうとした瞬間、玄関の扉がばたんと開いた。肩越しに振り返ると、イザベルがこちらへ走ってくるのが見えた。

「アシュビー……」彼女は息を切らし、思いつめたような目をしていた。

彼は凍りついた。「どうしたんだ？ ウィルになにかあったのか？」

イザベルはあえぎながら首を振った。息を吸い込んでから話し始める。「兄なら寝室へ引き上げたわ」

アシュビーはバスケットを地面に置き、手綱を持ち手にかけた。いろいろな可能性が頭に浮かぶ。ウィルとの口論を聞かれたのだろうか？ イザベルを傷つけたくはないが、自分はもうすぐ二八歳だ。いずれ結婚することは彼女にもわかっているはず。「とにかく座ろう」アシュビーは彼女の肘に手を添えて、ベンチのほうへ促した。

ふたりは無言のまま、適当な間隔を置いて座った。

「アシュビー卿」イザベルは体をずらして彼のほうを向いた。「もうひとつ大事なお願いがあるんです」

「きみの願いならなんなりと」

イザベルは両手を握りしめ、指をもじもじと動かした。見開かれた目は暗く不安そうだ。

「あなたやウィルが軍人だということはわかっています。英国を征服し、世界を飢えさせようとしている野蛮で横暴な男に、厳しい戦いを挑んでいるんだわ。でも――」

アシュビーは口角を上げた。「きみの兄上はぼくにとって兄弟のようなものだ。ぼくにはほかに家族がいないからね。いざとなったら命に代えても守るから安心してくれ。ウィルになにかあったら……そんなことになるなら、ぼくも死んだほうがましだ。ただ――」彼は大きく息を吐いた。「きみはもうわかる年だからあえて言うが、戦争中だろうとそうでなかろうと、人の運命はときとして思いどおりにならない。いや、まったく思いどおりにならないのかもしれない。勇気を持たなくてはいけないよ。絶対に――」

イザベルがアシュビーのほうへ体を寄せた。「あなたがウィルを守ってくれるのはわかっています。わたしが心配しているのはあなた自身のことよ」

「ウィルが守ってくれるさ。そういう約束だ」

「兄は背が低いし、痩せっぽっちだもの」彼女はつんと上を向いた鼻にしわを寄せた。

アシュビーは思わず笑みを漏らした。「イザベル、ぼくはどうだい？」

イザベルが彼の全身に目を走らせた。「あなたは背が高くてたくましいわ」

アシュビーはつばをのみ込んだ。やはりもう一杯ウィスキーを飲んでおけばよかった。

「心配してくれてありがとう。でも、ぼくは大丈夫だ。もう寝なさい」

彼女の目の縁にたまった水晶のような涙が揺らぐ。「約束する？」

「ああ、約束するよ」

「あなたになにかあったら、わたしは生きていられないわ」イザベルはそう言うと、華奢《きゃしゃ》な白い手を彼の首にまわし、口に唇を押しつけた。アシュビーは頭が真っ白になった。イザベルの唇はふっくらとやわらかで、なんともいえず甘かった。思わずキスに応《こた》えそうになる。

そして次の瞬間、アシュビーは彼女の肩をつかんで体を引きはがした。「なんてことを」なにが起きたのかわからない。心臓が破れそうなほど激しく打っている。〝ちくしょう！〟彼は気まずい思いでイザベルと目を合わせた。彼女の目もショックで見開かれている。彼が謝ろうと口を開きかけたとき、イザベルは立ち上がり、家のなかへと駆け込んだ。

その夜、アシュビーはヘクターの入ったバスケットを膝に抱え、自分をののしりながらアシュビー・パークに直行し、オリヴィアに求婚した。彼女は〝イエス〟と答えた。

現在、セブン・ドーヴァー・ストリート

アイリスの企画した資金集めの夜会から戻ったイザベルは疲れきっていた。夜会のあいだ、彼女は口数少なく、寄付を募る友人の手伝いもしなかった。どんなに張りきったところで、たいした金額が集まるはずもない。この国の貴族は、貧しい寡婦やおなかをすかせた赤ん坊のことなどどうでもいいのだ。彼らの頭にあるのは自分が楽しむことだけ。あとでアイリスとソフィーに釈明を求められるだろうが、どう説明すればわかってもらえるだろう？ 単純に落ち込んでいると言えばいいのだろうか？ ただひとり好意を寄せていた男性に、その日の朝、完全に拒絶されたなどと言えるはずがない。

アシュビーへの思いを友人たちに打ち明けたことはなかった。イザベルが社交界にデビューしてアイリスたちと知り合ったとき、アシュビーはすでに有名人だったからだ。名うての女たらしで、優秀な騎兵隊長で、一三歳も年上の社交界の人気者。どう考えても釣り合わない。それにアシュビーは英国を離れてイベリア半島で戦っていた。そのおかげで、キスを拒まれた相手と公の場で顔を合わすのだけは避けられたのだが……。

イザベルは七年前の屈辱からなかなか立ち直れなかった。ヨーロッパ大陸から引き揚げてきたアシュビーを訪ねるまでに二年もかかったのはそのせいだ。

〝帰ってくれ。もうここへは来るな〟アシュビーはそう言った。二度と彼に会えないのかと思うと心が折れそうだった。楽しかった日々のことが自然と思い浮かぶ。ウィルとアシュビーが戦地から一時帰宅して、明るい光をもたらしてくれた日のことが。ふたりはまったく正反対だった。楽天家のウィルに対して、アシュビーは熟考する性質だった。それでもふたりは見ていてうらやましくなるほど仲がよかった。

最初にアシュビーを目にしたときのことが昨日のことのようによみがえる。イザベルは一二歳だった。彼女が居間の床に座って双子の妹たちと遊んでいるところへ、ウィルが彼を連れてきたのだ。母は新聞の社交欄を読んでいた。イザベルが慌てて立ち上がり、膝を折っておじぎをすると、アシュビーは彼女の手を取って額を近づけた。「ウィル、こんなに美しい妹さんがいるなんて教えてくれなかったじゃないか」アシュビーはそう言った。イザベルが目を上げると、どこまでもやさしく、感情豊かで、寂しげな海色の瞳があった。

その瞳は彼女の心をわしづかみにした。アシュビーとウィルを失ったあと、イザベルの胸に残ったのは耐えがたいほどの空虚感だけ。アシュビーは彼女の鼻先でドアを閉めた。もう昔に戻ることはできない。

イザベルが寝室に戻ると、眠そうな目をしたルーシーが駆け寄ってきた。「お出かけになった三〇分ほどあと、これが届きました」精巧な彫刻を施されたマホガニー材の箱を指す。空色のリボンが巻かれ、デイジーが一本添えられていた。「ノリスが奥さまのところへ持っていこうとしたのですが、これを届けた従僕のお仕着せに見覚えがありましたし、お嬢さま宛《あて》だと聞いたので、横取りしたのです」

イザベルは不思議な興奮に襲われた。「よくやったわ。それでどんなお仕着せだったの?」

「黒と金のお仕着せでした」

イザベルの鼓動が速まった。アシュビーだ。あんなことを言ったあとで、なぜ贈り物をしてくれたのだろう? 彼女は侍女に背中を向けた。「ルーシー、急いでドレスを脱がせて」

背中のひもをほどくルーシーと鏡越しに目が合う。「今朝のことは忘れてくれるとありがたいんだけれど」

「なんのことです？」ルーシーは意味ありげな笑みを浮かべ、ドレスと肌着のひもをほどいて、髪からピンを抜いた。「おやすみなさいませ」

「ありがとう、おやすみ」イザベルは急いでナイトガウンをかぶり、豊かな巻き毛をひと振りして、ベッドに飛びのった。どきどきしながら箱を見つめる。退屈で想像力のない求婚者たちはそろって赤い薔薇を送ってくるが、たった一本のデイジーのほうがよほど想像力をかき立てる。〝デイジーの花言葉はなんだったかしら？〟深読みしないよう自分をたしなめても、手の震えはとまらなかった。美しく結ばれた空色のリボンをほどき、黄色いデイジーの茎に結ぶ。それからマホガニー材のふたに指をはわせた。二頭のライオンが子ライオンに囲まれている図柄だ。ライオンの家族。イザベルはふたを開けた。「お金？」一瞬あとで気づいた。これは寄付金に違いない。彼女は紙幣を数え始めた。一〇〇ポンド、二〇〇、三〇〇……一〇〇〇、二〇〇〇……五〇〇〇ポンド！「まあ、なんてこと！」

イザベルはベッドの上にちらばった紙幣をぽかんと眺めた。「五〇〇〇ポンド……」それだけあればなんでもできる。事務弁護士のミスター・フラワーズに支払いをして、事務所を借り、人を雇って愛する人に先立たれた人たちの所在を調べさせることができる。血がのぼった頭にいろいろなアイデアが浮かんだ。アイリスとソフィーは有頂天になるわ。一刻も早く教えたい。でも、まずは……。

箱の底に小さな封筒が入っていた。蠟《ろう》に押してあるのはアシュビーの指輪と同じライオンの紋章だ。イザベルは手が震えて封筒を落としそうになった。封を開けてカードを取り出す。〝許してほしい。そして努力が実ることを祈っている。きみの友、PNL〟堂々とした筆跡で、そう書いてあった。

PNL? 〝L〟はランカスターに違いないが、〝P〟と〝N〟はなんだろう? イザベルは彼の洗礼名もミドルネームも知らなかった。こんなにも彼のことを知らないのだ。彼女はベッドに仰向けになってカードに唇を押し当て、まぶたを閉じた。〝アシュビー……〟

このままあきらめるなんていやよ。絶対に。イザベルはにっこりした。向こうが会いたがらないくらいで彼を失うわけにいかない。彼は家族も同然なのだ。寄付のお礼を言うという口実もできたことだし、今度こそ、どんな手を使ってもガーゴイルをベッドの下から引っ張り出してみせるわ。

3

「残念ですが――」ミスター・フラワーズは読んでいた本を閉じ、みっちりと詰まった書棚へせかせかと移動した。「新たにご報告することはありません。また来週いらしてください」

「先週もそうおっしゃったわ」イザベルはぼやいた。彼女は古ぼけた長椅子に、アイリスやソフィーと身を寄せ合って座っていた。蜘蛛《くも》の巣のかかった埃っぽい事務所を見まわすうち、窓を開け放ちたい衝動に駆られる。狭い場所は苦手なのだ。よどんだ空気を吸っていると胸がむかむかして、頭まで痛くなってくる。

事務所は貧相だとしても、ミスター・フラワーズが有能な事務弁護士であることは確かだった。病気で手の震えがとまらなくなる前は評判のよい検事だったのだ。議会の承認を得られる法案を書ける者は、彼を置いてほかにいない。

「ミスター・フラワーズ」アイリスが口を開いた。「そちらが要求した情報はすべて提示したはずです。それなのに、どうしてこうも時間がかかるのです？　失礼なことは言いたくないのですが、わざとのんびりされているように見えてしまいますわ」

「ふたりとも黙って」ソフィーがレティキュールから紙幣を取り出し、机の上にぴしゃりと置いた。「これで急いでいただけるかしら、ムッシュー?」

イザベルは驚いてソフィーを見たが、パリの路上で、裸足《はだし》で物乞《ものご》いをしながら子供時代を生き抜いた友人のやり方のほうが正しいのかもしれないと思った。そこでレティキュールから札束を取り出して、ミスター・フラワーズに約束した報酬の半額を机に置き、ソフィーの紙幣を彼女のほうへ押し戻す。そして友人たちに耳打ちした。「昨日、大口の寄付があったの」

アイリスがぱっとイザベルを見た。「なんですって、どなたから?」

「大きな声を出さないで。あとで説明するわ」

ミスター・フラワーズがかびくさい本から目を上げた。「そういうことでしたら」老弁護士は大きな笑みを浮かべて本を閉じ、椅子に座った。「お心遣いに感謝します、ミセス・フェアチャイルド。わたくしも食べていかなければなりませんので」彼は震える手を紙幣に伸ばした。

イザベルは素早くその手を遮った。「ミスター・フラワーズ」笑顔で切り出す。「レディ・チルトンが〝情報はすべて提示した〟と言ったとき、お顔が引きつったように見えましたが?」

「ふむ」事務弁護士は鋭い目つきでイザベルを見た。「ミス・オーブリー、あなたは法廷に立ったらやっかいな相手になりそうですな。いい眼力をお持ちだ」

「ありがとうございます。それで、なぜお顔が引きつったのかしら?」老弁護士のほめ言葉はさほどうれしくなかった。

「それはですな、まさにその情報のせいですよ」弁護士は人差し指を立てた。小刻みに震えている。「あなた方の計画は筋も通っていますし、慈愛に満ち、時代を先行するものと言えましょう。しかし、法案の実行に要する費用の見積もりがなくては、相手にもしてもらえません」

三人の女性はしぶい顔をして長椅子に沈み込んだ。「もっと早く教えてくださるべきでしたわ」アイリスが非難がましく言う。「ほかにどんな情報が必要なんです?」

「具体的な数字ですよ。名簿です」

「名簿って?」イザベルはせっついた。

「戦没者名簿です。氏名と従軍期間、階級、もちろん給与も記載されていなければなりません」

「軍の戦没者名簿!」イザベルの希望が音をたてて砕けた。「それは非公開文書だわ。閲覧できるのはかぎられた人だけじゃありませんか」

「そんなものをどうやって手に入れろと?」ソフィーがきつい口調でたたみかける。

ミスター・フラワーズは積み上げられた書類の上で節くれ立った手を組んだ。「ありとあらゆる方法で」

イザベルの頭にふたつの方法が浮かぶ。近衛騎兵旅団本部から盗み出すか、アシュビーに頼むかだ。後者の案はアシュビーとの関係をこのままにはしないという昨日の決意にも沿っている。

「それで、名簿を手に入れたとして――」ソフィーが言った。「どうやって見積もりを出すのですか？　具体的に教えてください」

「そうなったら会計士を雇うことをお勧めします。費用はかかりますが」

「わかりました」イザベルは唇をゆがめた。「とにかく名簿を手に入れればいいのですね」

「そのとおりです」

「どんな方に頼めばよいか、お心当たりはありますか？」アイリスが尋ねた。

「高官でしょうね。参謀本部の……」

「影響力のある人の協力を得るには――」イザベルはアシュビーのもとを訪問する算段をしながら言った。「わたしたちの活動に興味を持ってもらうための資料が必要になるでしょう。ミスター・フラワーズ、草案でもいいので、なにか形になったものがありませんか？」

「実はあります」彼は机の引き出しを開けて、革の書類挟みを取り出した。「これが下書きです。しかし、先ほども申し上げたとおり、具体的な数字がなければ――」

「どんなにすばらしい計画も絵空事に等しい、ですね？」イザベルはソフィーとアイリスに合図して立ち上がった。「ありがとうございました。近いうちに進展があることを祈りましょう」

「ここから先はあなた方しだいです。それではこれで」

馬車に乗り込んだとたん、アイリスが口を開いた。「大口の寄付というのはどういうこと？　昨日の夜はなにも言っていなかったじゃないの。むしろ昨日のあなたは——」

「やる気がなかったわ。わかってる。ごめんなさい。ちょっと……落ち込んでいたから」イザベルは窓を開けて深呼吸した。だがロンドンでも往来の激しい界隈《かいわい》では、外の空気もミスター・フラワーズの事務所と大差ない。彼女は再び背もたれに寄りかかった。「それがね、家に帰ったら五〇〇〇ポンドの入った箱が届いていたの。わたしたちの活動に役立ててほしいというメッセージが添えてあったわ」

「五〇〇〇ポンドですって！　神さま《モン・デュー》」ソフィーが叫んだ。「信じられない！」

アイリスもびっくりしているようだ。「五〇〇〇ポンド！　それだけあったらなにができるかしら？」

「近衛騎兵旅団本部の役人に袖《そで》の下を渡して、戦没者名簿を手に入れるとか？」ソフィーがにやりとする。

アイリスが唇をゆがめた。「そんなことをして、法案を提出するときに名簿の出所について説明を求められたらどうするの？」

「まったく、アイリスったら」ソフィーはイザベルに向かって、目をくるりとまわしてみせた。「ときどき、あなたはどうしようもなく堅物になるのね」

アイリスは友人の皮肉を無視した。「イジー、どなたがそんな大金を寄付してくださったの？」

どうしよう。その質問に対する答えは用意していなかった。「わからないのよ」唇をとがらせてとぼける。友達に嘘をつくのは初めてだ。イザベルが嘘をつくのは、母親がしつこく干渉してきたときだけだった。一瞬、アシュビーのことを打ち明けてしまおうかとも思ったが、結局はやめた。アイリスもソフィーも信頼できる友人には違いないが、友を守ろうとする気持ちが強いうえに、男女の作法にもうるさい。ガーゴイルのもとを訪ねたなどと話したら、レディのふるまいや名誉について耳が痛くなるほどお説教されるだろう。一緒に会いに行くと言い出すかもしれない。そうなったら最悪だ。世間とのつき合いを断っている人物の屋敷へ友人ともども押しかけるなんて、無神経もいいところだ。「〝PNL〟と署名されていたの。そういうイニシャルの人を知っている？」

ありがたいことに、ソフィーにもアイリスにも心当たりがないようだった。「ともかく並みの方ではないわね」アイリスが言った。「善行をしたのに名誉を求めないなんて」「それこそ博愛の精神よ」ソフィーも同調した。「〝人知れず慈善を行う者はモーセより偉大なり〟っていうじゃない。その寛大な人物は、助けを必要とする人たちの立場を思って匿名で寄付をしたんだわ。社交界の注目を集めたいなんてよこしまな理由ではなく、純粋に人助けをしたいと思っていらっしゃる。きっとすばらしい方よ」

〝これまで出会った誰よりもね〟イザベルは心のなかでつけ加えた。わたしを呼び出してお金を渡すこともできたのに、そうしなかったのだから。アシュビーは自分のお金が世のために役立てられるという事実だけで満足している。彼はウィルのことを聖人だと言っていたけれど……イザベルはひとりほほえんだ。まさに〝類は友を呼ぶ〟だ。アシュビーを尊敬せずにいられるわけがない。

「あとは協力者を見つけないと」アイリスが指摘した。「戦没者名簿を手に入れることができる人、さらには議会に法案を推してくれる人物なんているかしら？」

「明日の夜、〈オールマックス〉の舞踏会でダックワース大将に話してみるわ」ソフィーが答えた。「ジョージが亡くなったとき弔問にいらして、困ったときは真っ先に自分のもとへ来るように言ってくださったから。ジョージは命の恩人なのですって」

「それは期待できそうね」アイリスが同意した。「わたしもチルトンに相談してみるけれど……」

「あなたの夫に頼んでも無駄よ」イザベルは顔をしかめた。「ここぞとばかりに嫌味を言われて脅されるのが落ちだわ」

「それは相談しなくても同じことだから」アイリスは目を伏せてしまった。

イザベルはアイリスの手を握った。「元気を出して。わたしたちには知性と想像力がある。きっといいアイデアが浮かぶわ。わたしにも心当たりがあるの。ピカデリーのお気に入りのカフェに行って、お昼を食べながら作戦を練らない？　新鮮な空気と食べ物に飢えているの」友人たちが勢いよくうなずいたので、イザベルは馬車の窓から顔を出した。「ジャクソン、ピカデリーに行ってちょうだい」

四〇分後、彼女たちはレモネードときゅうりのサンドイッチを楽しみながら、通りを行くおしゃれな人々や優美な馬車を眺めていた。

「それであなたの秘密の計画は？」アイリスがイザベルに尋ねた。

イザベルはレモネードの入ったグラスを落としそうになった。「秘密の計画って？」

「貧しい未亡人とその息子さんのことよ」アイリスが答えた。「ビショップスゲートであなたの侍女の従姉を助けたとき、一緒に連れてきた人たち」

イザベルは手にこぼれたレモネードをナプキンでぬぐい、落ちついた声で答えた。「ああ、あれね。モリーには読み書きと基礎的な計算を教えているの。のみ込みが早いのよ。幼いジョーはとっても愛らしいし」

「その人たちをどうするつもり？」ソフィーが言った。「さすがにロンドンじゅうの宿がない人間の面倒は見られないでしょう？　あっという間に軍隊くらいにふくれ上がるわよ」

「私設の救貧院を始めたら？　メイフェアの聖イザベル、って」アイリスがほほえむ。

「わたしは彼女たちに独立する力を与えたいの。基本的な教育を施して、子供を養いながら暮らしていけるだけの仕事につかせてやりたいのよ」

「夫を見つけてあげればいいわ」ソフィーが提案した。「結婚紹介所を開いて――」

「まあ、大変！」アイリスが急に立ち上がった。椅子の背からショールを取る彼女の表情は、幽霊でも見たかのように青ざめていた。「もう行かなきゃ。チルトンに……一時までに帰ると約束したのに、もうすぐ二時よ」

イザベルは立ち上がってアイリスの手を取った。「わたしの馬車を使って。あとでここへ戻るよう御者に伝えてくれればいいわ」

「大丈夫。貸し馬車を使うから」アイリスは通りへ駆け出し、あっという間に人込みに消えていった。

ソフィーがフランス語で悪態をつく。「ひどい男！　絞め殺して、どぶに捨ててやりたいわ。アイリスをペットみたいに家に閉じ込めて。彼女は日々の予定を事細かに説明して外出の許可を得なきゃならないのよ。ほかの男性と踊ることも、話をすることもできない。あの悪魔はきっと、呼吸するにも許可を与えるつもりでしょうよ。どうしてあんな扱いに我慢できるのかしら？」

「あなたも知ってのとおり、アイリスにはほかに行き場がないのよ」イザベルは悲しげに言った。「夫を見つければ幸せになれるというものではないわ」アイリスは、戦争によって一家の柱を失った不運な女性の典型だ。父親を失った彼女は気丈にも、不幸な結婚生活の愚痴をこぼさない。

「これはこれは。イジー・オーブリーでは？」低い笑いまじりの声が響いた。「信じられないな」

目を上げたイザベルの顔から血の気が引いた。第一八騎兵連隊のロイヤルブルーの軍服を見て、ウィルとアシュビーを思い出したのだ。しかし赤褐色の髪をした背の高い男は、そのどちらでもなかった。彼女は安堵《あんど》と落胆の入りまじった笑みを浮かべた。「ライアン・マカリスター大尉？　こんなところでお会いできるなんて。お座りになりません？」

「お言葉に甘えて」ライアンはまぶしい笑みを浮かべ、ソフィーに向かって優雅におじぎをした。顔を上げた拍子に豊かな赤褐色の髪が目にかかる。彼はアイリスが座っていた椅子に腰を下ろした。「ぼくも会えてうれしいですよ、イジー……失礼、ミス・オーブリー」

「イザベルと呼んでください」彼女は愛想よく言った。「大尉、こちらは友人のミセス・ソフィー・フェアチャイルドです。ソフィーのご主人は海軍大尉で、残念ながら戦死されました」

ライアンは目に同情の色を浮かべた。「心からお悔やみを申し上げます。ぼくも戦争で多くの友を亡くしました」彼はイザベルを見た。「きみのお兄さんの死がいちばんつらかったよ」

「おやさしいのね」イザベルは気丈に笑みを浮かべた。

「お心遣いに感謝しますわ」ソフィーも口を開いた。「オーブリー少佐と同じ隊におられたのですか？」

「そうなんです。ウィリアム・オーブリー少佐は、戦地での悲惨な日々を明るく照らしてくれました。あの人懐っこい笑顔と冗談が懐かしいですよ」

イザベルは頬を伝う涙をぬぐった。「それで、なぜロンドンに？　インドに駐在してらしたのでは？」

「確かにインドにいました。それから、ぼくも少佐になったんですよ」階級章を指さす。

兄のしぐさが思い出されて、イザベルは胸が痛くなった。「おめでとうございます。それでインドはいかがでした？」

「あまり好きにはなれませんでしたね。暑すぎるし、岩場には必ず蛇が潜んでいる。香辛料で胃が痛くなるし。新しい連隊では……」

「新しい連隊？」イザベルは眉をひそめた。

「そうです。第一八騎兵連隊は編成解除になったんですよ。ご存じなかったのですか？」

「知らなかったわ」

「先の戦争であまりに多くの優秀な人材を失いましたからね」ライアンは痛みを分かち合うようにイザベルの目を見つめた。「アシュビー大佐も退官されて……大佐に代わる人はいませんから」彼が顔をしかめた。

イザベルは泣きそうになった。「それでロンドンへ？」

ハンサムな陸軍少佐はテーブル越しに上体を寄せ、意味ありげにほほえんだ。「脚を負傷して医官の診断を受けるという名目なんですが、あなたには本当のことをお教えしましょう。インドに戻らずにすむきっかけを探しているところです」ライアンはそう言ってウィンクをした。

「きっかけ？」

彼はイザベルと目を合わせたままテーブルに片肘をつき、手に顎をのせた。「できれば色っぽいのがいいですね」

イザベルは頬を染めた。「まあ！　あの、ハンティングの成功を祈ってますわ」

「うまくいくはずですよ。実際——」ライアンが口の片端を上げた。「すでに美しい標的が見つかった」

彼から目をそらしたイザベルを、ソフィーがにやにやして見つめていた。

「それにしても――」ライアンが軽い口調で続けた。「あなたがこんなに美しくなるとは。さっさとお兄さんにお願いしておけばよかったな。でも、あなたはまだ誰のものでもないのでしょう？」

「ええ、まだ」イザベルはにやけないように唇を噛んだ。ライアン・マカリスターは昔から魅力的だったが、彼女はこの軍服姿にめっぽう弱いのだ。

「それはいい。乾杯しましょう」ライアンは手を上げて給仕を呼びとめた。「おふたりはなにを召し上がっているんですか？」

ソフィーはほとんど空の大きな皿を示した。「よろしければ最後のサンドイッチをどうぞ」

「ありがとう」彼はサンドイッチをつまんで口に放り込んだ。給仕が近づいてくる。「辛口の白ワインとサンドイッチをもうひと皿頼む」

「アイスクリームも」イザベルはつけ加えた。「さくらんぼ味がいいわ」

「では、この方にチェリーアイスを、急いで頼むよ」ライアンは鈍重そうな給仕に言った。

「そういえば、もうひとり女性がいましたね？　ぼくにおびえて帰ってしまったわけではないですよね？」

「レディ・チルトンには早く帰らなければならない理由があって」ソフィーが答えた。

ライアンの視線がテーブルの上の書類挟みに落ちる。「これは？」

「議会に提出する法案です」イザベルの説明に、彼は眉尻を上げた。

「ほう？　詳しく聞かせてくださいませんか？」

ソフィーとイザベルは自分たちの慈善事業について説明した。ライアンは素直に感心したようだった。

「問題は――」イザベルは続けた。「戦没者名簿がなければ、この法案がただの紙切れだということです。もしかして、名簿を閲覧することができませんか？」すがるように尋ねる。

ライアンは首を振った。「でも、それが可能な人物に心当たりはありますよ。あなたもよく知っている人です」

心の内が顔に表れていませんように、とイザベルは願った。「誰です？」

ライアンは女性たちのグラスにワインを注《つ》いだ。「アシュビー大佐ですよ」

チェリーアイスがのったスプーンを持つイザベルの手が震えた。「アシュビー大佐がセブン・ドーヴァー・ストリートにいらっしゃらなくなって、もうずいぶんになります」

「そのアシュビー大佐というのはどなた？」ソフィーが遮った。

イザベルはアイスクリームをのみ込んだ。「兄の親友だった方よ。戦争が終わるころに騎兵隊の連隊長をなさっていたの。今は……屋敷に引きこもっておられるけど」

ソフィーが声を落とした。「もしかして〝ガーゴイル〟と呼ばれている人？」

ライアンの目を見たイザベルは、彼もまた、この侮蔑《ぶべつ》に満ちたあだ名を不快に思っていることを知って慰められた。「ひどい話だ」ライアンが言った。「あの人が世間とのかかわりを断つなんて、いまだに信じられない」

　好奇心をむき出しにしないように気をつけながら、イザベルはテーブルに身を乗り出した。

「なにがあったんです?」

　ライアンがため息をついた。「ソラウレンを攻めているとき、大佐のそばで爆弾が炸裂《さくれつ》し、破片が顔を直撃したのです。瀕死《ひんし》の重傷でした。大佐は現地の医官の手術を受け、そのあと半年も入院していたんです」

「それでマスクをつけるようになったのですか?」イザベルは静かに尋ねた。

「マスク? アシュビー大佐が?」ライアンはふんと鼻を鳴らした。「大佐は歩けるようになると、すぐ現場の指揮官として復帰しましたよ。ぼくらのような腰抜けよりも自分の顔のほうが敵に打撃を与えられる、と冗談まで言ってね。ウェリントン公は彼に勲章を授与しました」

「当時は傷のことを気にしていなかったなら、英国に戻ったあとで引きこもってしまったのはなぜなのかしら?」

　ライアンが視線を落とした。「気にしていなかったとまでは言いません。そういえば傷のことで……」彼は続きを言いかけて口を閉ざしてしまった。

　イザベルは歯ぎしりした。アシュビーに関することならなんでも知りたいのに。「どうして世捨て人になってしまったの?」

「それはあなたのお兄さんの死と関係があるのではないかと……」ライアンは言葉を濁した。

「まあ、これはあくまでぼくの推測です。アシュビー大佐は上官ですから、ぼくに胸の内を打ち明けたりはしませんでした」

「ウィルが亡くなってから、アシュビーは一度も訪ねてきてくれなかったの」

「悪く取らないであげてください。彼はウィルの死から立ち直れなかったのです」

イザベルの喉に熱いものが込み上げた。「わかりました、悪く考えないようにします」

「あなたとマカリスター少佐で、アシュビー卿のもとを訪ねてみてはどうかしら？　彼こそ、わたしたちに必要な人かもしれないわ」

イザベルは身をこわばらせた。「でも……あの方は誰にもお会いにならないから」

「ぼくがインドへ発《た》つ前に挨拶にうかがったときも、執事に追い返されましたよ。ウェリントン公でもなければ会うことはできないでしょうね」

「あなたはウェリントン公と顔見知りなの？」ソフィーが尋ねた。「鉄の公爵のうしろ盾があれば怖いものなしなのだけれど」

「ウェリントン公を見かければ敬礼しますし、向こうが名前を呼んでくれることもありますが、それ以外は……」ライアンは申し訳なさそうに笑って肩をすくめた。「すみません」

「少佐、明日の〈オールマックス〉の舞踏会には参加なさる？」イザベルは尋ねた。ワルツの最中なら、ソフィーの耳を気にせずにアシュビーのことを探り出せるかもしれない。

「ライアンと呼んでください」彼は熱っぽい目をしてにっこりした。「社交界にデビューしたばかりの娘さんがたくさんいるような場所に、ぼくみたいな者が参加を許されるかどうかわかりませんが、あなたがいらっしゃるというなら、どうにかして招待状を手に入れますよ。そうしたらワルツを踊っていただけますか？」

「喜んで」

「いつかレディ・オーブリーのところにもご挨拶にうかがいたいな」

「楽しみにしていますわ。母も兄も、ウィルの戦友だった方とお話しできれば喜ぶと思います」

ライアンがイザベルの目を見つめた。「そうそう、バークリー・スクエアにおいしいアイスクリームを出す店があるんです。散歩がてら、土曜の午後にでもいかがですか？」

「ええ、ぜひ」

「よかった」ライアンは懐中時計を見た。「今日はこれで失礼しなければ」立ち上がって給仕に合図する。「勘定を頼む」

イザベルは彼の腕に手を添えた。「そんな、わたしたちの分は結構です」

「もう払ってしまいましたから」ライアンは彼女の手を取って唇に当てた。「それでは土曜日に。ミセス・フェアチャイルド、ごきげんよう」彼は颯爽《さっそう》と頭を下げた。

「ごきげんよう、少佐」

ライアンが行ってしまうと、ソフィーがイザベルの手をつかんだ。「彼のことが気に入ったようね。わたしもよ」

「とても魅力的な方だわ」イザベルは認めたが、頭のなかはアシュビーのことでいっぱいだった。彼の引きこもりがウィルの死と関係しているなら、なぜわたしを追い返したのだろう？

「懐が寂しいのが玉に瑕《きず》だけど」

ソフィーはフランス人でありながら英語の語彙《ごい》が豊かだ。どこへ行ってもロンドン生まれで通用するだろう。「どうしてあの人が貧乏だとわかるの？」

「除隊するために結婚したいのでしょう？」ソフィーは舌打ちをした。「さっきも言ったように、彼はいい人だし、あなたに気があるようだけれど、気をつけなきゃだめよ。あの人は財産目当てだから」

「昼食をおごってくださったのに？」

「賢いハンターは結婚するまで女性にお金を遣わせないものなの」

「あなたが正しいのかもしれないわね」イザベルはおかしそうに言った。「この手のことは、あなたのほうがずっと詳しいもの。でも、ヴァージンロードをともに歩く相手としては見栄えがすると思わない？」

ソフィーの濃い茶色の瞳がいたずらっぽく輝いた。「その点に異論はないわね」

「家までお願い」メイトランド家にソフィーを送り届けたあと、イザベルは御者に命じた。

財産や身寄りがないことを逆手にとって執拗《しつよう》にアイリスを脅すチルトンと違い、ソフィーの義理の両親であるメイトランド夫妻はとても愛情深い人たちだ。パリ時代のことなどまったく気にかけず、ソフィーを大事にしている。五歳になる孫のジェロームの面倒も喜んで見てくれるし、ソフィーの私生活を詮索《せんさく》することもなかった。娘の行動にことごとく干渉するレディ・ハイヤシンスとは大違いだ。

メイフェアを走る馬車に差し込む午後の日差しが、イザベルの頬で躍っていた。彼女は膝の上に置いた革の書類挟みを指でたたきながら、次はいつ、どうやってアシュビーのもとを訪れようかと思案した。折しも社交シーズンのまっただなかで、慈善事業も忙しく、すぐには時間が作れそうにない。それとも……？

「ジャクソン！」往来の激しい交差点に差しかかったところで、イザベルは馬車の窓から顔を出した。「やっぱりパークレーンのランカスター・ハウスへ行ってちょうだい」

「承知しました」セブン・ドーヴァー・ストリートは目前で、さらには侍女も連れずに耳慣れぬ住所へ向かうというのに、御者はなんの異論も唱えなかった。オーブリー家の召し使いは大きくふたつに分けられる。母のスパイであるノリスに媚《こ》びる連中と、この年老いた執事にひそかに反発している者たちだ。ジャクソンは後者なので、母に告げ口される心配はなかった。

イザベルはピンク色のドレスに湿った手をすりつけ、革の手袋をはめた。胃が浮き上がるようだ。わたしはいったいどうしてしまったのだろう？　一週間に二度も同じ男性のもとを訪れるなんて。しかも、招待もなく、付き添いも伴わずに。だが、ことアシュビーに関してはいつも大胆になってしまう。この格好で見苦しくないだろうか？　別にロマンティックな展開を期待しているわけではないし、彼はわたしが裸で訪ねていっても気づかないだろうけれど……。ああ、裸だなんて、なんとはしたないことを。これ以上考えると怖じ気づいてしまいそうだ。彼女は深く息を吸い、どう話を切り出すかという問題に神経を集中させた。

「ランカスター・ハウスに到着しました」御者台からジャクソンが告げた。彼の息子が馬車のドアを開けて踏み台を出し、イザベルの震える手を支えて下ろしてくれた。

彼女は駆け出したいのをこらえ、背筋を伸ばして立派な石段をのぼると、真鍮製のノッカーを鳴らした。フィップスが出てくる。「これはミス・オーブリー！」

「伯爵にお取り次ぎを」イザベルは感情を抑えて言った。

フィップスはためらっていたが、やがて腹を決めたように一歩下がって彼女を招き入れ、ドアを閉めた。「こちらへどうぞ」イザベルを先導して壮麗な玄関ホールを横切り、屋敷の奥へと向かう。

イザベルはこれをいい兆候と受け取った。昨日は玄関脇の居間までしか入れてもらえなかったのだから。フィップスはひとつのドアの前で立ちどまり、廊下で待つよう彼女に合図した。部屋から出てきた彼がドアを閉めるのを見た瞬間、イザベルは泣きたくなった。ところがフィップスは、さっきはなかった胸ポケットのふくらみをなでただけで、そのままさらに廊下を進んだ。

やがて木と鉄でできた飾り気のないドアの前にたどり着いた。フィップスがドアを開けると、下へと続く幅の狭い石段が見える。執事のあとをついて階段を下りるにつれ、金属をたたくような音が一定の間隔で響いてくることにイザベルは気づいた。「どこへ向かっているの？」

「ワイン貯蔵室です」

彼女はぎょっとした。「アシュビー卿はワイン貯蔵室にこもっているの？」

「昔ほど頻繁ではありません。戦争から戻られて最初の半年は、どうやってもワイン貯蔵室から出てきてくださいませんでしたが、今は夜のあいだだけです」

〝かわいそうなアシュビー〟次から次へとワインボトルを空けて、絶望感を紛らわしているのだろうか？　一度邪険にされたくらいであきらめなくてよかった。

階段の下には薄暗くて小さな空間があった。セブン・ドーヴァー・ストリートのワイン貯蔵室と似た造りだ。アシュビーの気配はない。「ミス・オーブリー、ここでお待ちいただけますか？」

「なんだ？」フィップスがワインボトルをおさめた棚のうしろに消えた。金属音がとまる。

「お客さまです」アシュビーのいらだたしげな声が響いた。

「追い返せ」かたいものが床に打ちつけられる音がした。

「しかし、ミス・オーブリーですよ」

なにかをこするような音がする。イザベルは好奇心を抑えきれなくなって棚に忍び寄り、奥をのぞき込んだ。そこはかなり広い空間で、随所に置かれたろうそくの光がぼんやりと室内を照らしていた。まだ太陽は沈んでいないというのに、地下は闇《やみ》に支配されている。アーチ形の天井までワインボトルがぎっしりと積まれ、床はおがくずに覆われていた。部屋の大部分を占めるのは木像や家具や材木だ。背伸びをすると、作業台の向こうに、細身のズボンに覆われた脚が見えた。

アシュビーが作業台をまわり、彼女のほうを向いて立った。「用件は尋ねたか?」

「いいえ。しかし察するところ、贈り物の件ではないかと」

アシュビーは上半身裸だった。肩から腕のラインはがっちりしており、広い胸はウエストに向かって逆三角形を描いている。贅肉《ぜいにく》のない腹部に腹筋がくっきりと浮き出ていた。なめらかな肌に細かな汗が光っている。

アシュビーが厚い板に力強くかんなをかける。長い髪が邪魔で表情はよく見えないものの、しなやかに動く肉体は見とれてしまうほど美しかった。シャツを着ないで作業する男性なら過去にも見たことがあるが、まるで比較にならない。彼は……雄々しさを表した大理石の彫像のようだ。

それにしても、なんて奇妙な取り合わせだろう。裕福で権力もある伯爵が、身の危険もかえりみずにナポレオンに戦いを挑んだかと思えば、木工作業に打ち込むなんて。彼はこうして美しいものを生み出すことで、孤独な時間を紛らしているのだろうか? 容姿に恵まれないために苦しんだ鍛冶の神、ヴァルカンのように。

「彼女はひとりか?」アシュビーが尋ねた。

「はい、そのようです。表で馬車が待っています」フィップスは胸ポケットから黒いサテンのマスクを取り出し、主人に差し出した。

一瞬の沈黙が落ちる。「通せ」

イザベルは急いであとずさりした。両手をこすり合わせ、薄暗い部屋のなかを観察しているふりをする。そこへフィップスがやってきた。「お入りください」

彼女は大きく息を吸って部屋に入った。彫刻らしき塊が古いシーツに覆われており、周囲には木工道具が散らばっていた。

「さわらないでくれ」

アシュビーは部屋の奥に据えられた鏡台の前で、イザベルに背を向けて前かがみになっていた。そばに赤い上掛けのかかった古風な天蓋《てんがい》付きベッドがある。彼はしぶきを散らして顔を洗い、濡《ぬ》れた手で髪をかき上げると、しわの寄ったシャツで顔をふいた。続いて黒いマスクに手を伸ばす。頭のうしろでマスクのひもを結んだ彼はたくましい上半身をさらしたまま、イザベルのほうへ向き直った。

彼女は慌てて口を閉じた。「アシュビー卿」唇をなめたい衝動をこらえ、膝を折っておじぎをする。彼に対する反応がしだいに強く、肉感的なものになっていくのが腹立たしかった。

「お邪魔して――」アシュビーがシャツで胸の汗をぬぐうのを見て、イザベルは息をのんだ。これほど官能的な男性は見たことがなかった。

「なぜここへ？」アシュビーの声にはっとする。

「伯爵、わたしは――」

「アシュビーでいい」黒いマスクの奥から鋭い緑色の瞳が見つめている。「へりくだった物言いには飽き飽きしているんでね」彼はシャツを脇に放り、イザベルのほうへ足を踏み出した。石の床にブーツの音が響く。「もう来るなと伝えたはずだが？」

彼女は唇を嚙んだ。「あまりにも寛大なご寄付をいただいたので、直接お礼を言いたくて」

「どういたしまして。だが、礼状で事足りたはずだ」

「あなたのほうこそ、もっと少ない額でもよかったのに」イザベルは周囲に置かれた彫刻を見渡してため息をついた。これは木工などではない。芸術だ。「寄付金を入れてあった箱はすばらしかったわ」彼女の声はかすれていた。「あなたがお作りになったの？」

アシュビーが彼女の正面でとまった。見事な肉体は美しいと同時に威圧的でもあった。甘い麝香《じゃこう》の香りに、ベンチの上で交わした短いキスの記憶がよみがえる。唇を合わせた瞬間、アシュビーが鋭く息をのんだこと、彼の唇があたたかくてやわらかだったこと、予期せず侵入してきた舌がウィスキー味だったことも。

イザベルはぶるっと身を震わせた。もう一度キスをして、その肌にふれてみたい。でも、再び拒絶されるのが怖い。

アシュビーの瞳が色濃くなった。「ああ、イザベル！　なぜ藪《やぶ》をつつくようなことをする？」彼女の心を読んだかのように強い口調で言う。「そんなことをしても、いい結果にはならない。絶対に」

「どうして気が変わったの？　なぜ寄付をしてくれたの？」

「気が変わったわけじゃない。きみは積極的な参加を促した。ぼくは金をやった。それだけだ」

「でも、昨日はあれほど頑《かたく》なに拒絶したのに――」

「カードに書かれていたメッセージのせいだ」アシュビーがしぶしぶといった調子で打ち明けた。「きみはぼくの弱みを的確に突いた」

「いやな思いをさせたならごめんなさい。そんなつもりは――」

「二度とぼくに謝るな。謝らなければならないのはぼくのほうだ」

イザベルは真っ赤になった。あのキスのことに違いない。彼女は事務的な口調に切り替えた。「今日はわたしたちの活動に加わってくださるよう説得に来たのです。議会にも社交界にも出ていないとおっしゃいましたが、これに意見をもらえたらと」革の書類挟みを差し出す。

「これはなんだ？」アシュビーは書類挟みを受け取ってぱらぱらとめくった。

「前にお話しした法案です。わたしもまだ目を通しては――」

「ぼくが法律に詳しいと思うのか？」彼は書類に視線を走らせた。

「ウィルがいつも言っていましたから――困ったときはヒーローを頼れと」イザベルは挑戦的に笑った。

「今回の件に関しては、答えはわかっているはずだ」アシュビーが書類挟みを突き返した。

「ほかにもお願いがあります。軍の個人名簿が必要なんです」

「書庫を探すといい」彼はぶっきらぼうに肩をすくめた。「陸軍の分も海軍の分もそろっているはずだ」

「普通の名簿ではなく戦没者名簿が欲しいんです。従軍期間や階級、給与などが記載してある名簿がないと、この法案により必要となる費用を計算できないからです。軍の個人情報を閲覧できる知り合いなど、あなたくらいしか――」

「戦没者名簿？　それは極秘文書だ。手に入れられるわけがない」

イザベルは地団駄を踏みたくなった。アシュビーの上で。「この国をよくするためでも？」

「それはきみの役目じゃない。国王や上下院議員の仕事だ」

彼女は憤慨して相手を見た。「あなたはわたしたちのために指一本も動かすつもりはないとおっしゃるの？」

「ぼくの貢献は五〇〇〇ポンドの寄付で終わった」イザベルが黙ってうなだれていると、アシュビーはサイドテーブルへ移動して、半分ほど残ったワインボトルから、ふたつのグラスに赤ワインを注いだ。「いいかい、ぼくは戦争で国家への義務を果たした。残りの人生は誰にも邪魔されたくないんだ。それでなにを失うことになったとしても」彼女のところへ戻ってグラスを手渡し、自分のグラスとぶつける。「乾杯」

沈黙のなか、イザベルはアシュビーの目を探りながらワインを飲んだ。芳醇《ほうじゅん》な液体が喉を滑っていく。彼もなにか特別なものを感じているかしら？　かつての自分なら、このひとときを得るために魂すら売り渡しただろう。なにか気のきいたことを言わなければ。「これはどこのワインですか？　マデイラ島産ではないわね」彼女は唇についた赤いしずくを舌先でなめた。

　そのしぐさにアシュビーが身をこわばらせた。「マデイラは社交界にデビューしたばかりの娘や伊達男《だておとこ》が飲むワインだ」

　彼女は興味をそそられて、もうひと口飲んだ。「ワインに詳しいわけではないけれど、なんだか……」

「複雑な味わいがするだろう？　まるで人間のように」アシュビーはうなずき、ボトルに残っていたワインを自分のグラスに空けて、香りを吸い込んだ。「これはナヴァラ産のワインだよ。フルーティーでぴりっとしているのに、なめらかで複雑な味わいがある。スペインにいたとき、ケースで買ってこちらへ送ったんだ」

「あなたと話していると、自分がいかにものを知らないか思い知らされるわ」イザベルは頬を染めた。

「そんなことはない。それじゃあ、ぼくが年寄りみたいじゃないか」彼は上を向いてワインを飲み干した。

　喉元を赤いしずくが伝い、彼女は思わず見入った。しっかりしなさい！「さっきの話だけれど、世間とのつながりを断つと失うものがあると思うの？」

「いくつかね」

　それが突破口になるかもしれない。彼が失ったものを探り当て、その空白を埋めることができれば、これからも会ってくれるかも。「たとえばなに？」

「女性だ」

イザベルはワインを噴き出してしまった。

海色の瞳にいたずらっぽい光が浮かぶ。「きみが質問したんだぞ」

アシュビーのもとを裸で訪ねても気づかれないというのは思い違いのようだ。だが、そんな方法で彼の心を勝ち取ることはできない。経験豊かなソフィーが言うには、女性なら誰でもいいという男性とひとりの女性を欲する男性は、まったくの別物だという。「そういえば今日、あなたの部下だった方とお昼をご一緒したのよ」彼女は気楽な口調を装って、話を元に戻そうとした。「ライアン・マカリスター、もう少佐になられたのですって。あなたに会ったことは言わなかったけれど、彼もわたしたちの活動の後援者にはあなたが適任だと――」

「口説かれたのか？」

アシュビーの口調は驚くほどきつかった。「だとしたらどうなの？」

「マカリスターはやめておけ。あいつには近づくな」彼は空のグラスを脇に置いた。

「これといった理由もなく指図されるのは好きではないわ」

「理由が知りたいのか？　ライアン・マカリスターに熱を上げれば泣きを見るからだ」

本気で言っているのかしら？　自分の仕打ちはすっかり忘れてしまったの？　そうに決まっている。魅力的な放蕩者は過去の女のことなどいちいち覚えていないものだ。特に当時のわたしのような、相手が子供だった場合は。イザベルはいやな記憶を押しやった。「未来まで見通せるとは知らなかったわ。すごい能力ね」

アシュビーが一歩前に出た。「ぼくは本気だ。マカリスターには近づくな。あいつはきみには向かない」

嫉妬《しっと》しているようにも聞こえるが、それはありえないだろう。イザベルは彼の目を見上げた。「彼が貧乏だから、そんなことを言うの？」アシュビーが無言で彼女をにらみつけた。イザベルは空のグラスを彼のグラスの隣に置いた。「アシュビー卿、わたしはかつてあなたを兄のように慕っていたわ。ほかにも妹に対するアドバイスがあるなら教えてくださる？」

「ふざけるのはよせ！　ぼくはきみの兄ではない！」

彼女はたじろいだ。「そんなことはわかっているわ。あなたにはなんの義理もないものね」

アシュビーは広い胸を波打たせて大きく息を吐いた。「帰るんだ。ばかなことはやめろ。ぼくにウィルの代わりはできない」

「わかっています。そんなことを頼んでいるのではないわ。もう子供じゃないし、ばかでもありません」

彼の視線がイザベルの体を素早くなぞった。胸ばかり見つめる若い男のまなざしとは違う。

「確かにきみは子供ではない。だからこそ危険なんだ」

イザベルの胸に希望が湧《わ》き上がった。彼女はアシュビーの美しい瞳を探り見た。「なぜ危険なの？」

彼が腕を伸ばし、手の甲でイザベルの頬をなでた。「ぼくの屋敷に出入りしているところを見られたら――」そこで息を吸う。「ひどい噂を立てられるぞ。きみは若くて美しい。こんなことで将来を台なしにしてはいけない」

彼女の心はしぼんだ。傷を負い、マスクを手放せなくなって、孤独でも、わたしとはかかわりたくないのね。アシュビーの心を勝ち取るなどという夢はとうの昔に捨てたはずなのに。でも、せめて友達になりたかった。「わたしの評判を気にしてくださるなんてやさしいのね。まるで兄みたい」

今度はアシュビーも言い返さなかった。「ごきげんよう、ミス・オーブリー」彼はイザベルを窓のないワイン貯蔵室に残して去っていった。彼女は喉が詰まるような感覚に襲われ、新鮮な空気を求めて地上へ急いだ。

4

〈オールマックス〉に到着したイザベルを兄が待ち構えていた。「ハンソン、ぼくの妹のことは知っているね？」スティルゴーが近くの男性に話しかける。

盛んにおしゃべりをしているアイリスとソフィーが邪魔で、イザベルの位置からは兄の話し相手の顔を見ることも、問いかけに対する男性の返事を聞くこともできなかった。「お兄さまったら、約束したでしょう？」彼女は兄に向かって抗議した。「週に一度は社交の場に顔を出す代わりに、お兄さまもお母さまもわたしに男性を押しつけようとするのはやめるって」

「放っておくと、おまえは友達としゃべってばかりじゃないか」スティルゴーがかろうじて聞こえる声で反論する。「さあ、余計なことを言っていないで愛想よくするんだ」

「レディ・チルトン、ミセス・フェアチャイルド、こんばんは」品のよい声がした。ホワイトブロンドの男性が近づいてきて、友人たちが脇へよける。美しい髪の色が、黒い上着でさらに引き立って見えた。イザベルは息をのんだ。兄のおせっかいは気に入らないが、〝黄金《ゴールデン》・天使《エンジェル》〟の異名を取るジョン・ハンソン六世の美貌は無視できない。「ミス・オーブリー、今日はまた格別にお美しい」ハンソンが手袋に覆われたイザベルの手に額を近づけた。「ハンソン卿」彼女は思わず笑みを浮かべ、膝を折っておじぎをした。「またお目にかかれて光栄ですわ」

透き通るような空色の瞳がイザベルの全身を滑った。「それはこちらの台詞です」

「ハンソンは複数の法案にかかわっていて、おまえたちと同じく改革を訴えているんだ」スティルゴーはそう言うと、妹の耳もとでつけ加えた。「ほら、ぼくだって協力してやってるだろう?」

「本当に協力的だこと」イザベルも負けじとささやき返した。「お兄さま自身は協力してくれないくせに」

「今、してるじゃないか!」さっそくハンソンを質問攻めにする友人たちのかたわらで、兄と妹のいさかいが続く。「ハンソンの祖父はハーワース公爵だぞ。しかも公爵は、息子ではなく孫のハンソンを後継者に指名するらしい。そんな男が後援者になってくれれば、どれだけ世の中に貢献できるか考えてみろ」

「ウェディングベルの音がうるさくて、まともに考えられないわよ」イザベルは兄の脇腹を肘でつついた。兄は野心家でも欲深いのでもない。強情な妹が婚期を逸することを心配しているだけなのだ。「もういいからあっちへ行って。友達と話すんだから」

「ぼくがやろうとしているのは地税の削減です」ハンソンがソフィーの質問に答えている。

「それでは地主を擁護するんですか?」会話に割り込んだイザベルは、口調がきつすぎたかもしれないと思った。だが、特権階級の味方をする貴族に用はない。

「軍を除隊した男たちを雇う気があるなら、誰でも擁護しますよ」

「まあ」イザベルは女友達に目配せした。ハンソンこそ、自分たちの探していた人物かもしれない。「ハンソン卿、わたしたちは同じような問題に関心があるようですね」スティルゴーの忍び笑いを無視して、彼女は光り輝く天使に一歩近づいた。「詳しいお話を聞かせてくださらない？」

「喜んで。次のワルツを一緒に踊っていただけるなら」

「あの……」イザベルの視線を感じて、スティルゴーが肩をすくめる。彼女はハンソンに目を戻してにっこりした。「はい、ぜひ」ハンソンの腕に手をかけてダンスフロアに向かうイザベルは、周囲の視線が突き刺さってくるのを感じた。これほどたくさんの女性から羨望《せんぼう》のまなざしを浴びるのは初めてだ。それにしても、ハンソンはどうしてわたしを誘ったのだろう？　自分のことを醜いとは思わないけれど、彼とはこれまでろくに話したこともない。そもそも、ハンソンに群がる女性は山ほどいた。お兄さまはいったいなにを企んでいるの？

「あなたの兄上から聞いたのですが、お友達と一緒に寡婦を支える慈善事業を始めたそうですね」ハンソンは適切な距離を保ちながら、イザベルをターンさせた。

「一家の稼ぎ手を失って、物乞いをしたり、救貧院へ行ったりしなければならない女性や子供たちを助けたいのです」

「なぜ彼らを助けようと思ったのですか？」ハンソンが音楽に合わせて華麗にステップを踏

んだ。

「わたし自身、ワーテルローの戦いで兄を亡くしたからです。アイリスのお父さまは第九五小銃部隊に所属していて、スペインで戦死なさいましたし、ソフィーのご主人は海軍大尉で、洋上で亡くなりました。同じような悲しみを背負いながら、経済的にも恵まれていない女性を助けることが、わたしたちの使命だと思うのです」

「具体的な目標はあるのですか？　これまではどんな活動を？」

「救貧院を訪ね、食料や衣類を寄付しています。それから金曜の午後に集まって、今後の活動方針を決定するために遺族からお話をうかがったり、遺族名簿を作成したりしています。議会に法案を提出する準備もしているんですよ。政府は彼女たちに補償金を出すべきだと思います」

「すばらしい。あなたのように若くて美しい女性が、社会的意義のある活動をしておられるとは……。あなたもお兄さんを亡くして大変でしょうに。お兄さんはどこに所属しておられたのです？」

「第一八騎兵連隊です、ハンソン卿」

イザベルの手の下で彼の肩がこわばった。「ジョンと呼んでください」

「わかりました」彼女はにっこりした。「わたしのことはイザベルと」

「イザベル。とても可憐《かれん》な名前だ。あなたにぴったりですね」

「ありがとうございます」ダンスフロアの向こうに、高齢のダックワース大将と踊るソフィーの姿が見えた。大将のなれなれしさに辟易《へきえき》しているようだ。

「明日、バリントン邸で催される舞踏会で、またお目にかかれますか？」ハンソンが尋ねる。

イザベルはためらった。バリントン邸はランカスター・ハウスと敷地を接している。アシュビーがひとり闇のなかにいるというのに、そのすぐ隣でダンスをしたり、ワインを飲んで社交辞令を交わしたりするのは気が進まなかった。だが、慈善事業を軌道に乗せるためには参加すべきだ。「はい、もちろん」彼女はにっこりした。

「よかった。最初のワルツを踊っていただけますか？　それから最後のワルツとコティヨンも」

この急な執着ぶりはどういうわけだろう？　イザベルはいぶかりながらも、きらきら輝くハンソンの瞳を見て、しばらく調子を合わせてみることにした。「同じ男性と三曲も踊ったら、なにを言われるかわかりませんわ」

「噂になれば、手っ取り早く結婚できますよ」ハンソンが応じた。「それは冗談だが、あなたのおっしゃるとおりでしょう。一曲目は社交上のおつき合い、二曲目は純粋な愛の表現。三曲目となるとやりすぎだ」

この人はすべてを兼ね備えているので、女性にちやほやされることが当然になっているのだろう。どのくらいでわたしを陥落させられるかに興味があるに違いない。しかし、イザベルは今のところ彼の取り巻きに加わる予定はなかった。そっけない態度のほうが気を引くようだし、そうなれば法案への協力も得やすい。「最初のワルツとコティヨンを踊ったら、わたしのお願いも聞いてくださいますか？」

「ほう？」天使は眉間《みけん》にしわを寄せたが、すぐ笑顔に戻った。「いいでしょう」

「それでは明日」イザベルは優雅におじぎをしてダンスフロアを辞した。

彼女がアイリスのかたわらに戻ったとき、会場の盛り上がりは最高潮を迎えていた。「いったいどうしたの？」アイリスがイザベルの腕をつかみ、低い声で言う。「なぜ彼をダンスフロアに置いてきたの？」

「新しい作戦なのよ」イザベルはいたずらっぽく笑った。そこへ息を切らしたソフィーも戻ってきた。「ダックワース大将は？」イザベルはきいた。

「あのすけべじじいったら！　近眼で耳が遠いことを理由にやたらと体をさわるのよ。パリ時代にはあの手の男を何人も蹴散らしてきたんだから、ばかにしないでほしいわ」

イザベルとアイリスは笑いをこらえて目を合わせた。「つまり、大将は後援者のリストから外したほうがいいってこと？」アイリスが尋ねる。

ソフィーはふんと鼻を鳴らした。「あんな礼儀知らずは、浴槽で溺《おぼ》れ死ねばいいんだわ」彼女はイザベルを見た。「ハンソン卿とのワルツはどうだった？」

イザベルの代わりに顚末《てんまつ》を説明したアイリスが、こう締めくくった。「イザベルは新しい作戦を試しているんですって」

「わざと気を持たせてみたの」イザベルはにっこりした。「どういう意図があってわたしに近づいてきたのかはわからないけれど、明日、バリントン邸の舞踏会ではっきりさせてみせるわ」

「参加しないと言ってなかった？」アイリスが指摘する。

「気が変わったの。三曲もダンスを申し込まれたのよ。理由が知りたいわ」

「そんなの、わかりきってるじゃない」ソフィーはフランス人らしく唇をとがらせた。「友人に若くて美しい女性を紹介してもらった。その女性は頭だって悪くない。もっと親しくなりたいと思うのは当然でしょう？」

「わたしたちの法案を議会に推してくれるかしら？　名簿を入手できる人に心当たりがないかどうかきいてみた？」アイリスが言う。

「まだよ。でも、これまでの活動について話したら興味を持ってくれたようだった。様子を見ましょう」

「イジーはほかに名簿を手に入れられそうな人を知っているらしいわ」ソフィーが言った。

「本当に？」アイリスの表情がぱっと輝いた。「どなた？」

「誰でもないわ」イザベルは顔をしかめた。「兄の古い友人だけど、今は社交界に出たがらないの」

　ソフィーが唇をゆがめた。「あのすてきな少佐の口ぶりでは、あなたとその人はごく親しい間柄だったみたいだけど。どうにかすればお近づきになる方法を探せるのじゃなくて？」

「すてきな少佐って？」アイリスが口を挟む。

「ぼくのことだ」背後から低い声が聞こえた。

慌てて振り返ったアイリスはさっと青ざめ、おびえたように目を見開いた。ふたりの周囲を沈黙が包む。ソフィーとイザベルはいぶかしげに視線を交わした。

先に口を開いたのはライアンだった。「レディ・チルトン……ですね」彼はアイリスの手を取ろうとしたが、彼女は目をらんらんと光らせて手を引いた。ライアンが穏やかな声で続ける。「騒ぎを起こしたくないんだ、アイリス」

「なぜ？」彼女はヒステリックに応えた。「そもそも、よく招待状が手に入ったこと」

ライアンがこわばった笑みを浮かべた。「そっちこそ」小さな声で言い返す。「少なくともぼくは、ここへ来るために身を売ったりはしていない」

アイリスは冷たい目で相手の全身を眺めまわし、再び顔に視線を戻した。「売ったのではなく貸したとか？　そうでもなければ招待状を手に入れられるはずがないもの」

イザベルはむせそうになった。おしとやかなアイリスがこんなことを言うなんて。

ライアンはまばたきもしなかった。「知ってのとおり、ぼくは自由の身なんでね。今日は上流階級の娘が選び放題なんだろう？」

「なるほどね」アイリスが毒のある笑みを浮かべた。「お金持ちの娘を物色中ってわけ？」

彼は歯を食いしばった。「金持ちより高潔な女性かな」

「興味深いご意見だこと」アイリスが首を傾《かし》げる。「高潔な女性がどうしてあなたを選ぶと思うの？」

「愛……のためかな？」ライアンが皮肉めかして眉尻を上げた。

殺し合いが始まる前に、イザベルは仲裁に入ることにした。「ライアン少佐、こんばんは。またお会いできてうれしいわ。よろしかったら、わたしにレモネードを持ってきてくださらない？　喉が渇いてしまって」

ライアンがにやりとした。「イザベル、きみは目の保養だ。荒れ地に咲く一輪の花だよ」彼はアイリスのほうを見もしなかったが、それが彼女へのあてこすりであることは明らかだった。

アイリスの傷ついた表情を見て、イザベルは胸が痛くなった。だいたい、口論の盾として利用されるのは不愉快だ。いさかいのわけはあとで問いただすことにしよう。イザベルはライアンの腕に手をかけた。「やっぱり飲み物のテーブルまでご一緒するわ」

「ぼくとしてはダンスフロアへ誘いたいんだが」

断りかけたイザベルは、ソフィーの鋭い視線に気づいて考え直した。流血騒ぎを避けたいなら、なにがなんでもライアンとアイリスを引き離さなくてはならない。イザベルは彼に向かってとびきりの笑顔を見せた。「あなたのお誘いとあっては断れないわ」

イザベルがダンスフロアへ向かおうとしたところで、ライアンがアイリスのダンスカードを取って、最後のワルツに自分の名前を書き込んだ。「積もる話があるからね」

「今夜は誰とも踊りません」アイリスが無愛想に言う。

「それならダンスカードなんて持たなきゃいいんだ」彼はソフィーのカードも開き、カントリーダンスの欄に名前を書いた。「今夜はどなたもぼくから逃れられませんよ。では、またあとで」ライアンはおじぎをすると、イザベルをエスコートしてダンスフロアに向かった。

　フロアの端まで来たとき、レディ・ジャージーが近づいてきた。〈オールマックス〉を主催している七富豪のひとりだ。「ライアン、ダーリン、会えてうれしいわ」レディ・ジャージーは甘ったるい声を出して、彼の腕にしなだれかかった。

「サリー《サーント》」ライアンがレディ・ジャージーの手を口元に掲げる。「きみときたら――見とれ《ラヴィ》てしまうよ」

　サリーはころころと笑った。「軍服を着た殿方にほめられるのって大好きよ。とっても……誠実に聞こえるもの」彼女の吐息はブランデーの香りがした。この会場では強いアルコールを給仕していないはずだ。きっとバッグのなかに酒の小瓶を忍ばせているのだろう、とイザベルは思った。ライアンがたった二日間のうちに招待状を入手できたのは、この女性と親しいからだ。

　サリーの値踏みするような視線に気づいて、イザベルは小さくおじぎをした。「レディ・ジャージー」

「ミス・オーブリー」サリーは敵意をむき出しにしてうなずき、ライアンに向かってつぶやいた。「あとでね、ダーリン」

「楽しみにしてる」ライアンは片目をつぶり、イザベルをダンスフロアに連れ出した。

　これでライアンは未来の夫候補からは外された。アシュビーの忠告は正しかったわけだ。彼が嫉妬に駆られていたわけではないと判明してがっかりだった。結局、兄のように心配してくれただけ……。

　軽快なダンス曲が会話向きでなかったため、友人の悪口は聞かされずにすんだ。今夜のライアンは感じがいいとは言えないが、イザベルは土曜の約束を反故《ほご》にするつもりはなかった。アシュビーの秘密をいくらかでも知っていそうな人物はライアンしかいない。

〝アシュビー……〟彼とダンスするところを思い描いて、どれだけ眠れぬ夜を過ごしただろう。第一八騎兵連隊の銀と青の上着に包まれた広い胸を見ていると、ライアンではなくアシュビーと踊っているような錯覚にとらわれてしまう。

　妄想と違って演奏されているのはワルツではなかったため、ターンして何度かパートナーを変えるうち、イザベルの前にハンソンが立った。短い挨拶を交わして元のパートナーに戻る。うしろを振り返ったイザベルは、ハンソンの相手を確認して驚いた。

「ルイーザ・タルボットですって？」ダンスが終わり、イザベルが友人たちにその話をすると、ふたりもひどく驚いた顔をした。「それは確かなの？」ソフィーが信じられないという口調で言う。「あの嫌われ者のルイーザ？　ハンソン卿はどうしてあんな人と踊ったのかしら？」

　イザベルは舞踏室の反対側に視線を走らせた。ホワイトブロンドの男性は多くの女性に取り囲まれている。かつてあの輪の中心にいたのはアシュビーだった。当時の彼は罪作りなほど魅力的で、若い娘や娘の夫候補を探す母親はもちろんのこと、母親本人や姉妹からも言い寄られていた。そしてそのなかのひと握りは、一時的ではあっても実際に彼を手に入れたのだ。「なにかの賭けに負けたのかもしれないわ」イザベルは肩をすくめた。「ありえないことじゃないでしょう？」

「そうね」アイリスが同意した。「ルイーザ・タルボットはクロイソス王も顔負けのお金持ちだもの。お父さまはアメリカ人で、世界一のたばこ農場を所有していたんですって。そのお父さまが昨年亡くなると、お母さまは長年の愛人だったラリモア卿と再婚されたのよ。それでルイーザがすべてを相続したというわけ。お母さまには一シリングもなしで」

「でも、ハンソン卿はハーワース公爵のあとを継ぐのでしょう？」イザベルは指摘した。

「容姿にも頭にも性格にも問題のある女性を、お金のために口説く必要はないんじゃない？」

「お金の魅力には逆らえないものなのよ」アイリスが嘲った。「ジョージ四世だって、ルイーザにはおべっかを使うんだもの。でも来週、アメリカから彼女のおじにあたる人がやってくるらしいわ。その方は英国貴族が大嫌いなんですって。姪《めい》が貧乏貴族の餌食《えじき》にならないよう、目を光らせるつもりなんでしょう。すでに探偵を雇って求婚者を調べさせているという噂もあるわ」

「ルイーザに求愛者がいるの？」イザベルは目をぱちくりさせた。「友達さえいそうにないのに？」

「噂をすれば……だわ」ソフィーの視線の先に、楽しげにダンスフロアを横切る痩せぎすでそばかすだらけの女がいた。お相手は……ライアン・マカリスター。

ソフィーとアイリスの言ったとおり、彼は遺産目当てなのだ。

「わたし、早めに帰りたいのだけど……」ふいにアイリスが言った。「イジーがハンソン卿に法案のことを持ちかけるつもりがなければ……」

イザベルはソフィーと目を合わせた。アイリスはライアンとのワルツまで残りたくないのだ。社交界の紳士たちはアイリスのダンスカードがただのお飾りであることを承知している。すべてはチルトンのせいだった。アイリスが踊らないと言い張れば、ライアンはきっと騒ぎを起こすだろう。アイリスとライアンが昔なじみであることは誰の目にも明らかだ。どの程度のつき合いで、なぜ反目しているのかはわからないが、今夜はもうじゅうぶん不快な思いをした。ライアンの登場で、アイリスとソフィーがアシュビーのことを忘れてくれたのには感謝するけれど。「わたしはいつでも帰れるわ」イザベルは応えた。「法案のことは明日、バリントン邸の舞踏会で切り出すつもりだから」

「そのほうがいいわね」ソフィーも賛成した。「まずは相手の気を引いて、たっぷりのぼせ上がらせてから支援を頼めば断りにくいわ」

イザベルはにっこりした。「ソフィー、あなたって悪い人。哀れな男性を誘惑しろってこと？」

「黄金の天使だって負けていないはずよ。うまくいけば社会派カップルの誕生だわ」アイリスが笑みを浮かべた。

イザベルは目を細めた。「あなたたち、スティルゴーになにか言われたんじゃないでしょうね？」

「まさか！　そんなことあるわけないでしょう」ソフィーが身震いした。

「敵に協力したりしないわ」出口に向かいながら、アイリスが請け合った。「それにしても、あなたはなぜ結婚をいやがるの？　わたしの結婚生活がお手本にならないことは認めるけど、ソフィーとジョージは幸せだったわ。そうでしょう？」

「ええ、とっても」ソフィーが悲しげに答える。「ジョージはわたしのよりどころよ。パリのオペラ歌手を女王さまに変身させてくれた。そしてジェロームを授けてくれた。もう一度ジョージのようにすばらしい男性を見つけたら、わたしはためらわずに求婚を受けるわ。結婚生活っていいものよ。いろいろな面でね」

イザベルの脳裏に薔薇園のベンチと凛々しい軍服姿が浮かぶ。彼女はため息をついて記憶を振り払った。「結婚がいやなわけじゃないの。最良の人が現れるのを待っているだけ」

「考えてもごらんなさいよ」アイリスが言った。「ハンソン卿がその人なら、あなたはロンドンでいちばん愛らしい赤ちゃんを授かるのよ」

イザベルの心に名案が浮かんだ。「赤ちゃん……」

5

静かで強烈な苦しみ
岩、禿鷹《はげたか》、そして鎖
誇り高き者のみが味わう苦痛
内に秘めた苦悩のすべてと
息が詰まるほどの悲しみは
孤独のなかでのみ語られる

バイロン卿『プロメテウス』

「いったいなにごとだ?」アシュビーはミスター・ブルックスが持ってきた銀行の収支明細書と投資報告書から目を上げ、ドアをにらんだ。玄関のほうがやけに騒がしい。昔の彼なら現場に駆けつけるところだが、経験上、傷を負った顔を見せても火に油を注ぐだけだとわかっていた。歯ぎしりをして書類を机に置く。「フィップス!」アシュビーの怒鳴り声にミスター・ブルックスは身を縮め、おどおどした笑みを浮かべてずり落ちた眼鏡をかけ直すと、再び書類に顔をうずめた。傷を負って以来、アシュビーとまともに目を合わせることができる者はほとんどいない。ミスター・ブルックスも例外ではなかった。

書斎に入ってきたフィップスを見て、アシュビーは愕然《がくぜん》とした。「それはなんだ？」執事が抱えているピンク色の物体を指さす。赤ん坊を盾に結婚を迫られた経験は何度かあるし、そのたびに探偵を雇って適切に対処してきた。それなのに今回は一瞬、自分の子であってもいいという考えが浮かんだ。ただ、二年以上も女性とベッドをともにしていないのだから、現実問題として彼の子であるはずがない。フィップスが抱えている赤ん坊はどう見ても、せいぜい一歳になったばかりだ。

「こちらはミス・ダニエラです」赤ん坊にしがみつかれて、フィップスは顔をほころばせた。

「ご主人さまに面会に来られました」ピンク色の物体はもぞもぞ動いて部屋のなかを見まわしている。

アシュビーは椅子を引いて立ち上がり、赤ん坊に近づいた。女の子だ。ふわふわした金色の髪が産着と同系色のリボンで結わえてあった。好奇心旺盛《おうせい》に動く大きな瞳は雲ひとつないスペインの空を思わせ、ピンク色の唇は晴れやかな弧を描いている。〝まさかそんな！〟彼は深い喪失感に襲われた。「誰がこの子を連れてきた？」その答えは聞くまでもなかった。

「それは……」フィップスは大きな机に向かって背を丸めている株式仲買人に目をやった。

「一昨日と、その前の日にお見えになった方です」

アシュビーは目を閉じた。これが〝天罰〟というものだろうか？　多くの部下を、そして親友を失い、生きる希望もないというのに、死ぬまで罪の代償を払い続けねばならないのか？

ミスター・ブルックスが私物をまとめ始めた。「残りの書類はお時間のあるときにご確認ください。来週、また改めてうかがいますので」

「そうしてくれ、ミスター・ブルックス。ご苦労だった」いずれにせよ、もう書類など読む気分ではない。損益の計算は頭の体操になるし、嫌いではないのだが、イザベルの出現ですっかり調子が狂ってしまった。戦争から戻って半年ほど、ろくに眠ることも食べることもできない時期があった。ワイン貯蔵室にこもり、今さら彼女に会ってもどうにもならないと自分に言い聞かせて、果てしない夜をやり過ごした。それがイザベルと再会してからというもの、その当時以上の孤独を感じている。なぜか悪夢の内容までが変わってしまった。ワーテルローやソラウレンの戦場で、親友を、そして自分自身を繰り返し助けそこなう代わりに、焦土と化した大地で死体に囲まれ、英国はどっちだと途方に暮れるのだ。

イザベルとの悩ましいひとときを夢見ることもあった。そんなときは決まって荒々しい高ぶりとともに目を覚ます。現に今も、彼女が自分の屋敷にいて、もうすぐ目の前に現れると思うだけで体の一部がこわばった。これだから女はやっかいだ。そう、イザベルはもう少女ではない。それは夢のなかでも明らかだった。

「それではこれで」ミスター・ブルックスがぎこちなくうなずいて書斎を出ていった。アシュビーはフィップスの手からダニエラを抱き取った。イザベルが執事にこの子を任せたのなら、少しくらいはぼくにも抱かせてくれるはずだ。バニラの香りがアシュビーを包む。丸々とした赤ん坊は羽根のように軽く、彼も自然とやさしい手つきになった。「かわいいな」こんなふうに自分の子を抱くことはないだろう。なんともいえず謙虚で、崇高な気持ちになる。

「それでイザベルは?」

「ミセス・ネルソンと一緒に階下《した》におられます」フィップスが指先で赤ん坊をくすぐって笑わせた。ダニエラは一瞬執事に注意を向けたが、すぐアシュビーに視線を戻した。

アシュビーは顔をしかめた。「家政婦と一緒に? どうして?」

「ヘクターがミス・オーブリーに飛びついてなめまわしたので、手を洗いに行かれたのです。子犬のときがどうとかおっしゃって……」

「ヘクターをくれたのはイザベルなんだ」アシュビーは好奇心に満ちた執事の視線を無視して、生き生きとした赤ん坊を観察した。ダニエラが青い瞳を輝かせて両手を上げ、彼の頰をぴしゃりと挟む。アシュビーがぎょっとすると、赤ん坊はきゃっきゃと笑った。〝この子はぼくが怖くないのか〟

「ご主人さまのことがお好きなようですね」

驚くべきことだ。アシュビーは片手で赤ん坊を抱き、もう一方の手で頰にあてがわれたダニエラの手を鼻のほうへと移動させた。あどけない笑顔に心がとろけそうになる。大の男が子供に骨抜きになる理由がやっとわかった。この子はイザベルにそっくりだ。だが、それを認めるのはつらい。

誰かがドアをノックした。「フィップス？　そこにいるの？　入ってもいいかしら？」イザベルの声だ。

〝まずい！〟彼女に醜い顔を見られたくなかった。だからといって、机の下に潜り込むわけにもいかない。「フィップス、この子を彼女のもとへ連れていけ」

執事は上着の内ポケットから黒いマスクを取り出した。「お給金をはずんでいただかなくてはなりませんね」

「一〇パーセントの昇給でどうだ？」アシュビーはちゃっかりした執事の手からマスクを取り上げて椅子に座り、ダニエラを膝の上にのせた。ダニエラが目の部分に指を突っ込むのでマスクをつけるのに苦労したが、それでも赤ん坊を放したくはなかった。「どうぞ」ようやくドアのほうへ呼びかける。自分でも驚くほど鼓動が速まった。

「ここにいたのね」イザベルが滑るような足取りで部屋の中に入ってきて、まっすぐアシュビーの横へ来た。ハイネックのモスリンのドレスは淡いラベンダー色で、形のよい胸の下に紫のリボン飾りがついている。ダニエラを抱き上げるイザベルはとても魅力的で、しかも赤ん坊と同じバニラの香りがした。

アシュビーの下腹部がこわばった。「フィップス、下がれ」そう言って立ち上がる。〝もっと背が低いか、机が高ければよかったのに。まあ、少なくともまだ死んでいない証拠だ〟自《じ》嘲《ちょう》気味に考えながら、イザベルのほうを見た。彼女はふっくらとした唇をダニエラのなめらかな頬に押しつけている。アシュビーは胸がよじれる思いがした。過去に正しい選択をしていれば、この美しいふたりは自分のものだったかもしれないのだ。イザベルの成長を待ってウィルに相談していれば、ぼくがこれほど愚かでなければ……。「もうぼくにかまうなと言ったはずだぞ」彼はざらついた声で言った。

「そう簡単にわたしを追い払えると思ったの?」イザベルが顔を上げる。その拍子にアシュビーの唇をやわらかな巻き毛がかすめ、口のなかにつばが湧いた。輝くような笑みに理性が吹き飛ぶ。

イザベルの唇を見つめたまま、アシュビーはじりじりと上体を近づけた。彼女がダニエラを抱き直した瞬間、はっとわれに返る。これではまるでお預けを食らった犬だ。

「慈善団体の役員に寄付のことを話したの」イザベルがほほえんだ。「彼女たちの顔を見せたかったわ。五〇〇〇ポンドだもの。直接、お礼を言いたがっていたのよ。でも、寄付は匿名でもらったことにしたの。ソフィーは〝それこそ博愛の精神〟と言っていたわ。助けを必要とする人たちの立場を思いやって人知れず善行をするなんて、きっとすばらしい人に違いないって」

イザベルの瞳に夢見るような光が宿り、アシュビーの心をわしづかみにした。自分の声が他人のもののように聞こえる。「だが、きみはぼくが寄付したことを知っているじゃないか」

「それでも――」イザベルは彼の腕に手をかけた。「あなたほど寛大で思いやりのある人はいないわ」

アシュビーは顔をしかめた。彼女はぼくがどんな人間で、なにをしてきたか、まったくわかっていない。一瞬、すべてをぶちまけてしまいたくなった。しかし、そんなことをしてもどうにもならない。ぼくは自分自身に絶望した。彼女まで巻き込むことはない。「喜んでもらえてなによりだが――」

「それ以上言わないで」イザベルが清らかな表情で首を振った。「あなたを問いつめるために来たのではないわ」

アシュビーはマスクの下で眉間にしわを寄せた。「それならなぜ来た？」そう問いかけながらも、二度と会えなかったときのことを考えると恐怖で胃が縮む思いだった。

イザベルはにっこりして、彼の胸にダニエラを押しつけた。「この子におじの親友の話を聞かせていたから、会わせてあげようと思って」

「おー、じー」ダニエラがふっくらした手を伸ばしてアシュビーの髪や耳にふれる。彼は久しぶりに化け物から人間に戻ったような気がした。

イザベルの空色の瞳に愛しげな光が宿る。「かわいいでしょう？　家族以外の人には懐かないのよ。あなたはうちの家族として認められたのね」

「ライオンのように誇り高きオーブリー一家の一員に？」アシュビーは口角を上げた。「それで……きみはこの子にどんな話をしたんだ？」

「あなたは子犬が好きだってこと。あとは女同士の秘密」

アシュビーは小さな天使を胸に抱き寄せた。すり切れていた魂が癒されていく。「なんて純粋で無防備なんだ」あどけない笑顔を見ていると、守ってやりたいという衝動が湧き上がってくる。「こんな小さくて汚れない魂が、どうしてこの醜い世界を生き抜いていけるだろう？」

「それがこの子の武器なのよ。小さくて愛らしくて、守ってやりたくなるでしょう？」

アシュビーは息苦しくなってイザベルを見た。彼女を見ても同じ気持ちになる。彼はダニエラのやわらかな髪をそっとなでた。「すごくかわいい子だ。いくつだい？」

「生まれて一三カ月よ」

嫉妬する権利などないことはわかっていても、さらに追及せずにいられなかった。「父親は？」

「おかしなことをきくのね」イザベルはいぶかしげな目をした。

自分以外の男がイザベルの夫になり、毎晩彼女と愛を交わし、毎朝その笑顔を見ていると思うと、はらわたが煮えくり返った。「だって、きみの子だろう？　結婚したんじゃないのか？」

イザベルが彼をまじまじと見た。「ダニエラはスティルゴーの娘よ。結婚したのは兄のほう」

安堵の波に洗われ、アシュビーは思わず笑みを浮かべた。体を縛っていた見えない鎖がほどけていく。「それはおめでとう。兄上は幸せ者だな。お相手は？」

「アンジェラ・ランドリーよ。ウィルも結婚式に参列したじゃない。聞いていないの？　ナポレオンが最初に失脚したあとよ。よく考えてみて。あなたも招待されていたはずだわ」

「思い出せない」本当は招待を断ったのだ。イザベルとキスしたあと、もう二度とセブン・ドーヴァー・ストリートには近づくまいと決めた。自制する自信がなかったからだ。さらに傷を負ってからは選択肢がなくなった。憧《あこが》れのまなざしが同情に変わるのは耐えられないと思った。それから帰国して二年間というもの、ひとりみじめにイザベルのことを思い返していた。彼女のまっすぐな気質や美しさを。愛らしいしぐさや声を。彼女が将来大輪の花を咲かせることに気づくのは、自分だけではないはずだ。しかも一〇万ポンドの持参金付きとなれば、狼《おおかみ》たちが放っておくはずがない。問題は、それがわかっていてもなんの行動も起こせない自分だった。

「ところで、わたしと入れ違いに帰った方はどなた?」イザベルはそう言いながらポケットからナプキンに包まれたビスケットをひとつ取り出し、ダニエラに与えた。

「財務を担当しているミスター・ブルックスだ。なぜそんなことをきく?」

「あなたはマスクをつけていなかったでしょう?」

「どうしてわかった?」それがわかるくらいなら、スティルゴーの結婚式の一年も前に顔面を負傷したことにも気づいているのではないだろうか。

「わたしを廊下で待たせたからよ。また服を着ていないのかと思ったわ」彼女はアシュビーを赤面させる例のほほえみを浮かべた。「昨日は着ていなかったもの」

アシュビーは歯を食いしばった。少女だったイジーがこんなことを言うようになったとは。昔の自分なら〝寝室で楽しいことをする気があるなら、すぐに服を脱ぐよ〟とでも返すところだが、今の彼にそんな勇気はなかった。「ミスター・ブルックスはさほど感受性が強くないが、きみは違うから」

「試してみたら？　案外驚くかもしれないわよ」イザベルが静かに言った。

「あまりいいアイデアとは思えないね」アシュビーは机の端に寄りかかってダニエラに視線を戻した。小さな指がマスクの縁をたどる。

「ダニエラを公園へ連れていくとアンジェラ——アンジーに約束したの。あなたも一緒にどう？　楽しいわよ」

彼は低く笑った。「つまりきみは公園にいることになっているのか」

イザベルも笑みを浮かべた。「なにがおかしいの？」

アシュビーは彼女と目を合わせてにやりとした。「女性がぼくと一緒にいるために家族に嘘をつくのは気分がいいものだ」イザベルの頬が赤くなる。彼はさらにいい気分になった。男としての自信がよみがえってくる。

ふたりの楽しげな様子に加わろうと、ダニエラがよだれでべとべとのビスケットを口から出してアシュビーの口に押し込んだ。

「公園で鵞鳥《がちょう》に餌《えさ》をやろうと話していたの」イザベルがくすくす笑った。

彼はどうすることもできずに湿った物体をのみ込んだ。「ぼくは鵞鳥なわけだ」

「とっても——」イザベルはいたずらっぽい目で彼の全身を眺めまわした。「大きな鵞鳥さんね」

アシュビーの体がこわばった。顔はめちゃくちゃになっても男であることには変わりない。猛々しい本能が体内を駆けめぐる。イザベルはまだぼくに好意を抱いているに違いない。だが、彼女が期待しているのはかつてのぼくではないだろうか？　「この屋敷の庭にも……池があるよ」

「本当に？」イザベルはとまどいのまざった笑みを浮かべて唇を嚙んだ。ダニエラが鼻にしわを寄せ、小さな歯を見せて叫ぶ。「しゃかな！」イザベルの明るいブルーの瞳に大胆な光が宿った。「それなら案内してちょうだい」

「お目付役はいらないんじゃないか？」アシュビーに耳もとでささやかれ、イザベルはぞくぞくした。

そこは青々とした池のほとりで、イザベルはルーシーと人形で遊ぶダニエラを見ながら、世の中に男性はたくさんいるのに、なぜアシュビーにこれほど惹かれるのだろうと考えていたところだった。すでに何度も自分に投げかけた疑問だ。「お目付役？」眉をひそめる。「あ、ルーシーのこと？　彼女が必要な理由はふたつあるわ。まず、ルーシーはあなたの執事が嫌いなの。だから引き離しておくほうが無難だと思って」

「ぼくの執事はちょっかいを出したりしないさ」アシュビーは鋭く指摘した。「見張られているようでいやなんだ。下がらせてくれ」

イザベルは女性として小柄なほうではないが、背の高いアシュビーと目を合わせるにはかなり上を向かなければならなかった。今日の彼は非の打ちどころのない身なりをしている。瞳の色を引き立てる濃いグレーの絹のベストと、糊《のり》のきいた白いシャツ。上等な上着とズボンはグレーだ。黒いマスクからのぞく瞳は鮮やかな緑で、長い豊かな髪はきれいにとかしつけられていた。貴族の衣装をまとった狼を連想させる。彼は四六時中マスクをつけているわけではなく、素顔を見せる相手を選んでいるようだった。マスクを取って、心の奥に焼きついている懐かしい顔をもう一度見たい。どんな傷を目にしようと、彼への気持ちが揺らぐはずがないのに。

「なにをそんなに見つめているんだ?」アシュビーが彼女のほうを見もせずに言った。

「ごめんなさい。ずいぶん久しぶりだから、わたし……」イザベルは声をひそめた。「ルーシーを下がらせたら、そのマスクを外してくれる?」

「だめだ」

彼女はがっかりしたが、いつか外してくれるだろうと気を取り直した。追い返されなかっただけでもかなりの進歩だ。ダニエラのおかげでアシュビーの心をほぐすこともできた。

「噂になることを気にしているなら大丈夫よ。ルーシーもわたしも口はかたいの」

「きみのことは信頼している。だが、きみの侍女については……」アシュビーはダニエラをピンクの毛布に寝かせているルーシーに鋭い視線を向けた。

イザベルはアシュビーの腕に手をかけて背筋を伸ばすと、彼の耳元でささやいた。「ルーシーの従姉のメアリーは夫のフランクとチープサイドで仕立屋をしていたのだけど、フランクがメアリーを残して戦死してしまったのよ。二週間前に店舗の賃貸期限が切れて、メアリーは住む場所を失い、救貧院へ行くしかなくなった。わたしは彼女を自分の家に連れて――」

「まさか救貧院へ行ったのか？　ひとりで？」アシュビーの視線がきつくなる。

彼女はいたずらを見つかった子供になった気分だった。「ひとりで乗り込むほどおてんばじゃないわ。ルーシーと一緒に行ったの」

アシュビーが口元を引きしめた。「どこの救貧院へ行ったんだ？」

「ビショップスゲートよ。そこからかわいそうなメアリーを助け出して――」

「スピタルフィールズのビショップスゲートか？　スティルゴーは承知していたのか？」

「兄は関係ないわ」イザベルは不機嫌そうに言い返し、ルーシーの背中を見た。「ともかくメアリーを助け出したの。今はうちの召し使いの制服のお直しをしてもらっているのだけれど、ゆくゆくはもっといい仕事を見つけてやりたいのよ。ともかくそういうわけで、ルーシーはわたしや友人について噂を広めたりしないから安心して」

彼の視線がやわらいだ。「誇り高きイザベル、きみは相変わらず弱き者の救世主なんだね」彼女のほうに身を寄せ、唇に張りついたおくれ毛を払う。「それで、もうひとつの理由はなんだい？」

イザベルは息をのんだ。アシュビーが自分を親友の妹としか見ていないとしても、彼への恋心を抑制するのは難しい。

「ルーシーにダニエラの面倒を見てもらえば……あなたとお話しできるでしょう」

彼の瞳が冷ややかになった。「特別に話したいことでもあるのかい？　慈善事業のことか？」

「ただおしゃべりがしたいだけよ」イザベルは神経質に笑った。なんとしてもアシュビーを人間らしい生活に引き戻す決意だった。現実問題として、アシュビーとのことが噂になればイザベルは社会的信用を失い、彼を慕う愚かな心も大打撃を受けるだろう。それでも年を重ねた分、昔よりは賢くなったはずだ。もう月夜のキスや、望みのない愛の告白はしない。彼に友情を差し出して、彼の友情を手にしたいだけ。

「おしゃべり？」アシュビーが疑い深く尋ねる。「ぼくにやってほしいことがあるんじゃないのか？　書類に目を通すとか、誰かを助けてほしいとか」

「ないわ」彼女は誠意を込めて答えた。

「よろしい。そういうことならぼくがダニエラの面倒を見るから、あのお目付役を下がらせてくれ」

アシュビーはそう言うとさりげなくダニエラのかたわらに行って、草の上に腰を下ろした。ダニエラが彼に抱きつく。アシュビーはそばへ寄ってきたヘクターをダニエラに紹介した。まるで幸せな家族の光景だ。彼がふたりきりになりたいというなら、こちらとしてもそのほうがいい。イザベルはルーシーに近づいた。侍女はアシュビーの存在に気づかないふりをしている。余計なことは見ない、聞かない、口外しない。ルーシーには優秀な執事の素質があった。「あなたは屋敷に戻っていいわ。今日は日差しが強いし、また頭が痛くなったら大変だもの。ダニエラの面倒はわたしが見るから」

池のほとりは大きな楡《にれ》の木陰になっていたが、ルーシーは素直に引き下がった。

アシュビーが上着を脱いでイザベルのために草の上に広げた。「ありがとう」彼女はその上に座ってスカートを整えた。ヘクターがダニエラのにおいをかいでいる。ダニエラはおっかなびっくりではあるが、黒いレトリーバー犬に興味を示しているようだ。イザベルはとっさにダニエラをかばおうとした。ヘクターが嚙みつかないという保証はない。

アシュビーの手がそれをとめた。「大丈夫だ。ヘクターは彼女を傷つけたりしないよ」

「どうしてわかるの?」彼の自信に満ちた物言いが腹立たしかった。

「そういうふうにしつけたからだ」アシュビーが答える。「赤ん坊のにおいをかいだことは前にもある。スペインではいろんな村を訪れたからね」

ダニエラがヘクターの耳を引っ張るのを見て、イザベルはぎょっとした。しかし犬は耳をぱたりと動かしただけで、赤ん坊の足元におとなしく身をかがめた。彼女はほうっと息を吐いた。「ダニエラ、ワンちゃんにやさしくするのよ」

「ぼくの言うことが信じられなかったのか?」

マスクに覆われた顔が目前に迫ってくる。布地の端から右頰の傷跡がわずかにのぞいていた。思わずそこに指をはわせそうになり、イザベルはきつく手を握りしめた。「信用してはいるけど、自分の子供ではないから余計に心配なの」

「あの子の面倒を見るのはきみの責任だから？」

「そうよ」

「街じゅうの宿なしの面倒を見るのも？」

「わたしをからかっているの？」

「いや」アシュビーが彼女の頰にかかる髪に指を絡ませた。「ただ、スピタルフィールズの周辺は物騒な連中がたむろしているからね。次はまずぼくのところへ来るんだ。誰かを一緒に行かせるから」

「あなたが来てくれればいいのに。きっと貴重な経験になるわ」

「ぼくが社会の闇を見ていないと思うのか？　このあいだも言ったとおり、そういう経験は間に合っている」

この人はわたしではなく自分自身を納得させようとしているのではないかしら？　イザベルは彼の目を見つめたあと、さりげなく話題を変えた。「そういえば、ご近所で舞踏会が開かれるのね」

「知っている。意外かもしれないが、ぼくにも招待状は届くんでね」

「あなたは戦争の英雄だもの。みんな会いたがっているのよ。参加すればいいのに。きっと注目の的になるわ。レディ・バリントンは大喜びするでしょうね」

「ぼくはウェリントン公じゃない」アシュビーは鼻を鳴らした。「拍手欲しさに取り巻きを連れて社交場を渡り歩いたりはしないよ。第一、社交クラブから出て戦況を変える努力もしなかった連中と、今さら握手などしたくないね」

イザベルの頭にある計画が浮かんだ。「ダンスは？」

「なんだって？」

「ダンスは好き？」

「最近はそうでもないが、それがどうした？」

「あなたと踊ってみたいと思って」イザベルは自分の大胆さに唇を嚙んだ。女性からダンスに誘うなど非常識だが、相手がアシュビーでは今さら失うものもない。彼にはすでに醜態をさらしているのだから。

彼の目が愉快そうにきらめいた。「やはりきみはおてんばだな。男のもとを訪れてダンスに誘うなんて、スティルゴーがなんと言うか」

アシュビーは答えをはぐらかそうとしている。なぜわたしは過去の失敗に学んで、口をつぐんでいることができないのだろう？「それはつまり、踊りたくないということね？」

彼がイザベルの顎に指をかけ、上を向かせた。「相手がきみだからではないよ」

「もちろんだわ。ばかなことを言わないで」こわばった笑みを浮かべて顔をそむける。

「本当だ」アシュビーが息を吸った。「社交界に顔を出さないと、いろいろ失うものがある」

「前にもそう言ったわね」拒絶された悔しさよりも、自分に対する腹立ちのほうが強かった。

「そうだよ。きみとダンスができない」

イザベルは複雑な気持ちだった。ここで彼と踊れるのなら、楽団に代わってハミングしてもいい。「それならあなたの洗礼名を教えて」

アシュビーは身を引いた。「洗礼名はもうない」

「ない？」彼が小枝を拾ってふたつに折った。

「三〇年以上も使っていないからね」

「三〇年？　どうしてそんなことが可能なの？」

「正確には三一年だ」アシュビーが小さく肩をすくめた。「四歳から〝アシュビー卿〟とか〝ご主人さま〟と呼ばれていた。イートン校では〝アシュビー〟で通っていた。フランス人はかなり過激な呼び名をつけてくれたよ」ゆがんだ笑みを浮かべる。「どこかの時点で、ぼくの洗礼名は意味を失ったんだ」

「そんなのひどいわ」

彼がさっとイザベルを見た。「なぜ？」

「だって……あなたの名前はあなたの一部だもの。あなた自身を表すものでしょう」

「それが事実でないことを心から願うよ」アシュビーは興味深そうに彼女を見た。「きみの名前はきみ自身を表しているのかな？　イザベル・ジェーン？」そのやわらかい響きに、イザベルの目は彼の口へ吸い寄せられた。かすかにとがった口元はキスを待っているかのようだ。まさにこういう誤解が過去の失敗を招いたのだが……。

「うまく説明できないけど、でも、そうなのよ。名前には意味がある」

「それは残念だ」彼は自嘲気味に口をゆがめた。「ぼくの名前はぱっとしないからね」

それ以上彼の口元を見つめないように、イザベルはダニエラを膝にのせてビスケットを与えた。「だったら――」彼女はほほえんだ。「わたしが当ててみてもいい？」

アシュビーがそっけなく答えた。「さっきも言ったとおり――」

「ピーター？　ポール？　パーシヴァル？」相手の表情をうかがう。「ピアス？　フィリップ？　それともペリグリンかしら？」

彼が皮肉っぽく笑った。「どうして〝P〟から始まると思うんだい？」

「だってカードに〝PNL〟と署名したじゃない。ランカスターはあなたの姓でしょう？」

「ああ。きみの兄上はどうして娘をダニエラと名づけたんだ？」

イザベルは赤ん坊のふわふわした髪をなでた。「正式にはダニエラ・ウィルヘルミナ・オーブリーよ。プリンちゃんとか、いちごちゃんとか呼ばれることもあるけど」

アシュビーは鋭かった。「ウィリアム・ダニエル・オーブリー、ウィルの名を取ったんだね」彼はダニエラのビスケットを軽く引っ張り、赤ん坊から弾《はじ》けるような笑い声を引き出した。

イザベルは胸がいっぱいになった。孤独な狼がよちよち歩きの子をあやしている。自分にもこんなふうに接してくれたらどんなにうれしいか。「アシュビー大佐、恥ずかしがらなくていいのよ」彼女はサリー・ジャージーを真似て甘い声を出し、まつげをぱたぱたさせた。「名前を教えて」

「恥ずかしがるだって？」アシュビーが危険な笑みを浮かべて彼女のほうへ身を寄せた。イザベルは笑いながら彼を押し戻した。上等な布越しに鋼のような肉体が感じられる。「取り消してくれ」

「いやよ。恥ずかしいのでなければ、なぜ教えてくれないの？　軍の機密事項？」

「そうするべきだった。部下に知られたら、なにを言われたことか」

イザベルはアシュビーの胸に当てた手を、絹のベストに沿ってゆっくりとなで下ろしたかった。いつでも彼にふれたくなってしまう。「ウィルにはきかれなかったの？」

アシュビーは首を振った。「女性に尋ねられたことならあるよ」

含みのある視線に胸がどきどきする。「それで、教えたの？」

「いいや」

彼女は思わず唇を湿らせた。アシュビーの視線がそこに落ちる。手のひらに激しい鼓動が伝わってきた。ベストをつかんで自分のほうへ引き寄せないようにするのが精いっぱいだ。

〝このあたりでやめないと〟頭のなかで声がした。感情に任せて過去の過ちを繰り返してはならない。そんな真似をしてもいいことはひとつもない。彼にも藪をつつくなと言われたではないか。

大人たちに飽きたダニエラがアシュビーの胸に当てられたイザベルの手を払いのけ、ふたりのあいだを割って草地のほうへはい出した。「本当にかわいい子だ」自分の人形をヘクターに食べさせようとしている赤ん坊を見て、アシュビーが言った。「あの子の小さな世界には悩みなんて存在しないんだろうな」

イザベルはマスクに覆われた横顔をためらいがちに観察した。どこかうらやましげに見える。この人は幼くして両親を失い、結婚して家庭を築くこともせずに世間を締め出した。

「ご両親のことを覚えてる?」

「肖像画が山ほどあるし、いろいろな話を聞かされたから、本当の記憶かどうか定かではないが、母はきれいな青い瞳をしていたよ」アシュビーが彼女を見た。「きみのようにね」

イザベルはそわそわした。さっきは子供扱いしたくせに、急に心をかき乱すようなことを言うなんて。「どうして亡くなったの?」

「落馬事故だ。即死だった」

「お気の毒に。痛ましい出来事だわ」彼女はアシュビーの大きな手に自分の手を重ねた。たった四歳でこの世にひとりぼっちになるというのがどういうことなのか、想像もつかなかった。イザベルはダニエラと同じく、家族に愛され、守られて育ったからだ。

「そうだね」アシュビーは彼女の手を掲げ、指の付け根にゆっくりとキスをした。唇から発せられる熱が血管を通じて全身に広がっていく。「どちらの親戚《しんせき》に引き取られたの?」

「親戚はいない。母はひとりっ子だった。父は次男だが、家族はアメリカで殺された。ほかに血族はいないんだ。爵位もぼくで終わりだな」

「まだわからないじゃない」

「そうとも言えないよ」彼はイザベルを見た。「きみも知ってのとおり、子供を作るにはふたりの人間が必要だからね」

そよ風が頭上の葉を揺らしているというのに、彼女は体がほてってきた。「それなら誰があなたの面倒を見たの？」

「山ほどの召し使いと事務弁護士さ。そのへんの子供よりずっと丁重に面倒を見てもらったはずだ。わびしい子供時代だよ」

　幸いにもアシュビーにはユーモアのセンスが残っている。心が強い証拠だ。これなら昔の彼に戻ることもできるかもしれない。「家庭を持つ気はないの？」

アシュビーの体に緊張が走ったので、イザベルは失言だったと思った。ところが彼は素早くダニエラに近づき、その体をつかんだ。「いい子だね、ダニエラ。だが、魚と泳ぐのは禁止だ。見るだけにしておきなさい」ダニエラを立たせて、水中を泳ぐ金魚を指さす。

状況を察したイザベルは動転した。ひざまずいてダニエラを抱き寄せる。心臓が早鐘のように打っていた。「ああ、気づいてくれてありがとう！」自分の不注意さを呪《のろ》いながら、詰めていた息を吐く。アシュビーの熱い視線が注がれているのを感じた。男と女と子供。絶妙な取り合わせだ。兄にこんな場面を見られたら、言い訳をする間もなくアシュビーと結婚させられるだろう。彼はわたしの名誉を守るためなら結婚を拒んだりしないと確信できる。イザベルは姪に注意を戻した。「いい子だから人形で遊びましょう」

「しゃかな！　しゃかな！」ダニエラがイザベルの腕を振りほどこうとする。

アシュビーはくすくす笑いながら腕まくりをすると、池に顔を突き出して腹ばいになり、両手を水につけた。「じゃあ、金魚さんをくすぐってやろうか」

ダニエラが甲高い声で笑った。イザベルはアシュビーの隣に腰を下ろし、彼のしぐさを真似ようとする赤ん坊を見守った。切なさが胸に込み上げる。うらやましいわけじゃない。もう彼に思いを寄せるのはやめたのだから。姪と遊ぶアシュビーの姿を見て、ウィルのことを思い出しただけだ。彼女は派手に水を散らして魚を驚かすふたりを見て笑い声をあげた。

これこそヘクターの棘を抜いてくれたアシュビー、わたしがどうしようもなく恋い焦がれた人だ。うつ伏せになった男性のしなやかな腕や長い脚を目でたどる。臀部《でんぶ》を包む上等なグレーのズボンがぴんと伸び、二年間も屋敷に閉じこもっていたとは思えない鍛えられた下半身に張りついていた。〈ジェントルマン・ジャクソンズ〉で定期的にボクシングをしているにもかかわらず、結婚してみるみる太ってしまったスティルゴーとは大違いだ。ワイン貯蔵室にこもって何カ月も木材と取っ組み合いをするのは相当の鍛錬になるのだろう。

「なにを見ているんだい?」

アシュビーが笑いを含んだ目で自分を見ていることに気づいて、イザベルは真っ赤になった。「眺めていただけ。あなたの……」

「ブーツを?」彼が上体を起こした。「それともズボ……」

「感心していたの。子供のあやし方が上手だなって」慌てて言い繕う。赤面した頬を池につけて冷やしたかった。「小さな女の子を喜ばせるのがうまいのね」

「大きな女の子を喜ばせるのも得意だよ」アシュビーは艶のある声でゆっくりと応えた。

イザベルはどきりとした。社交界にデビューして以来、ほめ言葉や口説き文句には慣れっこになっていたが、それにしてもアシュビーがそんな台詞を言うとは思わなかった。キスしたときは押しのけたくせに。もちろん当時の彼は世捨て人ではなかったけれど……。ダニエラのほうへ目をやると、木陰に置かれたピンクの毛布の上でいつの間にか眠っている。天使のような寝顔だ。

「ぼくはきみのヒーローなんだろう？」アシュビーの吐息がそよ風のようにイザベルの髪を揺らした。

彼女の鼓動が速くなった。相手の目を見ることはできなかった。「昔はね」

「今は？」頬にあたたかな息がかかる。

友情しか求めないという誓いを思い出し、イザベルはさっと身を引いて顔を上げた。「あんなことを書いたのは、慈善事業を支援してほしかったからよ」

「なるほど。だが、なぜぼくのところへ来た？　きみの兄上も貴族院に議席があるはずだ」

「ええ。でもスティルゴーは、ほかの人に支援してもらえと言うの。兄には別の思惑があるから」

「別の思惑って？」

彼女はもじもじと座る位置をずらした。「兄と母は……わたしを結婚させたいのよ」

アシュビーが動きをとめた。「きみと……ぼくを？」

ふたりの視線が絡み合う。彼はショックを受けているようだ。イザベルはそれをどう解釈していいのかわからなかった。「あなたに助けを求めたことは兄には言ってないわ」

「そうか」アシュビーはしぶい顔でうなずいた。「それなら問題ないじゃないか」さっきまでの親密さが薄れ、イザベルは突き放された気分になった。彼女が黙っていると、アシュビーがにやりとした。「さては結婚したくないんだな?」

イザベルのまつげが震えた。「今はね」

「なぜ? ぼくの感覚が古いのかもしれないが、社交界にデビューした女性は結婚のことで頭がいっぱいになるんじゃないのか?」

「別に古くないわ」

「それはよかった。でも、それでは質問の答えになっていないよ」静かだが有無を言わせぬ口調だ。

イザベルは心のなかでしかめっ面をした。この手の質問は苦手だ。自分でもよくわからないのだから。「二年前に兄が亡くなって、結婚どころじゃなかったの」

「今は?」

彼女はアシュビーの視線を避けた。「場合によるわ」

「どんなふうに?」

どこまで追及すれば気がすむのだろう。「しつこいのね」

「それが優秀な指揮官の条件なんだ。だから生き残ることができた」自信に満ちあふれた笑顔を前にして、イザベルはうまく頭がまわらなかった。これこそが彼の才能だ。「子供は好きでも母親にはなりたくないのかい？」

彼女は歯を食いしばった。「あなただって同じでしょう。跡継ぎが必要なのに、まったく結婚する様子がないじゃない」

「それは誤解だ」アシュビーが静かに応えた。「ぼくは一度、婚約したことがある」

イザベルの視界が揺らいだ。「婚約？　それでどうなったの？　結婚しなかったの？」

「話せば長くなるし、今、問題にしているのはきみのことだ。たくさんの男に言い寄られただろう？」

「それがどうしたの？」彼女は無表情で言い返した。

アシュビーが上体を近づけ、低い声で誘うように言った。「きみのことを愛してくれる男が欲しいと思わないか？　肉体的な愛を教えてくれる男が。そういうことに興味がないわけではないだろう？」

それに近い体験をした唯一の人物とその手の話をするのは妙な気分だった。「興味はあると思うわ。少しは」

「少しだって？」アシュビーが意地の悪い笑みを浮かべる。「ぼくの知っていた女の子は、かなり興味を持っていたようだったけど？」

イザベルは息をのんだ。「どうしてそんなことが言えるの？」こんな屈辱を受けるなら池で溺れたほうがましだ。「もう帰るわ」彼女はダニエラの人形を集め始めた。

「待ってくれ」アシュビーが腕をつかむ。「怒らないでほしい。これまで話し合う機会がなかったが、今がそのときだと思うんだ」

「話すことなんてないわよ」恥ずかしさのあまり、彼の顔を見ることができなかった。

「ぼくはそう思わない。あの日のきみはとてもきれいだった。ぼくは――」

「過去のことを話しても、どうにもならないわ」手を振り払おうとしても、アシュビーは放してくれなかった。なんて人かしら。目がちくちくする。ここでキスのことを謝られたりしたら、泣き崩れてしまうかもしれない。「わたしは友達として来たのよ」イザベルは言い返した。「友達として帰りたいわ」

「友達ね」

「そうよ。あなたはうちの家族も同然だったのに、突然来なくなってしまった。ウィルが亡くなったときも姿を見せなくて……心配したわ。大きな屋敷に閉じこもって、人とつき合おうとせず、自分の人生は終わったなんて――」

「だからぼくを救おうとしたのか？」アシュビーがイザベルをにらみつけた。「いいかい、慈善事業家さん、ぼくはきみに助けてもらう必要などない。他人に面倒を見てもらわなくてもやっていけるんだ。ひとりよがりの同情なんてまっぴらだ。これまで妹が欲しいと思ったことがないのはなぜか、はっきりわかったよ。だからそのかわいいお尻を上げて、この家から出ていってくれ。二度とぼくにかまうな」

立ち上がろうとするアシュビーを見て、イザベルはシャツの袖にすがりついた。「同情なんかじゃないわ！　わたしは……」どう説明したらわかってもらえるのだろう？

「慈善事業を支援してほしかった？」

「それもあるけれど、でも……」彼女は言葉に詰まった。「あなたを見ているとウィルを思い出すの。ウィルのことが恋しくてたまらないのよ」

「それはぼくも同じだ」アシュビーが再び立ち上がりかけた。

イザベルは彼の袖を放さなかった。「これまで言ったことは嘘じゃない。でも、ここへ来たいちばんの理由は――」目を見開いた彼女は一五歳の少女に戻っていた。アシュビーに拒絶された少女に。耳の奥で自分の鼓動が雷のように響いている。彼女は小さな声で言った。「あなたに会いたかったからよ。七年間、ずっとあなたに会いたいと思っていた。会わなきゃならなかったの。わたし……」涙が頬を伝う。耐えられないほど心が痛んだ。彼と永遠に会えなくなったら、どうしていいかわからない。

アシュビーの目がエメラルドのように強い輝きを発した。「それでも会いに来るべきではなかったんだ」その声には怒りのほかに絶望のようなものがまじっていた。彼の手がイザベルのうなじにまわる。「きみは――」そうささやいて、アシュビーは彼女を引き寄せた。「忘れようとしていたものを思い出させる」彼がうつむいて唇を重ねた。

イザベルの背筋に電流が走った。記憶のなかと同じやわらかな唇が彼女の唇をぴったりと覆う。そっと口を開いたイザベルは、差し込まれた舌の感触に喜びのため息を漏らした。

〝まるで天国にいるみたい〟七年前は押しのけられたけれど、今度はそうさせるわけにいかない。イザベルは引きしまった腰にしっかりと腕をまわし、思いのたけを込めて口づけに応えた。

「アシュビー……」顔を上げ、必死で彼にしがみつく。ふたりの舌が絡み合うと全身が震えた。この世のものとは思えない感覚に酔いしれながら、イザベルは女として、アシュビーの腕のなかにいる幸運を噛みしめた。

「続きをするまでにずいぶんかかったな」彼がようやく息をつける分だけ唇を離した。

「えっ？」イザベルは幸福感にぼうっとしていた。まぶたが重くて目が開けられない。

「七年前の続きだよ」アシュビーは巧みに、少しずつ彼女の心を高揚させていく。「あの夜――」彼は低い声で言いながらも、リュディアに伝わるという不老不死の霊薬をむさぼるように何度も彼女の唇を奪った。「きみはぼくのなかの悪魔を解き放った。少女のきみがアフロディーテみたいなキスをするなんて誰にわかるものか。こんなふうに大人の男女がするようなキスをしたくてたまらなかった」アシュビーはキスを深め、熱く、執拗に舌を絡めた。イザベルの少女じみた空想のなかでは知りえなかったキスだ。アシュビーは彼女のすべてを探り出そうとするように舌を絡ませてくる。「でも、あなたはわたしを押しのけたのよ」彼女はそっと指摘した。

あの夜のイザベルは、男性とキスすることの意味がまったくわかっていなかった。アシュビーが舌を差し入れてきて初めて、男女のキスをかいま見た。短いキスではあったけれど、体のなかを電流が走った気がした。でもそのあと、アシュビーは彼女を押しのけた。キスに応えた自分自身を恥じるように。年齢差を気にしていたのなら、そう言ってほしかった。そ

うすれば自分に魅力がないせいだと落胆せずにすんだのに。本当はそうしたかった
「どうすればよかったというんだ？　親友の妹を破滅させるのか？　きみはその甘い唇を開いて、ぼくの人生をめちゃくちゃにしたんだ」
さ」アシュビーが彼女の耳に口を当ててささやいた。「きみはその甘い唇を開いて、ぼくの人生をめちゃくちゃにしたんだ」

耳に吹きかけられるあたたかな吐息が感覚を麻痺《まひ》させる。「そうなの？」

「そうだ」耳に舌を差し入れられ、イザベルはまともに考えることもできなかった。首筋から下腹部へと震えが走る。「きみはまだ子供だった」アシュビーのキスが耳を伝い首筋へと落ちていった。「ぼくの反応は……言い訳できない。あとで自己嫌悪に襲われたよ。不快な思いをさせたのなら謝る。不器用な若造みたいに雰囲気をぶち壊しにしたね」

彼女は思わずにっこりした。「年の差が永遠の障害じゃなくてよかったわ」

アシュビーはイザベルの頭に手を添え、欲望にけぶった目で彼女を見つめた。「まったくだ」

彼は再びイザベルの唇を奪い、そっと草の上に押し倒した。恍惚《こうこつ》のなかで、彼女はたくましい胸が乳房を押しつぶすのを感じた。広い背中をなでまわし、自分のほうへ引き寄せる。アシュビーに組み敷かれ、彼の香りに包まれていると思うと、生きているという実感が全身を満たした。そうすることは呼吸と同じくらい自然なことに思えた。

キスは熱っぽさを増しながら果てしなく続いた。アシュビーは貪欲《どんよく》に奪い、イザベルの全身に火をつけた。このまま体が溶けてつながってしまえばいい。そうすれば彼と離れずにす

む。これまでほかの男性に引かれなかったのも当然だ。彼らはアシュビーではないのだから。彼は少女のわたしを夢中にさせ、いまだにそれ以上の魅力を持つ男性には出会っていない。今になって自分の心がはっきりと見える。わたしはアシュビーが欲しい。彼を求め、愛する気持ちは、どうやっても断ち切ることはできない。永遠に彼を放したくない。

「この唇……」アシュビーの手がゆっくりと彼女の首をはいのぼった。「このさくらんぼのような唇にずっとキスしていたい」

「それならわたしを放さないで」イザベルは切れ切れに言った。

彼の唇が弧を描くのがわかった。「なんてことだ」大きな手が腿をなで、ウエストへと上がっていく。さらにその手は脇腹を通って乳房の下へ達すると、しばらくして逆の道筋をたどった。「これ以上続けたら、きみはぼくから離れられなくなる」アシュビーの声は欲望に震えていた。息遣いも荒い。

それでも彼はやめなかった。自分のものであることを宣言するように唇を重ね、両手で体を支えてイザベルの上になると、両脚を開かせてそのあいだに膝をついた。ひどく親密な体勢だ。モスリンのドレス越しにかたい肉体が押しつけられる。大きな体から発せられる熱で全身が燃え上がりそうだった。舌を差し込まれるたびに下腹部に緊張が走り、体がびくりと跳ね上がる。イザベルの脳裏に作業場で見た裸の上半身がよみがえった。無意識のうちにアシュビーのシャツをズボンから引き抜き、シャツの下の肌に手を滑らす。なめらかであたたかな背中は隅々まで鍛え抜かれている。彼女は背中のくぼみをなぞり、そのまま肩甲骨へと指をはわせた。

彼が低くうめき、お返しとばかりに体をすりつけてきた。目覚めたばかりの欲望がイザベルの慎み深さを一気に押し流す。アシュビーのすべてを自分のなかに受け入れたい。彼もそうしたがっているはずだ。

そのとき、かすかな泣き声が聞こえた。「ダニエラ!」イザベルはアシュビーを押しのけて立ち上がった。目を覚ましかけた赤ん坊をそっと抱き上げ、あやしながら再び寝かしつけようとする。「もう帰らないと」彼女は小さな声で言った。「目を覚ましたら、母親を恋しがるはずよ」

アシュビーもすでに立ち上がっていた。厳しい表情でうなずき、シャツの裾を直す。ふたりは無言のまま屋敷へ向かった。イザベルは彼の視線を感じたが、先ほどまであんなに親密にしていたというのに、今はなにを話せばいいのかわからなかった。

フィップスが玄関のドアを開けた。ふたりの従僕がダニエラを乗せた乳母車を石段の下に運んだ。

外に出ようとしたところで、アシュビーが彼女の指に指を絡めた。「イザベル……」エメラルドの瞳の奥に激しい葛藤《かっとう》が見える。イザベルは愛情と期待の入りまじった目で彼を見つめた。「楽しい時間をありがとう」アシュビーがかすれた声で言った。

イザベルの心は沈んだ。また来てくれと言ってはくれないのね……。「ありがとう」いつまでも物欲しそうな顔をして玄関ホールに突っ立っているわけにはいかない。彼女はほほえんで手を引いた。「さようなら」

アシュビーは名残惜しそうにゆっくりと手を離した。「さよなら」背後でドアが閉まる。ルーシーがセブン・ドーヴァー・ストリートへ向かって乳母車を押し始めた。イザベルの胸は高鳴っていた。最後のしぐさが彼の気持ちを表しているなら、必ず次の機会があるはずだ。それも近いうちに。

6

白いレースのかかった天蓋の下で、イザベルはほほえみを浮かべながら唇に指を走らせた。アシュビーとキスをしてしまった。彼の香りがまだドレスの首元に残っているというのに、夢のなかの出来事だったような気がしてならなかった。あのキスは欲求不満を解消するための行為なんかじゃない。彼はまるで、そうしなければ世界が破滅してしまうとでもいうようにわたしを求めてくれた。

特別の感情を抱いているのでなければ、もっと経験を積んだ、世慣れた女性を選ぶはずだ。兄がふたりいるイザベルは、世間にはお金で動く女性もいることを知っていた。でもよく考えてみれば、自分だってさほど貞淑とは言えないのかもしれない。あのときダニエラがぐずらなかったら、どうなっていたことか……。アシュビーの前では男女のしきたりなど、どうでもよくなってしまう。イザベルはうっとりした表情でベッドに横たわった。こうなったら取るべき道はひとつ、彼と結婚するしかない。それを思うと期待と不安が胸に渦巻いた。四年ものあいだ縁談を断り続けて家族を落胆させてきただけに、結婚したいと思える男性がいることがうれしい。アシュビーと結婚したい。

突然、寝室のドアがばたんと開いて、一五歳になる双子の妹たちが飛び込んできた。「イジー、早く来て！」フレディーが叫ぶ。「きっとびっくりするから——」

「なに？」イザベルは急いで起き上がった。胸がどきどきする。もうアシュビーが訪ねてきたのだろうか？ 彼女は鏡で自分の姿を確認すると、妹たちのあとを追って階段を駆け下りた。玄関ホールのテーブルのまわりにノリスと召し使いたちが集まっている。

「ほら！」テディーが花瓶に飾られたピンクの薔薇を指さした。茎に同系色のリボンが結んである。「お姉さま宛よ！ メッセージがついているんだけど、残念ながら封がしてあるの」

封がしていなければ読めたのに、とでも言いたげな口調だ。「ノリス、もう下がっていいわ」イザベルは物見高い召し使いたちを追い払った。呼吸を整えて紙片に手を伸ばす。見覚えのない字体だ。〝美しいイザベルへ。今夜の二度のダンスを楽しみにしています。心を込めて　JH〟彼女の笑みが消えた。

「ねえ、誰から？」フレディーが姉にすり寄ってカードをのぞき込んだ。「〝JH〟って誰？」

「ジョン・ハンソン卿よ」ため息まじりに答えるイザベルの周囲で、妹たちが歓声をあげる。

彼女はもう一度カードに目を通した。〝心を込めて〟なんてありきたりの言いまわしだ。アシュビーのカードは〝きみの友〟と締めくくられていた。読み流していたそのひと言が、急に深い意味を持つように思えてくる。〝わたしの友〟彼女は目を閉じてほほえんだ。

「それってジョン・ハンサム卿でしょう？」フレディーがほうっと息を吐き、うらやましげに花束を見た。「彼、すてきだと思わない？　波打つ金色の髪、青い水のように澄んだ瞳。それに――」

「水はあんな色してないわよ」テディーが口を挟む。

　フレディーはかまわずに続けた。「ああ、わたしも彼とワルツが踊れる年齢だったらいいのに！」

　テディーが不満そうに姉を見た。「だいたい、結婚に興味のないお姉さまがひと晩で二度も彼と踊るなんて不公平よ。わたしたちなんて長いスカートもはかせてもらえないのに」

「三年すれば着られるじゃない」イザベルはなだめるように言った。

「それじゃ遅いの！」テディーは地団駄を踏み、ピンクの薔薇を一本抜き取った。「わたしが社交界デビューをするころ、彼は年をとって、ほかの人と結婚してるもの」

「ところでＬＪっていくつなの？」フレディーがイザベルに尋ねた。

「ＬＪって誰のこと？」イザベルはきき返した。

「ロ《L》ード・ジ《J》ョンよ」テディーが答える。「黄金の天使を、わたしたちはそう呼んでるの」

「まあ、愛称までつけたのね」イザベルはあきれた。「確か二八歳だったと思うわ。あなたたちより一三歳上ね。あなたがわたしの年になるころ、彼は三五歳だわ」

「いやだ！」テディーが叫んだ。「すっかりおじいさんじゃない」

　イザベルは頬を真っ赤にして笑いをこらえた。「そんなことはないでしょう」

　フレディーが眉間にしわを寄せた。「彼に気持ちを伝えたら……わたしが大人になるまで待ってくれるかしら」

イザベルはまたしても噴き出しそうになった。妹たちときたら、わたしと同じで救いようがない。「ありうるかもしれないわね。世の中、なにが起こるかわからないもの」本当にそうだ。

「わたしたち、彼を共有するつもりなの」テディーが宣言した。

「なんですって？」

「どうせ見分けなんかつかないわよ」フレディーがなんでもないことのように手を振った。

「よく知り合えば区別がつくようになるわ」イザベルはぶつぶつと言った。「そもそもリボンだって取り合いをするくせに、愛する人を共有できるはずがないでしょう」アシュビーをほかの女性と共有するなんて想像するのもいやだ。彼はわたしだけのもの。七年も待ったのだから。たとえ一部であっても、ほかの女性に渡すつもりはない。

「お姉さま」テディーがイザベルの手をつかんだ。「今日はどのドレスを着るの？　わざと野暮ったい格好をしたりしないでしょうね？」テディーは鼻にしわを寄せた。「わたしたちまでセンスがないと思われちゃう。とびきりの印象を与えなきゃだめよ」

イザベルは顔をしかめた。「なにを着るかなんて考えてなかったわ」だが、考えるべきなのかもしれない。バリントン卿のタウンハウスはランカスター・ハウスと庭を接している。ちょっと抜け出すこともできるのでは……？　「そうね。今からマダム・ボニエールのところへ行きましょう。デヴォンシャー邸での舞踏会用に注文したドレスが仕上がるころだから。

あなたたちも準備して」

妹たちははしゃぎながら階段を上がっていった。「わたしたちにも新しいリボンを買って！」フレディーが肩越しに叫ぶ。「ミセス・ティドルスのお店は、マダム・ボニエールのお店から角を曲がってすぐだもの」

一時間後、ボンド・ストリートのおしゃれな帽子店に並んだ品物を引っかきまわしている妹たちの横で、イザベルはどうやってアシュビーのもとへ忍んでいくかを考えていた。再会の場面を想像するだけで脈が速くなる。今度のキスは甘いのかしら？ それとも最後に交わしたような性急なキスになるの？ アシュビーはキスが上手だ。恋人としてはどうなのだろう？ いやだ、わたしったら、なんてはしたない！ でも、彼はそう思っていないようだった。わたしに好意を持ってくれた。

「まったく、新しいフランス製のオーガンジーはどこへしまったかしら？」ミセス・ティドルスがカウンターの奥にある箱や引き出しを次々に開けながらぼやいた。リボンやショールがカウンターの上で山を作っている。テディーとフレディーが面倒な要求をするからだ。

「こうするとロマみたいじゃない？」鮮やかなコバルトブルーのスカーフを巻いたフレディーが鏡の前でポーズを取った。

「ばかみたい」テディーがけなす。「ブロンドの巻き毛に青い目をしたロマなんているもんですか」

スカーフに覆われた妹のかわいい顔を見て、イザベルはマスクをつけたアシュビーを連想した。彼はキスのときもマスクを外してくれなかった。ちらりとも素顔を見せてくれない相手と結婚などできるはずがない。逆にあのマスクを外すことさえできれば、わたしが傷跡にたじろいだりしないことがわかってもらえるのでは？　たとえ彼が本当にガーゴイルのような顔をしていたとしても、この気持ちが変わるはずがない。傷は英雄の印、ナポレオンの手から世界を守った勇者の証《あかし》なのだから。だてに一〇年近くも彼を思っているわけではないのだ。戦争のあいだはアシュビーにもしものことがあったらと心配でたまらなかった。それに比べれば、マスクの下に隠されているものなどなんでもない。

「ロマはこうやってスカーフを使うのよ」テディーがフレディーから青いスカーフを奪って肩に巻いた。フレディーがそれを取り返そうとする。

イザベルはあいだに入ってスカーフを取り上げた。「けんかはやめて。見世物になりたいの？　欲しいものを決めてさっさと行きましょう。マダム・ボニエールのお店は閉店が早いのよ。もう準備ができているだろうから、ドレスを取りに行かなくちゃ」

テディーとフレディーが皮肉っぽい視線を交わした。「花が届く前は、ＬＪの前でなにを着るかなんて気にしてなかったじゃない」

イザベルは思わず、今だってそうだと声に出しそうになった。アシュビーのように強くて心の広い男性がいるのに、うぬぼれ屋の気を引く理由がどこにある？　妹たちと同じ年のころでさえ、わたしのほうが男性を見る目はあった。

リボンを選ぶ妹たちの脇で、イザベルはコバルトブルーのスカーフを顔の前に広げ、鏡に映る自分を見た。瞳だけが目立ち、マスクをつけたアシュビーのように謎めいて見える。今度はベールをかぶって訪ねてみようかしら？　そうすればお互いに譲歩できるかもしれない。

ミセス・ティドルスの店の時計が時を告げた。あと数時間でアシュビーに会えるのだ。イザベルは緊張で息苦しくなった。そんなに長く待てるだろうか？　舞踏会場を抜け出す前に、ダンスや社交辞令で一時間ほど時間をつぶさなくてはならないだろう。アシュビーはきっとマダム・ボニエールの仕立てたドレスを気に入ってくれるはず。今日こそ素顔を見せてくれるといいけれど。これ以上は待てそうにない。

「同じデザインで黄色はありますか？」フレディーが店主に尋ねた。

イザベルはため息をついた。「もうじゅうぶん見たでしょう？　さっさと決めなさい」

「いいんですよ」ミセス・ティドルスがフレディーをかばった。「わたしの娘たちも昔は同じでしたから。ただ、同じスカーフの色違いが見つからないの。在庫の管理は助手に任せていたのだけど、先週突然やめてしまったもので。住み込みでいろいろ教えてあげたというのに、恩知らずにも恋人とどこかへ行ってしまったんです」年配の女性はため息をついた。

「だから、わたしひとりで店を切り盛りしているの。娘たちは北部に住んでいるし」

イザベルはすかさず口を挟んだ。「ミセス・ティドルス、よろしければ紹介したい人がいるんですが。戦争で夫を亡くした若い女性で、物静かな気立てのよい人です。ちょうどこちらのような働き口を探しているんです」

「まあ！」ミセス・ティドルスが両手を合わせた。「いったいどんな方？」

「腕のよいお針子で、今はうちで働いてもらっています。このお店の助手として申し分ないわ。住み込みで雇ってくださるなら、今日にでもこちらにうかがわせますけど」

「そんな、レディ・オーブリーのお針子を横取りするなんてとんでもない」

「ご心配なく。うちでは一時的に雇っているだけです。ご存じとは思いますが、わたしは戦争で稼ぎ手を失った女性たちを助ける活動をしていて……」イザベルは会の趣旨を説明してカードを差し出した。「ですから、その女性を雇うことは国家に貢献することでもあるのです。彼女の夫は、フランスの侵略からこの国とわたしたちの生活を守るために命を落としたのですから」

ミセス・ティドルスの目が潤んだ。「なんて意義のある活動をなさっているのでしょう。もちろん雇わせていただきます。本当に助かりますわ」彼女はイザベルにほほえんだ。「今日こちらへよこしていただけるなら、食事をしながらお互いの条件を話し合って、明日の朝から在庫の整理にかかれます。その方のお名前は?」

「メアリー・ヒギンズです。ミスター・フランク・ヒギンズの妻でした」イザベルは強い調子で続けた。「とても性格のよい人です。仕事もすぐに覚えるでしょう」かわいそうなメアリーに仕事が見つかったと思うと、自然と顔がほころんだ。今日はなんてついているのかしら。最初はアシュビーで次はこれ。このまま幸運が続けば、日付が変わるころには婚約していたっておかしくない。

7

イザベルは母親の寝室をのぞき込んだ。「お母さま、わたしになにかご用?」

「入ってちょうだい。話したいことがあるの」銀色の巻き毛にレースのナイトキャップをのせてベッドに横たわるレディ・ハイヤシンスは女王の風格を放っていた。イザベルはドアを閉めてベッドに近づいた。「まあ、とってもきれい」レディ・ハイヤシンスがうれしそうに言う。「やっとわかってくれたのね。片意地を張ってもどうにもならないって」

そういう言い方にこそ反抗したくなるのだが、イザベルは黙っていた。

レディ・ハイヤシンスが続けた。「野暮ったいドレスを着ても求婚者を遠ざけることはできませんよ。男性は美しい女性を見逃さないもの」そう言って片目をつぶる。「わたしもあなたくらいの年のころはかなり人目を引いたのよ。そして、すでにお父さまと幸せな結婚をしていたわ」

別の日にこんなことを言われたら、すぐさま部屋に引き返して着替えをするところだが、今夜はきれいだと思われたかった。新調したドレスは胸元が大きく開いた女らしいデザインで、絹地の上に金色の紗が重ねてある。布地が体にぴったり張りついて、一見すると光沢のある薄衣の下は素肌に見えるのだ。金色の髪はルーシーの手を借りてギリシア風に高く結い上げ、耳やうなじにおくれ毛を垂らした。先ほどこの姿を見た双子の妹たちは、感嘆の叫び声をあげた。アシュビーも美しいと思ってくれるだろうか。イザベルは緊張で地に足がついていないような心持ちでいた。「お母さま、急がないとお兄さまが階下で待っているの」

「あら、お友達と一緒に行くのではないの?」レディ・ハイヤシンスが期待を込めて尋ねる。

「友人たちとは会場で合流するのよ。アンジーが欠席するから一緒に行こうとお兄さまが言うものだから」

「まあ、まともなエスコート役がいてよかったわ。言いたくはないけれど、あなたのお友達は上流階級の娘がつき合う相手としてふさわしくありませんからね。レディ・アイリスは、まあ、かわいい人だけれど……」レディ・ハイヤシンスは鼻にしわを寄せた。「でも、彼女がお金のためにチルトンと結婚したのは周知の事実だわ。三〇以上も年の差があるじゃないの。彼女のお父さまは確か、牛を売っていらしたのよね?」

「サー・アンドリューはサラブレッドを飼育していたのよ」イザベルは歯を食いしばった。

「とても立派なお仕事だわ。ジョージ四世もお得意さまだったのだから」

「そうでしょうとも。そういう方をお得意さまに持ったら、借金取りに追われることを覚悟すべきでしょうよ。チルトンが手を差し伸べなければ、サー・アンドリューは――」

「もう亡くなられたのよ。祖国のために戦ってね。それにアイリスはわたしの大事な友人だわ。お願いだから、人前で彼女のことを悪く言わないで」

レディ・ハイヤシンスは鼻を鳴らした。「わたしが我慢できないのはもうひとりの女性ですよ。あなたの友人だとかいうフランス人の女優。あんな人がまともな場所に招待されるなんて驚きだわ」

イザベルは淑女らしからぬ悪態をのみ込んだ。この議論は何度も繰り返したが、毎回どこにもたどり着かない。「ソフィーは女優じゃないわ。戦前は、パリでも有名なソプラノ歌手だったのよ。今は海軍士官の未亡人で、五歳の息子さんがいる。義理のご両親が彼女のことを誇りに思っているのに、なぜお母さまは悪くおっしゃるの?」

レディ・ハイヤシンスは母親らしい笑みを浮かべた。「あなたのためを思っているだけ。みんなに好かれる娘になってほしいのよ。つい先日、レディ・ファニー・ハンソンがあなたをほめてくださったわ。とてもきれいになったし、貧しい人を助けるなんて立派だとおっしゃって。彼女は息子さんをあなたに引き合わせてくれないかとスティルゴーに――」

イザベルはぎょっとした。「お兄さまに、わたしを紹介してくれと頼んだの?」

「ええ、そうよ」母親は得意そうに言った。「レディ・ファニーのお話では、息子さんは結婚相手を慎重に選んでいるのですって。まあ、未来の公爵夫人なのだから当然ね。がんばらなきゃだめよ、イジー。彼のお眼鏡にかなえば、近い将来、ハーワース公爵夫人になれるわ」

「向こうがわたしのお眼鏡にかなえばね」

「イザベル・ジェーン・オーブリー!」レディ・ハイヤシンスは山のように積まれた枕《まくら》から

身を起こした。「屁理屈《へりくつ》は聞きたくありませんよ。ハンソン卿の心を射とめるために最大限の努力をしてちょうだい」

イザベルも声を荒らげた。「お母さまが相手の母親の――この場合は祖父と言うべきかしら、ともかく相手の社会的地位に満足したからという理由で結婚したりはしませんから。なぜそうまでしてわたしをこの家から追い出したいの？」

「追い出す？ なんてことを。どこからそんなことを思いついたの？」レディ・ハイヤシンスは手で顔をあおいだ。「あなたに幸せになってほしいだけよ。あなたは夫に先立たれたかわいそうな母親よりも、戦争で稼ぎ手を失った女性たちのほうが大事なようだけど。最近のあなたときたら身勝手ばかり。でも、わたしとしては娘の将来が心配なの」

「心配してくださらなくて結構よ。自分でなんとかしますから」

「あきれた！ これまでしたいようにさせてきたのは、わたしの大事なウィリアムが――あなたの大事なお兄さまが、やりたいようにやらせておけば、そのうちよいほうに変わると言ったからよ。それなのにあなたときたら、いつまで待ってもちっとも変わらないじゃないの」

イザベルは顎を突き出した。「それならジョン・ハンサム卿……じゃなくてハンソン卿の気を引くのも無理ね」

「それはどうかしら？」レディ・ハイヤシンスが狡猾《こうかつ》そうな笑みを浮かべた。

イザベルは目を細めた。「なにを企んでいるの？」

「企むですって？　わたしがそんなことをするはずないでしょう。さあ、ここへ来ておやすみのキスをしてちょうだい。それからスティルゴーに鍵を持っていくよう伝えて。ノリスは夜中に起こされるのが嫌いだから」

イザベルはしぶしぶ母親にキスをして寝室を出た。ときどき家族の存在がうとましくなる。なにをするにもいちいち干渉されるからだ。セブン・ドーヴァー・ストリートにプライバシーなど存在しない。少なくともイザベルに関してはそうだった。だからこそ、やりたいようにやるために嘘をつくことになる。彼女はレティキュールを取って階下へ急いだ。

玄関ホールの隅で、スティルゴーがしびれを切らしていた。「イジー！　おまえはアンジーよりも始末が悪いな」

「お母さまに呼ばれたのよ。無視するわけにはいかないでしょう？　そういえば、鍵を持っていくようにって。ノリスがまた文句を言ったんだわ」イザベルは表へ出ると、従僕の手を借りて馬車に乗り込んだ。

妹の向かいにどすんと腰を下ろしたスティルゴーが杖《つえ》で馬車の天井をたたく。「バリントン・ハウスへ！」馬車がゆっくり走り出すと、兄は丸々とした顔をほころばせた。「驚いたね。ハンソンのためにまともな格好をすると知っていたら、もっと早くに引き合わせたのに。ダンスを二度も踊るって？」

イザベルは兄に向かって舌を出した。「それがどうしたの？」

「おいおい、今夜はきれいだとほめているだけさ」

「ありがとう」彼女はスティルゴーの表情を探った。「お兄さまに当たるべきじゃなかったわ」

「たまに素直になったからといって死にはしないぞ。これでもおまえのことを心配しているんだ。過去に固執して人生を棒に振ってほしくないからな」

イザベルは目を細めた。「どういう意味？」

スティルゴーがクッションの上で体をずらした。「つまり、おまえが求婚者を遠ざけようとするのには理由があるんだろう？」

「そうよ。気に入った人がいないんだもの」

彼は妹をじっと見つめた。「おまえは昔から……男を遠ざけていたわけじゃない」

イザベルの頭に警報が鳴り響いた。「なにが言いたいの？」

「おまえがフレディーたちと同い年くらいのころのことだよ」

彼女は歯ぎしりした。「まだスカートの丈が短かったころ、わたしが誰かの気を引こうとしていたというの？」

スティルゴーが金色の眉をひそめた。「そんなのわかりきったことだ」

「質問に答えて」

「わかったよ。おまえはアシュビーを崇拝して、まとわりついていた」

イザベルは必死でとぼけてみせた。「アシュビー？　ウィルの友達の？」

「それ以外に誰がいる？　背が高くてハンサムな騎兵隊員のアシュビーさ。おまえは彼にべったりだった。覚えているか？」

彼女はののしりたいのをこらえた。胸に秘めていたはずの思いを知る人はほかにもいるのだろうか？「ウィルも気づいていた？」

「当たり前だ。一目瞭然だった。おまえは口を開けばアシュビーのことばかりで、頭が痛かったよ」

「アシュビーも気づいていたと思う？」イザベルは息を詰めた。当の本人に知られていたかと思うと、恥ずかしいどころではない。今朝の出来事の意味も変わってくるかもしれない。それも好ましくない方向に。

「かもな。たぶん気づいていたんじゃないか。おまえはわかりやすかったから。彼に黒い犬を押しつけたことを覚えてるか？」スティルゴーはくっくと笑った。「かわいそうなアシュビーはおまえをがっかりさせたくないあまり、あのバスケットを抱えて戦地をまわったんだぞ」

イザベルは心のなかでうめいた。アシュビーが気づいていたなんて！　初めてキスをした夜、身のほど知らずの恋心を知られているとは思いもしなかった。一五歳の少女が社交界の放蕩者にのぼせ上がるなんて、まさに身のほど知らずもいいところだ。でも、今は違う。わたしはもう少女ではない。今朝の彼はわたしと同じくらい高ぶっていたはず。二度と〝固執〟などと言わせるものですか。「お兄さま、アシュビーは誰と婚約していたの？」

スティルゴーがぎょっとした。「そんなこと、ぼくが知るはずないだろう」そう言いながらも気遣わしげな目つきになる。「彼が婚約していたことを誰から聞いたんだ?」

「友達から」

「そうか。最後に連絡があったのはウィルが死んだときだった」

イザベルはぴくりとした。「連絡って?」

「手紙が届いたんだ。とても残念だとか……そんなありきたりの内容さ」

「個人的なことは書いてなかったの?」

「なかった」スティルゴーは首をかいた。「ぼくも妙だと思ったんだ。彼とウィルは本当に仲がよかったからね。アシュビーは実質、家族の一員も同然だった」ひと息置いて続ける。

「アシュビーが顔にひどい傷を負ったことは知っているだろう?」

彼女はまじめな顔でうなずいた。胸がずきりと痛む。「お兄さまはそのあと彼に会った?」

「いや」スティルゴーが目を細めた。「もう彼のことは忘れるんだ。正気を失ってワイン貯蔵室に閉じこもっていると聞いたぞ」

「みんな、いいかげんなことばかり言って。そんな噂は信じないわ」イザベルはアシュビーの執事の話を思い出した。「お兄さまも信じちゃだめよ」

「やれやれ、着いたぞ」馬車がとまり、スティルゴーがほっとしたように言った。「ハンソンに愛想よくしろよ。頼むからアシュビーの話題は持ち出さないでくれ」

「えこひいきですか?」グレイ男爵が未練がましそうに言う。イザベルのダンスカードに悪友たちが名を連ねているというのに、最後の空白を埋めようとして断られたからだ。

「そんなつもりはありませんわ。これは……」突然の人気にとまどって、彼女は周囲を見まわした。〈オールマックス〉で黄金の天使に言い寄られたからだろうか？　今夜は会場に足を踏み入れた瞬間から、新たな取り巻きに囲まれて息をつく暇もなかった。黄金の天使が興味を示したのはどんな娘なのか、ふたりの仲はどうなっているのか、みんなそれが知りたいのだ。一方のイザベルは、可能性はないと知りつつも、一緒にワルツを踊ることを夢見ていた人物が会場に現れるのではないかという淡い期待に、ダンスカードの最後の空白を手放すことができなかった。スティルゴーは娯楽室へ行ったきり戻ってこない。今夜はそれをいさめる妻もいないので、当分は出てこないだろう。それなのに会場を抜け出してアシュビーのところへ行くのは難しそうだ。まったく！

アシュトン卿が給仕のトレイからマデイラのグラスを取ってイザベルに手渡した。「最後のダンスは誰のために？」

彼女はにっこりしてグラスを受け取った。一時間近くもひっきりなしに話しかけてくる男性たちに愛想笑いをしていたせいで疲れきっていた。「ジョージ四世のためよ。今夜はいらっしゃるかもしれないでしょう。未来の君主に失礼なことはできませんもの」笑っているアシュトン卿の肩越しに、飲み物のテーブルのそばにいるソフィーとアイリスの姿を見つけた。友人たちがこちらを向いて、社交界での成功を祝福するように笑顔でワイングラスを掲げる。イザベルは〝助けて〟という思いを込めて目配せした。自分に群がっている紳士たちはいずれも名家の出身で、ゆくゆくは爵位を継ぎ、貴族院に入る者もいる。法案の運命を握るかもしれない人たちだ。ところが法案の件を切り出そうとするたびに、誰かが陳腐なほめ言葉で邪魔をする。友人たちの加勢が必要だ。しかしアイリスたちは法案の根まわしよりも、夫探しのほうが重要だと考えているようだった。

ガーゴイル伯爵にねらいを定めたと白状したら、どんな顔をするだろう？　もしかするといい助言を与えてくれるかもしれない。アシュビーは世間との交流を断っているうえにマスクをつけている。親しくなるためにはこちらから距離を詰めなければならないのだが、男性を誘った経験などないので、どう近づけばいいかわからないのだ。

そのとき、モーセを前にした紅海のように人垣が割れ、ホワイトブロンドの男性が近づいてきた。「ぼくのイザベル」ハンソンが孔雀《くじやく》のように派手な身ぶりで彼女の手を取り、手袋の上からキスをする。「そろそろふたりの曲が始まりますよ」

〝ぼくの〟などと呼ばないでほしいと思いつつも、イザベルはハンソンの腕に手をかけてダンスフロアへ移動した。窓の脇を通る瞬間、ランカスター・ハウスのほうに視線を走らせる。アシュビーの屋敷は闇に包まれていた。今ごろなにをしているのだろう？　わたしのことを考えてくれているかしら？　イザベルの頭は彼のことでいっぱいだ。明日訪ねようか、それとも明後日にしたほうがいいか？　あるいは招待されるまで待つべきか？　考えれば考えるほど、彼が自分のために屋敷の外へ出てくることなどありえないように思えた。

「すっかり取り巻きができましたね」ハンソンがステップを踏み出した。

自分のおかげだと言いたいのだろうか？　彼とダンスした女性は決まって注目されるのだとしても別に不思議はない。社交界とはそういうものだ。でも、自分が注目されてうれしいのかどうかはわからなかった。これまで求愛者に不自由していたわけではないし、むしろこの新たな展開が兄に妙なアイデアを植えつけないともかぎらない。またしても結婚のお膳立《ぜんだ》てをされるのかと思うとぞっとした。「彼らはあなたがわたしに興味を持っていると思って、寄ってきているだけですわ」イザベルは無感動に言った。

「興味を持っているのは事実ですよ。あなたはとても魅力的な女性で、生まれたばかりのヴィーナスのように輝いているのだから」ハンソンの視線が金色のドレスの上をはう。「だが、ぼくを買いかぶりすぎです。彼らが群がってくるのは、ぼくがきみと二度もダンスするからじゃない」彼はにっこりした。「きみがそれを承知したからです。ひと晩で二度も同じ男と踊るなど、久しくなかったことでは？」

それは一理ある。正式な求婚を五回、非公式な求婚を七回断ったのち、男性たちは怖じ気づいたようだった。ただし、先週はコヴェント・ガーデンでエイルズベリー侯爵の息子に無理やりキスされそうになったところを辛くも切り抜けたばかりだ。相手を振り払う前にスティルゴーが現れていたら今ごろ……。そのことがあった翌日、イザベルはアシュビーを訪ねようと決めた。

ハンソンがイザベルに身を寄せた。「きみがぼくを選んでくれてうれしい」

同じ台詞をアシュビーに言われたら卒倒したかもしれないが、彼女はしらけた気分だった。

ちょっとからかって、本心を探ってやろう。「ダンスのお相手にはいつもそんなことをおっしゃるの？」明るい声で尋ねる。

「まさか」ハンソンが自信に満ちた甘い声で答えた。「昨夜あなたと踊ってから、あなたのことばかり考えていました。あなたはぼくのことを考えてくれましたか？」

「そうだわ、すてきなお花をありがとうございました。お礼を言わなくてはと思っていたんです」

ハンソンが探るような目つきになった。「それほどうれしがっていないようだ」

この人はなにを期待しているのだろう？　イザベルはいらだった。たいして親しくもないというのに。わたしはそう簡単に舞い上がったりしない。確かに彼は礼儀正しく、ハンサムだ。でも、それだけではときめかない。彼女はわざと押し黙り、相手をやきもきさせてやった。ハンサム卿は謙虚になることを学んだほうがいい。

「そういえば、なにかお願いがあるとおっしゃっていましたね。なににするか決めましたか？」

彼女はかわいらしく笑った。「わたしたちの活動に加わっていただきたいと思って」

ハンソンが真っ白な歯を見せて笑った。「あなたのすることなら、なんでも興味がありますよ」

イザベルはすらりとしたハンソンの周囲をステップを踏みながら旋回した。光沢のあるドレス地がきらきら輝き、衣ずれの音がする。取り巻きの視線が痛い。彼女たちはわたしが転んで首の骨を折ればいいと思っているのだろう。この人が、太陽は自分を照らすためだけにあると思ってしまうのも無理はないのだ。「ひとつやらなければならないことがあるのですけれど……これがかなり難しくて」

「ぼくに話してみてください」

「どなたか、軍の戦没者名簿を手に入れられる人をご存じではありませんか?」

「すべての議員に当たれば、ひとりくらいはいると思いますよ」ハンソンがにやりとする。きざな態度はいただけないが、イザベルの胸に希望が湧いた。名簿が必要な理由を手早く説明する。「その問題は解決したと思ってください。ぼくの美しいヴィーナス、ほかになにかお手伝いできることはありますか?」

「わたしたちの法案を読んで意見を聞かせていただきたいの」彼女は目をしばたたいた。

「喜んで。次のワルツでもっと詳しい話を聞かせてくれますか? この次の曲がワルツだと思いますよ」

「三度目はちょっと……」イザベルは躊躇《ちゅうちょ》した。でも、この人は思っていたほどうぬぼれ屋ではないのかもしれない。

「それなら明日の午後、馬車でハイド・パークへ出かけましょう」

「ごめんなさい、別の約束があるの。昨日もお話ししたとおり、毎週金曜は慈善事業の会合があって、助けを必要としている女性たちを招いているものだから」

「そうでしたね」ハンソンが口元を引き締め、冷たい笑みを浮かべた。断られることに慣れていないらしい。「土曜の午後はどうです？」

彼女は残念そうにほほえんだ。「ごめんなさい、土曜も約束が」ライアン少佐とアイスクリームを食べに行って、アシュビーに関する情報を聞き出すのだ。

ハンソンが信じられないといった目つきをした。「では……日曜は？」

イザベルはにっこりした。「すてきだわ」

彼の表情がぱっと穏やかになった。「すてきなのはきみのほうだ」

8

その唇に吸い取られた魂が
ほら、あそこを漂っている
ヘレンよ、わが魂を返しておくれ
天国のような唇にとどまるあいだは
きみ以外のいっさいが価値を失う

クリストファー・マーロウ『フォースタス博士の悲劇』

アシュビーは騎兵隊時代に使っていた双眼鏡をたたんで三階の窓に背を向けた。薄暗い部屋のなかで、壁にもたれてまぶたを閉じる。苦しい。やはりイザベルにキスなどするべきではなかった。

もう一度唇を重ねれば、わだかまっていた過去を振り払うことができるのではないかと思った。あのとき味わった天国が幻想だったことがわかるのではないかと……。われながら浅はかなことを考えたものだ。結局、二度目のキスはなんの解決にもならなかったどころか、やり場のない欲求不満と後悔をもたらした。鏡に映る己の姿にさえ向き合えない男が、どうして彼女と釣り合うというのか。

アシュビーは床に座り込み、半分残ったウィスキーの瓶に手を伸ばした。そもそもマスクなどつけなければよかったのかもしれない。そうすればイザベルだって近づいてこなかっただろうし、こうして暗闇でひとり、古傷をなめることもなかった。七年前の衝撃的なキスが幻想でないことくらいわかっていたはずだ。一五歳にしてぼくの欲望に火をつけた彼女が、大人になって十人並みであるはずがない。

こんなことになったのも下半身の判断に従ったせいだ。アシュビーは目を閉じて自分を呪った。

ふと聞き慣れた足音が近づいてきた。フィップスはまっすぐ窓辺へ行き、双眼鏡で隣家の舞踏室をのぞいて、驚いたように主人を振り返った。

「なにも言うな。彼女が誰とダンスをしているかはわかっている」アシュビーはウィスキーを流し込み、喉が焼ける感覚に顔をしかめた。ジョン・ハンソン相手に愛敬《あいきょう》を振りまくイザベルの姿を脳裏から消し去りたかった。相手があの気取り屋でなかったとしても、いずれは取り巻きの誰かと結婚することだろう。「下心丸出しのハイエナどもめ」アシュビーは吐き捨てるように言った。こんな顔でさえなければ、あそこへ乗り込んでいってやつらを蹴散らしてやるのに。「ちくしょう!」

これまで気軽なつき合いをした恋人は数えきれないほどいたが、イザベルほど彼の心をかき乱す相手はいなかった。きらきらした瞳と甘い声。彼女とのキスを思い返すだけで、信じられないほど体が高ぶる。強引にキスをしたとき、彼女は平手打ちするどころか、ぼくのシャツの下に手を入れてきた。そのまま快楽の高みへと導き、背中に爪を立てさせたい。

ふたりの相性が完璧《かんぺき》なことは疑う余地もなかった。池のほとりで身を重ねたとき、彼女のやわらかな曲線はアシュビーの体にぴったりと寄り添った。

そう、イザベルはぼくに出会うために生まれてきたのだ。それは七年前からわかっていた。だが、ふたりのあいだには常に過酷な運命が立ちはだかっている。いや、立ちはだかっているのはむしろ自分自身なのかもしれない。

フィップスがアシュビーの横に腰を下ろした。「外国では、召し使いは常に主人よりも身を低くしていなければならないそうです」

アシュビーは執事にウィスキーの瓶を渡した。「フィップス・マーティン、その気があるならいつでも外国へ旅立っていいんだぞ。旅費を出してやってもかまわないくらいだ」しかし、本当に旅立つべきは自分のほうだ。知った人のいない土地へ行けば、少しは自由になれるかもしれない。ただ、そこは故郷にはなりえない。一〇年近くも戦地で過ごしたアシュビーは、もはや冒険を求めていなかった。うわべだけの興奮を求める貴族どもとは違って、平和と静けさに心から感謝している。ここには地の果てから響く大砲の音も、血で血を洗う攻撃もない。慢性的な睡眠不足や肉体的な痛みもなければ、前途ある若者が血まみれで死ぬこともないのだ。暗闇に座り込んで己の不幸を嘆くくらい、なんでもないことではないか。

フィップスがウィスキーを勢いよく流し込んでから、しわがれ声で尋ねた。「オーブリー少佐の妹さんとは昔からのお知り合いなのですか？」

「もう一〇年ほどになるかな。最後に会ったのは彼女が一五歳のときだ」

「そうですか……」

「それがどうした？」アシュビーはいらだたしげに執事を見て、ウィスキーの瓶を奪い返した。

「ご主人さまとおつき合いをなさっていたにしては、少々お若いのではと思いまして」

「ばかなことを考えるな」

「失礼しました。あのお嬢さまは、その、あなたさまにぞっこんのご様子でしたので」

アシュビーは執事をにらんだ。フィップスは昔から嘘が下手だ。〝ご主人さまはあのお嬢さまにぞっこんのようだった〟と言いたいに決まっている。そしてそれは事実だった。健全な男なら、イザベルのにおい立つような女らしさに影響されないはずがない。ただ、彼が求めているのは肉体だけではなかった。久しぶりに再会してみて、外見の美しさを超えた魅力をいくつも再確認した。彼女は聡明《そうめい》でしっかりと自分の意見を持ち、他人に媚びるところがみじんもない。オリヴィアとは正反対だ。しかも、このぼくを笑わせることができる。「フィップス、薔薇園を想像してみろ。白鳥のように白い薔薇やピンクの薔薇、そして炎のような赤い薔薇に囲まれて、一本のデイジーが咲いているとしよう。どっちに目がいく？」

「デイジーでしょうね」

それがイザベルなのだ。「なぜだ？」

「黄色い花びらが際立って見えるからでしょうか」

違う。太陽のようなデイジーが笑顔を運ぶからだ。ところが薔薇は……ああ、のぞき見の次は詩でも作る気か？　その次はなんだ？　セブン・ドーヴァー・ストリートへ行ってセレナーデでも歌うのか？　彼女のことばかり考えるのは、禁欲していたせいに違いない。かつての愛人に頼んで欲求不満を解消するべきだろう。

イザベルが訪ねてきてからというもの、再び人間らしく生きたいという欲求が頭をもたげてきた。

フィップスが咳払いをした。「考えてみたのですが、このままふたりでデイジーが現れるのを待つよりも……」

「ふたりで？」アシュビーはつぶやき、瓶から直接ウィスキーをあおった。胃がかっと燃える。彼はシャツの袖で口元をぬぐった。

フィップスが主人の顔をまじまじと見た。「ポリーに命じて、ワイン貯蔵室に新しいシーツを運ばせましょうか？」

「なんだと？　ああ、余計なことをしなくていい！」子供扱いされるのはごめんだ。「自暴自棄になったりしないから安心しろ」吐き捨てるように言う。「わかったら消えてくれ」

暗闇にひとり残ったアシュビーは、壁に頭をもたせかけて心の平穏を祈った。バリントン邸のほうからワルツが流れてくる。〝あなたと踊ってみたいと思って〟イザベルはそう言った。

アシュビーは勢いよく立ち上がった。朝はぼくとキスを交わしておきながら、夜にロンドンじゅうの気取り屋と戯れるなら、こっちにも考えがある。彼は大股《おおまた》で寝室へ向かった。

「フィップス！　ダッドリー！」アシュビーはシャツを脱ぎながら階下に向かって叫んだ。玄関ホールで誰かが急に立ちどまる音がした。また、別の方向からは、誰かが壁に衝突したような音が響く。まるでサーカスのごとき騒々しさだ。「すぐに部屋へ来い！」

「彼がそんなことを言ったの？　やったじゃない、イジー！」アイリスが叫んだ。

「ジョンはすべての議員と知り合いなんですって」イザベルは社交の成果を報告した。「近いうちに名簿が手に入るのではないかしら」

「メアリーに仕事を見つけただけでもお手柄なのに、ハンソン卿を仲間に引き入れるなんて、さすがだわ！」ソフィーが手袋をした手を打ち合わせる。「きっと彼はあなたに夢中なのね。あなたのほうはどうなの？」

「どうかしら」イザベルは唇を嚙んだ。「彼の言うことはいちいちもっともなのだけど、なんだか……いえ、なんでもないわ。たぶん気のせいよ」彼女には、ハンソンの口から発せられるほめ言葉が空々しく感じられたのだ。

慈善事業のためとはいえ、ダンスやおしゃべりに三時間も費やしてしまった。残り時間はあとわずかしかなく、アシュビーのところへは行けそうもない。イザベルはため息をついた。

「わたしたちもがんばったのよ」アイリスの声で、イザベルはわれに返った。「明日の会合の調整はすんだわ。それに至急の援助を必要としている女性たちに小包も送ったの。レディ・ペンローズの昼食会で新しい役員を募集したのだけど、誰も手を挙げてくれなくて……」


イザベルは友人を励ますように言った。「お金もできたことだし、そろそろ事務所を――」

「動かないで！」ソフィーがヒステリックに叫び、イザベルの肘をつかんで背後に隠れた。

「鈍感マーカスがこっちへ来るわ」

アイリスが息をのむ。「マーカスって誰？」イザベルは首を傾げた。

「われらがソプラノ歌手にぞっこんのマーカス卿よ」ソフィーに代わってアイリスが答えた。

「でも、ソフィーは彼のことが気に入らないらしいの」彼女はイザベルの背後で真っ赤な顔をしている友人をからかった。

「だって、どう考えても五つ以上も年下じゃない」ソフィーが憤慨してつぶやく。

「正確には八つよ。でも、そんなこと誰も気にしやしないわ」アイリスはイザベルにウィンクした。

「昨日の夜は確か、かなり年配の男性につきまとわれていたわね」イザベルも調子を合わせる。「〈ホワイツ〉に求愛者の年齢制限を貼《は》り出したらどう？」

「笑いごとじゃないわ」ソフィーが不機嫌に答えた。「わたしのところへ寄ってくるのは、孫と一緒に膝の上であやしてもらいたがる年寄りか、パリでの過去に興味津々の青二才ばかり。魅力的な殿方はいったいどこにいるのかしら？」

「パリでオペラ鑑賞をしているとか？」そう答えたイザベルのヒップをソフィーがつねる。

「もう大丈夫。マーカス卿は行ってしまったわ」アイリスが言うと、ソフィーはようやく体を伸ばしてため息をついた。

「真剣に再婚したいの？」イザベルは尋ねた。

「だって寂しいんだもの」ソフィーは正直に言った。「英国紳士は古風なのよ。たとえ結婚したいと思うような男性がいたとしても、わたしみたいに波乱万丈な過去を持つ女には目もくれないでしょうね」

「ジョージはあなたを選んだじゃない」イザベルは励ますようにソフィーの腕に手を添えた。

「ソフィー、あなたはすてきよ。いつかきっとその個性をわかってくれる人が現れるわ」

アイリスもうなずいてソフィーと腕を組んだ。「あなたにふさわしい人がね」

ソフィーがため息をついた。「スペードのクイーンより尻軽の歌姫でいるほうが楽しかったと言わざるをえないわ」

「スペードのクイーンって？」アイリスが口を挟む。

「未亡人のことよ」イザベルはソフィーの手をやさしくたたいた。「その気になればいつだってオペラ歌手として復帰できるじゃない。アイリスと一緒に毎回聴きに行くわ」

「そうしようかしら……」ソフィーが力なく応えたところで、従僕が近づいてきた。

「ミス・オーブリー、これをお預かりしております。至急の用件だそうです」光沢のあるトレイの上に封をした手紙がのっている。

「わたしに？　スティルゴーではなく？」とっさに思い浮かんだのはダニエラのことだった。かわいそうなダニエラは午後じゅう咳をしていたのだ。アンジーが舞踏会を欠席したのはそのためだった。アシュビーのところで水遊びをしたせいではないといいけれど……。

「これを持ってきた従僕は、間違いなくあなたさま宛だと申しておりました」

「ありがとう」手紙を受け取って裏返したとたん、興奮が体を突き抜けた。封蠟にライオンの紋章が押してあったからだ。友人たちの気遣わしげな視線を避けながら封を開けると、アシュビーの筆跡が現れた。〝しばらくダンスはしていないが、きみが踊りたいというのなら、庭園の左奥で待っている。P〟猛烈に脈が速まり、手が震えた。唇をぎゅっと嚙んで笑みをこらえる。〝P〟で通じる間柄になったことはもちろん、今この瞬間にアシュビーが彼女と会いたがっていることがうれしかった。

「どうかしたの？」アイリスが心配そうにイザベルの顔をのぞき込む。「頰が赤いわ」

「大丈夫。悪い知らせじゃないから」イザベルは手紙をレティキュールに押し込んだ。「でも、ちょっと力を貸してくれない？」声をひそめる。「しばらく……ここを抜け出したいの。スティルゴーが探しに来たら……」なにか適当な言い訳がないだろうか？

アイリスが目を細めた。「誰に会うつもり？」イザベルはさらに頰を染め、一方のアイリスは青くなった。「あの失礼な少佐に会うんでしょう？」

「まあ、違うわ！」イザベルは慌てて否定した。アイリスは怒りを通り越して嫉妬しているようだ。これについては別の機会に追及しよう。ともかく今は友人の悩みを聞くどころではない。なんといってもアシュビーが待っているのだ。

「あなたのためにならないことには手を貸せないわ」アイリスは強い口調で続けた。「いったい誰と会うつもり？」

ソフィーがアイリスの腕に手をかける。「わたしたちに関係ないことよ。イジーは大人だもの。自分のことはよくわかっているはず。そうよね、イジー？」ソフィーがイザベルを見据える。

「そう願うわ」イザベルはにっこりして、震える息を吐いた。「それじゃあ、うまく言っておいてくれる？」

友人たちがしぶしぶうなずくのを確認したイザベルは舞踏室を抜け出し、裏の階段を下りて調理場へ出た。裏口から庭に出て、手入れの行き届いた植え込みに隠れるようにして庭の奥へと進む。夜気は冷たかったが、腕の鳥肌や背筋の震えは緊張のせいだ。アシュビーに会いたい気持ちが先走って、無謀な行為の行き着く先を考える余裕もなかった。

前方に、白い月の光を浴びた東屋《あずまや》が見えてくる。背が高く肩幅の広い人影が、そのなかを落ちつきなく行き来していた。男は正装しており、手袋とクラヴァットが暗闇に白く浮き上がっている。黒い髪はうなじで束ねられているが、前髪がひと房、目に垂れかかっていた。男はそれが気になるらしく、何度もかき上げている。イザベルはひとりほほえんだ。このまひと晩じゅうでも彼を見守っていられそうだ。

男がふいに立ちどまり、イザベルのほうを見た。黒いサテンのマスクの下でふたつの瞳がぎらりと光る。彼女はどきりとした。フランス軍の兵士たちは、戦場でこんな光景を目にしたのだろうか。イザベルは魅せられたように彼のほうへ吸い寄せられていった。

「こんばんは。きみは……光り輝くように美しい」アシュビーは礼儀正しく頭を下げ、真珠色の光沢を放つドレスに包まれたなだらかな曲線を目でたどった。イザベルの頬と喉元には金色のおくれ毛がかかっている。押し寄せる求愛者を放っておいて、さらには醜聞を招く危険も承知で呼び出しに応じてくれたのはなぜだろう？　だが無謀な行為の理由を問いただしたりすれば、せっかくの幸運を逃してしまう。

イザベルは目を輝かせて石段をのぼり、アシュビーが差し出した手を取ると、上品に膝を折っておじぎをした。「あなたこそ、とてもすてきだわ」アシュビーは彼女の震える体を抱きしめたいのを必死でこらえた。

会場の窓からこの日最後のワルツが流れ始める。「最後のダンスは誰かと約束していたんじゃないのかい？」アシュビーは必死で平静を装った。ダンスごときでこれほど胸が高鳴るのは初めてだ。

イザベルが神経質な笑い声をあげた。「そんなことはないわ。よければ会場に戻ってダンスを……」そこで口ごもり、ふっくらした下唇を噛みしめる。

アシュビーの脳裏に、彼女の唇を噛んでいる自分の姿が思い浮かんだ。彼は喉につかえた塊をのみ込んで頭を振った。「ここで踊ろう。ふたりきりで」アシュビーは細い腰に手を当ててステップを踏み出した。最初のうち、ふたりのあいだはしきたりどおり一五センチ離れていたが、ターンをするたびに距離が狭まり、ついには腰と腰がこすれた。彼は頭を下げてイザベルの髪に鼻をうずめた。「バニラの香りがするね」麻薬のように理性を鈍らせ、抑制を奪う香りだ。

「ここで会えてうれしいわ」彼女がアシュビーの耳にささやいた。

「きみが来てくれるかどうか自信がなかった。なぜ呼び出しに応じてくれたんだ？」アシュビーはまぶたを閉じ、自分に押しつけられるしなやかな体の感触に浸った。「まさかここで法案のことを持ち出したりしないだろうね？　ぼくが断れなくなるのを待っているとか……」

イザベルがくすくす笑った。「その件なら支援者が見つかったの。ハンソン卿よ。ご存じかしら？　彼が法案を確認して、名簿を入手すると約束してくださったの。あとは会計士を雇って計算してもらうだけ」

アシュビーは歯ぎしりした。イザベルが自分以外の男にやっかいな仕事を押しつけたからといって、腹を立てる権利などない。「きみのためにハンソン卿が天をも動かしてくれるというのなら、どうしてぼくの呼び出しに応じてくれたんだい？」

イザベルがほほえんで顔を上げ、彼と目を合わせた。「そんなこと、尋ねる必要があるかしら？」

彼女の瞳のなかに、アシュビーは長いあいだ封じ込めていた自分自身を見つけた。ウィルが生きていたころの、セブン・ドーヴァー・ストリートに食事に招かれていたころの自分、まだ人間らしい心があったころの自分だ。目の前の女性は一夜かぎりの相手とは違う。彼女は……ぼくのイザベルなんだ。

「いや、必要ないな」アシュビーは頭を下げ、さくらんぼのような唇を味見すると、くずおれそうになった彼女のウエストに手をまわして抱き寄せた。

イザベルが彼の首に腕をまわす。やわらかな体から甘い香りが漂ってきた。「アシュビー」

「なんだい、かわいい人?」アシュビーは彼女の唇を甘噛みし、ピンク色の舌をからかうようになめた。両手がウエストのくびれをたどる。

「あなたとここでこうしているなんて……信じられないわ」

自分でも驚いたことに、その理由が知りたかった。「なぜ信じられないのかな?」

イザベルの体がかすかにこわばり、まつげが蝶の羽ばたきのように震える。それでも彼女は目を合わせたまま、セイレーンのような声でささやいた。「愛しているからよ。ずっと前から……あなたのことを愛していた」

この告白にアシュビーの防御壁が崩壊した。「パリスだ」彼女の唇に向かってつぶやく。

「ぼくの洗礼名はパリスだよ」彼はイザベルの声を熱いキスで吸い取った。ありったけの欲望を込めて唇をこすりつけ、口内に舌を差し込む。イザベルは桃のようにやわらかく、みずみずしかった。その唇をむさぼって、自分と同じくらいまで高めたい。〝彼女には経験がないのだから、ゆっくり進めてやらなければだめだ〟良心がそう叫んでいたが、アシュビーはその声を無視してワルツのステップを踏みながら壁際に移動し、彼女を壁に押しつけた。イザベルがため息を漏らして情熱的にキスに応えてくる。ふたりの舌が絡み合った。アシュビーは形のよいヒップをぎゅっとつかみ、自分の体に引き寄せた。なんて気持ちがいいんだろう。イザベルはドレスの下に絹のシュミーズしか身につけていないようだ。下ばき《ドロワーズ》をはいていないのはドレスを美しく着こなすためであって、自分のためではないとわかっていても、下半身がかたくこわばった。

イザベルが腰を押しつけてくる。うなじを愛撫《あいぶ》されたアシュビーは、喉の奥から低い声を漏らした。「アシュビー……」

「パリスだ。きみが復活させた名前なんだから、ちゃんと呼んでくれ」

「パリス」彼女は小さくつぶやいてにっこりした。「パリスのPだったのね」

「ばかげた名だろう？」アシュビーは皮肉めかして笑った。「ぼくの両親はなんだって、ホメロスの作り出したどうしようもない登場人物の名前などつけたんだろう？」

「パリスはどうしようもなくないわ。スパルタの王妃に恋をしていたのよ。でも、ご両親はむしろパリにちなんでその名をつけたのではないかしら？」

「ナポレオンの都市かい？」アシュビーはぎょっとした。

「あなたが生まれたときは、まだナポレオンが君臨する都市ではなかったでしょう？　あなたのおかげで今も違うけれど」

「ああ、ぼくがやっつけたからね。年をとっていることを指摘してくれてありがとう」

イザベルは軽やかな笑い声をあげ、つま先立ちになってアシュビーと視線を合わせた。

「パリス……すてきな名前」誘いかけるようにほほえむ。闇のなかで美しい瞳がきらめいた。

「謎めいていて、華やかで、あなたにぴったりだわ」

「それはきみの想像のなかのパリだろう？」アシュビーは自分の胸に押しつけられているふたつのふくらみに目を落とし、そこに顔をうずめたいと思った。屋敷からここまでは三〇秒もかからなかった。彼女を寝室に運ぶのも簡単だ。「ぼくらは知り合ってほぼ一〇年になる。謎なんてないさ」謎めいているのは、むしろイザベルのほうだ。少女だったアフロディーテが一夜にして花開いた。今すぐ自分のものにできなければ爆発してしまいそうだ。だがそんなことになれば、スティルゴーが拳銃を手に追いかけてくるだろう。銃口を向けられても抵抗はできない。それでもかまわないとさえ思った。これまで生きていたことのほうが奇跡なのだから。

イザベルが彼の唇をなでた。「わたしはあなたのことをなにも知らない。ミドルネームはなんというの？」

アシュビーは頭にかかった欲望の霧を払った。「ニコラスだ」

「パリス・ニコラス・ランカスターね」イザベルが彼の口元に当てていた指を離し、代わりに唇をあてがった。アシュビーの体を猛々しい欲望が駆けめぐる。「それで、あなたはナポレオンが支配していた都市をどう思ったの？」

イザベルが繰り出す質問を、アシュビーは必死で理解しようとした。「どうかな……。パリに進軍したときは……あまり冷静に見ていられなかったんだ。観光客ではないから、あの都市の美しさを探索する余裕はなかった。だが、こっちは——」彼はバニラの香りのする首筋にキスをした。「じっくり探索したい」イザベルの肌は信じがたいほどやわらかい。切ないあえぎ声を聞くと、彼女を肩に担いで塀を乗り越えたくなる。そもそもベッドまで待つ必要があるのだろうか？　これほど高ぶったのは初めてだ。だが、彼女を奪うことなどできない……本当に？

こらえ切れなくなったアシュビーは、彼女の脇腹を両手でなで上げ、やわらかな乳房をつかんだ。イザベルが目を閉じて吐息を漏らす。その恍惚とした表情に血管が破裂しそうになりながら、アシュビーは彼女の胸をもみしだいた。

「わたしをこんな気持ちにしてくれるのはあなただけよ、パリス」

イザベルの言葉が胸を締めつける。「イザベル、きみといると、一〇代の若造に戻ったようだ」アシュビーはそう言って、再び彼女の唇を奪った。イザベルが喜びの声をあげる。ドレスをはぎ取って隅々まで味わいつくしたかった。イザベル・オーブリーはキスだけで男をひざまずかせることができる。そして彼女の前でひざまずくのは自分だけでありたい。「誰にキスの仕方を習ったんだい？」

「誰にも……」官能的な声が愛撫のようにアシュビーの耳をなでた。「あなた……かしら」

「きみはぼく以外の男とキスしたことがないのか？」イザベルがうなずくのを見て、アシュビーの胸に大きな満足感が押し寄せた。そのなかにはかすかな罪悪感もまじっていた。自分は彼女にふさわしくないからだ。「〝汝《なんじ》の美しさは満天の星をもかすめさせる〟」アシュビーはそう言ってから自分にぎょっとした。このぼくが親友の妹相手に詩を引用するとは！　天国でウィルがばか笑いしているに違いない。〝ふたりでグレトナ・グリーンへ駆け落ちするかもしれない〟かつて親友に向けて発した言葉が、今になって現実味を帯びてきた。イザベルとふたりで馬車に乗り、彼女をぼくの妻に、伯爵夫人にするための旅へ出るのだ。だがこの顔の傷を見られたら、彼女は荒野のまんなかでヒステリーを起こすかもしれない。

イザベルは夢見るような顔つきをしていた。愛らしい口元を見ていると悲観的な考えが消えていく。「あなたはクリストファー・マーロウが好きなのね」

「そういうわけではないが、『フォースタス博士の悲劇』のこの場面を読むと、いつもきみのことを思い出すんだ」

「いつも？」長いまつげが上がり、情熱にけぶった瞳が現れる。「なぜ？」

「それは秘密さ」アシュビーはそう言うと、イザベルの唇に、頬に、そして顎にキスをした。ホメロスのパリスがヘレナを欲したようにきみを必要としているからだ、と白状してしまいそうだった。たとえ言葉にしなくとも、この顔を見れば一目瞭然かもしれない。

「でも、あなたは悪魔に魂を売ってはいないでしょう？」イザベルがからかう。

「だが、悪魔はドアをノックし続けている」それもあらゆるドアを。

アシュビーは彼女の耳たぶを甘噛みした。「今夜はスティルゴーにエスコートしてもらったのよ」なにかを期待するような声に、彼の良心が痛んだ。

ふいに不安が込み上げてくる。「スティルゴーはきみがここへ来ていることを知っているのか？」

イザベルが首を傾げた。「ソフィーとアイリスは知っているわ……相手があなたとは知らないけれど。でも、うまく言い繕ってくれるはずよ」

アシュビーは安堵している自分がうしろめたかった。まっとうな紳士なら、イザベルを舞踏会場へ戻すだろう。彼女の不安をくみ取り、なにもせずに解放してやるはずだ。だが、月明かりの下で恍惚とした表情を浮かべるイザベルはあまりに美しく、手を離すことができなかった。

キスや愛撫をやめることもできない。アシュビーはこらえ切れず、深くカットされた胴着《ボディス》の胸元から指を入れて胸の頂を探り当てた。一瞬、動きをとめて平手打ちされるのを待つ。彼女が抗《あらが》わないことがわかると、さらに先端がかたくとがるまでまさぐった。イザベルの口から、ため息ともうめきともつかない声が漏れる。

アシュビーの下腹部に火がついた。ボディスを一気に引き下ろし、洋梨《ようなし》のような乳房をあらわにする。この形のよい乳房に水滴を落としたら、ぴんと立った頂へとまっすぐ滑り落ちるだろう。男の愛撫を受けるためにあるような肢体を脳裏に焼きつける。彼女をモデルにして等身大の彫像を作りたいと思った。ワイン貯蔵室にある一五世紀のベッドを覆う真っ赤な上掛けの上に一糸まとわぬ姿で横たわらせたら、どんなに美しいか。彼は低くうめいて豊満な乳房に吸いついた。魅惑的な頂をなめ、甘嚙みして強く吸い上げる。イザベルが息をのんでアシュビーの肩にしがみついた。彼女が自分の半分でも高まっているのなら、太腿の付け根に蜜《みつ》が染み出しているはずだ。

抑制が切れかかっていることに気づいたアシュビーはボディスを引き上げ、壁に額を押し当てた。自分のほうが年上なのだから、引き返せなくなる前にやめなければならない。だが、どうすればそんなことができるだろう？ こんなにも彼女を欲しているのに。

イザベルが彼の髪をなで、体を抱き寄せた。「パリス、どうしたの？ 教えて」

顔を上げると、イザベルがやさしく笑いかけていた。ああ、彼女が欲しい。ぼくのベッドに、ぼくの屋敷に、そして人生に。「きみが欲しいんだ。驚いたかい？」

彼女はほほえんだまま首を振った。アシュビーの顎にキスをして、脈打つ喉元に唇を当てる。「わたしもあなたが欲しいわ」

「そんなことを言ってはだめだ」お互いに求めているのに、とめる必要があるのか？

「なぜ？」イザベルがアシュビーの上着の下に手を入れて、ゆっくりと円を描くように背中をなでた。問題はふたりが同じものを求めていること……いや、彼女がそう思い込んでいることだ。

「きみはぼくを拷問するためにここへ来たのか？」アシュビーは苦しげに言った。どれほど欲望を感じているかをわからせれば、イザベルはおびえて逃げ出すのではないだろうか？ そのほうが、マスクを取って嫌悪の表情と対面するよりもましだ。アシュビーは彼女の手を取り、こわばった下腹部に導いた。イザベルが目を見開く。「これでもぼくが欲しいかい?」彼は息を吸って、ありえないほどかたくなった部分に彼女の手をこすりつけた。目を合わせたまま、苦しいほどゆっくりと。なんて気持ちがいいのだろう。「きみがぼくにどんな影響を及ぼしているか、わかっていなかっただろう?」絞り出すように言う。

イザベルはショックから立ち直り、自分の手があてがわれた場所に視線を落とした。「いつもこんなにかたくなるの?」かすれた声で尋ね、自ら手を動かし始める。

「きみのそばにいるとね」敏感な部分を手のひらで包まれて、アシュビーは息ができなかった。歯を食いしばってこらえる。もはや自分の意志で甘い拷問を終わらせることはできなかった。イザベルを凝視しながら、胸を波打たせて荒く呼吸する。ついに目の前がかすんできた。彼女の手をズボンのなかへと導いて、直《じか》にさわらせたい。「やめろ!」爆発寸前になった彼は身をよじるようにしてイザベルから離れた。「もうじゅうぶんだ」大きく息を吸い込んで気を落ちつかせようとする。視界がぐらぐらと揺らいでいた。

イザベルが指先でアシュビーのマスクをたどった。「どうしてセブン・ドーヴァー・ストリートに来るのをやめてしまったの? わたしのせい?」

アシュビーは身動きもできなかった。「それもある。きみはぼくには若すぎた」

「今は違うわ」イザベルは彼にしがみついて羽根のように軽いキスをし、顎を指でたどった。「ウィルが死んだときにも来てくれなかった。わたしにはあなたが必要だったのに。わたしたちみんながあなたを待っていたのに」

それはもっともふれられたくない話題だった。ふたりの未来はないことを説明しなければならない。少なくともぼくにはそうする義務がある。「イザベル、ぼくは……」

彼女がにっこりした。「あなたは謎だらけなのね。あなたを見せて」アシュビーがその意味するところを理解する前に、イザベルの手がマスクにかかった。

彼はパニックに襲われた。「よせ！」イザベルの手を振り払い、くるりとうしろを向いてマスクを直す。「こんなことをすべきじゃなかった」わざと強い口調で言った。

「そ、それはどういう意味？」アシュビーが答えないので、イザベルは彼の肩に手を置いた。

「パリス——？」

「舞踏会場へ戻れ。もう二度と訪ねてくるな」ぼくは救いようのない間抜けだ。特に午前中のふるまいは最悪だった。なぜあんな軽率なことをしたのだろう？　その答えはわかっている。イザベルのせいだ。彼女がぼくの人生にほがらかな笑いと情熱を運んできたせいだ。

「どうして？　さっきはわたしのことが欲しいって——」

彼女はぼくの十字架だ。「そっとしておいてくれ」頼むから。ウィルがどんなふうに死んだかを知られたら……この醜い顔を見られたら……なんと思われるだろう？

「あなたがどんな顔をしていようと関係ないわ」背後でイザベルが言った。「わたしはあなたの内面を知っているもの」

違う。ぼくの内面は外見よりもゆがんでいる。アシュビーはさっと彼女のほうを向いた。

「さっさと行け！」

イザベルはびくっとして身を縮めたが、その場を動かず、悲しみに満ちた瞳で彼を見つめていた。「わたしはもう子供じゃないわ。大丈夫よ。傷を負って帰還した兵士たちなら見たことがあるし、病気で肢体が不自由になった子供たちも見たわ」イザベルの目にダイヤモンドのような涙が湧き上がった。彼女の苦悩がアシュビーの良心をむしばむ。「わたしを追い払うことなんてできない」

同情されるのはまっぴらだ。彼は大きく息を吸った。「もうきみには興味がないんだ。そう言えばわかるか？」わざと強い調子で言う。

イザベルは下唇を震わせ、目をしばたたいて、アシュビーの豹変《ひょうへん》ぶりを理解しようとした。「今日あんなことがあったというのに、どうしてそんなことが言えるの？」

「ぼくらはキスをしただけだ！　そこにはなんの意味もない。性欲を感じている男はどんな約束でもするさ。いい教訓になっただろう」冷酷な言葉をぶつける一方で、彼女を抱きしめ、苦痛を取り除いてやりたいと思った。

アシュビーの発言の意味を理解して、イザベルが目を見開いた。「いいえ」彼女の頬を涙が伝う。「二度もわたしを締め出させはしないわ……」

そうしなければならない。ほかに選択肢はないのだ。アシュビーはぎゅっとまぶたを閉じ、自分のなかにある理性をかき集めて、イザベルをじっと見た。「きみの人生はまだこれからだ。愛する人と過ごせ」それだけ言って東屋を出ると、庭を囲む塀に両手をついて体を持ち上げ、片足を壁に引っかけて反対側へ飛び下りた。

胸が痛くなるようなすすり泣きがあとを追いかけてくる。「あなたなんて大嫌い!」イザベルが叫んだ。「なぜ二度もこんな仕打ちができるの? あなたが憎いわ。思いやりのかけらもない男ね。絶対に許さないんだから! 絶対に」

アシュビーは激情をこらえて寝室へ戻り、マスクを暖炉に投げ込んだ。燃え上がるマスクが自分の立場と重なる。心は満たされぬ欲望と良心の呵責《かしやく》にさいなまれていた。イザベルはいまだに手の届かない存在だというのに、彼女への思いが強すぎて息をすることもままならない。

〝思いやりのかけらもない〟だって? ぼくの本当の姿はそんなものではない。アシュビーはベッドに横たわり、天蓋を見上げた。この荒れ狂う感情をどこへ持っていけばいいのだろう? ワイン貯蔵室に埋めるか? だとしたら、どのくらいの期間? 一〇年か? 死ぬまでか? 彼は腹の底からうめいて両手で顔を覆った。でこぼこした顔の皮膚をはぎ取ってしまいたかった。目の前に苦悩と孤独の地獄が大きな口を開けている。そここそが自分にふさわしい場所なのだ。

アイリスとソフィーは東屋で泣いているイザベルを発見した。
「アイリス、馬車を用意させて、それからスティルゴー伯爵を見つけてちょうだい」ソフィーが指示を出す。「イザベルは具合が悪いから、わたしたちで送っていくと伝えるの」彼女はしゃがんで泣きじゃくっているイザベルの肩に手をまわした。「大丈夫よ、いい子《シェリ》ね。すべてうまくいくわ」

イザベルはソフィーの肩に顔をうずめた。「あの人、わたしを利用したのよ」ソフィーがしゃくり上げる友人の背中をなでた。「彼はわたしのことなんて、なんとも思っていなかったんだわ」

「いったい誰のこと?」ソフィーがそっと尋ねる。

イザベルは涙に濡れた顔を上げ、東屋の窓を指さした。「彼よ!」

ソフィーの目に映ったのは、苔《こけ》むした高い塀だけだった。

9

負け戦よりも最悪なのは、戦いに勝利することだ。

——一八一五年、ワーテルローの戦いを終えて
ウェリントン公爵アーサー・ウェルズリー

二年前、一八一五年六月一五日、ブリュッセルの〈皇后のホテル《オテル・ドゥ・ランペラトリス》〉

誰かが客室のドアをノックしている。

「鍵はかかっていないから入れ」アシュビーはうなるように応えて、くしゃくしゃのシーツで下腹部を覆った。仰向けに横たわったまま宙を見つめていると、部屋の入口からなじみのある足音が聞こえてくる。ロンドンを発って一カ月、兵士たちの多くはラムズゲートの港で別れた妻子を思って気落ちしていた。ウェリントンはナポレオンの動向にいらだちを募らせている。しかし、アシュビーの心は虚《むな》しさでいっぱいだった。祖先が守ってきた土地を守るという義務感を除けば、戦う理由などなにもない。自分には妻も子供もおらず、いつか家庭

を持つ可能性もなきに等しい。

血と名誉。

そのどちらにも彼はうんざりしていた。

そこへウィルが口笛を吹きながら入ってきた。「ちくしょう！　若い連中にしこたま酒を飲まされて、ここへ来る途中も落馬……おっと、失礼」鏡台の前で漆黒の髪をとかしている女性を見て足をとめる。女性が身にまとっているのは、ごく薄いネグリジェだけだ。「きみはラ・フリアだろう？　昨日、舞台を観《み》たよ」

イタリア人のオペラ歌手は肩をすくめただけで返事をしなかった。

「フランス語で話しかけなきゃだめだ」アシュビーは助言した。「それより、なぜここにいる？　レディ・ドラスベリーと約束があったんじゃないのか？」

「予定を変更したんだ。リッチモンド公爵夫人の舞踏会に出ていたんだが、ウェリントン公がきみをご所望でね」

このところアシュビーは舞踏会を避けていた。ヨーロッパじゅうの貴族が集まる舞踏会など出たくもない。彼はベッドの脇のテーブルに置かれた黄金色のカップに手を伸ばした。そのなかにはブランデーがなみなみと注がれている。「見つからなかったことにしてくれ。ニノーヴェの隊を視察に行ったとでも言えばいい」

皮肉な笑みを浮かべ、アシュビーはブーツに足を入れた。「至急頼むよ」

ウィルが愉快そうに笑ってベッドに近づいた。「なんだ、豪華なホテルなのにグラスもないのか？　トロフィーに酒を注いだりして」彼は肩越しにラ・フリアを振り返り、フランス語で話しかけた。「騎兵レースは見たかい？　ぼくは銀杯《シルバー・カップ》を獲得したんだ」

その真っ赤な嘘にアシュビーは鼻を鳴らした。シルバー・カップを獲得したのはマカリスターだ。

ラ・フリアがウィルを横目で見た。「わたしはゴールドのほうが好きよ」

「これは痛いな」ウィルは笑いながら肩をすくめ、胸に手を当てた。「ぼくのここは黄金《ゴールド》のように貴重だけどね」

ラ・フリアはたいして心を動かされた様子もなく、ベッドに戻ってアシュビーの隣に横たわると、彼の脇に顔をうずめて裸の胸に手を当てた。アシュビーはその手をどけた。「あいつの言うとおりだ。ぼくと違って、あいつの寛大さ《ゴールド》は尽きることがない。それに……」ラ・フリアの耳元でささやく。「あいつは鋼鉄にもなれるんだぜ」

「まあ」彼女が反応した。「あなた、もしかしてウィル・オーブリー少佐？」

ウィルがさっと頭を下げる。「ご用の際はいつでも」

ラ・フリアがアシュビーを横目で見た。「この人のほうが礼儀を心得ているのね」

「礼儀だけじゃないさ」アシュビーはにやりとした。「ウィル、戦況に変化は？」

ウィルはオペラ歌手の魅惑的な肢体から視線を引きはがし、アシュビーに近寄って耳打ちした。「前哨《ぜんしょう》部隊からの報告によると、ナポレオンがカトル・ブラに到達したらしい。騎兵連隊に前進命令が出た」

アシュビーはズボンに手を伸ばした。「階下で待っていてくれ。彼女に身支度をさせて合流する」

ウィルが半裸のオペラ歌手に名残惜しげな視線を注いだ。「ぼくが彼女の面倒を見るから、きみが階下で待っているというのはだめかな？　レディ・ドラスベリーに会う時間はなさそうだし」

アシュビーはブーツを履きながらにやっと笑った。「大至急だぞ」

「彼女相手に急ぐなんてごめんだね。階下で会おう」

翌日の午前一〇時過ぎにウェリントンとアシュビーがブリュッセル近郊のカトル・ブラに到着したころ、同盟国であるプロシアの軍隊はすでにフランス軍の南に展開していた。敵は続々と兵力を増強している。「ナポレオンめ、謀ったな」ウェリントンがいまいましげに言った。「あの位置で戦ったら、プロシア軍はひとたまりもない」

午後になり、雨足が強まるとともに、カトル・ブラの森や丘で激しい戦闘が始まった。フランス軍はいつものごとく連続砲撃で戦いの火ぶたを切り、ウェリントンの予測どおり、逃げ場のないプロシア軍に大打撃を与えた。幸いにも、たび重なる命令の変更で疲弊し、連携を失っていた英国軍歩兵部隊がようやく本体に合流して、アシュビーの連隊はその勢いを受けてフランス軍の重騎兵隊を果敢に押し戻した。

夜になって近隣の町に到着すると、町は負傷兵であふれていた。月明かりの下でウィルが背中を丸め、なにかを書きつけている。

アシュビーはウィルの脇に座って携帯用の酒瓶《フラスコ》に入ったウィスキーを勧めた。「なにをしているか当ててみようか？　イザベルに手紙を書いているんだろう？」その名前を口にしただけで、背筋に電流が走った。

ウィルがウィスキーをぐいっと飲んで、アシュビーに鉛筆を差し出す。「一筆書いてくれよ。妹が喜ぶ」

「遠慮する」アシュビーは即座に断った。

「ひどいやつだな」

「なぜだ？」アシュビーは用心深く尋ねた。ウィルがなにも言わないところをみると、キスのことはばれていないはずだ。もし知っていたなら、今ごろ殺されていただろう。

「わかっているくせに」ウィルが再び手紙の上に身をかがめる。

アシュビーはウィスキーをあおった。右腕に激痛が走る。骨が折れているらしい。だが、部下の負った傷に比べたら骨折などなんでもないと思った。三口目を飲んだところで、彼は思わず尋ねた。「彼女は元気にしているのか？」

ウィルが顔を上げた。「その質問をされるのは五年ぶりだ」

「気にしていなかったわけじゃない」アシュビーはウィスキーの入ったフラスコを見て眉をひそめ、イザベルがどんな女性に成長したかに思いをめぐらせた。それを知ることは一生ないだろう。この醜い顔を見せるわけにはいかない。もし状況が違ったなら……ソラウレンでのけがなかったなら……彼女にこう書いたはずだ。〝ぼくのことを待っていてほしい〟と。

夜明けごろ、アシュビーはヴィヴィアン将軍とともに本部に呼び出された。ウェリントンのもとへ行くまでもなく、プロシア軍の敗北の知らせは耳に入っていた。「ブルッヒャー将軍の完敗だ」ウェリントンが不満げに言った。「プロシア軍は撤退した。われらも退却せねばならん。フランス軍に負けたと思われるのはしゃくだが、仕方ない。連携して戦う約束をした以上、見捨てるわけにはいかんからな」

最悪の事態はこれからだ。戦いが始まって数年になるというのに、ナポレオンとウェリントンはまだ一度も直接対決をしていない。最後の決戦は避けられないだろう。

英国軍が退却し始めるとさらに雨がひどくなり、丘や道は水であふれた。大砲の音にまじって雷鳴がとどろく。そのとき、お決まりの雄叫《おたけ》びとともにフランス軍が突撃してきた。英国軍のしんがりを守っていた騎兵隊が即座に防御の隊形を取る。豪雨のせいで前が見えない。アシュビーの右腕はすでに感覚がなかった。さすがの彼もこれほどの荒天で戦うのは初めてだ。夕闇が迫るなか、あちこちで砲弾が炸裂した。フランス軍はどうあってもウェリントンの撤退を阻みたいらしい。アシュビーは最後の力を振り絞って騎兵隊を指揮し、辛くもフランス軍を押し戻した。

やがてプロシア軍が再集結しているという知らせとともに、連合軍にワーテルローという村まで後退するよう命令が下った。雨に濡れ、食料もなく疲弊しきった第一八騎兵連隊はモン・サン・ジャンの丘の尾根で野営をした。そこからほんの数キロ先では、〈無敵の連合軍《ラ・ベル・アリャーンス》〉という街道沿いの宿でナポレオンが一夜を明かしていた。

朝日が最悪の一日の始まりを告げる。夜じゅう降り続いた雨のために、兵士たちはずぶ濡れで泥まみれだった。食事も睡眠もじゅうぶんではない。ウェリントンとナポレオンの勢力は今や険しい谷を挟んで向かい合っていた。騎兵隊にとっては不利な地形だ。それでも兵士たちの努力で、モン・サン・ジャンの尾根はウェリントンの戦法に適《かな》う強固な砦《とりで》に変わった。アシュビーの連隊が任されたのは最左翼の守備だ。しかしその日の戦闘がまだ始まりもしないうちに、アシュビーはウェリントンに呼び出された。

「見ろ」司令官が双眼鏡を差し出す。「敵の前線の動きを。士官が集中している場所があるだろう？　軽騎兵の群れが。あれが皇帝親衛隊だ。ナポレオンの持つ最強のカード、世界でもっとも統制のとれた戦闘部隊だ」

「あそこにナポレオンが……」密集した兵士たちは、まるで銀の飾りがついた巨大な青い布のように見える。

「今日、わたしとおまえであれをたたきつぶす」

アシュビーはウェリントンの視線を真正面から受けとめた。自分が選ばれた理由については薄々わかっていたが、それでもきかずにはいられなかった。

「なぜわたしを？」

ウェリントンは味方の陣地に目をやった。「あそこにいるひとりひとりが国に残してきた家族の顔を思い浮かべている。彼らの腕には家族の生活がかかっているんだ。だが、おまえにそういう家族はいない。違うか？」

「おっしゃるとおりです」アシュビーは自嘲気味に答えた。残忍だからと言われるよりはましだ。

「おまえは怖いもの知らずだ。常に任務だけに集中できる」ウェリントンが続けた。「病気の母親や魅力的な娘などに惑わされない。違うか？」

「そんな娘はいませんね」アシュビーは笑みを浮かべた。それは尊敬する指導者に初めてついた嘘だった。

「騎兵隊の合言葉どおり、〝稲妻のように駆けて敵をたたけ〟。おまえが頼りだ。わたしは戦況を見て、もっとも適切なタイミングで奇襲をかける」

「膝が震えてきました」アシュビーは顔をしかめた。恐れ知らずと称《たた》えられていることは、ウェリントンも知っているはずだ。

「もうひとつやってほしいことがある。ポンソンビー将軍の副官が戦死した。階級からいっても、彼の隊には後継にふさわしい者がいない。突撃を指揮できる士官を派遣してやってくれ」

能力でいえばウォルディーかマカリスターだが、彼らはまだ大尉だ。親友であるウィルを自分の目の届かないところへ、しかも戦場の中心へ派遣するのは気が進まないものの、そんな理由でウィルを外せば彼も黙ってはいまい。難しい決断だ。いやな予感がした。だが、自分のもとに置いたからといって安全とは言えない。ぼくは神ではないのだから。ウェリントンは戦い方を心得ており、特に中央の守りが強固なことで知られている。「オーブリー少佐を派遣します」アシュビーは気乗りしない声で応え、その足でウィルを探しに行った。

フランス軍の大砲が火を吹くとともに、ナポレオンは英国軍の中央左側を攻撃した。戦闘は六時間に及び、アシュビー率いる騎兵隊は散り散りになっていた。結局、ウィルをポンソンビー将軍のもとへ派遣してよかったのだ、とアシュビーは思った。ナポレオンが帝位を追われる前はその指揮下で戦っていたベルギー軍が、戦闘の熾烈《しれつ》さに恐れをなして戦線離脱を始めた。アシュビーはベルギー軍の指揮官の肩に剣を当て、恐ろしい剣幕で怒鳴った。「持ち場に戻らないのなら、おまえたちもろとも馬で蹴散らしてくれるぞ！」それでベルギー軍はなんとか態勢を持ち直した。

命令を携えて飛びまわる伝令が、プロシア軍が援護に向かっているという知らせを運んできた。その日いちばんの朗報だ。

正午になると、ナポレオンは英国軍正面に集中砲火を開始した。八〇門の大砲が火を吹く。アシュビーの目の前で、味方の隊が爆風と土煙に包まれた。やがてフランス軍は八個大隊ずつ四つの密集方陣を形成して英国軍の中央に突撃してきた。迎え撃つのは、雪崩のごとく斜面を駆け下りるポンソンビー将軍の騎兵連隊だ。将軍は殺され、彼の隊は壊滅状態になった。

左翼で戦っていたアシュビーは心臓がとまりそうになった。

「ウィル!」アシュビーは絶叫しながら混乱の渦中に突っ込み、意図せずして自分の隊を敵陣へと前進させてしまった。疲れきった馬がぬかるんだ大地に足を取られてよろめく。雨と煙で視界はないも同然だ。王立ドイツ人部隊が無尽蔵に出現するフランス兵をかろうじて押しとどめていたが、これ以上前進することはできそうになかった。もはや戦闘は一局面だけで起きているのではない。最後の騎兵隊を突撃させたウェリントンがついに歩兵隊を投入する。戦闘が凄惨《せいさん》を極めるなか、兵士たちは英国と家族のために粘り強く戦った。

アシュビーの全身には血と泥がこびりついていた。喉は焼けつくようで、全身の筋肉が悲鳴をあげている。夕闇と煙のせいで視界もきかず、あたりには馬と人間の汗のにおいが充満していた。彼は最後の力を振り絞りながらも、もはやこれまでかと覚悟を決めた。

英国軍がたび重なる攻撃にかろうじて持ちこたえていることを知ったナポレオンは、最後の突撃を命じた。太鼓の音とともに、最強との呼び声が高い皇帝親衛隊が投入される。勢いを失っていたフランス軍兵士は銃剣の先に鉄帽を掲げて大歓声をあげた。皇帝親衛隊は英国軍の砲火をものともせず、たちまちふたつの砲兵中隊を制圧した。

決着はついたかに思われた。

そのとき、ウェリントンの命令が下った。「反撃開始!」

するとフランス軍の大砲も届かない尾根の裏側から赤い戦闘服に身を包んだ軍団が現れ、皇帝親衛隊に一斉砲火を浴びせ始めた。敵の隊形が乱れる。アシュビーの目に涙が浮かんだ。

ナポレオンの秘密兵器――これまで一歩も引いたことのない皇帝親衛隊の前進がとまる。

フランス兵に震撼《しんかん》が走った。「皇帝親衛隊《ラ・ガルド》が撤退した《ルキュル》ぞ！」フランス軍の前線が崩壊する。

英国軍兵士たちは、ここぞとばかりに雄叫びをあげた。

ウェリントンが丘にのぼって全軍を見渡し、鉄帽を振って南を指した。全軍前進の合図だ。アシュビーは騎兵隊を指揮して、まるでロンドン郊外のハウンズロー・ヒースで演習をしているかのような迷いのなさで猛然と攻撃に転じた。生き残った兵士たちが武器を手に丘を駆け下り、ナポレオン軍に総当たりする。

前線の崩壊を目にしたナポレオンは叫んだ。「退却《ソヴ・キ・プ》！」馬も人も一斉に戦線を離脱し始める。イギリス軍騎兵隊は小銃と銃剣でこれを追撃した。

真夜中をとうに過ぎたころ、ヘクターと、アシュビーの馬丁エリスは、死体で埋めつくされた戦場をさまよう主人を見つけた。「ご主人さま！」エリスが叫んでアシュビーに駆け寄る。「生きておられたのですね！　心配しました。幸いにもカーティスから――」

「ウィル！　ウィリアム・オーブリー！」アシュビーは叫んだ。何時間も叫び続けたために声は嗄《か》れ、煙と疲労で目が血走っていた。この戦闘で、彼は多くの部下を失った。負傷した兵士たちのうち、自力で動ける者は野営地で丸太のように眠っているか、ブリュッセルの病院へ向かっている。アシュビーは折れた右腕をかばい、左脚を引きずりながら、死者と負傷兵のなかにウィルの姿を探した。

戦場は墓場のように静まり返っていた。死肉を求めて肉食獣の黒い影が徘徊《はいかい》している。「ウィリアム・オーブリー少佐！」アシュビーは闇に向けて怒鳴った。ヘクターが主人のもとへ駆け寄り、湿ってざらついた舌で手をなめる。彼は反射的に愛犬の頭をなでた。「ヘクター、ウィルを探すんだ」しわがれた声で命じる。「ウィルを探せ」

「ご主人さま、一緒に戻りましょう。日がのぼったら、兵士たちが荷馬車で負傷者を回収し、死者を埋葬するはずです」エリスが主人の太い腕を自分の肩にまわそうとしたが、アシュビーはそれを払いのけた。「プロシア軍が退却するフランス軍を追撃しています。ウェリントン公は明日にもフランス国内に進軍するとおっしゃいました。あなたも疲れているはずです。眠らなくては」

「おまえは戻れ。ぼくはウィルを見つけなくては」エリスの訴えを無視して、アシュビーはよろよろと足を踏み出した。

「ご主人さま！」エリスが肩に手を置く。「あと数時間で日がのぼります。それから探せばよいではありませんか」

「そのあいだにウィルが死んだらどうするんだ！」アシュビーは馬丁を一喝した。もう死んでいるかもしれないなどとは言わせない。すべてぼくのせいだ。親友を、弟にも等しい男を、最前線へ送ってしまった。馬が影のようにあとをついてきて肩をつつく。太腿を撃たれ、腕を折っていなければ、腹をすかせた牝馬《ひんば》をエリスに引き渡して野営地へ連れ帰るように指示するところだが、こんな体ではひとりでウィルを運ぶこともできない。

へクターの吠える声に、アシュビーはさっと顔を上げた。転がるように駆け出したとたん、なにかにつまずいて転ぶ。足元で男が痛みにうめいていた。アシュビーは男に顔を近づけた。

「おまえは誰だ?」

「ダンキンです。第一三騎兵連隊の。脚を……脚をやられて……」

「エリス」アシュビーは馬丁を呼んだ。「この男を立たせるから手を貸してくれ。野営地へ連れて帰り、病院へ送るよう手配するんだ」

「わかりました。ですが、ご主人さまは?」エリスがダンキンの腕を肩にまわす。

「心配するな。その男を連れていけ」兵士を見つけたことで、アシュビーの心に希望の光がともった。よろけながらへクターのもとへ向かう。鼓動が激しい。へクターは哀れな馬の死《し》骸《がい》のそばにいた。馬の体をどけると、月明かりの下に蒼白《そうはく》の顔が現れた。「ああ、ウィル!」アシュビーは歓喜に喉を詰まらせた。友人の頭と頬にそっと手を当てる。「ウィル、聞こえるか? 頼むから返事をしてくれ」

ウィルがうめく。

アシュビーの胸に安堵感が込み上げた。「ウィリアム、目を開けてぼくを見るんだ」

ウィルのまぶたが開き、口元にかすかな笑みが浮かんだ。「おまえ、ひどい格好だな。どうやら、ぼくらはまだ生きているらしい」

アシュビーは喜びにわれを忘れた。「ああ、生きているとも。ナポレオンはエルバ島の開拓に戻ったんだ。大陸でのゲームはこりごりだとさ」

「やったな」ウィルはにっこりした。「これでぼくらは英雄だ」

「この勝利に貢献した兵士全員にメダルを授与するべきだ。皇帝親衛隊を打ち破って、ナポレオンを追い払ったんだから。プロシア軍はやつのあとを追ってパリに向かった」

「すばらしい。アッシュ、手を貸してくれ」ウィルは上体を起こそうとして痛みにうめき、倒れ込んだ。「手足が思いどおりに動かない。それに腹が――」

「じっとしてろ」アシュビーは内ポケットからウィスキーのフラスコを取り出して上着を脱ぎ、丸めてウィルの頭の下に入れた。「ほら、ウィスキーを飲めよ。体があたたまるし、痛みもやわらぐ」ウィルの頭を支えてその口元にフラスコをあてがいながらも、視線は血まみれの腹部に釘《くぎ》づけだった。

「ありがとう」ウィルは息をつくと再び仰向けになり、苦しげに呼吸した。その目は苦痛にゆがんでいる。

アシュビーは口笛を吹いて牝馬を呼んだ。「今からおまえをブリュッセルの病院へ連れていく。痛いだろうが、野営地に着いたらクッションのきいた荷馬車に乗せ換えてやるから、しばらく辛抱してくれ」彼は片足を踏ん張って、ウィルを肩に抱え上げようとした。

ウィルが絶叫する。「やめてくれ！　このけがでは無理だ」彼はそう言って血を吐いた。目の焦点が定まっていない。アシュビーはなにもできない自分を呪いながら、親友を地面に寝かせた。

「気を確かに持て。ほら、もう少しウィスキーを……」

呼吸が少し落ちつくと、ウィルは言った。「もうだめだ。とても病院までもたない」

「ぼくはあきらめないぞ。死ぬな。野営地へ戻って荷馬車と医官を連れてくる。応急処置を受けてからブリュッセルに行こう。頼むから、それまで目を開けておいてくれ。いいか？戻ってくるまで意識を保っていてくれるな？」

「助かったとしても手足を失うことになる」ウィルは切れ切れに言った。「サラマンカで見た兵士たちのように、おぞましい姿をさらすことになるんだ」

「死んじゃだめだ。おぞましかろうがなんだろうが、おまえのことを愛している人たちがいるだろう。家族のことを思い出せよ。イジーを、セブン・ドーヴァー・ストリートを……。レディ・ハイヤシンスはご自慢の巻き毛を揺らして、あれこれ世話を焼きたがるだろう」

ウィルがむせた。「笑わせないでくれ。ぼくは死にかけているんだぞ。まじめになれよ」

彼が血を吐き出す。アシュビーはウィルの口元をそっとぬぐった。「あのオペラ歌手は惜しいことをしたな」

「荷馬車と医官を連れてくるまで我慢してくれるなら、オペラ歌手を日替わりでおまえのベッドに派遣してやる」

「だめだ！　ひとりにしないでくれ」ウィルは恐怖に目を見開き、アシュビーの太腿をぎゅっとつかんだ。「頼む。暗闇のなかでベルギーの夜盗に襲われるなんてまっぴらだ」

アシュビーは必死で動揺をこらえた。「今行かないと、おまえが死んでしまう」

ウィルは悲痛なうめき声とともに血を吐いた。「どうせ死ぬんだ」

アシュビーはウィルの顔を両手で挟み、瞳をのぞき込んだ。「黙って見ていろというのか？　生きる望みを捨てるんじゃない！」

「ぼくはきみとは違う。そんなに……強くない。ぼくの体はぼろぼろだ……」

苦しげな声がアシュビーの心臓をわしづかみにした。「それならエリスを探して荷馬車と医官を連れてこさせるから。すぐに戻る」彼は立ち上がり、牝馬の鞍頭をつかんだ。

ウィルがうめく。「頼むからそばにいてくれ……お願いだ」

アシュビーは目をつぶった。これほど難しい決断を迫られたことはない。助けを呼びに行かなければ、世界でいちばん大切な友人が死んでしまう。だが、戻ってくるまで友人が持ちこたえられなかったら、そばにいてほしいという願いを振り切ってひとりで逝かせた自分を許せないだろう。エリスを行かせなければよかった。ついてこいと命じるべきだったのだ。アシュビーはヘクターのそばにしゃがんで頭をなでた。「ヘクター、いいか、エリスを見つけてここへ連れてこい。行け！」

ヘクターが走り去ると、アシュビーはウィルのかたわらに戻ってウィスキーをひと口飲んだ。

「ありがとう」ウィルがおびえた少年のように悲しげな笑みを浮かべる。

これがぼくとウィルの違いだ。彼はやさしくて、みんなに愛されている。それに比べてぼくは自分勝手で獣も同然、イートン校でも最年少のころからやりたい放題だった。それをとがめる者もいなかった。ウィルには帰りを待っている人がいるのに、なぜ生きることをあきらめてしまうんだ？　「もっとウィスキーを飲むか？」

「死ぬほど酔っ払って天国にたどり着いたら、神さまに追い返されると思わないか？」ウィルはくっくと笑い、咳《せ》き込んで血を吐いた。「死ぬほど……まさにそのとおりだな」アシュビーは彼にウィスキーを飲ませた。「これから死ぬやつがそんなにおしゃべりなものか」

だが、じきにウィルは本当に話すこともできなくなってしまった。絶え間ないうめき声がアシュビーの胸に突き刺さる。「できることなら代わってやりたいよ」アシュビーはつぶやき、友人に寄り添ってその体を抱きかかえた。「大丈夫だからな」赤ん坊をあやすようにそっと揺すり、歌を口ずさむ。「この顔を縫ったあのインド人の医官を探してやる。あの医官はすご腕だから、おまえにも奇跡を起こしてくれるはずだ。インドの長老から古代の医術を学んだらしい。ぼくの財産すべてを差し出して、おまえを治してもらおう」

「ぼくが死んだら……」ウィルがか細い声で言った。「ぼくの私物を探してくれ。イジーが送ってくれた手紙を入れた小さな箱があるから、読んでほしい。おせっかいをやくつもりはないが、寂しくなったときや……家族が欲しいと思ったときは、あいつのところへ行け。イザベルは……ぼくと同じようにおまえのことを思っている。家族のように……。ひとりきりで生きるなんてだめだ。すべての女がオリヴィアみたいに計算高いわけじゃない。おまえを理解してくれる女もいる。イザベルはおまえの内面を……」ウィルは体を震わせ、低くうめいた。「寒い……エリスは遅いな」

アシュビーも同じことを考えていた。ヘクターを行かせてから、もう一時間以上になる。ひょっとするとエリスは、あの負傷兵を自分でブリュッセルに連れていったのかもしれない。アシュビーの頬を熱い涙が伝った。あと何時間、ウィルは苦しみ続けるのだろう？　真っ黒な絶望に包まれて、アシュビーは友人の体を抱きかかえ、ハミングを続けた。エリスにあの兵士を連れていけなどと言わなければよかった。ウィルを助けることだけを考えるべきだった。ぼくはなんて間抜けなんだ！

「祖国のために死ぬなら本望だ。アッシュ……」

「この頑固者め。病院へ運ばせてくれ……頼むから」涙で視界がかすまないよう、アシュビーはぎゅっと目をつぶった。

「痛みに……耐えられない」ウィルは低い声でうめき続けた。

アシュビーは友の痛みを自分のことのように感じた。「出血がひどい。今、行かなければ――」

「だめだ。病院には……行かない」

アシュビーは泥のこびりついた金色の髪に頬を押しつけた。「出血多量で死んでもいいのか？　そんなことになったら、イジーになんと言えばいいんだ？　おまえの母上には？　連れて帰ると約束したんだ。頼むからあきらめないでくれ。おまえは血を分けた兄弟も同然なんだ」

「頼みが……ある。どうかこの痛みを……とめてほしい」

アシュビーの全身から血の気が引いた。「いやだ」しわがれ声で言う。「絶対にいやだ」

「フランス軍兵士のためにはできても、兄弟のためには……できないと?」

ウィルの願いを聞き届けたら、一生自分を許すことができない。「あと数時間で日がのぼる。そうしたら仲間が——」

「そんなに……待てない……今……やってくれ。頼む……腕が折れているから……自分では無理……」

アシュビーはウィルの体をゆっくりと揺すり続けていた。親友が死にかけている。だが、本当になだめようとしているのは自分自身だったのかもしれない。その頭に銃弾を撃ち込んで苦しみを終わらせるのと、あと二時間、あるいはそれ以上苦しませるのと、どちらが残酷なのだろう? ぼろきれのようになった体から命のしずくが流れ出るまで苦しみ抜かせるつもりか? それはあまりにむごい。でも……。「それほど痛みがひどいなら、やはり病院へ行こう。可能性がないわけじゃない」頭のなかで、〝明日になったら、友人を楽にしてやらなかったことを後悔するぞ〟という声が聞こえた。「……わかった」アシュビーは拳銃を抜き、二発の弾を込めた。一発はウィルに。もう一発は自分に。上体をかがめて、友の冷えきったこめかみにキスをする。「友達になってくれてありがとう。誰よりもおまえのことを愛しているよ」

ウィルの唇が動いた。「ありがとう、兄弟」

赤ん坊のように泣きじゃくりながら、アシュビーはキスした場所に銃口を当て、まぶたを閉じた。「安らかに眠ってくれ」引き金を引く。銃声が胸にこだました。

アシュビーは死んだように身じろぎもせず、その場に座っていた。この世界は狂気に満ちている。周囲には魂の抜けた何千もの遺体が横たわっていた。数時間でこれだけの命が奪われるとは……。次はぼくの番だ。

ウィルを抱いたまま、アシュビーは自分のこめかみに銃口を押し当てた。〝やれ！〟自分に命令する。だが彼の体内に息づく獣が、引き金を引くことを拒んだ。

10

アイリスとソフィーはひどく不満そうだった。引き結ばれた口元や、非難するような目つきを見ればわかる。「これで全部話したわ」イザベルはそう言って、紅茶のカップに手を伸ばした。三日間も泣き続けたせいで目は腫《は》れぼったく、顔色もいいとは言えないが、それでもなんとか人前に出られるようになった。

色とりどりの花がセブン・ドーヴァー・ストリートの二階の居間を埋めつくしている。ハンソンやマカリスター少佐をはじめとする新旧の求愛者たちが、体調のすぐれないイザベルのために贈ってくれたものだ。元気になったらどこかへ遊びに行きましょう、というメッセージ付きで。だが花束を見たイザベルは、かえってアシュビーの仕打ちを思い出してしまった。

「彼は……単に……あなたと火遊びをしたかったわけじゃなく、もっと腹黒いことを企んでいるのではないかしら?」アイリスが慎重に言った。

「〝火遊び〟じゃないという意見には賛成よ」ソフィーが紅茶を飲みながら言った。「でも、腹黒いとは思わない。むしろ——」

「わけのわからないことを叫んで、どんな見返りを期待しているかわかったものではないわ」

「だって相手は世捨て人なのよ」アイリスが反論する。五〇〇〇ポンドも出して、どんな見返りを期待しているかわかったものではないわ」

「あのお金は寄付よ」イザベルは指摘した。「それにわたしもワイン貯蔵室に入ったけれど、拷問部屋付きの迷宮などではなくて木工作業場だったわ。彼は正常よ」

「イジーったら！」アイリスが身を乗り出してカップをテーブルに置いた。「そもそも地位も財産もあるまともな人は客をワイン貯蔵室に通したりしないし、マスクをつけたりもしないわ。まともに見えるかもしれないけれど、きっとなにか深くて……暗い……」

「絶望に浸っている？」ソフィーがいらだたしげに言葉を補う。

「それだけではないわ」アイリスはめげずに続けた。「現に、あの人は若い娘を利用して孤独を埋めようとしているじゃない」膝の上で手を組み合わせる。

「でも、わたしは二度と来るなと言われたのよ」そうでなければ、こんな無意味な話し合いをする必要もなかった。イザベルは話題を変えようとした。「アイリス、あなたとライアンはどうなっているの？　お願いだから、なんでもないなんて言わないでね。わたしの目は節穴じゃないんだから」

アイリスが自分の手を見つめた。「いいわ、教えてあげる。あなたはわたしの失敗から学ぶべきだと思うの。それにあまりに長いあいだひとりで抱え込んでいたから、信頼している友人に打ち明けて楽になりたいし」彼女はイザベルとソフィーに笑いかけ、深く息を吸った。

「ライアンのことは生まれたときから知っているわ。彼の家族はうちのコテージのすぐそばに住んでいたの。わたしたちは一緒に大きくなって、恋に落ちて、一八歳の誕生日にライアンが求婚してくれた。同じころ、父のお得意さまだったチルトン卿がわたしに目をつけたのよ。あの人はわたしの父が借金で首がまわらなくなっているのを知って、監獄送りにならないよう支援すると持ちかけたわ」

「それでお父さまは、あなたをチルトンに売ったのね」ソフィーがあとを引き継いだ。

「そのとおりよ」アイリスは身をかたくしてうなずいた。「ライアンは……貧しかったから、チルトンと同じ条件など提示できるはずもなかった。わたしは彼のところへ行って、絶望的な事情を打ち明けたの。駆け落ちをしなければチルトンと結婚させられてしまうと。ライアンは駆け落ちを承知してくれた。わたしたちはその日のうちにスコットランドへ出発したわ。貧しくて宿に泊まることもできなかったから、人里離れた狩猟小屋で夜を明かしたの。そこなら父にもチルトンにも見つからない自信があった」

「でも、見つかってしまったの？」イザベルは心配そうに聞いた。悲しい結末は聞きたくない。

「いいえ」アイリスは皮肉めかして答えた。「むしろ見つかっていればよかったのよ。そうすれば……。まあ、今となっては遅いけれど。翌朝、目が覚めたとき、ライアンの姿はなかった。わたしはその小屋で一週間待ったわ。木の実やかたくなったパンを食べて空腹をしのいだ。雨が降ったから水には不自由しなかったの。それでもライアンは戻ってこなかった。

父のもとへ戻ってチルトンの求婚を受ける以外にどうしようもなかったわ。ライアンと駆け落ちなどしなければ、せめてチルトンより思いやりのある人と結婚させてほしいと父を説得することもできたかもしれない。でも軽はずみなことをしたばかりに、わたしの評判はめちゃくちゃになって、父を激怒させてしまった。醜聞をもみ消すために、すぐさまチルトンと結婚させられたのよ」彼女はイザベルを見つめた。「この話の教訓はね、あなたの名誉や未来を男性に委《ゆだ》ねてはだめだってこと。たとえ、この人ならと思った相手でも。でないと一生、そのつけを払うはめになるの。わたしの人生は監獄そのもの。しかも看守は夫よ。あのとき理性の声に耳を傾けていれば、あんな男につかまらずにすんだかもしれない。あなたの話を聞くかぎり、ガーゴイルは気が向けばいつでもあなたを手に入れることができる。スティルゴー子爵が妹の評判を守るためならなんでもすることはわかっているでしょう？　たとえ屋敷に引きこもっている怪しげな伯爵に嫁がせることになったとしても」

アシュビーは決してわたしの名誉を傷つけたりしない。そもそも彼はわたしを欲してもいないのだから、前提からして違う。イザベルはそう反論しかけた。

「まだ続きがあるのよ」アイリスの口調は鋭かった。「あなたはその人を好きだと思い込んでいるかもしれない。でも、本当に彼のことを知っていると言える？　彼のすべてを愛する自信があるの？　手遅れになってからいやな面を見つけたら、どうするつもり？」彼女はイザベルを正面から見据えた。「相手に自分を委ねるのは、その人のことをよく知ってからよ。それがわたしの信条なの」

イザベルは涙がこぼれないように目をしばたたいた。アイリスの言うことはもっともだ。もしアシュビーの顔を正視できなかったら？　彼について耐えがたい過去が明らかになったら？　そもそもアシュビーについてはわからないことだらけだ。ウィルの葬儀に来なかった理由もわからないし、誰と婚約していたのか、なぜ結婚しなかったのかも教えてくれなかった。ウィルは彼のことを尊敬し、好意を持っていたが、アシュビーが過去に放蕩にふけっていたのは事実だ。もしかすると、わたしは危ういところで災難を免れたのかもしれない。

でも、それならどうしてこんなに胸が苦しいのだろう？

「アイリス、駆け落ちしてから、水曜に開かれた〈オールマックス〉の舞踏会まで、ライアンには一度も会っていなかったの？」ソフィーが尋ねた。

「ミスター・フラワーズのところへ行った帰りにカフェで見かけたわ。だから慌てて席を立ったの。あの男には二度と会いたくなかったから」アイリスは吐き捨てるように答えた。

「でも、彼の近況をよく知っているみたいじゃない」ソフィーが追及する。

「チルトンと結婚したあと、ライアンが騎兵隊に志願して大陸で戦っていることを聞いたわ」

「それも妙な話よね」ソフィーが考え込むように言った。「あなたと結婚したがっていたはずなのに、結婚どころか死を覚悟で戦場へ赴くなんて」

「陸軍でひと儲《もう》けしようと思ったのでしょう」

「でも、騎兵隊に入隊するにはお金がかかるのよ」イザベルは言った。「特に士官になる場合はね。確かにインドに駐在すればお金持ちになれるかもしれない。だけど、ライアンは英国に戻りたいと言っていたわ」

「それに、あなたの親友だと知っていてわたしたちに声をかけるなんて」ソフィーはイザベルのほうを見た。「もしかすると——」

「それ以上言わないで」アイリスがソフィーをにらんだ。「彼はわたしに憎まれていることも、わたしが既婚者であることも承知しているんだから。なにかあるのだとしたら、面倒を起こしたいだけよ。人を困らせるのが大好きな人だもの」

「でも、あなたに腹を立てていたみたいじゃない。まだわたしたちに話していないことがあるのではなくて？」イザベルはアイリスに思いやりのこもった笑みを向けた。

「あなたったら、彼のことをひも呼ばわりしたんだもの」ソフィーがおかしそうに眉を上げる。「彼がそろそろ許してもらえるだろうと思っていたなら、かなりショックだったでしょうね」

「小屋に置き去りにされた時点で、わたしのなかのライアンは消滅したの。だから、イジー……」アイリスは息を吸った。「あなたも今後はランカスター・ハウスには近づかないことね」

「それなら大丈夫だと思うわ」イザベルは応えた。「来週一週間、ハーワース城に招待されているの。公爵であるジョンのおじいさまが七〇歳のお誕生日を迎えられるのですって。スティルゴーが招待を受けたのよ」

「本当に?」ソフィーが眉を上げた。「それはつまり……」

「ジョンがわたしに求愛する許可を兄に求めて、兄がそれを承諾したということ」

「イジーったら、浮かない顔をしないでよ。ハンソン卿は完璧な紳士じゃない。ハンサムだし、評判もいいし、知的で、やさしくて、礼儀正しくて……。英国でも屈指の名家の出身よ。せいぜいがんばらなくちゃ。誰かさんよりずっとましだわ」

「だからこそ、兄に断ってほしいと言えなかったの」イザベルは力なく肩をすくめた。アシュビーとの未来はない。過去に固執するのはやめて、ほかに目を向けなければ。わたしだって、未婚のまま年をとりたいわけじゃない。このままアシュビーのことを引きずっていたら、間違いなくオールドミスになってしまう。〝性欲を感じている男はどんな約束でもするさ〟アシュビーはなぜ、あんな残酷なことを言ったのだろう? わたしはただ彼を尊敬し、心配しただけなのに。また涙がこぼれそうになって、イザベルは慌てて口を開いた。「どうしてもやりたいことがあるの、聞いてくれる? こんなことを言い出すなんて身勝手なのはわかっているけど……」

イザベルの話を聞いた友人たちは声をそろえて答えた。「気が変わらないうちにやってちょうだい」

11

悲しみの衣を身にまとい
ひび割れた希望に寄りかかる
積年の望みを悔いながら
長椅子に身を横たえる

ウォルター・ローリー卿

「ご主人さま……」フィップスがそろそろと寝室に入ってきた。日の光がマホガニー材の家具と青いカーテンに降り注ぎ、白い壁に反射している。整然とした部屋と身支度をすませた主人の姿を確認して、フィップスはとりあえず胸をなで下ろした。アシュビーは上着を着て、よく磨かれたヘシアンブーツを履いたまま、ベッドに仰向けになって天蓋を見つめていた。どんなに悲惨な状況でも身づくろいを忘れてはならないと教えたのはフィップス自身だ。

「ご主人さま、小包が届いております」

「向こうへ行け。ひとりにしてくれ」

思ったよりも気落ちしているらしい。フィップスの脳裏に、三〇年以上も前のつらい朝のことがよみがえった。四歳のアシュビー伯爵に、両親が天国へ召されたことを伝えなければならなかった日のことだ。少年は澄んだ海色の瞳にたまった涙を召し使いの前でぬぐうこともできず、すがるようにこちらを見上げていた。当時、アシュビーの従者で、若き伯爵を育て上げるという責務を課されたフィップスは、好きなことに心血を注ぐように勧めた。その結果、若きアシュビーは馬にのめり込み、学校へ上がるころには、この力強い動物について少年の知らないことはないほどになった。二年前にフランスから帰還したときも、しばらくはアシュビー・パークで馬とのんびり過ごすだろうと思っていたのに、彼は予想に反してワイン貯蔵室にこもり、六カ月ものあいだなにかに憑《つ》かれたように木ばかり削っていた。スペインで見つけた新たな趣味だ。当時のフィップスは、少なくともなにか生産的な活動をしているのだからと自分を慰めた。ところが今回は木を削ることすらしない。

ミス・オーブリーに会うために屋敷を抜け出してから一週間が経過しても、アシュビーは湯を使うときと服を着替えるとき、そして侍女がシーツを取り換えるとき以外は一度もベッドを出なかった。まるでいっさいの気力が失われてしまったかのようだ。

「ご主人さま」フィップスはめげずに声をかけた。「送り主は――」

アシュビーが侵入者にうつろな目を向けた。「おまえはあきらめるということを知らないのか?」

フィップスはベッドに近づいた。「あなたさまに関しては、絶対にあきらめません」

アシュビーは執事から目をそらし、パークレーンの青々とした木々を見た。鮮やかな緑を眺めていると、胸のつかえがとれて神経が鎮まる。しかし、歩道から通行人のにぎやかなおしゃべりが聞こえてきたとたん、自分の孤独を思い知らされるのだ。いくら耳をふさいでも、楽しげな声は容赦なく響いてくる。

「小包はセブン・ドーヴァー・ストリートからです」

寝室のドアが静かに閉まった。ベッドの脇には帽子用の大きな箱が置いてある。アシュビーはどきどきしながら箱を引き寄せて膝にのせた。故意に彼女を傷つけたというのに、なぜ贈り物などしてきたのだろう？

心の広いイザベルのことだから、きっとぼくのことなどお見通しなのだ。それに比べて自分はなんと狭量なことか。これからは彼女のためになんでもしよう。議会で法案を通過させ、慈善事業の事務所としてどこかの建物を丸ごと買い上げ、彼女のもとへ行って、傷を負い人生に疲れた価値のない自分を受け入れてほしいとひざまずいて頼むのだ。もし彼女が情けをかけてくれたら、神に感謝の祈りを捧げよう。そして彼女の与えてくれるものは、なんでも喜んで受け取ろう。

震える手でふたを開け、箱のなかをのぞき込む。その瞬間、アシュビーの心は凍りついた。箱のなかには彼女のために作った木箱と、青いリボンとしおれたデイジー、二通の手紙、そして寄付したはずの五〇〇〇〇ポンドが入っていた。こめかみを強打されたように視界がかすむ。息をすることもままならない。

ふと、折りたたまれた手紙に目がとまった。読みたくない。手をふれただけで火傷《やけど》しそうだ。アシュビーは自虐的な気分で手紙を開いた。

〝アシュビー卿へ

これらの品はわたしにはもう用のないものです。寄付金を全額返還することに関しましては、いただいても使い道がないということで役員から同意を得ました。今後はご迷惑をおかけしませんので、どうぞご安心を。

イザベル・オーブリー〟

便箋《びんせん》に落ちた涙が文字をにじませる。乳白色の紙を握る手がぶるぶると震えていた。〝ちくしょう！〟アシュビーは帽子の箱を床にたたき落とした。ベッドに仰向けになり、まぶたに親指の腹を押しつける。〝自業自得だ〟イザベルはすべてを突き返してきた。貧しい人々を救うためにあれほど必要としていた金さえも。それこそが激しい嫌悪の証ではないか。みぞおちを蹴られたような衝撃に目の前が真っ暗になる。ぼくは彼女にとってなんの意味もないのだ。いや、それどころか、金すらも受け取ってもらえないほど嫌われてしまった。だが、彼女を責めることはできない。これは自分がまいた種だ。自分で掘った穴に自らがはまっただけのこと。

それでも命を絶つという選択肢はなかった。この先に待っているのが苦痛だけの日々だとしても、ぼくは父ほど弱虫ではないし、ウィルほど潔くもなれない。これでなにもかも失ってしまった……いや、待てよ、ウィルのくれた手紙がある。手紙を読むという約束を忘れていた。アシュビーはベッドの上に起き上がった。「フィップス！」

執事はずっと寝室の前をうろついていたに違いない。すぐさま部屋に入ってきた。床に散らばった品を見て膝をつく。

「拾わなくていい。それより、オーブリー少佐のトランクはどうした？」

フィップスが眉をひそめた。「屋根裏です。すぐに持ってまいります」

アシュビーは散乱した物を箱に戻し、鏡台の上に置いた。数分後、ふたりの従僕がトランクを運んできた。彼は礼を言って従僕を下がらせると、トランクをベッドのそばへ引きずっていき、マットレスに腰を下ろした。アシュビーにとって、そのトランクはウィルそのものだった。いつかオーブリー家に返さなければならないが、まだそのときではない。留め金を外してふたを開ける。ウィルの遺品を整理してトランクに詰めたのはアシュビー自身だった。ウィルの遺体はワーテルローで着用していた戦闘服のまま埋葬した。ウィルならそれを希望するだろうと思ったからだ。そして手に入るかぎりの私物は――イザベルに宛《あ》てた最後の手紙も含めて――このトランクに保管した。今、探しているのはその手紙の入った箱だ。

ブリキの箱はトランクの底から出てきた。深く息を吸ってふたを開ける。数十通にのぼる手紙は染みがついたり、しわが寄ったりしていた。ウィルが何度も読み返したせいだろう。

アシュビーは枕に背を預け、いちばん底に入っている手紙から読み始めた。セブン・ドーヴァー・ストリートで起こる、日々のおかしな出来事が愛情あふれる文体で生き生きと綴《つづ》られていた。この手紙はイジーそのものだ。双子の妹たちが階段で蛙《かえる》を使った実験をして、執事が巻き添えになったくだりになると、アシュビーは声をあげて笑い、執事に同情して顔をしかめた。王宮に招かれたときのことを記した部分では、社交界にデビューする年になり、とびきり美しく着飾った彼女が国王に謁見する場面をこの目で見たかったと思った。次の文章を読んではっとする。

〝その夜、わたしは凛々しい騎兵隊員とワルツを踊る夢を見ました。お兄さまじゃないのよ。顔をしかめてもだめ。わたしのヒーローは背が高くて上品で、黒髪に海色の目をしていたの。わかっているのはそれだけなのに、わたしは確かにその人を知っていた。謎の騎兵隊員を。

あなたのかわいい妹、イザベルより〟

五時間後、ワインをひと瓶空にしたアシュビーは、箱を閉じて枕に頭を休めた。ウィルはとても貴重な贈り物をしてくれた。生きる希望だ。かつてイザベルはぼくのことを愛してくれていたのだ。その思いは彼女が兄に宛てたすべての手紙ににじんでいた。ウィルは彼女にぼくのことを詳しく書き送っていたらしい。ただ、四年ほど前、ソラウレンのあとで、イザベルの文章が急に深刻さを帯びた時期がある。アシュビーは脇に置いた手紙を再び手に取った。

〝大事なお兄さまへ

シルヴィア・カーティスが、彼女のお兄さまの看病をするためにスペインへ渡るそうです。第一八騎兵連隊はソラウレンで突撃をしたのでしょう？　シルヴィアの話では、ずいぶん悲惨な戦闘だったとか。お兄さまはなにも教えてくださらない。お願いだから、アシュビーのことを知らせて。ひと言もないのだもの、心配でたまらないわ。彼はけがをしたの？　看護が必要なら、シルヴィアと一緒にスペインへ行きます。あの人をひとりで苦しませるわけにはいかないもの。手を握ってくれる人を必要としているかもしれないでしょう〟

ウィルがなんと返事をしたにしても、イザベルは旅を思いとどまったのだ。ありがたい。

あの突撃のあと、アシュビーは決定的に変わった。そして今、再び変化が訪れ始めている。太陽のようなほほえみと鉄砲玉のごとき行動力を持ったイザベルと再会してからというもの、生きることへの意欲がよみがえってきた。どうして彼女をあきらめることなどできるだろう？　ぼくの魂は彼女を切望している。生きとし生けるものすべてが太陽を求めるように、ぼくには彼女のぬくもりが必要なのだ。彼女を取り戻すためならなんでもする。ハンサムとはほど遠い顔や、ウィルの命を奪ったのが自分の銃の弾であるという事実はどうやっても消すことはできないが……。

アシュビーはブリキの箱をトランクに戻し、広い寝室のなかを歩きまわった。結論を出すまでに、なぜこうも時間がかかったのだろう？　自らの命を絶つことができないのなら、生きるしかない。もうひとりで苦しむのはいやだ。彼はカーペットの上を歩きまわりながら、イザベルとの再会の場面を回想した。〝あなたは誰よりもやさしくて心の広い人だわ。自分のことを化け物だなんて言わないで〟

イザベルの目を通した自分に近づく努力をすれば、人間らしい心を取り戻せるのかもしれない。〝亡くなった兵士たちに対して、あなたにもなんらかの責任があるはずです。残された家族のために行動することが、兵士たちを弔うことになるとは思いませんか？　わたしもあなたも他人に与えるものがあるのだから、そうするのが義務だわ〟イザベルの言うとおりだ。かつて財力と権力に物を言わせて自堕落な生活を送ったとき、あとに残ったのは虚しさだけだった。ところが五〇〇〇ドルを寄付したときは深い充実感を得た。イザベルに金を突き返されてあれほど傷ついたのはそのせいだ。自分も恵まれない女性たちの力になりたい。直接、手を差し伸べることができないなら、イザベルの手を借りればいい。部下は地獄までぼくについてきてくれた。彼らの家族を地獄から救うことこそ、ぼくの責務ではないのか？

全身に気力がみなぎるのを感じながら、アシュビーは鈴を鳴らして執事を呼んだ。

「なんでしょう？」

フィップスが戸口から顔をのぞかせる。

「トランクを屋根裏へ戻してくれ。それと料理人に、昼食は雉肉《きじにく》とアップルパイを頼むと伝えろ」もうじき夕食の時間だが、召し使いたちは主人の気まぐれに慣れている。「いや、やはり前菜の盛り合わせとステーキにしよう。猛烈に腹が減った」

「腹が……ですか？」アシュビーが眉尻を上げるのを見て、フィップスは勢いよく答えた。

「かしこまりました！」

「もうひとつ、おまえに頼みたいことがある」執事の期待に満ちた目つきに苦笑が漏れる。

「メイフェアには知り合いが大勢いるだろう？　ミス・オーブリーに関する情報を集めてく

れないか？　ぼくがどんな情報を必要としているかはわかるな？」
「もちろんです」執事がにやりと笑う。
アシュビーはあきれたように目をまわした。

12

ルーシーの手を借りて、ハーワース城で開かれるパーティーに出席するための荷造りをしているイザベルのもとへノリスが現れた。「ミス・イザベル、お客さまです」

彼女は胸の高鳴りを無視して言った。「どなた?」

「ジョン・ハンソン卿です」

その答えに、イザベルは詰めていた息を吐き出した。「居間にお通ししてちょうだい」

バリントン邸での舞踏会が終わってからハンソンが訪ねてくるのはこれで四度目だ。彼女は誘われるままにハイド・パークへ出かけ、音楽会へ行った。ハンソンは金曜に開かれた慈善事業の会合にも参加してくれたし、舞踏会で顔を合わせるたびにダンスを申し込んでくれた。黄金の天使に好感を持ち始めていることは否定できない。見つめられただけでとろけそうな気分にはならないが、アイリスの指摘どおり、彼は礼儀正しく知的で、愛想もいいし、世間の評判もよい。法案もちゃんと読んで、〝すばらしいアイデアだ〟と言ってくれた。それにハンサムだ。

「こんにちは」イザベルは優雅な足取りで居間に入ると、差し出された手を取った。

「きみは息がとまるほど美しい」ハンソンが頰にキスをしようとする。彼女は素早く身を引いた。「ノリス、お母さまに居間へいらっしゃるよう伝えて。それからお茶をお願い」

「かしこまりました」ノリスはドアを開けたまま出ていった。

並んで座りたいというハンソンの期待を知りつつ、イザベルはソファの向かいにしつらえられたひとりがけの椅子に腰を下ろした。求愛されているからといって、必ずしも体にふれる必要はない。アシュビーの前ではしきたりなど完全に無視しておいて、ハンソンのような紳士に頑なな態度をとる自分が腹立たしかった。だがアシュビーへの恋心を断ち切れないのと同様に、どうしてもハンソンにふれられたいと思えないのだ。この気持ちがいつかは変わることを願うしかない。家族はみなハンソンの登場を歓迎している。兄も今回ばかりは見逃してくれないだろう。ハンソンに求婚されたら受けるしかない。〝社会的地位と金色の髪をした赤ん坊のことを考えるのよ〟イザベルはそう自分に言い聞かせて笑顔を繕った。

「あと一時間もしないうちに議会が始まります。あなたのために――」ハンソンは開け放たれたままのドアに目をやって声をひそめた。「名簿を手に入れようと奮闘していることをお伝えしておきたくて。それから……」そこで間を置き、ソファの座面をなでる。

隣に座れと言いたいのだ。いずれにせよ話を聞き漏らさないようにするには、椅子から転げ落ちそうなほど身を乗り出さなければならない。イザベルは腰を浮かしかけた。

「ミス・オーブリー」突然ノリスの声がして、彼女はびくっとした。「もうひと方、お客さまでです」

「どなた？」イザベルは椅子に座り直し、落ちついた声で尋ねた。

「マカリスター少佐です。どうしてもお嬢さまに直接お話ししたいと」

アイリスの告白のあとライアンは三度訪ねてきたが、いずれもイザベルは会おうとしなかった。目の前に座っているのがパリス・ニコラス・ランカスターだったなら、相手をやきもきさせるためだけにライアンを通したかもしれないが、ハンソンは正直に好意を伝えてくる。万が一、ハンソンに恋をしていたとしても、ライバルを登場させて圧力をかける必要はなかった。「マカリスター少佐に伝えて――」

「おととい来いと？」深みのある声がして、ノリスの脇に背の高い男が現れた。ライアンの目がイザベルをとらえる。「直接、言ってくれないか？」

すかさずハンソンが立ち上がった。「おい、ミス・オーブリーは――」

ライアンはぎょっとしている執事を迂回《うかい》して居間に入ると、ハンソンに詰め寄った。騎兵隊の軍服姿が勇ましい。イザベルは慌ててふたりのあいだに割って入った。「けんかをするなら帰っていただくわ」

ライアンはハンソンの体つきを一瞥《いちべつ》し、嘲るように笑った。「身の丈が自分の半分しかないような相手とけんかなどしない」

半分というのは大げさだが、ハンソンの顔はみるみる赤くなった。

「マカリスター少佐！」イザベルはライアンをにらみつけた。「すぐに出ていってちょうだい」

ライアンが彼女のほうを見る。その瞳には深い後悔の念が浮かんでいた。「五分でいいんだ。そうしたらおとなしく帰って、二度ときみの邪魔はしない」

ハンソンが〈ジェントルマン・ジャクソンズ〉で習ったボクシングの構えを取り、憎々しげに言う。「今すぐ出ていけ！」

イザベルはハンソンの拳《こぶし》に手を当てて、なだめるように言った。「かばってくれてありがとう。でも、議会の始まる時間よ。それに五分くらいなら、ワーテルローの勇者の話を聞いてもいいわ」

ハンソンが唇を引き結んだ。「議会なら欠席しても――」

「お願い。わたしのためだと思って」

「わかった」ハンソンは拳を下ろした。「来週はきみをひとり占めできるんだからね」

イザベルは彼の忍耐力に礼を言い、玄関まで見送った。今回は頬にキスされてもよけなかった。ライアンも玄関へ下りてくる。

「散歩に行きましょう」ライアンが丁寧に誘った。イザベルはルーシーにショールとボンネットを持ってこさせ、彼について表へ出た。数歩うしろにルーシーがつき従う。

「ぼくのことがあまり好きでなくなった？」ライアンが低い声で言い、イザベルのほうへ腕を差し出した。「理由はわかっている。だから五分だけ話をしたかった」

イザベルは失礼にならないよう彼の腕を取った。「本当に誘いたいのはわたしではないでしょう？」

ライアンが大きなため息をついた。「彼女を誘わなかったと思うかい？　だが、アイリスは会ってもくれない。手紙を書いても封をしたまま送り返される。焼かれなかっただけましだけどね」

彼を追い返し、手紙を未開封のまま送り返したのはアイリス本人ではないのでは？　イザベルはそう思ったが、口には出さなかった。「アイリスに伝言を頼みたいの？」

ライアンが立ちどまってイザベルに向き直った。「彼女に会わなくてはならない。どうしても――」豊かな赤褐色の髪をかき上げる。「アイリスに謝らなければならないんだ。それは彼女自身のためでもある」

イザベルは眉を上げた。「〈オールマックス〉の舞踏会では彼女を侮辱したじゃないの」

「あれは向こうがけしかけてきたから。アイリスはいつもそうなんだ。昔からね」

彼女はライアンに鋭い目を向けた。「まだ彼女を愛しているのね？」彼は答えなかった。

「ひとつ質問してもいい？」

「なんでもきいてくれ」

イザベルはためらった。なぜアイリスを小屋に置き去りにしたのか知りたかったのだが、それはアイリスが発するべき問いかけだと思い直した。「最初にカフェで声をかけてきたときから、アイリスが目当てだったの？」ライアンを横目で見る。

「その答えはイエスでもありノーでもある」彼はハンサムな顔に自嘲的な笑みを浮かべた。

「きみとアイリスが同席しているのを見かけて、きみを介して彼女に謝ることができるのではないかと思ったのは事実だ。でもアイスクリームを食べに行こうと誘ったのは、きみがとても魅力的だったからさ。そろそろ結婚したいと思っていたし、知ってのとおりアイリスは既婚者だから。これで答えになったかな？」

並んで通りを歩きながら、イザベルは口を開いた。「あなたを信じるわ」

「ありがとう」

「今日のことはわたしとあなただけの秘密よ」

「きみはあの金髪のボクサーの求婚を待っているのかい？」

彼女は思わず噴き出してから眉をひそめた。「それはありえないことよ。ただ、もしハンソンが求婚してきたら受けざるをえないでしょうね。これ以上断るなんて、家族が許してくれないもの」

「でも、きみは彼を愛していないんだね」

「ええ、今はまだ」

ライアンがイザベルに意味ありげな視線を投げた。「これまで誰かに心を捧げたことはあるかい？」彼女が答えないのを見て、ライアンは哀れむように頭を振った。「ぼくらは似た者同士だな。誰か……新しい人と奇跡的に恋に落ちるのを願っている」ふたりはしばらく黙って歩き、さらに半ブロック進んだところで引き返した。「ぼくがきみに言い寄ったら、競争にまぜてくれる可能性はあるかい？」彼はイザベルの目をのぞき込んだ。

彼女はほほえんだ。「ノーと言うのは難しいけれど、そう言わなくてはいけないわ。アイリスは大事な友人なの。彼女を傷つけることはできない。わたしたちが恋に落ちることはありえないでしょう。お互いの気持ちを知っているんだもの。第一、別の誰かとなら、相手に忘れられない人がいることなど知らず、幸せなふりくらいはできるかもしれないけれど」

「きみの言うとおりだね。でも、友達でいてほしい」

「いいわ。だけど、アイリスとのことであなたの味方はしないわよ」

「かまわないよ」ライアンはうなずいた。ふたりはセブン・ドーヴァー・ストリートに戻ってきていた。「もう五分たったな」彼がにっこりする。「アイリスに謝っておいてくれるかい?」

「だめよ。でも、手紙なら預かってもいいわ」

「ありがとう」ライアンはイザベルの手を口元へ運んでから、馬にまたがって帰っていった。

フィップスのスパイぶりはなかなかのものだった。アシュビーはイザベルが社交界の人気者で、周囲から一目置かれていることを知っても驚きはしなかったが、有力貴族の息子どもが彼女に群がっているという事実には不快感を覚えた。一三歳も年上で、社会になんの貢献もしておらず、自分ばかりか他人の人生をも狂わせる男を――大聖堂のグロテスクな石像にそっくりな伯爵を、彼女が選ぶ道理などない。

イザベルを勝ち取るためには、現状をよく分析して作戦を練らなければならない。アシュビーは履き慣れたブーツに足を入れて部屋を出た。いつもなら乗馬に出かけるのは真夜中を過ぎてからだが、これ以上屋敷のなかにいたら気が変になりそうだ。彼は足音も高く階段を下り、調理場からりんごをふたつ失敬して厩舎《きゅうしゃ》へ向かった。散歩の気配を察したヘクターが尻尾を振りながら近づいてきたので、頭をなでてやる。「静かにしろよ。人目を引きたくないからな」

厩舎のなかにはランプがひとつともっているだけだった。主人が入ってきたのを見て、アポロがせっかちに鼻を鳴らす。「なにか不満でもあるのか？」アシュビーはりんごをひとつ馬にやり、もうひとつにかぶりついた。「もうすぐアシュビー・パークでかわいい牝馬とじゃれつくことができるじゃないか。ぼくが乗馬とりんごで我慢しているというのに」アポロが首を振って馬銜《はみ》を嚙む。「どうせ、いい気味だと思っているんだろう？」

そこへ馬丁のビリーが駆け込んできた。「アポロに鞍をつけろと命じられました」

「自分でやるから、おまえは夕食に戻っていい」

「ありがとうございます」ビリーはぺこりと頭を下げて、入ってきたときと同じようにせかせかと出ていった。

アシュビーはアポロの艶のある首筋に手を当てた。「準備はいいか？」黒馬はおとなしく横を向き、主人が腹帯を締めるまで微動だにしなかった。馬にまたがってヘクターとともに厩舎から出る。〝なんという解放感だ！〟彼は髪をほどいて夜風になびかせた。アポロは主人の指示どおり左に曲がり、速歩《はやあし》で北へ向かった。町の外へ出て周囲が開けたところで、前傾姿勢になって手綱を緩め、夜露に濡れた牧草地を飛ぶように駆ける。そのうしろをヘクターが遅れずに追いかけてきた。

アシュビーはまぶたを閉じ、スペインでの愉快な日々を思い出そうとした。戦況がまだ悪化しておらず、太陽がぎらぎら照りつけていた日々のことを。だが、別のイメージが邪魔をする。夜の闇のなかから、ほの白い光に包まれた美しい女神が現れるのだ。瞳をきらめかせ、唇をわずかに開いて。

数時間後、うっすらと汗をかいたアシュビーは、長いあいだ目にしていなかった懐かしい家を見上げていた。当時と同じ薔薇の咲く庭にベンチがひとつ。時間を巻き戻せるものならば、イザベルがさくらんぼのような唇を押しつけてきた瞬間に戻りたかった。キスに応えるところは同じでも、そのあとの展開はまったく違うものにできるはずだ。

一台の馬車が家の前でとまったので、アシュビーはアポロを木陰へ下げた。お仕着せを着た召し使いが馬車から飛びだしてドアを開ける。踏み台を下りてきたのはイザベルだった。彼女がショールの合わせ目を引き寄せる前に、大胆に開いたドレスの胸元から丸みを帯びた曲線がちらりと見えた。

「それじゃあ、田舎暮らしを楽しんでね！」馬車のなかから女性たちの楽しげな声がする。

「一週間後、また会いましょう」イザベルが明るく応えた。彼女が通りを見渡したとき、アシュビーは一瞬見つかったと思った。だが玄関まで付き添おうと召し使いが控えているので、イザベルはすぐにレティキュールに注意を戻した。ワルツを口ずさみながら鍵を探している。

アシュビーは緊張を解いて彼女の様子を見つめた。イザベルほど輝いている女性はほかにいない。そんな彼女を独占したいという欲求が湧き上がる。かつて酒を酌み交わした士官の友人が、妻は自分の光だと言っていた。長いあいだ闇のなかで生きてきたアシュビーにとって、イザベルは明るく燃える太陽だ。彼女のいない冷え冷えとした世界には戻りたくなかった。

「いやだ、鍵を忘れたみたいだわ」イザベルがつぶやいた。「ノリスを起こさなくちゃ。大丈夫だから、もう行って」召し使いが戻ると馬車は走り去った。

夜道に女性を置き去りにするなど、とんでもないことだ。メイフェアが高級住宅街だからといって、犯罪が起こらないというわけではない。月明かりを浴びてたたずむイザベルは美しくはかなげで、そばへ駆け寄って、暗闇に潜む悪者から守ってやりたくなった。

そのとき彼女が顔を上げ、アシュビーのほうをまっすぐに見たので、彼は馬上で凍りついた。人と馬の影は見えても、顔までは判別できまい。

イザベルが近づいてきたら終わりだ。素顔を見られたら、マスクをつけて誘惑することもできなくなってしまう。その一方で、見られたいという気持ちもあった。

〝おまえを理解してくれる女もいる。イザベルはおまえの内面を……〟ウィルの言葉がよみがえる。

次の瞬間、イザベルは向きを変え、玄関へ続く石段をのぼった。彼女がレティキュールから鍵を取り出して鍵穴に差し込むのを見て、アシュビーは苦笑した。馬車を下りた瞬間から、ぼくの存在に気づいていたに違いない。彼女の発するメッセージは明らかだ。ぼくから謝罪しないかぎり、許すつもりはないのだろう。そんな彼女の態度に、アシュビーはひねくれた喜びを感じた。無関心よりも怒りのほうがましだ。それに挑戦されるのは大好きだった。アシュビーは二階の左から三番目の部屋に明かりがつくのを待って、楽観的な気分で帰路についた。

フィップスが乳搾りの女から聞き出したところによると、従僕や噂好きの人々のあいだでは、イザベルが家族の説得に折れて誰かの求愛を受けていると評判らしい。もちろんその誰かとは自分ではないが、だからといって彼女を責めることはできない。しかし、よりによってジョン・ハンソンとは。あの男は家柄がよくて財産のある女性ばかりをねらっている。自分も品行方正とは言いがたいが、女性とのつき合いに関しては一定のルールを設けていた。そのひとつは処女に手を出さないことだ。だが、ハンソンがそんなことを気にするとは思えない。あの男は死に物狂いだ。思いどおりに進展しないとわかったら、なにをしでかすことか。わざと不名誉な状況を作為して、イザベルを結婚に追い込むかもしれない。そんなことになる前に彼女に警告してやりたいが、東屋での一件を考えるとなにを言っても耳を貸してくれるとは思えなかった。あのとき誰かに見られていたら、イザベルの名誉はずたずたになり、ぼくとの結婚を余儀なくされていたはずだ。アシュビーは無理やり結婚したいとは思わなかった。彼女がぼくのベッドに来るならば、期待に目を輝かせていてほしい。そのためには、求愛者としてあらゆる面でハンソンをうわまわらなければならない。

ったようです」

「今日発《た》った、だと？　おまえの情報ではハーワース家のパーティーは来週のはずだぞ」

フィップスは弁解できなかった。「鞭《むち》打ちにでも、つるし首にでもしてください。誤報だったようです」

アシュビーは書斎の机の前を行ったり来たりして、不注意な自分を呪った。昨夜はイザベルの胸に見とれるあまり、女友達との会話に注意を払っていなかった。これではせっかくの計画が台なしだ。ウェリントンは三日後にならないと英国へ戻ってこない。まったく！　こうなったら、自分の名前で陸軍省に問い合わせてみるしかない。忘れられていないといいのだが……。「よし。ハリファックスとトムキンズを呼べ。それから馬車を用意しろ」

「ただちに」フィップスがにやりとする。

アシュビーは立ちどまった。「にやにやするな。まるでおせっかいやきのおばみたいだ」

「ご主人さまにそういう親戚はおられません」

アシュビーはドアが閉まっていることを確認した。「マーティン、おまえは……」その先を言葉にするのは難しかった。ずっと心をさいなんでいることだからだ。イザベルはことあるごとに、ぼくのマスクを外させようとする。アシュビーは誰かの率直な意見を必要としていた。ウィルがいない今、答えられるのは父であり、おじであり、おせっかいやきのおばのようなマーティン・フィップスしかいない。アシュビーは息を吸った。鼓動の音がうるさい。

「ぼくを見ろ」かすれた声で命じる。「もしおまえが美しい娘で、取り巻きに囲まれ、あちこちから結婚を申し込まれているとして、こんなひどい顔の男と添い遂げたいと思うか？　正直に答えてくれ。見え透いたおべっかはなしだ」

フィップスが親指と中指で顎を挟んだ。いい兆候だ。「率直に申し上げて、わたくしはあなたさまのお顔がひどいとは思わないのです。この四年間で慣れてしまったのでしょう」

「初めて見たときはどうだった？　ショックを受けなかったか？　恐怖で気持ちが悪くならなかったか？」

フィップスが顔をしかめた。悪い兆候だ。「あのとき感じたのは恐怖などではありません。わたくしは――」

「なんだ？　この顔を見てどう思った？」

「悲しかったです。どんなにおつらい思いをされたかと思うと」

アシュビーは疑うようにフィップスを見た。「悲しかった？　嫌悪感ではないのか？」

「嫌悪感？」フィップスはきょとんとした。考えながら言葉を継ぐ。「あなたさまは母君に似て、このうえなく整ったお顔立ちの若者でした。神よ、レディ・アシュビーの魂が安らかならんことを。今は、偉大なる勇気の証を持つ立派な男性です」

〝これでは参考にならない〟アシュビーはくるりと目をまわして歯ぎしりした。女性の意見が必要だ。しかも高価な贈り物に目のない打算的な女性ではなく、イザベルと同じ感覚を持った人物の意見が。「もういい。ハリファックスとトムキンズを呼んでくれ。軍服を着るよう伝えるんだ。きちんと手入れをしてあるんだろうな？」

「もちろんでございます。すぐに手配いたします」フィップスはそう言って部屋を出ていった。

アシュビーは机に座り、真新しい紙を出して、羽根ペンをインクにつけた。ウェリントンの秘書に至急目を通してもらいたい旨を記した手紙をしたためる。そのあいだも心は不安でいっぱいだった。これが成功したからといって、どうなるというのだ？　振り出しに戻るだけではないか。イザベルは相変わらずぼくの素顔を見たがるだろうし、ウィルの最期を知りたがるだろう。いずれはすべてを明らかにしなければならない。今はただ、その日が早く来すぎないことを祈るばかりだ。

ハリファックスとトムキンズは戦場に赴く騎兵隊員さながらの姿で現れた。「すばらしい」アシュビーはインクを乾かして手紙を折りたたみ、蠟を垂らして印を押した。「陸軍省へ行って、ウェリントン公爵の秘書にこの手紙を渡すんだ。そして相手が渡してくれるものを持ってこい。少し時間がかかるかもしれないが、手ぶらでは戻ってくるなよ。わかったか？」

ハリファックスが前に進み出て手紙を受け取る。「了解しました」

「誰かに足どめされたり、面倒に巻き込まれたりしたときは、ぼくの名を出せ。いいか、これは任務だ。ウェリントン公爵の秘書を除いて、第三者にその内容を漏らしてはならない」

ウェリントンはアシュビーの復帰を期待して除隊を認めてくれなかったので、問題はないはずだ。だが、あらゆる可能性に備えておきたい。「馬車を使え。帰りは寄り道をせず、預かった書類から目を離さずに戻ってこい。いいな？」

「はい」

「よろしい。では、今言ったことを復唱しろ」命令が確実に伝わったことを確かめると、アシュビーは従僕を呼んだ。「ハーディー、ミスター・ブルックスのところへ行って、至急やってほしい仕事があると伝えてくれ。しばらくかかりきりになるからと念を押すんだぞ。待て！」彼は箱から硬貨を取り出した。「貸し馬車を使え。ミスター・ブルックスを乗せて戻ってくるんだ。さあ、行け」

ハーディーが書斎を出ていくと、アシュビーは再び室内をうろうろし始めた。あの手紙でウェリントンの秘書が動いてくれればいいのだが。さもないと陸軍省に直接足を運ぶはめになる。日の高いうちから表を出歩くのかと思うと、たまらなく不安になった。考えただけで手が震える。なんて情けない男になってしまったのだろう。しかし、自分のしたことを考えれば当然の報いだ。戦場の光景が押し寄せてくる。兵士たちの苦悶《くもん》の叫びが……。彼はぎゅっと目をつぶった。英国兵とフランス兵の亡骸《なきがら》、涙に暮れたフランス兵の母親がアシュビーをののしっている。これまで英国人女性から非難される夢を見たことがないのはなぜだろう？　部下の家族にこそ借りがあるというのに。

〝悔い改めよ〟その言葉が頭のなかで鳴り響いた。イザベルが目を覚まさせてくれなかったら、ぼくの人生はどうなっていたことか。手紙を読めと言ったウィルは正しかった。救済はいつも手の届くところにあったのだ。イザベルが二度目に訪ねてきたときに法案を読まなかったことが悔やまれる。あのとき読んでいれば、法案を通過させるために必要なものも把握できた。ただ、あのときは彼女が下心を持って自分に近づいてきたのだと思い込んでいた。実際は、ぼくを懐かしみ、愛していたからこそ訪ねてきてくれたのに。ぼくの正体――ガーゴイルを見ても、彼女の気持ちは変わらないだろうか？

13

「戦死なさったお兄さまとは、以前にお会いしたことがあるのよ」オリヴィアは小さな声で言うとイザベルの隣に腰かけた。一同は昼食の準備ができるのを待って、居間に勢ぞろいしていた。

　三日前にハーワース城へ到着してからというもの、ジョン・ハンソンの姉であるオリヴィアに好ましくない印象を募らせていたイザベルは、この無神経な物言いにかっとなった。みなと同じように〝オーブリー少佐〟と呼べばいいものを、どうにかして人の神経を逆なでせずにはいられないらしい。ホワイトブロンドに透き通ったブルーの瞳をしたこの氷の女王は、弟に勝るとも劣らない美貌の持ち主ではあるが、うぬぼれが強く、怠惰で、意地が悪かった。毒を吐きたいなら、よそでやってほしい。一緒にいると気分が悪くなりそうだ。

「共通の友人が紹介してくれたの」氷の女王が笑った。「同じ隊の士官の方よ」

「そうなんですか」イザベルは暖炉の上の時計を見た。あとどのくらい空腹に耐えなければならないのだろう？　フレディーとテディーは今にも家具にかぶりつきそうだ。

　そこへようやく執事が現れた。「昼食のお支度が整いました」

「ご苦労だった、トバイアス。では、行きましょうか？」銀髪のハーワース公爵がレディ・ハイヤシンスに腕を差し出す。ふたりのうしろには、ジョンの両親であるハンソン卿夫妻、スティルゴーとアンジー、オリヴィアとその夫のブラッドフォード子爵、ジョンとイザベル、テディーとフレディー、最後にダニエラと乳母が続いた。一同が庭へ出ると、芝生の上には毛布が広げられ、年配者のためにテーブルと椅子も用意されていた。

「ロンドンでは社交界がいちばん華やかな時期なので、若い客人が損をした気分にならないよう、ピクニックの準備をさせてみました。楽しんでいただけるといいが」ハーワース公爵が言った。

「すばらしいアイデアだわ！」レディ・ハイヤシンスが感嘆の声をあげる。「個人の庭園でピクニックができるなんてすてきですこと。オスカー、人を驚かせるのがお上手ね」

「あなたにそう言っていただけると光栄ですな」

全員が座ると、お仕着せを着た従僕たちがワインやレモネードをグラスに注ぎ、チキンのサンドイッチやさまざまなごちそう、そしてチーズや甘いタルトを給仕してまわった。

「見事な庭園ですね、公爵閣下」スティルゴーがそう言って辛口の白ワインを受け取る。

イザベルも兄の意見に同感だった。最初の三日間は雨続きだったが、今日は緑の芝生に陽光がさんさんと降り注いでいる。楢《なら》の木がそびえる庭には花々が咲き誇り、生垣は美しく刈り込まれていた。その向こうに広がる青い湖面も存分に目を楽しませてくれる。この庭と比べると、屋敷はややお粗末と言わざるをえないだろう。広いだけで手入れが行き届いておらず、家具や調度品もくすんでいる。ハンソンは公爵が変化を嫌うからだと言っていたが、随所に積もった埃や、壁をはう蟻《あり》の言い訳にはならない。この庭園を見なければ、公爵家の財政状態に疑問を持つところだ。

ダニエラがはいはいをしながら近寄ってきたので、イザベルと妹たちは皿をどけて愛らしい姪をあやし始めた。イザベルはひそかにハンソンのほうを見て、彼が父親になったところを想像しようとした。アシュビーなら、すばらしい父親になるはずだ。妻になるのはわたしではないけれど……。彼女はため息を漏らした。またアシュビーのことを考えている。わずか二週間で不愉快な記憶は薄れ、刺激的なひとときばかりが思い浮かぶようになった。男性に対してあれほど強烈な欲求を感じるとは思わなかった。結婚の誓いも交わしていないのに、みだらな行為を許してしまうなんて……。ただ、イザベルの心は少女のころからアシュビーに捧げられていた。だからこそ、東屋に呼び出され、〝きみが欲しい〟と言われたとき、彼も同じ気持ちだと思ってしまったのだ。

「昼食のあとで鳥を撃ちに行きませんか？」オリヴィアの夫、ブラッドフォード子爵がスティルゴーを誘った。「この庭園はよい狩猟場ですよ」オリヴィアとブラッドフォード子爵の仲を取り持ったのはハンソンらしい。ブラッドフォードの活動時間は一日のうちほんの数時間で、夕方になると酒を飲み、翌日の昼までは起きてこない。オリヴィアはそういう夫の態度をさして気にとめていないようだった。お互いの存在に関心を示すこともなければ、言葉を交わすこともない。イザベルが考える理想の夫婦とは正反対だ。

スティルゴーが残念そうな顔をした。「せっかくのお誘いですが、遠慮しておきます。弱い生き物に銃など向けようものなら、妹に撃ち殺されてしまいますから」

「それならぼくも狩りはやめた」ハンソンの言葉にイザベルはにっこりした。彼はわたしを喜ばせようと心を砕いてくれる。高価な扇やチョコレートを贈ってくれるわけではないけれど、小さなことに気を配ってくれた。

「それでも庭園を散策するのはいいかもしれませんね」スティルゴーがつけ加えた。「ここでは牧羊とか大麦の栽培をなさっていますか？　わたしの領地ではちょうど……」スティルゴーが熱弁を振るうあいだ、ハーワース公爵もハンソンも退屈そうに聞いていた。地所の管理に興味がないなんて奇妙なことだ。

「目的もなく歩いても仕方ないですよ」ブラッドフォード子爵が従僕からワインボトルを奪った。「ほかにすることもないし、馬は――」

「九柱戯《スキットルズ》（ボウリングに似たゲーム）をしましょうよ！」フレディーが勢い込んで言った。テディーもピンクのスカートをひるがえして立ち上がる。「それがいいわ！　ここでできるし」そう言って彼女がなだらかな芝生を指したとき、かすかに地面が揺れた。

「なんだ？」スティルゴーが腰を浮かし、アンジーはダニエラに駆け寄った。

「怖いわ！」レディ・ハイヤシンスが胸元をつかむ。「イーストサセックスで地震？」

「これは地震ではない……」ハーワース公爵が言いかけると同時に、そう離れていないところを一頭の馬が疾走していくのが見えた。黒い毛並みのサラブレッドの上で、騎手の白いシャツと黒い髪が風になびいている。人馬一体とはこのことを言うのだろう。馬のひづめが地面に着くのも見えないほどの速さだ。騎兵隊員に囲まれて育ったイザベルでも、これほど見事な乗馬姿は見たことがなかった。「あれはかつて悪魔と称された人物ですよ」公爵が孫娘に鋭い視線を向けた。「愚かな娘だ」

イザベルは人馬に見とれるあまり、氷の女王が憤慨の声をあげて身をこわばらせたことに気づかなかった。あの騎手はどこかで見たことがある。この胸の高鳴りはなんだろう?

「あの男には見覚えがあるな……」スティルゴーも言った。「どこでだったか……」

答えを提供したのは公爵だった。「あれは隣のアシュビーです。あんなふうに馬を操れる者はほかにいない。彼は一〇歳のころから、風のように馬を乗りこなすことができました。たいしたものだ」

イザベルの肺から一気に空気が抜けた。「アシュビー?」その声を聞いた母と兄が妹に鋭い視線を向ける。しかし、彼女の目は走り去る男に釘づけだった。マスクをつけていないことはわかるが、この距離から人相を判別することはできない。口から心臓が飛び出しそうだった。アシュビーがこんなに近くにいるなんて!

「彼は両親を事故で亡くしてね、ずいぶん荒れた時期があったのです」ハーワース公爵が続けた。「放蕩のかぎりを尽くし、遺産の半分を散財して父親の名前を汚した。何度か窮地に陥ったが、もともと賢い男だ。うまく切り抜けました。ナポレオンがポルトガルに進攻した際、陸軍に志願して、史上最年少で大佐に昇進し、第一八騎兵連隊の名指揮官と呼ばれたのです」公爵の口調は誇らしげだった。「大陸で戦っているあいだに開かれた騎兵レースでは金杯《ゴールデン・カップ》を独占したらしい。いつか賢い女性を妻にして、幸せな家庭を築くでしょうな」彼はオリヴィアをにらんだ。

「あの男はこんなところでなにをしているのかしら?」屋敷へ駆け戻る娘を横目で見ながら、レディ・ファニー・ハンソンがヒステリックに叫んだ。「あんなことをしておきながら、よくもわたしたちの前に醜い顔を見せられたものだわ」

「アシュビーには、ここで好きにふるまう権利がある!」公爵が娘に怒鳴った。「おまえの娘に良識があれば——」

そこでハンソンがさっと腰を上げ、祖父になにごとか耳打ちすると、大股で姉のあとを追った。「オリヴィア、待ってくれ!」彼の姿が屋敷のなかに消える。

「これでご満足かしら?」レディ・ファニーも吐き捨てるように言うと、存在感のない夫を引きずるようにして屋敷のほうへ去っていった。一部始終を退屈そうに見守っていたブラッドフォードがワインボトルを手にぶらぶらと遠ざかる。

ハーワース公爵は兵士に逃げられた将軍のように狼狽《ろうばい》していた。レディ・ハイヤシンスがその腕に手を添え、一緒に立ち上がる。「さあ、まいりましょう。もう日光浴はじゅうぶんよ。ご自慢の切手のコレクションを見せてくださらない?」

次に沈黙を破ったのはアンジーだった。「ダニエラを連れて屋敷に入るわ。大人のもめごとに巻き込みたくないし、お昼寝の時間だもの。チャールズ、一緒に来ない?」

「ああ」スティルゴーは娘を抱きかかえ、妻の腰に手を当てた。

双子と残されたイザベルは、立ち上がって妹たちの手をつかんだ。「行きましょう」

「でも、スキットルズは？」テディーが反発する。

「また今度ね」イザベルはぴしゃりと言ってから、低い声でつけ加えた。「それよりちょっと偵察しない？」

14

目の前に長い並木道がまっすぐに延びている。オーブリー家の三人娘は、その奥にそびえる白い屋敷を呆然と見つめた。

「この屋敷の主《あるじ》はハーワース公爵の一〇〇〇倍もお金持ちに違いないわね」テディーが感心して言う。イザベルも同じことを考えていた。正面玄関から左右対称にコリント様式の円柱とパラディオ様式の窓がずらりと並び、威圧するような雰囲気を醸し出している。

「ここに住んでいる人はお年寄りなの？」フレディーが尋ねた。

「三五歳よ」アシュビーが近くにいるのだと思うと、イザベルは緊張してきた。

テディーが肩を落とした。「メトセラ（ノアの洪水以前の族長で九六九歳まで生きた長命者。メトシェラともいう）くらいの年だわ！」

イザベルはからかうように双子の妹たちを見た。「覚えてないの？　昔はよくセブン・ドーヴァー・ストリートへ遊びに来てくれたのに。やさしくて、楽しくて……」

「青い軍服がすごく似合ってた、でしょう？」フレディーが姉の口調を真似て締めくくった。

「じゃあ、彼はお姉さまにあげる。わたしたちには年をとりすぎているし、どこの誰ともわからない女に取られるのはいやだもの」

「じゃあ、彼のことを覚えているのね？」イザベルにはなぜかそれが大切なことに思えた。

「当たり前じゃない」テディーがくるりと目をまわし、姉はときどき鈍くて困ると言いたげな顔をした。「お姉さまはいつだってアシュビーをひとり占めしようとしていたわ」

「そんなことはしていません」イザベルは真っ赤になって言い返した。

「別に文句を言ってるわけじゃないのよ」フレディーが言う。「アシュビーってちょっと陰があって、ある意味、ＬＪよりもすてきだったもの。それにおもしろいし。でも、ガーゴイルになっちゃうなんて……」

「なんですって？」イザベルはびっくりした。「どうしてそんなことを知っているの？」

「わたしたちにも耳くらいあるの。噂話に加わるほどばかじゃないだけ」テディーは母親そっくりのしぐさであきれたように頭を振った。長い巻き毛が揺れる。

イザベルはため息をついた。脳裏にアシュビーの記憶が押し寄せてくる。セブン・ドーヴァー・ストリートへ食事に来てくれたときのこと、ワイン貯蔵室で上半身裸で立っていたときのこと、木材にかんなをかけるところや、月明かりの下でワルツのステップを踏み、彼女を〝かわいい人〟と呼んで胸にキスしてくれたときのこと。

いいかげんに目を覚ましなさい！　そう自分に言い聞かせたものの、焼けつくような視線にさらされたときのことは忘れられそうになかった。こんなことでは過去に固執していると言われても仕方ない。いつまでもアシュビーへの思いを引きずっていたら、恋に破れたオールドミスになってしまう。

「それで？　このお屋敷をかぎまわるの？」テディーが眉を上げた。「アシュビーがどんな顔をしているのか見てみたいな」

イザベルも同じ気持ちだった。愚かな真似はやめてハーワース城へ戻れという理性の声を振り切り、一歩足を踏み出す。「いいこと、招待されているわけではないのだから、物陰に隠れて静かにしていなきゃだめよ。わかった？」彼女の指示に妹たちがうなずいた。「邪魔をしないって約束できる？」

「ええ、もちろん、ちょっとのぞくだけ」フレディーが元気よくうなずいた。

「まずは厩舎を見つけましょう」イザベルは並木道を外れて歩き始めた。

三人は植え込みに身を隠しながら屋敷の裏手へまわった。母屋となる建物は完全な正方形で、それぞれの面に同じ大きさの入口がある。やがて厩舎らしき建物が現れた。

しばらく待っていると、アシュビーの馬が駆けてきて柵《さく》を飛び越え、厩舎の前でとまった。期待どおりマスクはつけていないものの、湿った髪が張りついているせいで顔立ちがわからない。彼は流れるような動作で地面に下り立ち、顔から髪を払った。黒いサラブレッドが主人に同調してたてがみを振る。上質なシャツの布地が汗で背中にくっついていた。あとはこちらを向くのを待つだけだ。

「ガヴェ！」アシュビーの声に、厩舎のなかから椅子と洗面器を持った男が走ってきた。ガヴェと呼ばれた男は馬の横に椅子を置き、両手いっぱいのにんじんを馬にあてがって、艶やかな体にブラシをかけ始めた。「あとを頼めるか？」アシュビーが尋ねる。

「はい。きちんとブラシをかけて、うまいものを食べさせます。明日の朝から牝馬に引き合わせましょう」

アシュビーは機嫌よく笑ってその場でシャツを脱いだ。テディーとフレディーが息をのむ。イザベルは妹たちの口を手で覆った。

「あとで戻ってきて手伝うよ」アシュビーが声をかける。

ガヴェがさっと顔を上げた。「手伝う？　わたしひとりでも――」

「ちゃんとやれることはわかっているさ」

アシュビーはシャツを肩に引っかけ、屋敷へ向かって歩き始めた。太陽の下で見ると、がっしりした上半身がさらに際立って見える。余分な肉はいっさいついておらず、広い肩から形のよい尻にかけて、筋肉の筋が浮き上がっていた。その彫刻のような背中がどんな手ざわりだったかを思い出し、イザベルは下腹部がくすぐったくなった。やっかいなことに、彼に対する憧れは今や肉体的な欲望に変わりつつある。

しばらくするとフィップスが庭に出てきた。執事は歩調を緩めることなく、イザベルと双子が隠れている生垣へまっすぐに近づいてくる。イザベルが状況を察して逃げ出そうとしたとき、執事が声をかけた。「ミス・オーブリー」生垣を迂回して彼女たちの正面に現れた執事は、そこで少し息を整えた。「ご主人さまが居間でクッキーとホットチョコレートでもいかがですかとおっしゃられています」

アシュビーに気づかれていたことを恥ずかしく思う気持ちよりも、怒りのほうが強かった。

あんなことがあったあとで、よくもお茶に誘えたものだ！　イザベルはかっとして口を開いた。「わたしたちは――」

「喜んでご一緒します！」双子が甲高い声であとを継ぐ。

「フレデリカ！　テオドラ！　戻りなさい！」屋敷のほうへ駆けていく妹たちに向かって、イザベルは叫んだ。妹たちは振り向きもしない。彼女は途方に暮れてその場に立ちつくした。

アシュビーは自室のドアを勢いよく開けた。浴室へ向かいながらブーツやズボンを脱ぎ捨てていく。ハーワース城の前庭で昼食をとるハンソン一族とオーブリー一家を見た瞬間から、イザベルが訪ねてくるだろうことはわかっていた。われながら完璧なタイミングだ。すべて優秀なスパイであるフィップスのおかげだった。彼の働きは勲章に値する。ただ、イザベルがこれほど早くやってくるとは思わなかった。好奇心の強い雌猫は、マスクなしの顔を見られるかもしれないという誘惑に抗えなかったらしい。日が落ちてから訪ねてきてくれたほうがよかったのだが、まあ、なんとかなるだろう。今日も彼女にふれられなかったら爆発しそうだ。

ダッドリーが部屋に入ってきた。「ご主人さま、入浴の準備が整いました。ですが――」

アシュビーは従者の言葉を遮った。「よし」銅製の浴槽につま先を入れて飛び上がる。「おい！　ぼくを釜茹でにする気か？　今すぐ冷たい水を持ってこい」

水の到着を待つあいだ、アシュビーは熱い湯に石鹼《せっけん》を浸して胸や腋にすりつけた。口元に笑みが浮かぶ。もうすぐ彼女に会えるのだ。

そこへダッドリーが従僕のジムを従えて戻ってきた。どちらも水の入ったバケツを抱えている。アシュビーは高ぶった下半身を見られる前に、片方のバケツをつかんで頭から水をかぶった。

「くそっ!」召し使いの前で恥をかかずにすんだことに感謝しながらも、水の冷たさに悪態をつかずにはいられなかった。気を取り直して液状の石鹸を髪につけ、ぬるくなった湯につかって頭を洗う。血液が全身を駆けめぐり、まるで戦闘の前のような気分だった。だが、その先に待っているのは天国だ。「服を用意しておいてくれ」アシュビーはダッドリーに命じると、頭まで湯につかって髪についた泡を流した。湯から顔を出すと同時に、ジムがリネンのタオルを差し出す。アシュビーはタオルを受け取って素早く体をふき、髪を乾かしながら寝室へ向かった。

ベッドの上には深緑の上着にチョコレート色の絹のベスト、黄褐色のズボンが並んでおり、その脇にダッドリーが控えていた。アシュビーがズボンに脚を通すあいだに、ダッドリーが要領よくシャツとベストのボタンをとめる。ジムはアシュビーの背後で上着を掲げ、ダッドリーが糊のきいたクラヴァットを主人の首にまわして東洋風に結んだ。

「ありがとう。もういい」アシュビーはおろしたてのブーツに足を入れ、チェストの上に置かれた姿見の前に移動した。湿った髪を手ですいて、鏡のなかの男をじっと見つめる。〝マスクはどうする?〟それが問題だ。鼓動が速まる。〝やはりマスクはつけよう〟引き出しを開けると、ロンドンから持ってきたマスクが並んでいた。どれも暖炉に投げ込んだものとよく似たデザインだ。「しくじるなよ」アシュビーは鏡のなかのガーゴイルに言い聞かせて、緑色のマスクを手に取った。部屋を出て廊下を進みながらマスクを顔にあてがい、左右のひもを結ぶ。階段のてっぺんまで来たとき、彼ははっとして足をとめた。

赤みがかったブロンドの長い巻き毛に縁取られたかわいい顔がふたつ、青空のような瞳を好奇心にきらめかせて階段の下からこちらを見上げていた。フレディーとテディーだ。しまった。マスクをつける前の顔を見られたに違いない。だが幸い、ふたりともショックを受けたり怖がったりしている様子はなかった。

アシュビーは唇に手を当てて階段を下りた。「お姉さんは?」

緑のドレスを着た人形のような少女が答えた。「外です」

ベンチで初めてキスを交わしたときのイザベルの溌溂《はつらつ》とした愛らしさを思い出して、アシュビーはにっこりした。あのときの彼女は今のこの子たちと同年代だったのかと思うと罪悪感が込み上げる。当時のイザベルはこんなに幼かっただろうか? もちろんぼくも今よりずいぶん若かったし、偏屈でもなかった。精神面でいえば、あれから一〇〇歳も年老いたような気がする。彼は上体をかがめ、膝に手をついた。「どちらがテオドラで、どちらがフレデリカかな?」

「わたしよ!」ふたりは同時に答えてにっこりした。

アシュビーは狐《きつね》に化かされたような気分で片方ずつ問い直し、ピンク色のドレスを着たほうがテディーで、緑色がフレディーと区別をつけた。「ぼくを覚えてる?」

「アシュビーね」フレディーがはにかむように唇を噛み、巻き毛に人差し指を絡ませる。

「覚えてるわ」テディーも頬を染めた。「ウィルのお友達でしょう」

「そうだよ。きみたちは秘密を守れるかな?」アシュビーは背中を伸ばした。双子たちが挑戦的な目つきになる。「取引をしよう。今、見たことをイジーに内緒にしてくれたら、きみたちにとっておきのプレゼントをあげるよ」

「プレゼントってなあに?」フレディーが早熟ぶりを発揮して甘えた声を出す。

「それはあとのお楽しみだ。ヒントは、きみたちの母上は絶対に買ってくれないもので、欲しいと言っても反対されるもの」

「じゃあ、取引成立ね」テディーが小さな手を差し出した。アシュビーは双子と握手すると、連れ立って外へ出た。イザベルが唇を引き結び、いらいらした様子で立っている。

彼女と目が合った瞬間、アシュビーはみぞおちに強烈な衝撃を感じた。なんて美しいのだろう。どうやら怒っているようだ。彼はイザベルに向かっておじぎをした。

イザベルがさっと妹たちに目を向ける。「フレディー、テディー、帰るわよ!」

フレディーがアシュビーを見上げ、えくぼを見せて笑った。「約束は?」

「守ってくれないと、しゃべりたくなるかも」テディーもつけ加える。

「プレゼントは厩舎にあるよ」双子が厩舎のほうへスキップを始めると同時に、アシュビーはイザベルに近づいた。彼女が着ているモスリンのドレスは、不満そうに突き出した唇と同じ色をしている。「きみにもプレゼントがあるんだ」彼はかすかに漂うバニラの香りを吸い込んだ。「仲直りの印に」

「ここでなにをしているの？　屋敷から一歩も出ないのだとばかり思っていたわ」

「アシュビー・パークはぼくの家だ」そしてきみさえよければ、きみの家にもなる。

イザベルは彼と目を合わせようとしなかった。「わたしがお隣に滞在している週にあなたもここへ来るなんて、すごい偶然ね」

「偶然なんかじゃない。きみのあとを追ってきたんだよ」

彼女の鮮やかな青い目がアシュビーのほうを向いた。「このあいだは近づくなと言ったくせに。わたしはあなたの顔が見たかっただけなのに、あなたは声を張り上げてわたしを侮辱したのよ」

「それでもぼくらはこうして一緒にいる。ぼくはきみから離れられないんだ。きみがぼくから離れられないのと同じように」彼はささやいた。「ぼくらはお互いのものだ。ここ二週間は地獄だった」

「自業自得でしょう！」イザベルは憤慨して妹たちのあとを追って足を踏み出した。

アシュビーは彼女の腕をつかんだ。「この前はぼくが悪かった。最悪の態度だったと反省している。あのときの言動は誓って本心じゃなかった」イザベルの繊細な横顔を視線でたどる。うなじにかかったおくれ毛がなんとも魅力的で、そこに唇を押しつけたくてたまらなかった。

彼女がアシュビーを見上げて顔をしかめ、腕を振りほどいてすたすた歩き始めた。どうやら欲望に振りまわされている場合ではなさそうだ。礼儀正しくしなければ、永遠に許してもらえそうにない。彼は小気味よく揺れるヒップから無理やり視線を引きはがし、女性陣のあとについて厩舎に入った。

広い窓から日の光が差し込んで、清潔な馬房と満足げにわらを食《は》む馬たちに降り注いでいる。英国でも指折りの名馬たちだ。「プレゼントは奥の馬具収納室だよ」アシュビーはそう言って女性たちの歓声を待った。

彼の期待どおり、収納室に足を踏み入れたオーブリー家の三人娘は口々に感嘆の声を発した。アシュビーもにっこりしてあとを追いかける。「調子はどうだい、バターカップ?」彼は毛布に横たわる新米の母親の脇にかがみ、その体をなでた。母犬の周囲で五匹の子犬が元気に動きまわっている。

テディーとフレディーがうっとりした表情で膝をついた。「なでてもいい?」

「どうぞ。母犬もなでてやってくれ。お産は大変なんだ」

双子たちが子犬を胸に抱き上げ、イザベルは腰を下ろして母犬をなでた。「バターカップは金色の毛並みなのに、子犬が黒いのはなぜ?」フレディーが尋ねる。

アシュビーはイザベルを見つめた。「きみにはわかる?」

「父親が黒いからよ」彼女はアシュビーから目をそらした。「ヘクターはどこ?」

「ヘクター?」フレディーの目が輝く。「それって、何年も前にお姉さまがアシュビーにあげた犬のこと?」

「そうだよ」アシュビーはイザベルの背後にしゃがみ込んだ。彼女の背中がこわばるのがわかる。「ぼくがまだイザベルに嫌われていなかったころにもらった子犬だ。ヘクターなら外でむくれてる」

「どうしてむくれてるの?」双子の声がそろった。

「今朝、召し使いに洗われたからさ。よほどいやだったらしい。まあ、なでてもらいたくなったら戻ってくるだろう」イザベルが肩越しにアシュビーをにらむと、彼はにやりとして立ち上がり、窓を開けた。口笛を吹いて、再び彼女の背後に戻る。妹や動物を利用するのは正攻法とは言えないが、ようやく自分から積極的に彼女を追いかけることができて気分がいい。

ヘクターが吠えながら収納室に入ってきた。子犬たちが飛び上がり、小さな尻尾を盛んに振る。黒犬は少女と子犬たちのあいだに顔を突っ込み、ふんふんとにおいをかいだり、あちこちなめたりした。双子になでられてひとしきり大興奮したあと、バターカップの隣に横たわり、いたわるようにその体をなめる。

「見て。家族なのね」フレディーがほうっと息をついた。

アシュビーは誘惑に逆らえず、イザベルの背中にそっと手をはわせた。彼女がさっと身を離し、母親のうしろからはい出してきた金色の子犬を抱き上げる。「この子はママにそっくり」イザベルは腕のなかで縮こまっている子犬の顎をなでた。「怖がらなくていいのよ」

その光景を見て、アシュビーは彼女が赤ん坊をあやしている場面を思い描いた。もちろん彼の子供だ。イザベルの腕に抱かれた子犬に手を伸ばし、金色の毛並みをなでてやると、子犬はくんくんと鼻を鳴らした。彼女が小さな笑みを漏らす。アシュビーは偶然を装ってイザベルのやわらかな頬にふれた。「その子にはきみが名前をつけてくれ」

「犬を飼うなんて、母が許してくれないわ」彼女は残念そうに言った。「あなたもわかっているでしょう？」

「それはぼくに任せて」アシュビーは片目をつぶった。「考えがあるんだ」

ヘクターが起き上がって六匹の子犬を庭に連れ出す。双子が笑いながらあとに続き、収納室にはアシュビーとイザベルだけが残された。

立ち上がろうとした彼女の腰をアシュビーはつかんだ。そのまま上体を寄せてキスをする。イザベルは息をのんだが、身を引きはしなかった。彼は再び天国にいた。だが、望んでいるのはキスだけではない。オーブリー家にあふれるにぎやかな笑い声を、自分の人生にも分けてほしかった。

イザベルがみずみずしい唇を差し出すように体をひねってアシュビーと向き合ったかと思うと、彼の肩をつかんで押しのけた。「に、二度とこんなことをしないで！」大きく息をしながらアシュビーをにらみつける。

彼はイザベルの頬に熱い吐息を吹きかけた。「なぜ？」

「よくわかっているはずよ！」彼女は厳しい声で答え、再び立ち上がろうとしたが、アシュビーはかまわず自分のほうへ抱き寄せた。イザベルが身をよじって逃れようとする。

「恥ずかしがらないでくれ。きみがぼくを愛していることはわかっている。自分でそう言ったじゃないか」

彼女が冷たい目つきをした。「事情が変われば愛も変わるものよ」

「そんなはずはない」アシュビーは動揺で息苦しくなった。

「あら、どうして？」形のよい眉が上がる。「強い欲望を感じている女はどんな約束でもするの。いい教訓になったでしょう？」

小悪魔は嘲笑を浮かべている。アシュビーは歯を食いしばって彼女を解放した。イザベルは知らないだろうが、その教訓なら数年前に学習ずみだ。そう、オリヴィアから……。「ちょっと前のきみの反応は別のことを言っていたよ」

「わたしたちはキスしただけ。そこにはなんの意味もないわ」彼女は笑顔のまま肩をすくめた。

あくまでぼくの失言を投げ返すつもりなら、なにも考えられなくなるまでキスをして、本心を引き出してやろうか。「なかなか興味深いことを言うね。〝事情が変われば愛も変わる〟だって？　シェークスピアが墓のなかで悔しがっているだろうな」もしくは、ぼくを見てにやにや笑っているか。「この劇的な心変わりの原因を教えてくれるかい？」

「最大の原因はあなたの態度ね。新しい求愛者の出現もあるけれど」

「ゴールデン・エンジェル六世か？」内心は嫉妬と絶望に身もだえしながら、アシュビーはばかにした口調を装った。

「それにちっとも劇的じゃないわ。あなたはまったく見下げ果てた人で、ジョンは――」

「あれから二週間しかたっていないんだぞ！」心がぎりぎりと締めつけられるようだ。彼女がろくでなしの名前を親しげに呼ぶのが気に入らない。

「二週間あればいろいろ起こるのよ、アシュビー」イザベルはそっけなく応えた。彼女だけが知っている洗礼名を使う気はないらしい。「ジョンは完璧な紳士だし、わたしたちの法案を議会で支援すると言ってくれたわ」

「それは二週間前に聞いた。具体的な成果はあったのか？」

「ええ。〈最愛の人を失った女性たちの会〉の会合に参加してくれたし、法案に目を通して大丈夫だと言ってくれた。彼は――」

「そりゃあ、目くらいは通すだろう」アシュビーは我慢できずに遮った。金髪の鮫《さめ》に先を越させた自分を蹴飛ばしてやりたい。

「ジョンは知り合いの影響力を最大限に利用して名簿を手に入れようと――」

彼はその言葉に飛びついた。「では、まだ手に入れてはいないんだな。それなら、ちょっとした秘密を教えてやろう。陸軍の機密文書を手に入れる方法などない。誰かに保管庫の鍵を開けさせ、目を通し終わったら、すみやかに元の場所へ戻す。それしかないんだ」

イザベルが眉をひそめた。「ジョンはきっと、理由をきかずに鍵を開けてくれる人を探しているのよ」口調は落ちついていたが、不安が透けて見えた。

彼女の心が完全にジョン・ハンソンのほうを向いているなら、二日間ぶっ続けでミスター・ブルックスと一緒に名簿を調べ上げ、法案によってかかる予算を算出し、さらにはイザベルの瞳に輝きが戻る瞬間を早く見たいがあまり、雨のなかをアシュビー・パークまで馬を走らせたと白状しても道化役になるだけだ。

しかしここでそれを伝えなければ、彼女と人生をともにするという夢がついえてしまう。オリヴィアのときは引きとめなかった。だが、イザベルに対してそうはできない。「ぼくが名簿の一〇倍もすごいものを準備したと言ったら？」

彼女が唇を噛んでアシュビーを見つめた。「なにを準備したというの？」

「法案の予算見積もりさ。公認会計士であるミスター・ブルックスの署名入りだ」

イザベルの顔が驚きと喜びに輝いた。「わたしのためにそこまでしてくれたの？」

「きみのためならなんでもする」アシュビーは静かに言った。「知らなかったのかい？」

彼女はさっと冷静な顔つきに戻った。「あなたに関してはわからないことだらけよ」

「きみの心は？　ぼくについてなんと言っている？」

イザベルの目が愁いを帯びた。「パリス、わたしの心は〝この人は信頼できない、忘れろ〟と言っているわ」

アシュビーは彼女の金色の髪を指に巻きつけた。「でも、まだ忘れてはいないだろう？」

イザベルが背筋を伸ばす。「はっきりさせておくべきだと思うのだけれど、ジョンは兄からわたしに求愛する許可を得たの」

アシュビーの心に血がにじんだ。「それで、きみは彼の求婚を待っているというわけか？」

「彼のことは好きよ。礼儀正しくてやさしいもの。気まぐれでも短気でもないわ。約束を守ってくれるし、わたしのことをこそこそ誘い出したりしない。彼が求婚してきたら、受けるしかないでしょうね」

過去に賭博《とばく》や女遊びにふけった経験から、アシュビーは相手の言葉の裏を読むことができた。直感が正しければ、イザベルは別のメッセージを発している。〝受けるしかない〟ということは、まだ求婚を受けていないし、それを積極的に待ってもいないということだ。スティルゴーが彼女を説得するのだろうか？　イザベルの信頼を取り戻して、もう一度自分のほうを向かせるための時間が欲しい。ふたりのあいだに深い愛情が育てば、外見の向こうにあるものを見てもらうことができるかもしれない。

「見積もりを渡す前に法案を読みたいんだ。どこにある？」

「ハーワース城にあるわ。でも、なぜ法案にこだわるの？　ジョンが読んで、太鼓判を押してくれたのよ。自信を持って議会に提出できるって」

今はハンソンが彼女のヒーローというわけか。「頼むよ。見積もりが内容とちぐはぐだったり、間違っていたりすると困る」

「わかったわ。でも、どうやって渡せばいいの？」

「きみが持ってくるんだ。今夜」アシュビーは彼女の目をのぞき込み、反応を探った。今夜ふたりきりになれたとしても、抱きしめる以上のことはしないつもりだった。

「またこそこそしろというの？」イザベルが声を荒らげる。

アシュビーは傷ついた。「それなら来なくてもいいさ」感情を抑えた口調で答える。「ロンドンに戻ったら、見積もりをきみの家に送るよ。自分で確認してくれ」

イザベルが眉をひそめたのを見て、彼は一瞬、強がりを見抜かれたかと思った。「二週間前、あなたはわたしとかかわりたくないと言ったわ」

「きみはそれを信じたのか?」なめらかな頬に手を滑らせ、彼女を引き寄せる。

「やめて!」イザベルは彼の胸を押し返し、肩越しにドアのほうを見た。「誰か来たらどうするつもり?」

「誰も来ないよ。きみの妹たちは外で犬とじゃれまわっているんだから」フィップスに、彼女たちにクッキーを与えて注意を引きつけておくよう厳命してある。イザベルの名誉を汚すような場面を人に目撃されるつもりはなかった。彼女の気持ちがはっきりするまでは。

「なんのゲームかわからないけれど――」

「これはゲームなんかじゃない」アシュビーは心から言った。「きみが欲しいんだ。どうしても」

この告白がイザベルの怒りに油を注いだ。「友達が警告してくれたわ。あなたとかかわるとろくなことがないって!」

彼は凍りついた。「他人にぼくのことを話したのか?」

イザベルが眉をつり上げる。「あら、秘密だったの?」アシュビーは答えに詰まった。「大事な人に隠しごとがある場合、正直に告白するか、その人との関係を断ち切るかのどちらかしかないわ。わたしはばかじゃないし、口が軽いわけでもないのに。パリス、あなたはわたしを傷つけたのよ」

「このあいだのことは謝る。二度ときみを傷つけたりしない」彼女からかかわりたくないと思われていることが悲しかった。「同じ間違いは繰り返さない。きみの愛と信頼を取り戻すためならなんでもする」

イザベルが立ち上がった。「あなたのことが……あなたがなにを求めているのかわからないわ。信じる自信がない」

アシュビーも立ち上がって彼女の肩をつかんだ。きれいに整えられた巻き毛が揺れる。「聞いてくれ」かすれた声で言った。「ぼくは七年ものあいだ、きみの面影に悩まされていた。ここであきらめる気はない。二週間遅れかもしれないが、ぼくもレースに復帰する。ジョン・ハンソンなどに負けるものか」そう言うと、アシュビーは彼女に情熱的な口づけをした。イザベルの体から力が抜け、彼女はかすれた声を漏らしてキスに応え始めた。

息苦しくなって顔を上げたアシュビーの目の前に、情熱にけぶったイザベルの瞳があった。双子はフィップスに任せて、このまま彼女を寝室へ連れていきたい。

「それはわたしに求愛するということ？」彼女は浅い呼吸をしながらアシュビーの唇を見つめた。

ならばマスクを外せと言われたら終わりだ。アシュビーは返事を濁した。「ぼくがばかだったと言っているんだ。きみを傷つけたことを後悔している。なんとしても、きみを自分のものにしたい」

「自分のものって……どういう意味？　友人として？　それとも恋人として？」

「両方だ」もちろん妻としても。

「友人は恋人にはなれないわ」イザベルは彼の脇を通って収納室から出た。

アシュビーは厩舎の出入口へ向かう彼女の横に並んだ。「そんなことはない。友人であり恋人でもあるというのは、男女にとって最高の関係なんだよ」

イザベルはいちばん若い馬の馬房で立ちどまり、馬の頭をなでた。「ソフィーが気に入りそうな台詞ね。あなたに彼女を紹介したらいいのかもしれない。お似合いだもの」

嫌味を言って本心を探ろうという彼女の試みは、ある意味で効果を発揮していた。だが、男女の駆け引きならアシュビーのほうがずっと上手だ。彼は調子を合わせることにした。

「どうしてソフィーとぼくがお似合いだと思うんだ？」

イザベルの笑みが揺らぐ。本当は友人に興味を持ってほしくないのだ。それでも彼女は目に強い光を浮かべて挑戦を受けた。「そうね、まず、彼女はあなたと年が近いし、経験も積んでいるわ」

「それは確かに強みだな。ほかには？」

彼女の歯ぎしりが聞こえてきそうだった。「ソフィーの魅力をここで長々と説明するつもりはないわ。直接会って、自分で判断すればいいのよ」

アシュビーは眉根を寄せた。「なぜ？　彼女にはなにか人に言えないようなことでもあるのか？　ひどく醜いとか？」

「いいえ、ソフィーは美しいし、なんの問題もないわ」

むきになって否定するところを見ると、実際ソフィーには隠したい過去があるのだろう。それならマスクを外せないぼくにぴったりだ。イザベルがマスクにこだわるのは、ただの好奇心ではない。彼女はその下に隠れている未知の部分を恐れている。アシュビーは彼女を抱き寄せた。「それならソフィーと知り合わなくてよかった。もっと深く知りたくなったら面倒だからね」

「あら、それでもいいじゃない」イザベルがすねる。

アシュビーはにっこりした。「ぼくらのあいだにあるすばらしいものを解き明かそうというときに、女友達と引き合わせるというのかい？」彼女をぎゅっと抱き寄せる。「そういうわからずやにはキスをして――」

「やめて」イザベルは彼の抱擁から逃れた。「そもそもキスなんてすべきではなかったのよ！　わたしの信頼を取り戻したいなら、紳士らしくふるまうのね」

アシュビーは厩舎の出入口まで彼女のあとをついていった。「わかった。これからぼくは模範的な紳士になるよ。だから次にキスするときは……きみから誘うことになる」

「わたしたちの唇は二度と重ならないから、ご安心を」イザベルが皮肉を込めて宣言する。

「きみの発言を否定するのは気が引けるが、ミス・イザベルは紳士にキスを迫る習癖があるからね」

「それは誤解だわ」彼女がつんと顎を上げた。

アシュビーは噴き出した。「賭けるかい？　期限を設けてもいい。一週間だ」

「そんなに長く設定して大丈夫なの？」イザベルはからかうような笑みを浮かべた。「わたしが勝ったらどうする？」

「自信満々だな。なにを賭けようか？　キス以外のもので」

「わたしが勝ったら――」彼女はためらいがちに切り出した。「わたしの前で、そのマスクを外してもらうわ」

アシュビーは息をのんだ。「わかった」ゆっくりと応える。「ぼくが勝ったら……ぼくと一夜をともにしてもらう」

「そんな――」イザベルはそこで言葉を切り、目に反抗的な光を浮かべた。「わかったわ。あなたからキスを迫ったら、あなたの負けですからね」

「いいだろう」

事態は確実に好転している。アシュビーは明るい気持ちでそう考えた。

イザベルは意気揚々と帰途についた。「そういえばさっき、しゃべりたくなるとか言っていたのはなんのこと？」

「わたしたち、アシュビー卿がマスクをつけていないところを見ちゃったの」フレディーが無邪気に答えた。

「彼の素顔を見たの?」イザベルは叫んで足をとめた。「どうだった?」

テディーが強い口調で返した。「わたしは約束を破ったりしないわ」

「どんなふうだったか白状するまで、ここを動かないわよ」イザベルは言い張った。

「じゃあ、びしょびしょになっちゃうわね。雨が降ってきたから」フレディーが冷静に指摘した。

イザベルの鼻に雨粒が当たる。「彼がどんな顔をしていたか白状するまで、あなたたちとは遊んであげない」彼女はそう宣言して、いらいらと歩き出した。今日わかったことはふたつある。まず、アシュビーはわたしに断固として顔を見せないつもりだということ。そしてそれにもかかわらず、わたしを欲しているということ。イザベルのふくれっ面が笑顔に変わった。〝キスを迫る習癖がある〟ですって? よく言うわ! 賭けのおかげで具体的な目標ができた。一週間後には彼の顔が見られるだろう。そうなれば、ふたりの関係は一気に深まるはず。

アシュビーがイーストサセックスまで追いかけてきてくれたのはもちろんうれしい。でも、素顔を見せてくれないうちは完全に心を許すことはできない。これから一週間、自分から彼に唇を押しつけないようしっかり自制しなければ。それはひどく難しいことだろうか?

楽しげに帰ってくるオーブリー家の三人娘を見ながら、オリヴィアは怒りを募らせていた。彼女たちの兄とアシュビーが親友だったことは知っているが、イザベルが彼を見かけてすぐ押しかけていった理由がわからない。アシュビーがあんな小娘を相手にするはずがないのに。オリヴィアは意地の悪い笑みを浮かべた。イザベルは、ガーゴイルになったアシュビーなら自分にもチャンスがあると思ったのかもしれない。でも、わたしが出ていけば話は別だ。黙って見過ごしたりするものですか！

15

寝室のドアを開けたアシュビーはすぐに人の気配を察した。暗がりのなかになじみのある香水の香りが漂っている。かすかにシーツのすれる音もした。そんなはずはないと思いながらベッドに近づく。口のなかはからからで、体の一部が早くも反応していた。まさかイザベルが……？

そのとき、ベッドの脇のランプがついた。「お久しぶりね、アシュビー」

彼は啞然《あぜん》として足をとめた。「オリヴィア！」

オリヴィアはシーツがずり落ちるのもかまわずに上体を起こした。まっすぐなホワイトブロンドのあいだから乳房がのぞいている。「驚いた？」彼女はにっこりした。

「ここでなにをしている？」

オリヴィアは喉を震わせて低い笑い声をたてた。「なにをしているように見える？　あなたを待っていたのよ」誘うように上掛けをめくって白い腿をのぞかせる。

「きみは結婚しているじゃないか」そのときになって、部屋に漂っている香りがバニラではなく薔薇であることに気づいた。

「つまり、表沙汰《おもてざた》にしなければ好きなようにできるってことじゃない」

「どうして今さら？」

「去年はランカスター・ハウスを訪ねたのだけれど、フィップスが入れてくれなかったの」

アシュビーがそう命じたからだ。「服を着るんだ」下半身は相変わらずこわばっていた。自分のベッドに美しい裸の女性がいるのだから仕方ない。それでなくともイザベルのせいで欲求不満だったのだ。しかし、別の女性に慰めを求める気にはなれなかった。相手がオリヴィアとなればなおさらだ。

アシュビーはベッドに背を向けて上着を脱いだ。再びシーツのすれる音がして、真っ白な手がアシュビーの太腿にふれた。「過去は水に流しましょう。わたしはそうしたわ」オリヴィアが甘い声で言う。「かつては愛し合っていたのに、わたしたち、それをまっとうしなかったでしょう？」

「きみが愛していたのは金だろう。そしてぼくは幻を追いかけていた。別の男を探すんだな。こんなことには興味がない」

「あなたはいつもプライドが高かったわ」オリヴィアは苦々しげに言ったあと、いくぶん声をやわらげて続けた。「あなたが欲しいの。あのときよりもずっと」白い手が彼の下腹部をまさぐる。「わたし、もう潤っているのよ」

アシュビーは飛び上がるようにして悪女の爪から逃れた。この四年間でオリヴィアも経験を積んだらしい。賭けてもいいが、それはブラッドフォードのおかげではないだろう。「〃あのとき〟というのはいつのことだ？　けがの前か？　あとか？　はっきりしてほしいね」

一糸まとわぬ姿だというのに、オリヴィアは平然としていた。「あなたの傷、最後に見たときよりもずいぶん目立たなくなったのね」そう言ってアシュビーにすり寄る。「わたしはいつもあなたを欲していたの。あなたみたいに感じさせてくれた男はいなかったわ。今もそうよ」

イザベルに言われた言葉がアシュビーの頭をよぎる。全裸のオリヴィアと一緒にいること自体が裏切りに思えてきた。彼は冷ややかな目でオリヴィアを見下ろした。「遅すぎたね。ぼくはもうきみが欲しくない。いや、本当に欲しかったことは一度もなかったんだと思う。服を着るんだ」アシュビーは彼女からできるだけ距離をとった。

「婚約を解消してから、ずっとみじめだったと聞いたら満足する？」

「それはきみの問題であって、ぼくには関係ない」

「四年前は落ち込んでいたじゃないの」

「そうかもしれない。だが、己の感情は自分がいちばんよくわかっている。きみにはぼくが女性に求める要素が欠落しているんだ」オリヴィアの裸を見るよりも、イザベルに軽くふれられるほうがよほど高揚する。「もう一度言う。服を着るんだ。さもないと従僕を呼んで手伝わせるぞ」彼なりにやさしい言い方をしたつもりだった。

オリヴィアがアシュビーの全身をなめるように見た。「それより、あなたが服を脱いだらどう？　わたしになにができるか教えてあげるから」

彼女のねらいはわかっている。アシュビーはうんざりした。「きみが体を売らなければならないほど、家計が苦しいのか?」

オリヴィアの顔がゆがんだ。彼女は椅子にかけてあったシュミーズを取って、頭からかぶった。「わたしに来てほしいのでなければ、なぜ見せつけるようなことをしたの?」

アシュビーは眉尻を上げた。「ぼくは自分の地所で乗馬をしただけだ」

「ひょっとして、オーブリー家の小娘が目当てだったの?」オリヴィアが叫んだ。「あの子の気を引きたかったのね!」

「だとしたらどうなんだ?」アシュビーは笑いかけて真顔に戻った。「ミス・オーブリーとぼくについてくだらない噂を広めたら承知しないぞ。いずれにせよ、そんな噂がスティルゴー子爵の耳に入ったら、ぼくとイザベルはたちまち結婚することになるだろうがね。そうなると、きみの弟が困ったことになるんじゃないか?」彼は戸口に向かった。「五分だけ時間をやろう。そのあとは服を着ていようがいまいが、従僕に玄関まで案内させる」

「ジョン、起きて! 話があるの」ハンソンの夢のなかに甲高い声が割り込んできた。まぶしい光が顔に当たる。彼はうつ伏せになって枕に頭部をうずめ、ぶつぶつと抗議の声を漏らした。誰かの手が肩を揺する。「あの子羊がアシュビーと浮気しているのよ!」

「なんだって?」それが姉の声であることに気づいたハンソンは、首をひねって薄目を開けた。「オリヴィア、まだ夜中じゃないか。いったいどうしたんだ?」

オリヴィアは激怒していた。「アシュビーの屋敷を訪ねたら、あの小娘が出てきたのよ」

ハンソンは身を起こして寝乱れた髪をかき上げた。「やつを訪ねた？　なんでまた？」

「それはどうでもいいの。だから彼女はやめておくように言ったじゃない。タルボット家の娘にしておけばよかったのよ。向こうのほうが五倍は金持ちだし、簡単だったのに」

「ルイーザ・タルボットか」ハンソンは吐き捨てるように言った。「どうにも食えない女だ。しかもアメリカにいるおじは蜘蛛みたいなやつだぞ。その蜘蛛が探偵を使って、うちの財政状態をかぎまわっているのは知っているだろう？　ぼくが彼女に言い寄るのをやめれば、向こうだってこちらの内情を暴露したりはしない。第一、ぼくはイザベルのことが気に入っているんだ。彼女なら消化不良を起こさずにすみそうだからな」

「だから、その子がガーゴイルと密会していたと言ってるのよ」

ハンソンはいぶかしげに姉を見た。「姉さん、ガーゴイルと再会して骨抜きにされたのか？」

オリヴィアは目を合わせようとしなかった。「もう一度こちらを向かせられないかと思ったの」

「そうしたら、やつが借金を肩代わりしてくれるとでも？　金のことはぼくに任せろと言っただろう？」

「前回のように？」彼女は言い返した。

「ブラッドフォードのことは謝るよ」ハンソンはため息をついた。「あんなやつのほら話を信じたりしないで、懐具合を調べ上げるべきだった」

オリヴィアは腰かけていたベッドから立ち上がってうろうろと歩き始めた。「わたしとしたことが、なんてばかだったのかしら！　あの人……ずいぶんよくなっていたわ。ほとんど昔と同じと言ってもいいくらい。わたし――」

「過去のことを蒸し返しても無意味だよ。少なくともブラッドフォードなら、向かい合って食事をしても吐き気は催さない」

「吐き気ですって？」オリヴィアが弟をにらんだ。「今日の夕食なんて、酔っ払ってスープで溺れそうになっていたとお母さまが言ってたわ。お酒くさくて胸が悪くなる」

「アシュビーの様子はどうだった？　向こうは姉さんを見たのか？　話をした？」

「もちろん！　あの男ときたら、わたしを拒絶したのよ。でも、その理由はわかったわ。あなたが言い寄っている、あのかわいらしい子羊ちゃんのせいよ。あの女はアシュビーにもちょっかいを出しているんだわ」再びベッドに腰を下ろす。「ジョン、誰か別の人を探しなさい。あの女は自分の幸運がわかっていないのよ。黄金の天使が相手となれば、若い娘がいくらでも群がってくるでしょう。イモジェン・ブレークリーなんてどう？　あの子の父親は、爵位のある息子ができるなら魂だって売り渡すわ」

ハンソンは嫌悪感をあらわにした。「レナード・ブレークリーは商売人だぞ」

「それならミス・マイルズは？　おじいさんは子爵よ」

彼はベッドの脇に置いた、ほとんど空のブランデーグラスに手を伸ばした。「イザベルがぼくではなくガーゴイルを選ぶはずがない。たとえ彼の屋敷に行ったとしても、別にうしろ暗いところはないと思うね」

「それならどうして家族に内緒で出かける必要があるのよ?」

彼女が誰に惹かれようが問題じゃない。ハンソンは自分に言い聞かせた。すべては金のためにやっていることなのだから。だが、顔に傷を負った隠者に負けるのはプライドが許さなかった。

「アシュビーに彼女のことを切り出したの。そうしたら――」オリヴィアが続けた。「噂を広めたりすれば、彼女の兄がたちまちふたりを結婚させるだろうって」

ハンソンの胸に激しい怒りが込み上げた。「そのとおりだ。慎重にやらないと、こっちの計画が台なしになる。そうなれば、ぼくらふたりとも大損だ」

「わたしはただ、自分にふさわしい人生を送りたいだけよ」オリヴィアが言い返した。

彼はあくびをした。「ぼくは姉さんのことを知ってるからね。アシュビーが惜しくなったんだろう?」

「そんなことないわ!」オリヴィアはさっと立ち上がって猛然と戸口へ向かった。「あんなやつ、どこかで朽ち果ててしまえばいいのよ」

「ぼくがイザベルと結婚すれば、あいつは独身のままだぞ」

彼女が足をとめ、弟のほうを振り返った。「あなた、そうまでして彼女が欲しいの?」

ハンソンは上掛けの下に潜り込んだ。容貌でいえばイザベルはオリヴィアの半分も華やかではないし、取り巻きには彼女より美しい娘もいる。それでもイザベルには、なにか引っかかるところがあるのだ。彼女は外見の奥にあるものを見ようとする。

「なぜアシュビーは噂を広めたりするなと警告したんだろう？　永続的な関係には興味がなくて、遊び飽きたらイザベルを捨てるつもりなんじゃないか？」アシュビーがイザベルにとって最初の男になるのは気に入らないが、ハンソンはあえて打算的に考えようとした。愛情を捧げるつもりのない相手にむきになっても仕方ない。「だとしたら、うまく利用できるかもしれない」

「あら、本当？　どんなふうに？」

「アシュビーがイザベルに飽きたら、彼女は誰に慰めを求めると思う？　処女を失った傷心の娘ほど扱いやすいものはない。考え方を変えるんだ。イザベルを彼のほうに向かわせる手伝いをしてもいいくらいさ」

「そんなことできるもんですか。あなたはなにも知らないことになっているのよ」

「それはなんとかする。姉さんはアシュビーに近寄らないことだ。そんな目で見るなよ。わかってる、あいつが欲しいんだろう？　必ず手に入れられる。もう種まきはすんでいるんだから、あとは芽が出るのを待つんだ。新しいおもちゃに飽きたら、あいつは姉さんを探しに来るよ」

オリヴィアがにやりとした。「あなたのずる賢さには、ときどきびっくりするわ。スティルゴーも、妹が傷物になったとなれば持参金を倍にするでしょうね」

「わかってくれてよかった。おやすみ」

「おやすみなさい」オリヴィアは部屋を出ていった。

ハンソンはすり切れた天蓋を見上げて考えをめぐらせた。オリヴィアの話を聞いても、それほどショックではなかった。傷ついたプライドが癒されたと言ってもいいくらいだ。イザベルが自分に関心がないことは以前からわかっていた。そして今夜、その理由が明らかになった。ぼくの魅力が衰えたわけではなく、先にゲームに参加していたやつがいただけなのだ。イザベルにはいずれこの償いをさせてやる。もう結婚を承知させるだけでは満足できない。彼女に苦しみを与え、ぼくを愛するように仕向けなければならない。ぼくをここまでむきにさせた罰として。

16

パリス・ニコラス・ランカスターは傲慢《ごうまん》でつかみどころがなく、それでいて憎らしいほど魅力的だ。もう会いたくないと繰り返しておきながら正反対の行動をとる。イザベルは彼の態度に混乱していた。ふたりきりになると決意が揺らぎ、アシュビーさえいればすべてがうまくいくように思えてしまう。キスをされると彼の体に溶け込んでしまいたくなる。憎んでもいいくらいの仕打ちをされたというのに……。二、三回キスを交わし、甘い言葉をささやいたら過去を帳消しにできると思うなんて、虫がよすぎる。

それでも慈善事業のために骨を折ってくれたことには感謝せずにいられなかった。口先だけのハンソンと違って、アシュビーは黙って迅速に行動してくれた。だが、いつまでも相手に主導権を握らせておくわけにはいかない。イザベルは法案を馬丁に届けさせ、イーストサセックスに滞在中は二度とアシュビーの屋敷を訪れないと決めた。アイリスの体験談に学ばなければならない。彼の前に出ると理性を保てなくなることは、相手にも知られているのだから。

ハーワース城で過ごした最後の三日間はみじめなものだった。荒天に加え、ハンソン一族のあいだには不穏な空気が漂っていた。週末がやってくるころには、オーブリー家の誰もが一刻も早くセブン・ドーヴァー・ストリートへ戻りたいと思っていた。

「あなたのことが理解できないわ、イジー」ハーワース城から戻ったばかりの遅い昼食の席で、レディ・ハイヤシンスが切り出した。「ジョンは先週末にも求婚しようとしていたのに、気をそぐような真似をして」

イザベルはここぞとばかりに反論した。「彼はお姉さんとべったりだったのに、どうやって気を引けというの?」

「あなたが彼に関心を示さないからでしょう」

「そっとしておいてやれよ」スティルゴーが助け船を出した。「ずっと外に出られなかったうえに、狭い馬車で何時間も揺られたんだから。イジーが狭い場所が苦手なのは知っているだろう?」

「狭い場所にいると不機嫌になるのよね」フレディーがつけ加える。

イザベルが不機嫌なのは馬車のせいでも、雨のせいでも、アシュビーとのあいだに起こった出来事のせいでもなかった。三日間も無視したのに、彼が手紙のひとつもよこさないことが気に入らないのだ。

「せっかく魅力的な男性が現れたのだから、逃さないように気をつけなさいと注意しているだけよ」レディ・ハイヤシンスはぷりぷりして言った。

「全部わたしのせいなの?　頭の軽そうな取り巻きの仲間入りをしろというの?」イザベル

の発言に同調して、妹たちが抗議の声をあげる。「お母さまは、好きでもない男性とわたしを結婚させたいの？」

「イザベル・ジェーン・オーブリー、あなたが欲している人はもう手に入らないのよ。そろそろ現実を受け入れなさい」レディ・ハイヤシンスがとどめを刺した。

　イザベルは怒りに震えながら席を立った。「食欲がなくなったので、これで失礼するわ」

ここにウィルがいて、すべてうまくいくと言ってくれたらどんなにいいだろう。彼女は二階の寝室に駆け込んだ。ベッドに倒れ込むと涙が込み上げてくる。もうウィルはいない。そばにいてほしいもうひとりの人物は連絡すらくれない。

　誰かがドアをノックした。「あっちへ行って！」イザベルは怒鳴った。

「ミス・イザベル」ノリスの声がする。「調理場にメアリー・ヒギンズが来ています。お嬢さまとお話ししたいとか。追い返そうとしたのですが、なかなかしぶとくて――」

　イザベルが勢いよくドアを開けたので、ノリスは前へつんのめりそうになった。「メアリーは調理場にいるの？」

「はい、そうです」

「会うわ」ミセス・ティドルスの店を首になったのかもしれない。急いで階下に向かったイザベルは、ルーシーとメアリーが笑いながら話しているのを見て胸をなで下ろした。

「ミス・オーブリー！」イザベルの姿を見て、メアリーが勢いよく立ち上がった。

「こんにちは、メアリー」イザベルは調理場に足を踏み入れた。「とっても元気そうね」

メアリーは大きな笑みを浮かべた。「ありがとうございます。お嬢さまのおかげです」

イザベルの頬が緩む。「ミセス・ティドルスのところが気に入っているのね」

「もちろんです。心の広い方で、とても気が合うんです」

「それを聞いてうれしいわ」イザベルはルーシーに目をやった。従姉と同じくらいにこにこしている。

「ミセス・ティドルスがお嬢さまのなさっている慈善事業のことをお客さまに話したんです」メアリーが言った。「そうしたらお客さまのなかに、自分もそういう女性を雇いたいとおっしゃる方がいて」

「まあ、ぜひ紹介してほしいわ!」イザベルは歓喜の叫びをあげた。「わたしに代わってミセス・ティドルスにお礼を伝えてちょうだい。あとでお店にうかがいますと」メアリーがイザベルに紙を差し出した。「これはなに?」

「ミセス・ティドルスのお客さまで、わたしのようによく働く未亡人を雇いたいとおっしゃっている方たちのリストです」

「リストがあるの?」イザベルはびっくりした。折りたたんだ紙を開いてみるとかなりの人数だ。「メアリー、すばらしいわ! 大部分の方はわたしも知っているから、すぐに連絡をとるわね」メアリーの持ってきたリストと慈善事業の名簿を照らし合わせれば、たくさんの困っている女性たちを助けることができる。紙をたたみ直してポケットに入れたイザベルはメアリーにほほえみかけた。「訪ねてきてくれてありがとう。ミセス・ティドルスにも、ご配慮に感謝しますと伝えてちょうだい」

イザベルはさっそくスティルゴーの書斎へ行き、アイリスとソフィー、そしてミセス・ティドルスのリストに記載された人々に手紙を書いた。ついでに不在にしていたあいだにたまった郵便物に目を通すと、ライアンの手紙を発見した。アイリスに渡す分に違いない。イザベル自身の求愛者たちからの手紙もあった。ノリスが書斎の入口に現れた。「どうしたの？」

執事は机に近づいて、一通の手紙を差し出した。「これはたった今届きました。お嬢さま宛てです」

「ありがとう」ライオンの紋章を見たとたん、イザベルの鼓動が乱れた。ノリスが部屋を出るのを待って開封する。見覚えのある大きな書体で〝どこにいるんだ？〟と書かれていた。署名は〝P〟で、住所はパークレーンだ。彼女は大きな笑みを浮かべた。ガーゴイルがロンドンに戻ってきた。そして彼はわたしが姿を見せないことに怒っている。書斎のドアをちらりと見て廊下に人がいないことを確認すると、イザベルは手紙を掲げてそれにキスをした。こんなことをしているとアシュビーに知られたら、賭けに負けてしまう。

「きみはずるいうえに臆病《おくびょう》だ」アシュビーは書斎のドアをばたんと閉めてイザベルの手を握った。そのまま彼女を引っ張って広い書斎を横切り、ソファに座って、イザベルを膝の上に抱きかかえる。「あんな賭けは取り消しだ。さあ、キスしてくれ、ぼくのヘレン。ぼくの魂を返してくれ」

欲望をたたえたアシュビーの瞳を見て、イザベルはくすくす笑った。思わずキスしてしまいそうになる。体じゅうの細胞が彼に抱きしめられたいと叫んでいた。でもそんなことをしたら、素顔を見る前に破滅してしまう。彼女は広い肩に手を当て、愛情を込めてほほえんだ。「賭けはまだ有効よ。ずっと一緒にいなければならないなんてルールは決めていなかったでしょう？」

控えめな上着の色に合わせた青いマスクのせいで、南国の海を思わせる瞳がブルーにかげった。「きみはぼくに会えなくて寂しくなかったのか？」

寂しくてたまらなかったが、それを教えるつもりはない。膝の上から逃げないことが、じゅうぶん答えになっているはずだ。「あなたの瞳はいろいろな色に見えるのね」

「ああ」アシュビーがむっつりと応える。

「緑に見えたり、青く見えたり。とっても不思議だわ」彼女はつぶやいた。

「イザベル、ぼくを許すと言ってくれ。ぼくは――」

「許すわ」彼女はそっと笑った。わざわざイーストサセックスまで来てくれたのに、怒っていられるわけがない。アシュビーは心からわたしを求めていると言い、慈善事業にも協力してくれた。ずっと思いを寄せていた人が自分を欲しているなんて、いまだに信じられない。

アシュビーが息を吐いて彼女の唇を見つめた。「あんな賭けなどするんじゃなかった」

「あなたが終わりにすればいいのよ」イザベルはそっと言った。「わたしにキスをするだけでいいのよ、パリス」

「見え透いた手口だ。ぼくからはしないからね」アシュビーがささやき返す。

「わたしのことを信頼していないから、顔を見せられないの？」

彼の目が真剣になった。「外見がそんなに大事なのか？　内面を知っていれば関係ないと言ったくせに」

イザベルはマスクの縁を指でたどった。「このマスクがわたしたちのあいだに立ちはだかっているからよ。あなたにはそれがわからないの？」

「マスクの下にあるものを見たら、ぼくらの関係が変わるかもしれないと思っているんだろう？」

「ぼくらの関係って、どんな関係？」イザベルはそっとささ返した。

クラヴァットの下で彼の喉が動く。「どんなものであれ、ぼくはそれを失いたくないんだ」

「わたしだって同じよ」イザベルはため息をついて、彼の肩に頭を休めた。ハーワース城で過ごした一週間で、どうしてもアシュビー以外の男性を好きになることはできないとわかった。欲しいのは彼だけだ。

「法案を読んだよ」

彼女は顔を上げた。「それで？」

「正直に言うと、ぼくは……」アシュビーはそこで言葉を切って考え込んだ。

「じらさないで教えてちょうだい」

「ふたつあるから、最後までちゃんと聞いてくれ。まず、とてもよく書けている。きみの事務弁護士はやるべきことを心得ていると思うよ。ただ、わが国の財政は破綻《はたん》寸前の状態だ。ミスター・ブルックスと算出した見積もりの額を考えると、法案が審議を通る可能性はごくわずかと言わざるをえない。きみは財源のない国に何百万ポンドもの支出を要求しているんだ。あと数年して戦後処理が終われば、まだ可能性はあるが……」

イザベルは泣きたくなった。「あの法案は現実的でないと？」

「現時点ではね。だが、それはあくまでぼくの意見だ。落ち込むことはない。ぼくは――」

「いいえ、わたしはあなたの判断を信頼するわ。きっとそのとおりなのよ」彼女は肩を落とした。

「法案を手直しして見積もりの額を下げることはできるが、そうなると補償金の額はごくわずかになり、国庫の痛手に見合うほどの効果がない」

「そうね」これまでの努力が水の泡だ。

アシュビーは彼女の頬をなでた。「かわいい人、困っている女性たちを助ける方法はほかにもあると思うよ。きみは意志が強いし、賢いし、英国でもっとも寛大な心の持ち主なのだから」

その言葉にイザベルの心は芯《しん》からあたたかくなった。「ありがとう」

アシュビーが両手で彼女の顔を挟んだ。「気休めで言ったんじゃない。ぼくはきみのそういうところを尊敬しているんだ」

イザベルは小さく笑った。「わたしのことを尊敬してくれるの？」

「もちろんさ」彼がつぶやく。

彼女はアシュビーにキスしたい気持ちを必死でこらえた。この賭けで試されているのは信頼だ。彼は顔の傷に関係なく受け入れてもらうことを、わたしは愛情を信じて素顔を明かしてくれることを願っている。一週間の期限が過ぎるまで、もしくはどちらかが折れるまではどうすることもできない。どんなにキスをしたくても、ここで負けるわけにはいかない。

「法案がだめでも、なんとかなるかもしれないの」イザベルはそう言って立ち上がろうとした。

アシュビーの手が彼女の腰を押さえる。「どこへ行くんだ？」

「どこにも行かないわ。あなたの隣に座るだけ。びっくりさせることがあるのよ」

彼はイザベルを抱き寄せた。「このままで教えてくれ。こうしてきみを抱いていたい」

彼女の背中がアシュビーの胸に押しつけられる。ヒップにはかたいものが当たっていた。女としての本能が刺激される。「どうしようもない人ね。キスはしないわよ」

「ぼくが興奮状態に耐えているんだから、きみも少しは我慢しなきゃ」アシュビーはにやりとした。「さあ、話して」

「まったく」イザベルがぶつぶつ文句を言うと、彼はおかしそうに笑った。「侍女の従姉の話を覚えている？　スピタルフィールズの救貧院から助けた女性よ。その人には帽子店の仕事を見つけたの。親切な店主はいい働き手が見つかったことを喜んで、わたしの活動をお客に話してくれたわ。それでこのリストが届いたのよ。見て」彼女はポケットからリストを取り出した。「このご婦人たちはメアリーのような女性を雇いたがっているの」

アシュビーはリストに目を通した。「斡旋《あっせん》機関を立ち上げたらどうかな？　〝最愛の人を失った女性たちの就職斡旋所〟だよ。あの法案が議会を通過するまでは何年もかかるだろうが、斡旋所なら迅速で現実的な解決策を提供できる。新聞に広告を出し、どこかに事務所を借りて……」

「あなたって天才ね！」イザベルは思わず彼にキスしそうになり、寸前で思いとどまった。「危ないところだったわ」

「まったくだ、惜しいところだった」アシュビーが彼女の唇に親指をはわせた。「きみを味わいたくてたまらないよ」

イザベルはめまいがした。「やめて」

「これがどのくらい気持ちいいか、想像してごらん。ゆっくりと味わうんだ。麻薬よりもすごいだろう」誘い込むような口調に彼女はまぶたを閉じた。アシュビーの長い指が、左の足首からストッキングに包まれたふくらはぎをなで上げる。「何時間もキスするんだ。いつ太陽が沈んだかもわからないまま、お互いの腕のなかで時を忘れるんだよ」

あたたかな手が太腿にふれたところで、イザベルは頭を振って彼の手をつかんだ。「キスしないという条件には、スカートのなかに手を入れないということも含まれているの。紳士らしくしてちょうだい」

アシュビーは魅惑的な笑みを浮かべた。「紳士らしくない……ね。言っておくが、三五歳になる紳士で女性のスカートのなかを探索しないやつがいたら、そいつは死んでいるか、男色の気があるのさ」

「パリス！」イザベルは彼の手首を引っ張った。「わたしは斡旋所の話をしているのよ」

アシュビーが海色の瞳を輝かせた。「そうだった」手を引いて、スカートの上から太腿をなでる。「細かい計画や新聞広告はぼくが担当しよう。事務所を見つけて全面的に資金を提供するよ」

「本当に？」彼女は目を丸くした。「でも、なぜ？」

「他者を助けることで自分を助けることができると言ったのはきみだろう？　ぼくもきみの信念を信じることにした。一から一〇まで支援するよ」

イザベルは彼のなめらかな顎に指をはわせた。「賭けに勝つのが難しくなってきたわ」

「それは楽しみだ」

「適当な場所を見つけるのに、どのくらいかかると思う？」

「長くても一週間だな」

「それまでこのリストを元に、ソフィーとアイリスの手を借りて活動するわ。どこか……場所を見つけて」

アシュビーが口をゆがめた。「これ以上、ぼくからなにを引き出そうとしているんだい？」

「一時的にあなたの家を貸してもらえないかと思って。居間がいくつもあるし――」

「絶対にだめだ」彼は首を振った。

「そう」イザベルはアシュビーのまっすぐな黒髪を指ですいた。「あなたに会えないのが寂しいと思っただけ。すごく忙しくなるでしょうから。結局、わたしが賭けに勝ってしまうかも」

彼が目を閉じてため息をついた。「わかったよ。一時的にだぞ」

イザベルはアシュビーの首に抱きついて耳元でささやいた。「あなたって最高よ」

17

「すべての物件をその目で確認したのか？」アシュビーは作業机の上に広げた不動産の報告書を眺めながら、事務弁護士に確認した。最愛の人を失った女性たちのための就職斡旋業務も二日目を迎え、書斎はすっかりイザベルに占領されている。一階と二階の居間も慈善事業の業務で使用中とあって、彼はワイン貯蔵室への退避を余儀なくされていた。

玄関ホールは鶏小屋かと思うような騒々しさだ。ひっきりなしにしゃべりながら救済の順番を待つ女性たちが、ありとあらゆる出入口に列をなしている。さらに気になるのは、賭けの期限が目前に迫っていることだった。今日という日が終わるまでに、心から求めている女性が自分のものになるのかどうかがわかる。そもそも、なぜそんな賭けをしてしまったのだろう。砂時計付きの首輪に自ら首を突っ込んだようなものではないか。

「はい、間違いなく」フィッツシモンズが書類の山からファイルを取り出した。「ストランド街のこの物件は部屋数が二〇もあって、価格も手ごろです。わたしの見立てでは、もっとも適しているように思われます」

確かにその物件は大きくて事務所向きに思えたが、アシュビーとしてはもっと屋敷に近い場所がよかった。今後ふたりの関係がどうなったとしても、イザベルには手を伸ばせば届く距離にいてほしい。ほかの男の腕のなかにいる彼女を見守るだけの人生など想像するのもつらいが、たとえイザベルがぼくの素顔に耐えられなかったとしても、ほかの男と結婚したとしても、そばにいて支えになりたい。時計の針の音がやけに大きく耳に響く。彼は目の前の仕事に注意を戻した。「このピカデリーの物件はどうだ?」

「部屋数は一五で、薔薇園に面した舞踏室があります。ですが……」

「なんだ?」

「価格が相場を三五パーセントもうわまわっているんです」

イザベルが近くにいてくれるなら、いくらかかってもかまわない。スティルゴーを説得して彼女を手に入れる方法があるのならば、その一〇倍の金額でも払うだろう。残念ながら、彼女の兄は妹を金で売ったりしないが。「今日じゅうに契約しろ」

「今日ですか? しかし――」フィッツシモンズが異論を唱える。

「今日だ。日没までに契約書を持ってくるんだ」アシュビーは壁際で装飾品に同化したふりをしている執事に目をやった。「フィップス、ミスター・フィッツシモンズを玄関までお送りしろ」

フィップスが情けない表情をする。「あの騒ぎのなかに出ていけとおっしゃるのですか?」

「おまえはいつも運動不足だと言っていたじゃないか」

執事は不満の言葉をのみ込み、事務弁護士を先導して危険地帯へと続く階段を上がっていった。

「でも、わたしには子供がふたりもいるんです。仕事場へ連れていくわけにはいきませんし、家で留守番をさせるには幼すぎて……」すり切れたコートを着たその娘は、椅子の上でもじもじと体を動かした。土気色のやつれた顔に追いつめられたような表情が浮かんでいる。「これまでは兄のネリスが前線から送金してくれたんですけど、その兄も戦死してしまい……」彼女は嗚咽《おえつ》を漏らし、袖口で目元をぬぐった。「夫は国外追放になっていて、もうどうしていいか——」

「レベッカ、誠実にお勤めをすることができる?」イザベルはそっと尋ねた。

レベッカが顔を上げる。その目は大きく見開かれていた。「もちろんです。今まで硬貨一枚だって盗んだことはありません。確かに夫はろくでもないことばかりして、短気でしたけれど——」

「落ちついてちょうだい」イザベルはソファの上におとなしく腰かけているふたりの少年にほほえみかけた。薄汚れた顔は悲しげで、ひどく痩せている。この子たちを合わせたよりも、ダニエラのほうがたくさん食べているに違いない。「ご主人の過去を恥じる必要はないのよ。まずは自分と子供たちのことを考えないと。よりよい生活をするために、新たな出発をするの」

レベッカが潤んだ目でにっこりした。「いい言葉ですね、〝新たな出発〟って」

「その意気よ」イザベルはレベッカの名前の横にコメントを書き込んだ。「必ずあなたの能力に合った働き口を紹介するわ。だから一生懸命、働いてちょうだい」彼女はマホガニー材の箱から一シリングを取り出し、レベッカに与えた。「この子たちにアイスクリームを買ってあげて。働き口が見つかりしだい連絡します。遅くとも五日以内に」

レベッカは硬貨を受け取ってイザベルの手を握った。「ありがとうございます。あなたは神の使いだわ」

それはアシュビーだ、とイザベルは心のなかで思った。「どういたしまして。ごきげんよう。ここで話したことを忘れないでね」

レベッカが少年たちの手を引いてドアから出ていくと、イザベルはアシュビーの椅子にどさりと腰を下ろした。就職斡旋所の運営は精神力と体力を消耗するが、途方もない充実感を与えてくれる。この二日間で三〇人の女性に働き口を見つけることができた。アイリスやソフィーやモリーも、同じくらいの成果をあげている。モリーというのは幼いジョーを連れてイザベルを頼ってきた未亡人で、今では会の一員として働いてもらっているのだ。新聞広告のおかげで求人依頼が殺到し、仕事を求める女性たちも毎日のようにやってくる。なにもかもアシュビーのおかげ……。イザベルは彼が作ってくれたマホガニー材の箱に指をはわせた。アシュビーに突き返したはずのこの箱が机の上に置かれているのを昨日の朝、見つけた。箱のなかには五〇〇〇ポンドとともに、思うとおりに役立ててほしいという内容の手紙が入っていた。さらに今朝は、二頭のライオンがキスをしている木彫りの人形がイザベルを待っていた。雄のライオンはランカスター家の紋章のライオンにそっくりだ。気をつけないと、アシュビーに求愛されていると勘違いしてしまいそうだった。彼は慈善事業に新たな展開をもたらしてくれた。問題は、わたしの将来にも新たな展開をもたらす気があるのかどうかだ。

その日の朝、活動の成果を報告しようとワイン貯蔵室を訪れたイザベルは、風呂に入ったばかりのアシュビーにやさしく抱きしめられた。湿り気の残った髪や石鹸のさわやかな香りはくらくらするほど刺激的だったが、彼女は誘惑に屈しまいとした。そのときの彼の切なそうな表情がよみがえる。

ノックの音がイザベルの回想を打ち破った。その日の面接はレベッカが最後だったはずだ。

「どうぞ」声をかけると、ドアが開いてスティルゴーが入ってきた。

「イジー」取り散らかった室内を見て、彼は大きな笑みを浮かべた。「信じられなかったが本当だった。社交クラブで昼食をとっているとき、リートリムの細君がおまえの斡旋所を通じて侍女を雇ったと聞いたものでね」

イザベルは兄に抱きついてキスをした。「二日前の夕食のときに話したじゃない」

スティルゴーが妹をまじまじと見た。「厳密に言うと、驚いたのは――」

「アシュビーがかかわっていること？　彼が協力を申し出てくれたの」

「どういう経緯で？　今までずっとひそかに連絡をとり合っていたのか？」

「いいえ、わたしから頼みに行ったのよ。もちろん侍女を連れてね。彼はわたしたちが後援者を探していることを知って、引き受けてくれたわけ。アシュビーもお兄さまと違って社会に貢献したいと――」

「それで屋敷まで開放したというのか？　ランカスター・ハウスを？」スティルゴーが口を挟む。「やけに豪華な事務所だな」

「これは一時的な処置なの。適当な物件が見つかるまでのあいだだから、長くても一週間くらいよ」

スティルゴーはまだなにか言いたげだった。「よほどの決意なんだな。よりによってアシュビーに頼みに行ったとは」彼はため息をついた。

「なんなの？　はっきり言って」

「おまえが傷ついたり落ち込んだりするのは見たくないんだ。数年前なら喜んだかもしれない。ハンソンは悪い男じゃないが、どう考えてもアシュビーのほうが格が上だ。ただ、顔の傷のことや世間とのかかわりを断っていることを思うと……」スティルゴーは眉をひそめた。

「待てよ。おまえはあいつに会ったのか？　今どこにいるんだ？」にやりとする。「ぼくも挨拶したい」

「執事に相談してちょうだい。フィップスが来客を管理しているの」

「ということは、まだ引きこもりをやめたわけではないのか？」

「ええ。ひとりのほうがいいみたい」

「母上はこのことを知っているのか？」

「お母さまとはしばらく口をきかないことにしているから」妹たちとも。

「母上はおまえの幸せを考えているだけだよ」イザベルがなにも応えないので、スティルゴーは背筋を伸ばした。「では、フィップスを探して取り次ぎを頼んでみるとするか。あまりゆっくりもしていられないんだ。愛しい妻と娘が待っているからね」イザベルの頰にキスをする。「あとでな」

兄を見送って書斎のドアを閉めるとき、別の部屋から女性たちの話し声が聞こえた。アイリスたちはまだ面接をしているらしい。前日の夕方、四人はそれぞれの候補者の就職先について時間をかけて検討した。アシュビーはイザベルを介して事業に参加するほうがよいと言って話し合いに顔を見せなかったので、ソフィーとアイリスはとまどっているようだった。活動の幅が広がったことを喜んではいても、友人としてイザベルのことが心配なのだ。いずれ彼女たちにも挨拶をするよう、アシュビーを説得しないといけない。

イザベルは落ちつきなく部屋のなかを歩きまわり、ちらちらと窓の外を眺めた。あと数分で太陽が沈み、アシュビーとの賭けが終了する。体が浮き上がるようだ。たぶんわたしが勝つだろう。まもなく彼の素顔を見ることができるのだ。でも、高揚しているのはそのせいではない。

賭けという制約があったがゆえに、ふたりの緊張は危険な域にまで高まっていた。じきにその賭けが終わり、制約も消える。そのときアシュビーと向き合ったら、いったいどうなってしまうのだろう？

「今日は忙しかったかい？」

イザベルはびくっとして振り向いた。「パリス！」

アシュビーがドアに鍵をかけて彼女のほうへ歩いてくる。黒いマスクの向こうで海色の瞳が輝いていた。「きみにプレゼントがあるんだ」彼はそう言って羊皮紙を差し出した。

「なにかしら？」イザベルは震える声で尋ねた。

官能的な口もとにかすかな笑みが浮かぶ。「読んでごらん」

相手の指にさわらないよう注意しながら、彼女は羊皮紙を受け取った。少しでもアシュビーにふれたら自分を抑えられる自信がなかった。そうなれば素顔を見るどころか、彼の前で衣服を脱がなければならなくなる。「その、スティルゴーが来ていたの。あなたに挨拶したがっていたわ。会った？」

「いいや。最初のページを読んで」

イザベルは必死で書類に集中しようとした。「不動産の契約書みたいね」

「明日の朝までに清掃して内装を調えるよ。新聞社には住所の変更を掲載するよう連絡した。これで正式な事務所ができたんだ」

彼女はまばたきして書類を読んだ。「これ、わたしの名義になっているわ！」目の前の男性に視線を移す。「地所を丸ごと買い上げたの？」

「部屋数は一五、薔薇園付きだ。舞踏室もあるから、資金集めの舞踏会を開くこともできるよ」アシュビーはイザベルの反応を探るように小さくほほえんだ。

彼女の目に涙が込み上げた。最初の寄付金だけでも多すぎるほどだったのに、今回はその一〇倍はかかったはず。恵まれない人たちのためにここまでしてくれる人はいない。アシュビーを除いては。「あの……あなたに屋敷を買ってもらったなんて噂が立ったら……」

「ばかばかしい！　これは慈善事業のために寄付したのであって、きみをそこへ住まわせて愛人にするつもりなどないよ」

わたしはどうかしてしまったのだ。〝愛人〟という言葉を聞いたとたん、さまざまな妄想が湧き上がった。これでは妹たちを恥知らずだなどと言えない。この一週間というもの、毎晩のように欲求不満に身を焦がしてきた。体じゅうの細胞が、この長身で浅黒い肌をした魅力的な男性を求めている。彼を見るだけで胸が締めつけられ、抱きついてキスをしたくてたまらなくなる。

「ぼくにどうしろというんだ？」イザベルの沈黙を誤解した彼がいらだたしげに言った。

彼女はアシュビーへの愛情の強さに身震いしながら、彼の首に手をまわした。羊皮紙が床に落ちる。「屋敷の名義はあなたにしてちょうだい。これであなたも正式に役員の仲間入りよ」イザベルはそう言うと、アシュビーに唇を押しつけた。血管のなかをひどく熱いものが駆けめぐる。彼が喜びと安堵の声を漏らした。張りつめていた空気が緩み、ふたつの唇は失われた時間を埋め合わせるように激しく求め合った。アシュビーの舌がイザベルの舌をとらえ、やさしく愛撫してあえぎ声を引き出す。濃厚なキスには、抑制していた情熱のすべてが詰まっていた。

アシュビーの唇が燃えるような軌跡を残して彼女の首筋へと滑る。「ぼくと一夜をともにしてくれるんだね？」

イザベルは重いまぶたを開けて窓の外を見た。表はすでに暗い。いつの間にか太陽が沈んでいたのだ。〝彼の負けだわ〟アシュビーも濃い闇を見つめていた。ふたりの視線が絡む。彼がはっとした。遅ればせながら、イザベルのもとを訪れるタイミングを誤ったことに気づいたらしい。「きみの勝ちだ」動揺した声で言う。

アシュビーのおびえた表情を見たイザベルは、そうまでしてマスクを外させる必要があるのかどうかわからなくなった。相手のこめかみに銃口を突きつけている気分だ。彼がなにかを振り切るように体を離した。

「どこへ行くの？」賭けに勝ったというのに、それほどうれしくない。本当は一糸まとわぬ姿でアシュビーと一夜を過ごしたかったのかもしれない。誘惑に屈する言い訳を自らつぶしてしまったのだ。彼が机の上のランプを消して部屋を暗くする。「なにをしているの？」イザベルは小さな声で尋ねた。

彼女の正面でアシュビーの声がした。「きみの前でマスクを外すんだ」

「暗くするなんてずるいわ」

「明るい場所でなければならないなんてルールはなかっただろう？」

「これではマスクをつけていたって同じじゃない。なにも見えないもの」

「見えるとも」彼は緊張した声で言うと、イザベルの手を取って自分の頬に当てた。伸びかけたひげが手のひらをこする。「手で見るんだよ」

彼女は大きく息を吸い、目の不自由な人がするように、彫りの深い顔立ちを手でゆっくりとたどった。高い頬骨、長いまつげ、男らしい眉、そして広い額の上のふさふさとした髪。まっすぐで形のよい鼻から顎、さらにがっしりした首へと探索してから、今度は上に向かって手をはわせ、唇の輪郭をなぞる。いつも見とれてしまうやわらかな唇も、闇のなかではまた違う興奮を呼び覚ました。生まれたままの姿で仰向けに横たわり、このあたたかな唇に全身をキスで覆われたらどんな感じがするのだろう？

アシュビーの息遣いが荒くなった。「どうだい？　小さな子供がおびえて逃げ出したりしないかな？」なにげない口調を装ってはいるが、イザベルは彼の頬が引きつっているのを感じた。

「昔となにも変わらないわ」彼女はにっこりした。心の目には、恋に落ちたころと同じ、息をのむほど精悍《せいかん》な騎兵隊員の姿が映っていた。

「ほっとしたみたいだね」感情のこもらない声にかすかな非難がまじっている。「もう一度よく見るんだ」彼がイザベルの手をつかみ、自分の頬に当てて額へと動かした。指先に傷跡がふれる。

皮膚を分断する細い線に、彼女はアシュビーが素顔を見せたがらない理由をようやく理解した。パリス・ニコラス・ランカスターには恵まれた容姿と明晰《めいせき》な頭脳、そして爵位と財産があった。しかし彼には、無条件で愛情を注いでくれる母親がいなかった。戦争から帰還したとき、傷跡にキスをして慰めてくれる恋人もいなかった。イザベルにとって、ナポレオンから国を守るために負った傷は彼の魅力のひとつだ。それに慈善事業に尽力してくれたことを思えば、外見などたいした問題ではない。彼女はアシュビーに体を寄せ、肩に腕をかけて、傷跡に唇を押し当てた。「パリス、愛し――」

「やめてくれ！」彼がさっと身を引いた。「同情はいらない」

「同情だと思うの？」

ふたりのあいだに沈黙が落ちた。

「どうしたらそうではないとわかってくれるのかしら？」イザベルは静かに尋ねた。

アシュビーは彼女を抱え上げて机の上にのせ、膝のあいだに立った。ドレスのスカートをまくり上げて距離を詰める。欲望の証を腹部に感じて、イザベルは体がかっと熱くなった。耳のなかにあたたかな息が吹き込まれる。「ぼくと一夜をともにしてくれ。震えるような快感をあげるから」

電流が背筋を突き抜け、首筋がくすぐったくなった。イエスと答えたくてたまらない。アシュビーの唇を肌に感じたい。東屋のときのように愛撫して、彼の欲望を解き放ちたい。

「できないわ」イザベルは残念そうに言った。「今夜はジョンとオリヴィア、それに母や義理の姉も一緒にドルリーレーンでお芝居を――」

「ハンソンなんて放っておけばいい！　あの男にも、そのいまいましい姉にも会ってほしくないね」

彼女は眉をひそめた。「なぜオリヴィアのことを悪く言うの？」

「つまらない女だ。もうハンソンには近づかないと約束してくれ」

「それはやきもち？」イザベルは彼の顎にキスをして、そのまま首筋へと唇をはわせた。なんて甘い肌なのかしら。彼のすべてを味わえたら……。

アシュビーが低い声を漏らす。彼もこの行為が好きなのだ。「当たり前だ。やつはきみと結婚して、きみを抱くつもりなんだぞ。嫉妬しないわけがない。ぼくがきみを独占したいと思っていることはわかっているはずだ」

イザベルはどきどきした。「それなら……家を訪ねてきてくれればいいのに」ためらいがちに提案する。

アシュビーが彼女の背筋をなで下ろした。「今夜、きみの寝室に忍んでこいということかい？」そそられたように言う。

ドレスのホックが外されるのを感じた。「昼間に訪ねてきてほしいわ」

彼はドレスとシュミーズを引き下ろして肩をむき出しにすると、そこを熱い唇でなぞった。

イザベルはうっとりとため息をついた。「日中は慈善事業の仕事があるじゃないか」

「週末は暇よ。午前の早い時間に馬車で公園へ行くとか……緑の草地でピクニックをしたら楽しいんじゃないかしら」そろそろガーゴイルも日差しの下に出なくてはならない、と彼女は思った。ただ、この瞬間だけは、闇のなかにふたりきりでいることに完全に満足していた。

道徳的に正しくない行為だと知りつつ興奮してしまう。

「ぼくは人前には出ない。それは知っているだろう？」イザベルの胸に冷たい空気が当たり、続いて彼の手が頂をなでてかたくとがらせた。

「あなたにはそのほうが都合がいいのね？」彼女は息も絶え絶えに言い返した。朦朧《もうろう》とした頭で必死に説得を続けようとする。「暗闇で人目を避けて――」

「きみと愛し合うのが？」

「こそこそするのが」彼はスティルゴーにすら会おうとしなかったのだ。

「他人は関係ないからね。きみを独占したいんだ」アシュビーが頭を下げて乳首を吸い上げた。両脚の付け根に衝撃が走る。イザベルは彼の頭をかき抱いて身もだえした。両手で乳房をもまれると、自然と背中が弓なりになる。「きみの胸はとてもやわらかい……完璧だ」

アシュビーはふくらみの頂をやさしく嚙んで引っ張り、スカートのなかに大きな手を差し入れて腿を愛撫した。その手がガーターを通り越して素肌をまさぐり、さらに下着の下へと潜り込む。

「ああ！」あまりの快感に彼女は声をあげた。ショックがおさまると、さらなる渇望が湧き上がってくる。軽くなでられただけなのに、天国と地獄を一度に味わったような心地がした。イザベルはさらに罪深い行為を求めて机の端へ身を寄せた。

「今夜ぼくと過ごせば、こんなものとは比較にならないほどの喜びを味わえるよ」アシュビーの親指が快感の中枢をとらえる。イザベルは机からずり落ちそうになり、彼の肩にしがみついた。ふたりの舌が激しく絡み合う。アシュビーの巧みな愛撫に、彼女はすでに熱く濡れていた。彼はむさぼるようなキスを続けながら、乳房と脚の付け根を刺激し続けている。

今やイザベルは感覚のみに支配されていた。アシュビーの手の動きに同調して息をのみ、うめき声を漏らす。快感が大きくなればなるほど、すでに脈打っている場所を刺激されればされるほど、彼を拒むのが難しくなった。アシュビーこそ、わたしの求めていた人だ。それは一二歳のときからわかっていた。ハンソンに対してはあれほど慎重なのに、アシュビーの前に出ると、道徳や礼儀がつまらないものに思えてしまう。「わたし……わたし……」

「ぼくが欲しいんだろう?」アシュビーはかすかに開いた唇に向かってうなるように言い、イザベルのなかに指を差し入れて敏感な場所を探った。体の奥からなにかが込み上げてくるのを感じ、彼女は叫び声をあげた。「ぼくを迎え入れたいんだろう? 口に出してそう言ってごらん。ぼくを体のなかに感じたいと」

「わたし……あなたを迎え入れたいわ」イザベルは彼の手に濡れた部分をすりつけた。アシュビーは彼女の要求を的確に把握していた。次々と強烈な渇望が襲ってくる。自分の体が自分のものでなくなったかのようだ。

「東屋でぼくがどれほど高ぶっていたか覚えているかい?」彼の呼吸は荒い。「今はあの何倍も興奮しているんだ。きみのなかに深く身を沈めて、オペラ歌手も顔負けの声をあげさせたい」

すでに抵抗する力など残っていないのに、どうしてじらすのだろう? 第一、オペラ歌手にたとえられてもうれしくない。アシュビーはオペラ歌手好きだという噂を聞いたことがあるので、過去の恋人たちと一緒にされたような気がした。「あなたはヘクターと同じね」

「なんだって?」イザベルの頰に口を寄せたまま、彼がおかしそうに笑う。「舌が伸びてるってこと? それとも尻尾が生えてるとか? そうなっていてもおかしくない」

「忘れたの?」とろける感覚に酔いしれながら、彼女はアシュビーの耳にささやいた。「欲しいものがあるんでしょう? 心に秘めた願いが」

「ぼくの秘密がわかるのか?」彼の声はじれったさにかすれていた。

イザベルの口元に笑みが浮かぶ。「やさしくなでてほしいのよね?」

その言葉を聞いたアシュビーがぱっと身を引いた。彼女は暗闇のなかで相手の表情を見極めようとしたが、目に映るのはきらきらと輝くふたつの宝石だけだった。

「どこへ行くつもり?」イザベルは彼を引き戻そうとした。

「ぼくもきみの秘密を探り当てるんだ」

彼女にはアシュビーの意図がまったくわからなかった。欲求不満で体がばらばらになりそうだ。部屋が真っ暗なので、彼がなにをしているのか見当もつかない。アシュビーはイザベルの膝を開かせて机の上に仰向けにさせると、腿のあいだに顔を近づけた。「パリス、待って……なにを……」彼が秘められた場所を指で開いて舌を差し込んでくる。「パリス!」ベルベットのような舌が感じやすい突起をかすめた。そこを強く吸われ、イザベルは狂おしい快感にわれを忘れた。机の上のものが床に落ちるのもかまわず身もだえし、甘い拷問からの解放を求める。アシュビーは敏感な突起をなめ、吸い、甘嚙みして、彼女を限界へと追いつめた。イザベルは腰を浮かせて彼の唇に自分自身を押しつけた。体は小刻みに震えている。

「ああ、もうだめよ、パリス！」ついに堰《せき》が決壊し、蜂蜜《はちみつ》のように濃厚な満足感が血管を駆けめぐった。体じゅうが液体になったみたいだ。

ぐったりしているところを抱き寄せられたイザベルは、アシュビーのウエストに手をまわして首筋に顔をうずめ、興奮が鎮まるのを待った。部屋が暗くてよかった。ここまで乱れてしまうなんて。一五のときにキスを交わした唇で絶頂に押し上げられたのだ。それもひどくはしたない方法で。「きみはとても情熱的だ。そして果汁のように甘い」

「そんなこと言わないで」イザベルは彼の首筋にささやいた。

「恥ずかしがっているのかい？」アシュビーが笑う。「もしそうなら、恥ずかしがる必要などない。ぼくはきみのそういうところが好きなんだから」

彼女は顔を上げた。「ほかにはどんなところが好き？」

「すべてだ」

それは愛しているという意味だろうか？「あなたの鼓動が聞こえるわ。ずいぶん激しいのね」

「きみのせいだよ。そろそろなんとかしてくれないと、脳卒中で倒れるか、頭がどうかなってしまう。いずれにせよきみの責任なんだから、頻繁に見舞いに来てくれよ。さもないと暴れるからな」

「かわいそうな人」イザベルはくすくす笑った。絹のようにやわらかな髪に指を差し入れて自分のほうへ引き寄せる。「わたしの秘密の願いはあなたを手に入れることなの」そう言って彼と唇を合わせた。

「ミス・オーブリー！」フィップスがドアをノックする。「レディ・チルトンとミセス・フエアチャイルドが緑の間に来てほしいとおっしゃっています」

「せわしないな」アシュビーがいらいらとつぶやいた。「鍵をかけておいてよかったよ。さあ、ドレスを直すのを手伝おう」彼はイザベルを立たせて自分のほうに背を向けさせた。

「明かりをつけて」背中のホックをはめてもらっているあいだに、彼女は胸元を整えた。

「いやだ」

「賭けに負けたくせに体じゅうにふれておいて、このうえ素顔を隠すつもり？」

「かわいい人、こんなの序の口さ。今夜は何時に迎えに行けばいい？」

もう駆け引きはいやだ。でも彼がどうしてもというなら、こちらのルールに従ってもらう。

「さっきも言ったとおり、今夜は予定があるの。それがなかったとしても、自ら破滅の道を歩むつもりはないわ」実際はアシュビーがとめてくれなかったら、とっくに破滅していたかもしれないのだが。

「誰にも見られないようにするから大丈夫だよ。真夜中過ぎに馬車で迎えに行く。表で待っているから抜け出してきて――」

「もうこそこそするのはいやなの！」

「イザベル」アシュビーが彼女を自分のほうへ向かせた。「我慢の限界なんだ」

「それは残念だこと」限界なのはイザベルも同じだ。彼が屋敷に引きこもっているせいで、会いたいときはいつも自分から行動を起こさなければならない。アシュビーの態度が変わることを期待していたが、彼が社会復帰する兆しはまったくない。このままでは素顔を見せてくれることもなければ、求婚もしてくれないだろう。「わたしに会いたければ、土曜の午後にセブン・ドーヴァー・ストリートへ来て。そして馬車で公園へ連れていってちょうだい。四時に待っているわ」

「イザベル……」アシュビーは歯を食いしばった。

「ミス・オーブリー？」フィップスが先ほどよりも強くドアをノックする。

「ちくしょう。ぼくに任せてくれ」アシュビーが部屋を横切ってドアを開けた。「すまないが――」

「いったいなにごとなの？」廊下からアイリスの声が響いた。

〝大変だわ！〟イザベルはランプをともし、ピンで手早くおくれ毛をとめた。今さら取り繕っても、アイリスは暗闇でふたりがなにをしていたのか、とっくに察しているだろう。

アシュビーはイザベルに背を向けて立っていた。マスクはつけていない。彼の体が戸口をふさいでいるので、廊下から部屋のなかをのぞくことはできないはずだ。アシュビーが身を挺《てい》して時間を稼いでくれたことはうれしい。ただ、あれほど親密なひとときを分かち合った自分さえ見ていない彼の素顔を、友人に見られたことがショックだった。

「こんばんは。レディ・チルトンですね？」アシュビーは紳士らしく落ちついた口調で挨拶した。「ぼくはアシュビーです。あなた方の行っているすばらしい慈善事業に新しく役員として参加させていただくことになりました。お会いできて光栄です」

「はじめてお目にかかります、アシュビー卿」アイリスが膝を折っておじぎをした。驚きと好奇心のまじった声だ。「あなたのご参加を歓迎しますわ。すばらしいお屋敷を使わせてくださって、ありがとうございます」

「お力になれてうれしいですよ」アシュビーが立ち去ろうとしたとき、もうひとりの人物が現れた。

「こちらはわたしの友人で、会の役員でもあるミセス・フェアチャイルドです」アイリスが紹介する。

「ミセス・フェアチャイルド」彼が魅力的な声で言う。「ミス・オーブリーのお仲間がこれほどまでに若く美しいと知っていたら、もっと早くに紹介してもらったのですが」哀れなアシュビーは、アイリスとソフィーに対峙するはめになってしまった。

「アシュビー卿」ソフィーが機嫌よく笑い、膝を折るおじぎをした。「本当におやさしいのね」

ソフィーが少女のように笑うのを聞いて、イザベルはアシュビーに彼女と引き合わせると言ったことを悔やんだ。彼は、誘いを断ったわたしへの仕返しに友人たちを称賛しているのだろうか？

「正直な感想を述べたまでです。やさしさは慈善事業のためにとっておかなければならないのでね」

「ご自宅を使わせてくださってありがとうございます。わたしたちを信頼してくださったことも。ご不便をおかけしているでしょうに」

「明日には正式な事務所に移れますよ。ここから数ブロック先のピカデリーに屋敷を購入したのです」

感嘆の声と賛辞が続く。イザベルは、アシュビーは自分のものだと叫びたくなった。黙っていられなくなり、みんなのほうへ向かう。背後に彼女の足音を聞いたアシュビーが露骨にそわそわし始めた。「それでは、あとは女性陣でどうぞ。おやすみなさい」彼はそれだけ言って、そそくさと廊下の向こうへ消えてしまった。

イザベルは愕然とした。最初は妹たちで、今度は友人たち。もうたくさんだ。次に会ったときこそ、あのマスクをはぎ取ってやるわ。暗闇での密会なんて冗談じゃない。わたしの体にふれるには、それなりの犠牲が伴うことを思い知らせてやらなければ。

激しい怒りに駆られて立ちつくしていたイザベルの耳に、魅力的なガーゴイルについてしゃべりたてる友人たちの声が飛び込んできた。「これを見てよ!」ソフィーが書類を掲げる。

「建物を丸ごと購入してくれるなんて、驚き《モン・デュー》だわ。なんと寛大なのかしら」

「そのうえ、やさしくて魅力的で」アイリスの声には畏敬の念が表れていた。「しかもお金持ち」

「あれほどすてきな男性なら……」ソフィーがイザベルに目をやる。「イジーが夢中になるのも無理ないわね。男性の鑑《かがみ》だわ。もちろんいい意味で」

イザベルは歯ぎしりしながら、アシュビーが自分に素顔を見せてくれない理由を考えた。確かにわたしは友人たちに比べれば世間知らずかもしれない。でもそれを言うなら、妹たちはどうなの？　彼がわたしの拒絶を恐れているのだとしたら、それこそ見くびられたものだ。アイリスたちよりわたしのほうがよほど偏見にとらわれていないのに。彼女だけが闇のなかに取り残されているなどと告白しても、友人たちは信じないだろう。そんなことを打ち明けても恥をかくだけだ。

〝パリス・ニコラス・ランカスター、せいぜい忍耐力を養うことね。わたしとベッドをともにしたいなら、とても長く待たされることになるでしょうから！〟

アシュビーが土曜にセブン・ドーヴァー・ストリートを訪ねてくるとは期待していなかったし、自分から彼の家を訪ねるつもりもなかった。最初の賭けに勝ったのだから、今度の勝負にも勝てるはずだ。いとも簡単に。

「彼のことがかなり気に入ったようね」イザベルは気を取り直して友人たちに言った。「直接会ったら印象が変わったでしょう？」書斎のなかを落ちつきなく歩きまわる。今は話し合いなどする気分ではない。一刻も早く家に帰って、マスクを奪い取る方法を考えたい。

「想像とはまったく違っていたことは認めるわ」アイリスが言った。「とても好感の持てる方ね」

「あなた、なにをいらいらしているの？」ソフィーがおかしそうに言う。「わたしたちが面接をしているあいだに、あの黒い騎士となにかあったの？」

「けんかをしたのよ」イザベルはそう答えて、顔にかかった髪を吹き払った。

「もう夫婦げんか？」ソフィーがけらけらと笑う。

「事務所として建物を買い上げてくれたというのに、なんの不満があるの？」アイリスが尋ねた。

「彼がわたしを怒らせたのよ！」そのあとで喜びの声をあげさせたのだ。

「あの机の上で？」オーク材の机の周囲に散らかった文房具を見て、ソフィーが眉を上げた。

「さぞかし激しい口論だったのでしょうね」

「彼がわたしを……屈服させたと思っているなら、それは違うわ」

「今後もあなたを怒らせるようだったら教えてちょうだい。彼のことは、わたしが喜んで引き受けるから」

イザベルは歯ぎしりしたいのをこらえた。アシュビーとここでなにをしていたかは一目瞭然なのだから、友人たちに問いつめられないだけ感謝しなくてはならない。彼女はプライドを押し殺して尋ねた。「それで、彼のどこがそれほど魅力的だと思ったの？」

ソフィーがにっこりする。「言わなくてもわかるでしょう？」

本当にそうだろうか？　イザベルにとってアシュビーの容姿はおまけにすぎない。彼女が好きなのは彼の意志の強さや寛大さ、そしてやさしさだ。恵まれない人を見ても見ないふりをする貴族たちのなかで、アシュビーは貴重な存在だった。それに、わたしを見るときの熱っぽいまなざし！　この世界で彼を救えるのは自分だけという気持ちになってしまう。「今日はもう帰りましょう。あと二時間もすれば、ジョンとオリヴィアが迎えに来るの」先ほどまでハンソンの誘いは断るつもりだったのだが、アシュビーに追いつめられたことで気が変わった。せいぜいやきもきさせてやればいいのだ。あのマスクの下で嫉妬に顔をゆがめればいい。

友人たちがショールやボンネットを取りに行ってしまうと、イザベルは床に落ちている黒いサテンのマスクを拾い上げた。レティキュールにしまう前に目を閉じて、アシュビーの香りを吸い込む。これは彼の肌に直接ふれたもの……。そう考えてはっとした。わたしときたら救いようがない。そもそも賭けに勝ってがっかりするなど、自分を制御できなくなっている証拠ではないか。軽率なふるまいで求婚の言葉を引き出すことはできない。そんなことをすれば自ら身を滅ぼすだけだ。

思いついたらすぐさま行動するイザベルも、自分から破滅の道を選ぶつもりはなかった。そんなことになればこれまでの生活も、さらには慈善事業も続けられなくなる。社交界での評判はその人にとっての現在であり未来だ。黒い騎士にどれほど魅了されていようとも、節度は守らねばならない。アシュビーにはできるだけ近寄らないようにしよう。少なくともこの欲望が鎮まるまでは。

三人が馬車に乗り込むと、ソフィーが薄暗い車内でイザベルを見た。「それで、彼は求婚してくれた?」

「いいえ」イザベルは無愛想に答えた。

「わたしが思うに、彼はあなたを愛しているわ」

ソフィーの言葉にイザベルは胃のあたりがぽっとあたたかくなった。本当にそうだろうか？　アシュビーがわたしを求めていることはわかる。ただ、それは愛情ではなく欲望に思えた。心に秘めた願いなどとからかってみたものの、実際のところは彼がなにを考えているのか見当すらつかない。アイリスの言うとおり、アシュビーはなにか企んでいるのかもしれない。すべてはわたしを屈服させ、ワイン貯蔵室にあった退廃的な赤い上掛けのかかった中世のベッドに連れ込むための手口なのかも。そうだとしたら、彼はまずわたしの妹たちから情報収集をするべきだ。閉所恐怖症の姉を密閉された部屋に閉じ込めたら、どんなことになるかを……。

「名案があるの」アイリスが言った。「新しい事務所には舞踏室があるのでしょう？　舞踏会を開いて、寄付や支援を募っていることをみんなに宣伝しましょうよ」

イザベルは目を輝かせた。「仮面舞踏会なんてどう？　マスクをつけて参加してもらうの」

友人たちはそのアイデアを気に入ってくれた。招待状に後援者の名前を入れれば、好奇心を刺激されて大勢の人が押し寄せるに違いない。

ソフィーを下ろしたあと、馬車はセブン・ドーヴァー・ストリートの前でとまった。イザベルはライアンの手紙を取り出してアイリスに渡した。「ここ何日か持ち歩いていたの。ほかの人がいる前では渡したくなかったから。ライアンからよ」

「燃やしてしまって」

「なんと書いてあるか読みたくないの？　イーストサセックスに行く前にライアンが訪ねてきたのよ。彼はまだあなたのことを愛しているわ。過去の……過ちについて謝罪したがっている」

アイリスが頬を伝う涙をぬぐった。「燃やして」

イザベルは友人の手を取った。「あなたには真実を知る権利があるわ。手紙を読んでも失うものはないでしょう」

「あるわよ！　今のわたしを支えているのはライアンへの憎しみだけなの。夜、みじめな境遇に泣きたくなったときも、その憎しみがわたしをあたためてくれるのよ」アイリスの声は震えていた。「あなたのアシュビーが怪物でなくてよかったと思うわ。でも、男女のしきたりは女性を守るためにあるの。わたしが心から愛した人はライアンひとりだけだけど、彼を信ずるあまりに、わたしはそのしきたりを無視した……」目に涙があふれる。彼女はぎゅっとまぶたを閉じた。「わたしの過ちを繰り返さないで。自分の身を捧げる前に、彼が本当にあなたの望んでいる人かどうか確かめるのよ」

イザベルはアイリスに身を寄せて体に腕をまわした。「悲しい過去を打ち明けてまで、わたしを守ろうとしてくれてありがとう。あなたは最高の友人よ。ライアンなんて、あなたに値しないわね」彼女はアイリスが泣きやむのを待って身を離し、手紙を差し出した。「燃やしたければ自分でそうするといいわ。わたしが持っていたら、好奇心に負けて読んでしまうかもしれないから」

アイリスがにっこりした。「少なくともライアンが薔薇色の人生を送っていないことを知って慰められたわ。そうでなければ、ここまでして手紙を書いてきたりしないものね」

「その意気よ」イザベルは友人の頰にキスをすると、従僕の手を借りて馬車を下りた。「また明日の朝にね」

すでに仮面舞踏会が待ち遠しくてたまらなくなっていた。

18

秘められた情熱の唯一の手がかり
それはぼくの名を呼ぶきみの甘やかな声
それでもきみの情熱はまだ、ぼくには及ばない

バイロン卿『キャロラインに捧ぐ』

またしてもイザベルに避けられているらしい。しかもすでに一週間以上だ！　アシュビーは沈みがちな心をなだめつつ、ロンドンに戻って以来取りかかっている作品に没頭した。自虐的だと言われてもやめるつもりはない。彼女のためになにかを作りたかった。彼女を喜ばせたいのだ。五週間前、イザベルという名の女神《ミューズ》が降臨する前は、いったいなにに触発されて木を削っていたのだろうと疑問に思うほどだった。彼女の姿が見えないと生きている心地がしない。まさにウィルが言っていたとおり、〝人は幸福にはすぐに慣れるが、不幸には慣れない〟のだ。イザベルの登場はアシュビーの人生において最大の幸福だった。裏を返せば彼にとって最大の不幸は、彼女に会えないことになる。

イザベルが訪ねてこなくなって最初の二日間は、瀟洒《しょうしゃ》なタウンハウスを事務所として整えるのに忙しいのだろうと思っていた。土曜になり、一方的に押しつけられた約束を守らなかったので、あと二日は機嫌が悪いだろうと思った。六日目にして昼食の招待を断られたとき、ようやくなにかがおかしいと気づいた。彼女はぼくに会えなくても平気なのか？

かつて誘惑した女性たちの気持ちが今ごろになって理解できた。そういう女性たちとはベッドをともにしたきり二度と会わないこともあったし、向こうが会いたがっても真剣に取り合わなかったりした。彼女たちが今の自分と同じ気持ちでいたのだとすれば、まさに地獄を味わわせたことになる。誰かに会えないというだけで息づまるように切なくなったり、みぞおちのあたりに絶え間ない痛みを感じたりするのは初めてだ。イザベルの姿を見ることも、その肌にふれることも、声を聞くこともできない。アシュビーはひどくみじめになると同時に、そんな自分が情けなくなった。

イザベルはきっと、ぼくの腕をひねり上げて公の場に引っ張り出そうとしているのだ。マスクを外すという条件付きならふたりきりで会ってくれるのかもしれないが、それでは彼女を失う危険がある。当たり前だが、賭けに負けた時点でマスクを取るべきだったのだ。しかし、そうしようとするたびに手のひらが汗ばみ、パニックに襲われた。レディ・チルトンたちの穏やかな反応は女友達への気遣いだったに違いない。明るい場所でマスクを外す前に、イザベルの愛情が顔の傷くらいで揺るがないことを確かめなくては。

ぐずぐずと考え込んでいる自分がいやだった。こんな気持ちになるのもイザベルのせいだ。

事情が変われば愛も変わるなどと言われては、かつての放蕩者も形なしだ。これまでなら、女性に快感の声をあげさせたら勝負はついたも同然で、相手に会いたければ指を鳴らすだけでよかった。ところが、イザベルに同じルールは通用しない。彼女には高い理想と具体的な目標があり、たくさんの求愛者もいる。彼女の妥協を引き出すには素顔を見せるしかなさそうだが、それだけはできない。時間をかけて、やさしく愛を交わすまでは……。

もちろん女性をベッドに誘う方法がわからないわけではない。しかし、本当に愛する女性を抱くのは初めてだ。単に欲求不満を解消するだけであれば、ややこしい計画を立てたり、四万ポンドの投資をしたりする必要などなかった。だが、イザベルとの最初の交わりは特別でなければならない。書斎の机の上や他人の庭先やホテルの一室ですませることはできない。彼女を抱くなら、完全なプライバシーを確保できる場所――自室のベッドでなければだめだ。それはアシュビーが彼女の肉体だけでなく、心を求めているからだった。それこそ彼が求め続けていたもの、彼の秘めた願いなのだ。

アシュビーが爵位を継いだのは四歳のときだった。無限の収入を享受する幼き伯爵のもとには常に人が群がってきた。彼らが求めているのは権力、もしくは金だ。それは女たちが寄ってくるようになっても変わらなかった。どの女たちもしたたかに贈り物をねだり、アシュビーも相手に興味のあるうちはわがままを聞いてやった。まさにつかのまの割りきった関係だ。そういう少年時代を送った結果、彼は愛に対して醒めた見方をする男になり、自分のやり方を通すことを当たり前と思うようになった。群がってくるのはろくな噂のない放蕩者ばかり。そんな生活に嫌気が差したのは二五歳になったときだ。そのころのアシュビーは自分でも自分をくだらない人間だと思っていた。

彼を変えたのはウィルとの出会いだった。それまでつき合っていた人々と違い、ウィルには内側からにじむ自信が感じられた。新興貴族の次男として、自分自身の力で人生を切り開いていかなければならないというのに、ウィルはそんな重圧をものともせず、常に陽気な笑みを浮かべ、胸を張って生きていた。彼と出会ったことで、アシュビーは自らと向き合わざるをえなくなった。さらにウィルはアシュビーをセブン・ドーヴァー・ストリートに連れていってくれた。アシュビーの胸に新たな希望が湧いたのはそのときだ。その希望は年月とともに強い願望へと変わった。愛情とはなにか、それが知りたいと思ったのだ。

この世の誰もが追い求め、苦悩する、〝愛〟というものを味わってみたかった。しかし、どれほど求めても、それはあと少しのところで指先をすり抜けていく。そう、七年前のあの夜、一三歳も年下の娘とキスをするまでは……。

イザベルのようにひたむきに人を愛し、守ろうとする女性は初めてだった。まるでわが子を守る雌ライオンだ。つかのまでも彼女の愛情を受けたことで、アシュビーは自分が特別に選ばれた、無敵のライオンになったような気がした。イザベルのために、そして自分自身のために、期待を裏切らない男になりたいと思った。気分が高揚し、人生が価値あるものに思えた。イザベルが顔の傷も過去も含めたすべてを受け入れてくれると知っていたら、ワーテルローの戦いのあとで頭に拳銃を突きつけたりせず、まっすぐ彼女のもとを訪れていただろう。しかし彼女はいまだに、ウィルを殺したのがぼくであることを知らない。すべてを明かして嫌われたあとも、未練がましくイザベルを思い続けるであろう自分を想像すると怖くてたまらなかった。彼女は自分の影響力を自覚していないに違いない。バリントン邸の舞踏会でもそうだった。にこやかにふるまいながらも、男たちを一定の距離以上は近づけようとしない。彼女の真の武器はその美しさでも持参金でもない。夫となる相手に捧げる無条件の愛情なのだ。イザベルは愛に飢えた男たちの鼻先で無邪気にそれを振ってみせる。そう、ぼくのような男の前で。

この世界を支配しているのは金だ。あらゆるものは見かけ倒しで、人々は一時的な快楽に溺れている。そんな虚構の世界は薄っぺらな膜みたいなもので、ひと皮むけば、誰もが赤ん坊のごとく愛に飢えていることがわかる。だが、真実の愛を手に入れられるのはひと握りの人々のみだ。それ以外の多くは人工的な代用品で間に合わせるしかない。〝夢のなかにひそむ亡霊のようにまごつく人々〟詩人のアイスキュロスが残した言葉は、今の社交界を的確に言い当てている。まやかしなどいらない、アシュビーはそう思って生きてきた。そこへ揺さぶりをかけたのがイザベルの飾らぬ魅力やあたたかな愛情だ。

ウィルの手紙を読み、彼女の慈善事業に貢献したあとで、愛情を期待しないわけがなかった。ところが彼女は、家族や友人、そして恵まれない人々に心を砕く一方で、ぼくには思いやりのかけらもこぼしてくれない。バリントン邸の東屋の一件以来、ずっとだ。最近では野良猫よりも優先順位が低くなったように感じてしまう。イザベルはマスクがふたりの障壁だと思っている。皮肉なことに、彼女が行きずりの女性だったら、傷跡を見せるのをこれほど躊躇しなかっただろう。反対に、イザベルに見せるような素の表情をほかの女性に見せたことは一度もない。彼女はぼくの素顔こそ知らないかもしれないが、心のなかをやすやすと見透かすことができる。それがわからないのだろうか？

イザベルに会えなくなって、すでに八日が経過していた。恋人に捨てられた男のように、彼女の職場へ乗り込んでいって不満をぶちまけようにも、そのためには日中に外出しなければならない。寝室に忍び込むという手もあるが、大声を出されたが最後、言い訳をする間もなくスティルゴーに撃ち殺されるだろう。彼女を誘拐してスペインかイタリアへ連れ去るというのはどうだ？　海辺の大邸宅を買い与えて、そこで彼女をひとり占めするのだ。でも、素顔を見られたときのことを考えると怖い。ちくしょう！

やすりが滑って、アシュビーは人差し指をすってしまった。「くそっ！」うなり声とともに、彼は作りかけの箱を壁にたたきつけた。こんな状態には、もう一分たりとも我慢できない。イザベルに愛されていないのなら、ぼくの人生は終わりだ。気がふれてしまう。彼女以外の女性など欲しくない。ぶつぶつと悪態をつきながら冷たい水に指をつけたとき、作業場の入口にフィップスが現れた。「なんだ？」

「お客さまです」フィップスは大げさに眉を上下させた。「みずみずしいデイジーですよ」

アシュビーの胸が高鳴った。「通せ」

イザベルが姿を見せると、ワイン貯蔵室に日の光が差し込んだような気がした。彼女は片方の手にボンネットとレティキュールを抱えていた。すらりとした体は淡いアプリコット色のドレスに包まれている。ふっくらした頬と同じ色合いの上品なドレスを着た姿は、頭から食べてしまいたいほど美しかった。

イザベルを抱き上げ、部屋の隅に置かれたアンティークのベッドに直行したい気持ちに駆られたが、彼女のことばかり考えていたと思わせてはいけない。たとえそれが事実だとしても。「やあ」

イザベルが一歩、前に出た。「機嫌が悪いみたいね」

そのとおり。自分の余裕のなさが腹立たしい。もしイザベルがこのみじめな寸劇のチケットを売り出したら、ワイン貯蔵室はたちまち彼女を応援するアシュビーの元愛人でいっぱいになるだろう。オリヴィアは彼をプライドが高いと責めたが、そのプライドもイザベルの前では役に立たなかった。指をけがしたうえに肝心の箱をたたき壊してしまったので、作業に戻るふりもできない。昨夜やけ酒をあおった理由をぶちまけてやりたかったが、そんなことをしたら人を雇って彼女を見張らせていたのがばれてしまう。イザベルはハンソンとその姉、そして友人たちと一緒に、毎晩のように外出しているのだ。「事務所はどうだい?」アシュビーは痛む指先に息を吹きかけた。

「とても順調よ。毎日、求人の問い合わせが山ほど届くの。わたしたちの噂を聞きつけて、ロンドン市外からも困っている女性たちがやってくるわ。新しく家政婦も雇ったのよ。レベッカという女性で、とてもいい人。ふたりの男の子を連れて住み込みで働いてもらっているの。それから助手も雇ったし、あなたが送ってくれた名簿の人たちとも連絡をとったわ」イザベルはにっこりした。「どうしてもっと早く思いつかなかったのかしら。わたしだって、第一八騎兵連隊員の遺族なのにね」

「ウィルの名前は消しておいたんだ。きみにつらい思いをさせたくなかったから」アシュビーは拳を握った。傷がずきずきする。

イザベルが近づいてきて、彼の手を取った。「かわいそうに、けがをしたの？　冷たい水で洗えば痛みがやわらぐわ」

彼女のやさしさを素直に受け取ることができなかった。指よりもっと性急な痛みを抱えているからだ。「もう洗ったよ。たいして変わらなかった」

「それならもっといい方法があるわよ」イザベルはにっこりして、彼の指にそっとキスをした。

胸が締めつけられる。他人にこれほど影響されるなんて、どうかしてしまったに違いない。頭を下げて彼女の髪の香りを吸い込むと、理性が吹き飛びそうになった。「ぼくのことを愛しているかい？」

イザベルがさっと顔を上げた。「あなたは？　わたしのことを愛している？　それとも単に欲望を感じているだけ？」

アシュビーは面食らった。どう答えればいいんだ？　愛とは自分以外の誰かを欲することではないのだろうか？　ぼくにも人を愛する能力はあるはずだ。両親のことも、ウィルのことも愛していた。愛情と欲望の違いをきいてみたかったが、そんなことをすれば悪いほうに解釈されることくらいは察しがついた。「ぼくはどうしてもきみが欲しいんだ」

イザベルの口元が引き結ばれるのを見て、彼は言葉の選択を誤ったことを悟った。「愛してくれない人を、どうして愛さなければならないの？」

「愛していないとは言ってない！」アシュビーは手を引き抜くと、彼女から離れてグラスにウィスキーを注いだ。イザベルはなんとしてもぼくを変えたいらしい。「きみも飲むか？」

「いらないわ。愛と欲望は違うのよ、パリス。それはわかる？」

「わからない。説明してくれ」

イザベルは当惑した表情で彼を見た。「いいわ。愛は、自分の欲求よりも愛する人の欲求を優先させることよ」

アシュビーは彼女を見た。「ぼくにはそれができないというのか？」悪態をついて、ウィスキーを一気に飲み干す。

「愛を言葉で説明するのは不可能よ。感じるか、感じないか、そのどちらかなの」

「そしてきみはもう、ぼくに対してそういう気持ちを抱いていないんだな？」アシュビーは再びグラスを満たした。酔っ払うのがいちばんだ。どうしてもっと早くにそうしなかったのだろう？

イザベルが長いまつげをしばたたいた。「なぜ急にこんな話をするの？　あなたはどうしてしまったの？」

「きみのせいだ」アシュビーはたたきつけるようにグラスを置き、彼女のほうへ近づいた。「きみが……平穏だった日常に踏み込んできて、全部めちゃくちゃにした。蜂蜜みたいな声と青い瞳とやわらかな唇で、ぼくを誘惑したんだ」彼は獲物を追う肉食獣のようにイザベルとの距離を詰めた。危険を察知して、彼女があとずさりする。アシュビーはゆっくりと彼女を壁際へ追い込んでいった。

「やめて。怖いわ」

「東屋でのふるまいについていくら謝っても、どうせ許してくれないんだろう?」アシュビーはイザベルの顔を挟むようにして壁に手をつき、視線をとらえた。「きみはぼくを屈服させないと満足しないんだ」

「ワイン貯蔵室のよどんだ空気のせいで、どうかしたんじゃない?」

「きみは名簿を欲しがった。ぼくはそれを手に入れた。法案を読んで意見をくれと頼まれ、そのとおりにした。不幸な女性たちを救う別の方法が必要になったときも、すべてをお膳立てした。きみの望むものを残らず与えて、ぼくが望んだのはひとつだけだ。しかもぼくらはふたりともそれを欲している。それなのにぼくはなにを得た? 無視され、冷遇されただけじゃないか!」

「冷遇なんてしていないわ」

「やさしくしたとも言えないさ」彼女のハート形の顔にさまざまな感情がよぎる。さくらんぼのような唇はかすかにとがり、頬がふくらんで、生意気そうな鼻にはしわが寄っていた。

眉をひそめ、考え込むような目つきをしている。アリストテレス哲学の難問でもあるまいに。ぼくが要求しているのは、ただのキスじゃないか！

「慈善事業に協力してくれたのは……わたしを手に入れたかったからなの？」

「自分の健康のためでないことは確かだね」予想外の充実感を得たことは否定できない。正しい方向に進んでいるという手応えがあった。

「てっきり主旨に賛成してくれたものだとばかり……」イザベルの顔に落胆がよぎる。「結局、かわいそうな女性たちやおなかをすかせた子供たちのことなんて、どうでもよかったんでしょう？　自分の欲望を満たすことしか考えていなかったのね？」

「活動の主旨は理解しているさ。きみのように四六時中すべての人に心を配る能力はないかもしれないが、きみの行おうとしていることが正しいと思ったから協力したまでだ。特定の人を喜ばせたいという動機ではいけないのか？」

「あなたもみんなと同じよ」イザベルの目に涙が浮かんだ。「ただ、ほかの人よりも賢くて……お金があるから、ゲームが上手だっただけ」

アシュビーは声を荒らげた。「みんながみんな、きみが放っておけない野良犬を引き取ったりしない。みんながみんな、きみの目標のために尽力するわけじゃない。」

「あなたがそうしたのは見返りが欲しかったからでしょう？」

「そうだ。きみが欲しかった。それはいけないことか？　きみのためになにかをすると悪者になるのか？」

「違うわ」彼女は静かに答えて目を伏せた。「でも、わたしは――」

「ぼくがきみと同じだと思ったんだろう?」アシュビーは大きく息を吐いた。「そうなれたらいいと思うよ。ぼくだって、きみの理想の男に近づこうとしたさ。これからも努力することはできる。ただ、それにはきみの導きが必要なんだ……」彼は頭を下げて、イザベルにそっとキスをした。「ぼくはきみが欲しい。きみはぼくが欲しくないのか?」彼女が無言のままアシュビーを見上げた。その目にはさまざまな感情が宿っている。彼は形のよい顔の輪郭をなぞった。「ぼく以外の男に、このあいだみたいな気分にさせられたことがあるのか?」イザベルが真っ赤になって顔をそらした。アシュビーはこらえきれなくなり、彼女の耳に唇をつけた。「この舌にきみの味が残っているんだ。もっと味わいたい」

「やめて」

少なくとも彼女はぼくに無関心ではいられないようだ。「夜、ベッドにひとりでいるとき、ぼくがふれたように自分にふれることはあるかい? ぼくは欲望を抑えられなくなると、きみのことを思いながら自分を慰めるんだ。きみの甘い唇や、ぼくの手に包まれていたやわらかな乳房、女らしい曲線を思い浮かべる。きみは一糸まとわぬ姿でぼくの下に横たわり、ぼくを待っている。そしてぼくは安らぎを得る。もちろん完全な満足は得られない。熱く濡れたきみのなかではないからね」アシュビーはイザベルの喉にキスをした。熱い血が血管を駆けめぐる。体じゅうが彼女を欲していた。イザベルがうめき声をあげて彼の腰をつかむ。アシュビーはその場で彼女を奪いたくなった。

イザベルが震える声で言った。「お願いを聞いてくれる？　わたしのために」この状態では、なにを言われても断ることなどできないだろう。地獄へ連れていかれないように願うだけだ。「なんだい？」顔を上げると彼女が封筒を差し出した。「これは？」もしもハンソンとの結婚式の招待状なら、二度とこの屋敷から出さないまでだ。封筒を受け取って開けてみると、黒と金のベネチアン・マスクが描かれたカードが出てきた。「事務所の設立を記念して、今度の金曜に舞踏会を開くの。宣伝と寄付金集めのために。今日ここへ来たのは、あなたにこの招待状を渡すためよ」

アシュビーは後援者のところに自分の名前が入っていることに気づいた。「考えておく」

「仮面舞踏会だから、みんながマスクをつけるわ」イザベルが彼の目をのぞき込んだ。「来てほしいの。わたしのために。お願い」

慈善事業や恵まれない人々のためではなく、彼女自身のためになにかをしてくれと頼まれるのは初めてだ。これを拒んだら次のチャンスはない気がした。

イザベルの手がアシュビーの胸をはい上がって首にまわされる。「舞踏会に来て。わたしがダンスをしたいのはあなただけなんだもの」彼女はそう言うと、つま先立ちになって情熱的に唇を重ねてきた。こんなことをされて抵抗できるわけがない。「わたしも……あなたが欲しいわ」じらすようなキスの合間にイザベルはつぶやいた。「あなたに腹を立てているときですら。あなたは誰より怒りっぽくて、謎めいていて……魅力的な人」彼女がアシュビーを抱きしめた。鼓動の音が伝わってくる。

「イザベル……」アシュビーも抱きしめ返した。冷えきった心に彼女のぬくもりが染みてきて、長いあいだ忘れていた記憶をよみがえらせた。こんなふうに抱きしめられるのは子供のころ以来だ。イザベルは彼より小柄でいかにもかよわい女性といった風情なのに、驚くほど強い心を持っている。彼女をあきらめることなどできない。彼女なしで生きるのは不可能だ。

「それから……」イザベルが抱擁を解いたので、アシュビーはがっかりした。彼女がレティキュールから小さな箱を取り出す。箱は美しく包装され、青いリボンが巻かれていた。「これをあなたに」

「なんだい？」彼は眉をひそめた。

「開けてみて」イザベルがほほえんで箱を差し出す。

アシュビーはリボンと包み紙を取ってふたを開け、息をのんだ。「懐中時計だ」

「そうよ。たくさん持っているでしょうけど、ボンド・ストリートの店でこれを見つけて……どうしてもあなたに贈りたくなったの」ためらいがちな笑みを浮かべる。「裏も見て。名前を彫ってもらったのよ」

感激のあまり、アシュビーは気が遠くなりそうだった。「これをぼくに？　なぜ？」

イザベルが赤くなって肩をすくめた。「あなたはどうしてライオンの箱を作ってくれたの？」

「事務所のお礼のつもりなら……」彼は口ごもった。

イザベルの頬がさらに赤くなる。「これを買ったのは……あなたのことが好きだからよ。

野暮なことをきかないで」

彼は震える手で光沢のある金時計を慎重に持ち上げ、裏を見た。ランカスター家の紋章が白金に精密に彫られており、その横に次のような一文があった。〝ライオンの心《クール・ドゥ・リヨン》を持った人、P・N・ランカスターへ。愛情を込めて、イザベル〟アシュビーは震える息を吸い込んだ。

「なんて……なんて言ったらいいかわからないよ。すごくきれいだ。宝物にする。ありがとう」

彼女は目を輝かせ、恥ずかしそうにほほえんだ。「フランス語だけど、気にしない？」

「ライオンハートだね。気に入った」アシュビーは再び息を吸った。「ぼくのことをそんなふうに思ってくれているのかい？」

イザベルの瞳が〝イエス〟と訴えている。彼女は慌てて言った。「これは舞踏会の件とは関係ないから――」

「それ以上聞いたら泣いてしまいそうだ」彼はイザベルの唇をキスでふさぎ、深い感動を伝えようとした。両親が亡くなって以来、人から贈り物をもらうのは初めてだった。

「さあ、話を元に戻すわよ。舞踏会の話が終わっていないわ」

彼女の心遣いに感動しつつ、アシュビーは懐中時計をそっと箱に戻してワインテーブルに置いた。「はい、お姫さま」

イザベルが彼の首に腕をまわして自分のほうへ引き寄せ、じらすように唇を合わせた。ふっくらした唇とベルベットのような舌の感触に、アシュビーはくらくらした。彼女はキスひとつでぼくを思いどおりにできる。

「ほんの少し顔を出してくれるだけでいいの。考えてみて」

それがどれほど過酷な要求か、イザベルにはわからないのだろう。でも、どう説明すればいい？　ぼくは戦場で殺めた数えきれないほどの亡霊とともにある。華やかな場所にはふさわしくない。しかしそんなことを言ったら、イザベルはこれまで以上にやっきになって、ぼくの苦しみを癒し、立ち直らせようとするだろう。彼女は無意識のうちに、ぼくをいばらの道へと追い立てている。彼には最後まで歩きとおす自信がないというのに。

19

オーベロン　高慢ちきなタイテーニア、月夜に会うとは
タイテーニア　そういうあなたは嫉妬深いオーベロン。妖精《ようせい》たち、行きましょう。
あの人のベッドはおろか、そばにも近づきたくない
オーベロン　考えなしの浮気者め、おまえの夫はわたしではないのか？
シェークスピア『真夏の夜の夢』

「見て！」色とりどりの羽根をあしらった青い絹のドレスに同系色のマスクをつけたソフィーが、華やかに飾りつけられた舞踏室にあふれる客を見渡して歓声をあげた。「雨だから出足が悪いのではないかと心配したけれど、ロンドンじゅうの人がこぞって詰めかけているみたい。この舞踏会は大成功ね」

「ジョージ四世もおいでになるとか」エメラルド色のケルト風ドレスに身を包んだアイリスが同じく興奮した声でささやく。「さっきデヴォンシャー公爵夫人をお見かけしたわ。デザートのテーブルで、にこにこしながらチョコレートをつまんでいらしたの。あれは楽しんで

いらっしゃる証拠よ」

「どうやらお客さまには満足していただけているようね」イザベルも同意した。満足していないのは彼女だけのようだ。カントリーダンスの曲に合わせて、仮面をつけた男女がくるくるとまわりながら目の前を通り過ぎていく。イザベルはため息をついた。今日は主催者なので、堂々とダンスを断ることができる。一緒に踊りたいと思っている唯一の男性の姿はまだ見えなかった。彼女は寄せ木細工の床に視線を落とした。手持ちの札はすべて使ってしまった。アシュビーの屋敷に近寄らないようにもしてみたし、彼がこちらの動向をうかがっていることを承知でハンソンやオリヴィアとあらゆる夜会に出かけてもみた。今日の舞踏会にはぜひ参加してほしいとあれほど頼んだのに……。アシュビーは行動を起こすどころか、ますます内に――あのマスクのうしろに――閉じこもってしまったようだ。これ以上、なにができるだろう？

今までの努力はなんの成果ももたらさなかった。残る道はあとふたつ。隙《すき》をついてアシュビーのマスクを奪い取るか、彼と一夜をともにするか。どちらも危険な選択だ。そんなことをしたら、愛する人はもちろん、自分の評判も、慈善事業も、さらには自由まで失うかもしれない。結局、今回の賭けはわたしの負けなのかも。

戦術家のアシュビー大佐は、果実が熟れて手のなかに落ちてくるのを待っているのだろう。だがイザベルとしても、そう簡単に将来を投げ出すことはできなかった。ハンソンはほかの女性にちょっかいを出すのをやめて熱心に求愛してくる。そして母や兄は、彼の求婚を今か今かと待っている。

「みんな、例の後援者が見たくてやってきたのね」アイリスが言った。「チルトンまで出席しているのよ」

「ここに集まったお客さまもあなたのご主人も、拍子抜けでしょうね。彼は来ないから」イザベルは応えた。マスクをつけた客のあいだを二時間も探しまわったのだ。落胆を通り越してみじめですらあった。

「誰が来ないって?」背後で低い声がしたので、イザベルは飛び上がった。

赤褐色の髪をした背の高い男性を目にする前から、その声がライアン・マカリスターのものであることはわかった。アイリスが慌てて反対方向へ歩いていく。ソフィーは警告するようにイザベルを一瞥してからアイリスのあとを追いかけていった。

マスクをつけた騎兵隊員がイザベルの手を取って額を近づける。「女王さま、ただいま参上いたしました」

「よくわかったわね」彼女は銀粉をちりばめたパステルカラーのマスクのうしろでほほえんだ。

「あなたが妖精の女王、タイテーニアであることが?」黒いマスクの向こうから、空色の瞳が称賛の光をたたえてイザベルの全身を眺めまわす。彼女は銀色の靴をはき、レモン色とピンクとライトブルーの薄衣に覆われたドレスを身につけていた。ドレスの胸元は大胆に開いて、銀色のコルセットがのぞいている。ライアンは彼女の胸元に視線を漂わせたあと、頭にのった銀の小さなティアラと、そこから流れ落ちる巻き毛を満足げに眺めた。彼がアシュビーだったらよかったのに。「それはわかるさ。妖精の女王でなければ――」

「なに？」イザベルは挑戦的に尋ねた。

「扇でぶたれるのを覚悟で白状すると、クリームがたっぷりかかったミルフィーユを連想したよ。いくつもの薄い層が重なった濃厚なやつをね」

「まあ、少佐ったら！」イザベルは口元をほころばせて、ライアンの手を扇で軽くたたいた。「女性を菓子にたとえるなんて、あなたのお育ちを疑うわ」

「フランス育ちだと思われないといいが」

ライアンが上体を寄せてささやいた。「フランスといえば、あなたも敗色濃厚ね」

「いいえ」イザベルもささやき返した。「アイリスが手紙を突き返してきたのかい？」

「なんだって？　どういう意味だ？」彼が切迫した声で切り返す。「でも、あなたは致命的な過ちを犯したわ」

「まず、わたしではなくアイリスに声をかけるべきだったのよ。この人込みとマスクを利用して彼女とふたりきりになることもできたのに、わざわざ警戒させたりして。これで彼女はひと晩じゅうあなたを避けるわよ」

「ああ！　きみの言うとおりだ」ライアンは髪をかきむしった。「ただ……エメラルド色のドレスを着たアイリスがあまりにきれいだったから……緊張して」気落ちした声で言う。

イザベルはどう慰めてよいかわからなかった。アイリスが彼を許したとしても、ふたりに未来はない。アシュビーと自分も同じなのかもしれない。「今日は彼女の夫も来ていることを忘れないでね。アイリスのためにも騒ぎを起こさないであげて。チルトンは嫉妬深いの。あなたと一緒にいるところを見られたら、あとでアイリスがつけを払わされることになるわ」

ライアンが歯を食いしばり、目に怒りの色を浮かべた。「そのひとでなしから彼女を救い出してやりたい。そんなことができるとしても、アイリスが許してくれないだろうが」

「イジー!」レディ・ハイヤシンスが甲高い声で呼び、娘の腕をつかんで耳元に顔を寄せた。「ジョンが探していたわよ。確かな筋によると、今夜いよいよ求婚するつもりなんですって。ああ、泣いてしまいそう」母は大げさに洟をすすった。

「わたしもよ」イザベルはシャンパンを飲み干して、従僕のトレイにグラスをのせた。確かな筋というのはハンソンの母親のレディ・ファニーに違いない。つまり実際に求婚が迫っているのだ。好きでもない男性と結婚するくらいなら修道女になると宣言したら、家族はどんな反応を示すだろう? そう考えたところで、彼女はライアンの存在を思い出した。「お母さま、こちらはマカリスター少佐よ。ウィルと同じ第一八騎兵連隊におられたの。少佐、こちらは母のスティルゴー子爵未亡人です」

レディ・ハイヤシンスは結婚を控えた娘に近寄る虫を見るような目つきで挨拶した。母親が行ってしまったあと、イザベルは非礼をわびようとライアンのほうへ向き直った。だがライアンはライアンで、こちらへ近づいてくるルビー色のマスクの女性を凝視していた。サリー・ジャージーだ。楽団がワルツを奏で始める。

「踊ろう」ライアンが懇願するように言い、イザベルの手を取って自分の腕に置いた。この誘いは彼女にとっても好都合だった。指輪をポケットに忍ばせたハンソンが会場にいるのなら、ダンスをしているほうが安全だ。イザベルはライアンと向き合った。「ぼくらは似合いのカップルだね」彼がイザベルの右手を取る。「どちらも不幸せな恋をしている。やつに求婚されたら断れないんだろう?」

ライアンはレディ・ハイヤシンスの話を聞いていたのだ。「ええ、でも抵抗してみせるわ。愛してもいない人の妻になんてなれないもの」

彼はイザベルの腰に手をまわして、目を輝かせた。「それで、聡明なタイテーニアは誰に愛を捧げているのかな?」

そのとき、手袋に包まれた大きな手がライアンの肩をつかんだ。「どいてくれないか、マカリスター」深みのある声だ。「このワルツはぼくのものなんでね」

イザベルの脈が跳ね上がる。

「失礼な——」振り向いたライアンがぽかんとした。「これはアシュビー大佐!」イザベルの手を放して大きな笑みを浮かべ、アシュビーに右手を差し出す。

「大佐は余計だ」アシュビーはライアンの手を握った。海色の瞳がイザベルをとらえる。彼は黒ずくめの衣装に身を包んでいた。無造作に伸びた髪がシャンデリアの光に艶めいている。その目は〝これほどときみが欲しいんだ〟と訴えかけていた。彼女の体がほてった。

ライアンはふたりの様子を興味深げに見たあと、一礼してうしろへ下がった。「思い出話をしながら酒を飲みたくなったときは将校クラブに来てください」

アシュビーは黒いマスクの下に真っ白な歯をのぞかせて応えた。「ありがとう」

ライアンが行ってしまうと、アシュビーはイザベルと向き合い、右手を腰にまわした。彼女は息をのんだ。彼の手を取って、衣ずれの音をさせながらワルツの輪に加わる。

アシュビーはイザベルに熱い視線を注いだまま、黒豹のような優雅さでステップを踏み、着飾った男女のあいだを縫って彼女をリードした。イザベルは招待に応じてくれた礼を言おうとしたが、声が出なかった。自分の心音がこれほどうるさくなかったら、夢を見ていると思うところだ。アシュビーはうっとりするほどすてきだった。追いはぎのようないでたちが危険な魅力を引き立てている。

彼はひと言も発しなかった。暗闇のなかでふたりきりになったこともあるというのに、イザベルは公の場でこれほど緊張している自分が不思議だった。

アシュビーが上体を寄せて彼女の耳たぶを噛む。「ぼくも同じ気持ちだよ」

イザベルの膝が震えた。「バルコニーへ行きましょう」

「どっちだい？」

彼女がバルコニーへ続くドアを目で示すと、アシュビーはさっと方向を変えた。フロアの端まで行って両開きのドアを肩で押し開け、イザベルの手を引いてバルコニーに出て、足で蹴って閉める。庭には雨上がりのさわやかな香りが漂っていた。樋《とい》を伝う水滴の音が雨の余韻を感じさせる。アシュビーに抱き寄せられたイザベルは彼の首に手をまわし、かすれ声で尋ねた。「なぜ来てくれたの？」

「そんなことをきく必要があるのか？」強く押し当てられた唇がブランデーのように彼女を酔わせる。イザベルは吐息を漏らして彼の髪に指を絡ませ、自分のほうへ引き寄せた。情熱的なキスが力を奪い、血肉を沸き立たせる。唇を重ねるたびにマスクがぶつかり合うのがもどかしくて、彼女は反射的に自分のマスクを外すと、よく考えもせずにアシュビーのマスクもはぎ取った。

彼が一瞬動きをとめ、唇を離してあとずさりした。イザベルも自分のしたことに気づいて身をこわばらせ、薄目を開けて彼を見た。アシュビーは両手で顔を覆って暗がりへ後退していた。指のあいだからのぞく瞳が裏切りに激怒している。

「きみという人は！　公共の場でぼくを笑い物にしたいのか？」

「違うわ！」絶望に胃が沈み込む。〝わたしったら、なんてことを！　彼に嫌われてしまったわ〟

「それなら見るがいい」彼はもう一歩後退してから、ゆっくりと手を下ろした。ひと筋の月明かりが顔を浮かび上がらせる。

イザベルは小さく息をのみ、手で口元を覆ってまばたきした。アシュビーは昔のままだった。薄暗いせいでもなければ、目の調子が悪いからでもない。険しい表情を浮かべたその顔は、記憶のなかの顔と寸分の違いもなかった。彫りの深い顔の鼻梁《びりょう》から髪の生え際にかけて

V字形の細長い線が走っている。同じく鼻から耳にかけても、そろいの薄い線が入っていた。手術を担当した医官はよほどの腕前だったのだろう。彼の顔に残っているのは左右対称の六本の線だけだ。それはガーゴイルというよりもライオンのようだった。アシュビーがなんと言おうと、少しも醜くなんかない。

それなのに、なぜ彼は引きこもったりしたの？

イザベルはアシュビーの顔から目を離せず、美術館でギリシアの彫刻に見入るようにじっと見つめていた。以前と同じ人でありながら、明らかに違う。二八歳のアシュビーはハンサムで、ハンソンのように甘い顔立ちをしていた。三五歳の彼はどこから見ても成熟した男性だ。スパルタ人のような引きしまった顔には強い意志と知性が感じられ、引き込まれるような魅力がある。特に印象的なのは瞳だ。海色の瞳には、若々しく無鉄砲な輝きに替わって深い苦悩が刻まれていた。これまでどうして気づかなかったのだろう？

「気はすんだか？」

鋭い声がナイフのようにイザベルの心に突き刺さった。足元の地面が揺らいだ気がして、彼女はアシュビーの上着をつかんだ。「ごめんなさい。こんな思いをさせるつもりじゃなかったの。わたし――」

冷ややかな目がイザベルを見下ろす。「前にも言ったはずだ。ぼくに謝らないでくれ」

「なぜ？　どうして謝ってはいけないの？　わたしはひどいことをしたんだもの。それに――」

そのとき、背後から聞き覚えのある声がした。「彼女に近寄るな、ガーゴイルめ！」「ジョン！」イザベルは顔をしかめた。〝最悪だわ。よりによってこんなところで鉢合わせになるなんて！〟ハンソンが一歩踏み出すのを見て、彼女はふたりのあいだに割って入った。「今すぐアシュビー卿に謝ってちょうだい！」女性の付き添いもなしにバルコニーにいるだけでも問題なのに、このうえふたりの男性が自分のために争いを始めたとなれば、彼女の評判は地に堕ちる。そんなことになったら慈善事業は立ちゆかなくなり、かわいそうな女性たちが行き場を失うのは目に見えていた。

「謝るだって？　こいつに？」ハンソンが軽蔑の表情を浮かべる。イザベルの背後でアシュビーの大きな体がこわばるのがわかった。それでも彼はひと言も言い返さなかった。「そんなことをするくらいなら、舌を嚙み切ったほうがましだ」

アシュビーの忍耐力はどこまで持つだろうか？　自分以外の人と言い争っているところを見たことがないので見当がつかない。「あなたの舌は礼儀を知らないようね。アシュビーはこの事務所の創設者で、いちばんの後援者なのよ。仕事のことで、とても大切な話をしていたのに」

「こんなやつをかばうなよ。きみが引きずっていかれるところを見たんだぞ」ハンソンは驚くほどの素早さでイザベルの脇をすり抜け、アシュビーに近づいた。「おまえは耳が遠いのか？」ハンソンが歯をむく。「この獣め、消えろ！　その醜い顔を殴られたいのか？」

アシュビーが一歩後退した。無表情のままだが、両手は拳を握っている。

「臆病者め！」ハンソンが吐き捨てるように言う。

イザベルは気が遠くなりそうだった。「もうやめて！」ハンソンをにらみつける。「彼はわたしたちの事業の後援者なのよ。そこまで侮辱するなんて、獣はあなたのほうだわ。今すぐに謝ってちょうだい！」

黄金の天使が激怒してアシュビーに詰め寄る。ハンソンの頭の先はアシュビーの鼻にようやく届くほどしかなかった。アシュビーはなぜ侮辱されるがままになっているのだろう？彼のほうがハンソンより大きくて力も強い。うぬぼれた顔を殴って、目を覚まさせてやることもできるはずなのに。だがそんなことになったら、野次馬がバルコニーに殺到するのは間違いない。

「ぼくが獣だって？」ハンソンがアシュビーを見てせせら笑った。「この男がどんなことをしてきたか知らないのか？　フランス人から〝死神〟と呼ばれる理由を？」

〝死神？〟イザベルはいぶかしげにアシュビーを見た。「いったいなんの話？」

アシュビーが一瞬彼女と視線を合わせ、さらに後退した。目が合った瞬間、イザベルは彼のもろさを感じ取り、抱きしめてあげたくなった。アシュビーにやましいところがあるはずがない。彼はわたしのヒーローなのだから。

「教えてやれよ」ハンソンがにやりとした。「黙ったままでは場が白ける。われらが英雄の話を聞こうじゃないか。戦場で兄上を失ったミス・オーブリーに、負傷した戦士たちを虐殺した話をしてやるといい。追いはぎからも、おまえの銃剣からも、身を守るすべを持たなかった兵士たちの話を」

「なんてことを！　そんな汚らわしい作り話をするなんて最低ね」

「そうかな？」ハンソンがイザベルの目をのぞき込む。「戦いで負傷し、血だらけで横たわっている兄上を想像してみるといい。慈悲を請う彼をフランス人兵士が刺し殺すんだ。みんななんて思いやりにあふれた連中なんだ」彼は汚らわしそうに言った。「きみは彼を後援者だと持ち上げ、以前と違うのは顔の傷跡だけだと思っているかもしれないが、こいつも人殺しなんだ」

「アシュビー？」イザベルは暗闇のなかで彼の顔を探った。黒髪のあいだからのぞく目は虚空を見つめている。こんな話が真実のはずはないのに。

「なにも言うことはないのか？」ハンソンが嘲るように手を振った。「だったら消えろ！」

「やめて！」イザベルはハンソンに嫌悪感を覚えた。「ここはわたしの事務所で、これはわたしが主催した舞踏会よ。あなたはもう歓迎できない。帰ってちょうだい！」背後で人の動く気配がした。彼女が振り向いたとき、アシュビーの姿はすでに消えていた。「アシュビー！」バルコニーの端に駆け寄り、雨に濡れた薄暗い薔薇園に目を凝らす。彼の気配はどこにもない。闇に消えてしまったのだ。

心臓が早鐘を打ち、顔が熱くなった。わたしはなにをしてしまったの？

「これでせいせいした」ハンソンが隣にやってきて暗い庭を見まわし、彼女の手にふれた。

「愛しいイザベル、きみに話が――」

「放っておいて！」イザベルは彼と自分自身に対する怒りに震えていた。あまりの出来事に気が動転していた。

「ここにいたのね！」大きな声がして、明るい青のドレスに色とりどりの羽根をつけた救世主が現れた。救世主はハンソンとイザベルのあいだに割り込んだかと思うと、イザベルの腕をつかんで両開きのドアへと引っ張った。「シャンパンがなくなってしまったから、貯蔵庫の鍵を借りたいの」ソフィーはそのままイザベルを室内に引き入れ、華やかな衣装に身を包んだ客をかき分けて廊下へ出ると、事務室に入ってドアを閉めた。

「あなたったら、どうしちゃったの？」ようやくイザベルの腕を放す。「ハンソンとふたりきりでバルコニーにいるなんて、誰かに見られたら婚約決定よ、このおばかさん！」

「ハンソンとふたりきりではなかったの。わたし――」イザベルは椅子に座り、両手で顔を覆った。「ああ、ソフィー。すべてを台なしにしてしまったわ。アシュビーが舞踏会に来てくれたのに、彼とバルコニーにいるところへジョンが乱入してきて、アシュビーを侮辱したの。これでアシュビーに嫌われてしまった。もう許してもらえない。彼を失ってしまったのよ」薄いドレスの生地に涙が染みていく。〝死神〟という言葉がよみがえり、気分が悪くなった。そんなはずはない。嘘に決まっている。ウィルが好意を寄せ、尊敬していたアシュビーがそんな非道なことをするはずがない。たとえ相手が敵兵であろうとも、傷ついて抵抗することもできず、自らの血の上に横たわっている兵士を殺したりするはずがない。わたしが愛した人は子犬の足に刺さった棘を抜いてやり、一歳の姪をあやしてくれた。兄のヒーローで、わたしの慈善事業を支援してくれる、善良でやさしく思慮深い人なのだ。

ソフィーの手がイザベルの肩をぎゅっとつかんだ。「まだ彼を失ったわけじゃないわ。明日の朝いちばんに会いに行きなさい。誤解はすぐに解けるから。彼を侮辱したのはハンソンであって、あなたではないのよ」

「わたしがあんな場所に引っ張り出さなければ侮辱されることもなかった。それに——」わたしは無神経にも彼のマスクを奪い取った。

「なに？」ソフィーが静かに笑った。「なにをしたというの？ バルコニーで彼の唇を奪ったの？ それは嫌われて当然ね。許してもらえないかもしれないわ」

マスクを取ったときのアシュビーの目を忘れることはできないだろう。〝公共の場でぼくを笑い物にしたいのか？〟彼はそう言った。明日では遅すぎる。今すぐにアシュビーのもとへ行かなくては。ひと晩のうちに、わたしの存在は彼のなかから抹消されてしまうかもしれない。イザベルは立ち上がった。「わたしの母を探して、気分が悪いから家に帰ると伝えて」

「まあ、そんなのだめよ」ソフィーが首を振る。「今夜、彼のところに行ってはだめ」

「行かなくてはいけないの！」イザベルは叫んだ。「わからないの？ 明日では遅すぎるのよ！」彼女は事務室に置いてあったレティキュールとケープを手にしてドアへ向かった。

「そんなことはさせないわ」ソフィーが腕をつかんだ。「アイリスの言うとおりよ。名誉と自由を男に委ねてはだめ。特に苦悩を抱えている男にはね。明日まで待ちなさい」

イザベルは友人の手を振り払ってドアを開けた。周囲の好奇の目を無視して玄関ホールへ急ぐ。従僕が玄関のドアを開けた。「ワドリー、貸し馬車を呼んでちょうだい。ひどく気分が悪いの」

「ただちに」従僕が道へ出て手を上げる。

再び雨が降り出していたので、イザベルはフードをかぶった。

「この頑固者！」ソフィーが追いついてきた。「ワドリー、ミス・オーブリーはわたしが送っていくわ。うちの御者を探して、ここへ馬車をまわすように伝えて。通りの向こうで待機しているはずよ」

馬車を待つあいだ、イザベルはソフィーに目をやった。「お母さまに伝えてくれた？」

「アイリスに伝言を頼んだわ。ジェロームの具合が悪くなってわたしが取り乱しているから、あなたが家に送っていくことになったと」

ソフィーの機転にほほえまずにはいられなかった。「ありがとう。次に犯行に及ぶときは必ず協力をお願いするわ」

「仕方なくつき合っているだけですからね」ソフィーが言い返したとき、目の前に馬車がとまった。ふたりは従僕の手を借りて馬車に乗り込んだ。「それはそうとアイリスときたら、あの少佐とバルコニーにいたのよ。今夜は蠅《はえ》にでもなってバルコニーの壁にとまっているのがいちばんね。楽しいことはみんなあそこで起きているんだもの」

「アイリスがライアンと？」イザベルは喜んだ。

「少佐があなたに近づいたのはこのためだったの？　あなたがふたりを引き合わせたの？」

「ライアンが小屋を去った理由について、アイリスは真実を知るべきだと思ったの。そうでないと、これから先もずっと苦しむことになるから」アイリスとライアンのことを考えると少しだけ気が紛れた。一刻も早くアシュビーに会って、その胸に抱き寄せられ、許すと言ってもらいたい。

「ランカスター・ハウスです！」ソフィーの御者が叫んだ。従僕が雨のなかに飛び出して馬車のドアを開けようとしたところを、ソフィーが手を上げて制する。

ソフィーは前かがみになってイザベルの手を取った。「よく聞きなさい。考え直すなら今よ。屋敷に入ったらすべては終わり。引き返すことはできないわ」

「ソフィーったら、大げさね！　なにも起こりっこないわよ！」イザベルの鼓動はドラムのように鳴り響いていた。不安に胃がよじれる。正式に求婚されて、世間にうしろ指をさされない人生を送りたい。友人とつき合い、夜会に招待され、慈善事業も成功させたい。一〇年間もアシュビーのことを思っていたからといって、すべてを犠牲にするつもりはない。そんな愚かな真似はしない。

ソフィーがため息をついて頭を振った。「あなたは向こう見ずで我慢が足りないわ。待っていれば彼から来てくれるわよ」

「いいえ、来ないわ」イザベルの目尻から涙がこぼれ落ちる。今夜、仮面舞踏会に来てくれたことが最大の譲歩だったのに、それを踏みにじってしまったのだから。今度はわたしが歩み寄らなければならない。

「それならここで待っているから、早めに切り上げて」

友人の意図は明らかだった。イザベルの貞操を守ろうとしているのだ。「雨のなかを待ってもらう必要はないわ。坊やがおうちで待ちわびているんじゃないかしら」

「イザベル……」ソフィーは悲しげにため息をついて彼女の手を握り、考え直すよう目で訴えた。「元オペラ歌手のわたしにあなたの気持ちがわからないと思うの？　あなたは傷ついた彼を慰めようとするでしょう。女の本能に従ってね。愛する人が苦しんでいるのは耐えられないだろうから。だからこそ、行かないでと言っているの。彼があなたにふさわしい人なら、必ずあなたのところへ来てくれる。来ないなら――」重々しく頭を振る。「その程度の相手だったということよ」

イザベルは心のなかでソフィーの言葉に反論した。確かにアシュビーは危険で謎めいている。わたしのために山をも動かそうとするくせに、公園を散歩するのは尻込みする。そんな彼が舞踏会に来てくれた。わたしのせいで屈辱を味わわせたのに、ひとりで苦しませることはできない。

彼は、素顔を見たらわたしが心変わりすると思い込んでいた。そうではないことを証明しなければ。傷跡など障害にならないことを伝え、余計な心配をせずに太陽の下へ出て、普通の生活をしようと励ますのだ。そのうえでアシュビーがわたしを求めてくれるなら、彼と一緒になりたい。

「ジェロームのもとへ帰って」イザベルはドアを開けて雨のなかに足を踏み出した。

「一度帰ってから馬車だけここへ戻すから、あまり遅くならないでね！」ソフィーの声が追いかける。

〝パリス！　パリス！〟イザベルは正面の石段を駆け上がり、勢いよくノッカーを鳴らした。

20

夜の静けさに紛れて
夢の国の饒舌《じょうぜつ》な静けさのなかに紛れて
わたしを訪ねてきて
ふっくらした頬と
水面に反射する太陽のように明るい瞳で
涙とともによみがえるのは
過ぎ去った日々の希望と愛の記憶

クリスティーナ・ロセッティ

イザベルは、最初にランカスター・ハウスを訪れたときに通された小さな居間をうろうろと歩きまわった。緊張と不安で、あのとき以上に気分が悪い。

そこへ苦虫を噛みつぶしたような顔をしたフィップスが戻ってきた。「ミス・オーブリー、ご主人さまが、どうかお引き取りくださいと……。申し訳ありません」

〝帰れですって？〟そんなわけにはいかない。バリントン邸での二の舞はごめんだ。それにあのときはアシュビーのほうが行動を起こしてくれた。今度はわたしの番だ。「彼はワイン貯蔵室にいるの？」

執事は階段を振り返った。「二階の右側、四番目のドアです」

イザベルは感謝の意を込めてほほえみ、急いで居間を出ると、絹のドレスを両手でつかんで階段を駆け上がった。分厚いカーペットのせいで足音もしない。廊下はしんと静まり返っていた。右側の四つ目のドアで立ちどまる。〝話をするだけよ〟自分に言い聞かせてから、ノックをしようと手を上げかけた。しかしそこで思い直し、そのままノブに手をかける。鍵はかかっていなかった。「パリス？」

なんの反応もない。

彼女は大きく息を吸い、今度は服を着ていますようにと祈りながらドアを大きく開けた。アシュビーがそばにいるだけでも自制がきかないというのに、また半裸だったらやっかいなことになる。

いかにも男性の部屋らしい室内に薪《まき》の香りが漂っていた。ロイヤルブルーのカーテンとマホガニー材の家具が広い空間をすっきりと飾っている。アシュビーは服を着たまま手足を投げ出してベッドに横たわり、うつろな目で天蓋を見つめていた。高貴な横顔に暖炉の明かりが陰影を投げかけている。イザベルは彼の姿にじっと見入った。

この人が自分の容貌を恥じるというなら、ほかの人たちはどうすればいいの？　彼はこんた。


なにも凛々しいのに……。

イザベルはドアを閉め、ケープとレティキュールを椅子に置いてベッドに近づいた。

「なぜ来た？　主催者が舞踏会を抜け出したら目立つぞ」アシュビーがぶっきらぼうに言った。

イザベルはかまわずベッドの端に腰かけた。「またわたしの評判の話？」

アシュビーは彼女のほうを見なかった。

「パリス……」イザベルは彼の頬に手を伸ばした。

「やめてくれ」アシュビーが顔をそむける。

彼を失うわけにはいかない。イザベルはアシュビーの手を取って唇を押し当てた。「わたしを許して」

「何度言ったらわかるんだ！　ぼくに謝るな」彼は手を引き抜いて上体を起こし、身をひねってイザベルの隣に座った。ため息をつき、両手で頭を抱え込む。「きみがぼくの素顔を見たがるのは当然だ。どんな相手とつき合おうとしているのか、知りたくならないはずがない。きみには……すべてを知る権利がある」アシュビーは例の傷つきやすそうな表情で彼女を見つめた。「ハンソンの話は真実だ。ぼくはフランスで〝死神〟と呼ばれていた。戦いが終わるたび、ぼくらは逃げまどう敵兵をひづめで蹴散らし、切りつけ、背後から撃ち殺した。次の日も同じ隊と戦わずにすませるためなら、それこそなんでもやった。戦いの日々に心底うんざりしていた……」彼は立ち上がり、サイドテーブルへ歩み寄った。その上には酒瓶とグラスが並んでいる。アシュビーはそのうちの一本を選んで、グラスに酒を注いだ。

彼の告白に衝撃を受け、イザベルは広い背中を見つめた。「〝ぼくら〟というのは……」

振り向いたアシュビーの顔を見て、彼女は息をのんだ。マスクをつけていないだけでもとまどうというのに、あまりに複雑な表情をしていたからだ。それにしても、なんて魅力的な人なのだろう。黄金の天使のような表面的な美しさとは違う。内からにじむ存在感は圧倒的だった。「〝ぼくら〟というのは連隊すべてのことだよ」

イザベルは目を見開いた。「そんな……」ウィルもそうだというの？

アシュビーが額にしわを寄せた。「すまない。こんなことは言いたくなかった」

「わからないわ。あなたやウィルのような人がどうして死神になれるの？」

「どうしてかって？」彼の表情が劇的に暗くなった。「ナポレオン・ボナパルトが史上最悪の人殺しだったからさ。誰かがやつをとめなければならなかった」

イザベルは悲しげな目でアシュビーを見つめた。「それがあなたやウィルだったのね」

「戦争の始まる何年も前に大陸を旅したとき、ずらりと並んだ大砲が、体制に反発するパリ市民に火を噴くのを見た。ナポレオンは興奮した群衆を鎮めるために、兵士ではなく大砲を使ったんだ。顔色ひとつ変えずにね。ロシアへ八〇万もの兵を送り、帰還したのは一〇万にも満たなかった。そのうえ、何年にもわたって哀れなスペイン人を虐殺し続けた。いくつもの町や村、農場や家族が消えていった。なんのために？　フランスの栄光のためか？　歴史書に名を残すためか？」アシュビーは顔をしかめ、大きく息を吸った。「自分の行為を正当化するつもりはない。他人の命を奪った以上、その償いをしなければならない。ぼくはこれから死ぬまでずっと、過去の記憶に苦しみ続けるだろう」

イザベルは言葉もないまま彼を見つめていた。ウィルやアシュビーのように善良な人間が平和のために死神にならざるをえないのだとしたら、なんと悲しい世界だろう。「苦しかったでしょうね。あなたも兄も。ウィルはとてもやさしい人だったもの」彼女は涙に濡れた頬をぬぐった。「もちろんあなたもそうよ」

「いいんだ。きみがぼくを高く買ってくれているのは知っているが、今日で幻滅するかもしれない。ぼくはウィルとは違う。こっちへおいで、一緒に座ろう」彼は暖炉のそばに置かれた二脚の安楽椅子を示した。「話さなくてはいけないことがある」

アシュビーの深刻な口調に不安を覚えながらも、イザベルはベッドから立ち上がって彼のほうへ近づいた。手の震えが止まらない。血管を伝って寒さが全身に染み渡るようだ。「あなたの飲んでいるものをもらえる？」

「いいとも」

彼女は暖炉に近いほうの椅子に腰かけた。アシュビーは琥珀色の液体をグラスに満たしてイザベルに渡すと、向かい合った椅子に腰を下ろし、グラス越しに彼女を見つめた。「きみはぼくのことをどのくらいわかっているのだろう？　ぼくが放蕩のかぎりを尽くしていたことは知っているかい？　当時のぼくはウィルがオーブリー家に招待した男とはほど遠かった」

彼が遊び人だったことは周知の事実だが、面と向かってそれを認めることができなかった。イザベルはグラスに口をつけ、むせた。「ウィスキー？　よくこんな……ひどい味のものを飲めるわね」

「常習性のある毒はみんなそうだが、こういうものは飲むにつれて味がわかるようになるんだ」アシュビーは感情を顔に出さずにウィスキーを飲んだ。「ロンドンのろくでもない界隈に入り浸っていたぼくを救い出してくれたのはウィルだ。あいつがきみに引き合わせてくれた」彼は一瞬笑みを見せた。「そして人生に目標を与えてくれた。ナポレオンを倒し、子供たちに平和な英国を残すという目標をね。あいつの熱意は伝染しやすいから」

「ウィルはよく愛国心に満ちた発言をしていたもの」イザベルは懐かしそうに言った。「母は従軍に反対していたし、スティルゴーは政治家になるよう勧めたけれど、ウィルは耳を貸さなかった。誰にも彼をとめることはできなかったの」アシュビーに目をやる。「あなたはどうして志願したの？　いつも不思議に思っていたのよ。家計が苦しいとか、家督を継ぐ人が別にいるとか、下級貴族だとかいうなら話はわかるけれど。立派な爵位と財産があって、しかも跡継ぎもいないのに、戦場で命をかけて戦うなんて」

「英国で最高の教育を受けた者たちが社交クラブで暇を持て余しているというのに、国からさしたる恩恵も受けていない、養うべき家族のいる男たちが、大勢の貴族に代わって血を流すなんて道理に合わないと思わないか？　貴族だからといって、国に対する義務を逃れる理由にはならない。むしろ貴族だからこそ戦わねばならないはずだ。特にぼくは養うべき者もおらず、たとえ命を落とそうと涙に暮れる家族もいない。兵士に最適だ」

なんて悲しいことを言うのだろう。「それは違うわ」

「きみなら理解してくれると思ったんだが……」

「あなたの言いたいことはわかるけど、つまり……わたしにとって、あなたの代わりはどこにもいないということよ」

アシュビーが切なげに彼女を見つめた。「これから話すことを聞けば気が変わるよ」

イザベルはもうひと口ウィスキーを飲んだ。冷えきった体がじんわりとあたたまっていく。飲むにつれて味がわかるという言葉の意味が少しだけ理解できた。

「死神のところまで話したんだな」アシュビーは一気にグラスを空け、お代わりを注いだ。

「きみが指摘したとおり、ウィルはやさしい男だ。思いやりがあって、礼儀正しく、名誉を重んじるから、誰からも愛されていたよ。ぼくも彼を尊敬し、あんなふうになりたいと思っていた。ソラウレンの戦いまでは」彼の表情が一段と暗くなった。「顔に傷を負ったことで、ぼくは戦いを……殺しを楽しむようになったんだ。フランス人に自分と同じ苦しみを与えてやりたかった。やつらの大砲がぼくの顔に残した傷のお返しをしたかった。ぼくの憎しみはもっぱら敵に向けられていたから、上官も異変に気づかず、むしろぼくをほめ称え、昇給させたうえに勲章まで与えてくれた。みながナポレオンを倒したがっていて、ぼくはその期待に応え続けたんだ」アシュビーは暖炉の炎を見つめていた。感情が抜け落ちた声と殺伐とした表情に、イザベルは胸が締めつけられる思いだった。「赤ん坊も殺めた。きみの妹よりも小さなフランス人の少年たち、戦いなどまったく知らない子供たちを。彼らは、皇帝についていて地獄の果てまで行けと教えられていた。彼らにとってナポレオンは英雄だった。やつが大砲で蹴散らしたその同じ人々が、やつの命令ひとつで死さえ覚悟して突進してくる」

　アシュビーは陰鬱な表情でウィスキーをあおった。「正気に戻れるのはウィルと一緒のときだけだった。今にして思えば、顔の傷を疎ましく思う一方で、鏡の向こうから見つめ返してくる醜い化け物に内面まで近づけようとしていたんだな。ウィルはそんなぼくを理解して、自分を責めるなと言ってくれた。何時間も何日もいろいろなことを話したよ。きみのことも……」そこで顔をそむける。「もしぼくに妹がいたなら、こんな男とは一緒にしたくない」

　それは間違っている。なにより、アシュビーをよく知っている兄のウィルがわたしたちを引き合わせたのだから。

「ハンソンがあんなことを言わなかったら、この告白もなかったと思う?」

「たぶんね」

「なぜあのとき、なにも言い返さなかったの?」

　海色の瞳が怒りにぎらりと光った。「あいつをぶちのめしたくても……できなかった」

　イザベルは先を促すように黙って彼を見つめた。

「ワーテルローの戦いのあと、ぼくは……二度と暴力は振るわないと誓ったんだ」その顔つきからは鉄のようにかたい決意がうかがえた。「ぼくは二度と武器は取らない。どんなに腹が立とうと、暴力で解決することはしない」彼にとっては相当な重みのある誓いのようだ。

「あなたがなにも言い返さなかったのは、弱いからではなく強いからなのね」イザベルは小さくほほえんだ。「今の話を聞いても、あなたを尊敬していることに変わりはないわ」

「ウィルの死について知ったら、そうはいかないさ」自己嫌悪と悲しみが、彼の全身からにじんでいた。「ウィルを殺したのはぼくなんだ。彼の頭に鉛の弾を撃ち込んでおきながら、自分自身にはそうする根性がなかった」

イザベルは鼓動がとまったような気がした。「な、なんですって？　なぜ？」

アシュビーはウィルが死ぬまでの三日間のことを話した。二年前にワーテルローと呼ばれるベルギーの小さな町で起こった出来事を。彼の話を聞いて、イザベルの胸には情け容赦ない戦闘や兵士たちの怒りと絶望がまざまざと迫ってきた。アシュビーが長く魂をむしばんできた真実をありのままに話してくれたことがありがたかった。彼女にとってなによりつらかったのは、ウィルが死んだという事実よりも、兄をひとりぼっちで逝かせたことだった。ところが実際はアシュビーがついていてくれた。彼の話を通じて、イザベルはようやく兄に別れを告げることができた気がした。

アシュビーが話し終わったとき、イザベルの顔は涙に濡れていた。あまりの衝撃に言葉も出ない。この人は、ウィルの苦しみを終わらせるためにその命を奪ったのだ。兄の頭に銃弾を撃ち込んだのだ。アシュビーの瞳にも涙が光っていた。「ぼくはウィルを抱いてその場に座り、自分のこめかみに銃口を突きつけた。でも、引き金を引けなかった。そうする勇気がなかった。ぼくは臆病者だ」彼はぎゅっと目をつぶった。深い後悔がありありと伝わってくる。

「あなたは臆病者などではないわ」イザベルは洟をすすった。「自らの命を絶つのは勇気じゃなくて絶望よ。ウィルは自分が死ぬことを知っていたのね。かわいそうに」両手で顔を覆ってむせび泣く。

しばらくのあいだ、部屋のなかには薪がはぜる音とイザベルの泣き声だけが聞こえていた。突然、彼女の足元でしわがれた声がした。「ごめんよ、イザベル。本当に心から謝る。あんなにいいやつを死なせて……すまない」アシュビーが彼女の足元にうずくまって許しを請うていた。イザベルは嗚咽を漏らしながら彼の胸に飛び込み、首筋に顔をうずめた。アシュビーは驚きに声を詰まらせて彼女の体に腕をまわした。「ぼくを憎んでいないのか？」

イザベルは涙に潤んだ瞳を上げた。「憎むですって？　あなたは兄の苦痛を自分の身に背負ってくれた。わたしがあなたの立場なら、そんな勇気はなかったでしょう。ウィルは親友の腕のなかで死んでいったのよ。勇敢で高貴な人の腕のなかで……」アシュビーの胸で、彼女は兄のために涙を流した。

「ぼくはたくさんの過ちを犯した。ウィルを戦闘の中心に送らなかったら……エリスに兵士を運ばせないで馬車を連れてこいと命令していれば――」

「やめて」イザベルは顔を上げ、悲嘆に暮れるアシュビーの目をのぞき込んだ。「終わってしまったことで自分を責めてはだめ。あなたはひとりの兵士の命を救ったのよ。ウィルだって、暗闇のなかで夜盗や獣におびえながら死んでいったかもしれないのに、あなたのおかげでそんなことにはならなかった。三日もの過酷な戦いを耐えて、休むこともせずに親友を探しに行く人がどれだけいると思う？　しかも息を引き取るまでそばについていてくれる人が」心が兄の死を追体験しているというのに、話し続けている自分が不思議だった。あとからあとから涙があふれてくる。

アシュビーの目も乾く気配がなかった。男性は泣かないなどと言ったのはどこの誰だろう？　本物の男は静かに涙を流すものなのだ。

「戦争から戻って、きみを訪ねなかった理由がわかったろう？」彼がそっと尋ねた。

「わからないのは――」イザベルはつぶやいた。「どうして自ら命を絶とうなんて考えたのかよ」

アシュビーが彼女を見つめた。「ウィルが死んで、ぼくにはもう誰もいなかった。真っ暗な世界に取り残されたも同然だった」

彼の寂しさを思い、イザベルは胸が痛くなった。アシュビーは岩のように強い人だが、その内側はたび重なる孤独のために冷えきっている。イザベルは彼の頬に手を当てた。「わたしがいるじゃない」

ふたりの視線が無言のうちに絡み合う。それは不思議な感覚だった。イザベルは魂がふれ合うのをはっきりと感じた。ウィルの死を悼む気持ちと愛情が、ふたりをかたく結びつけている。まるで親友と妹のために、ウィルが一瞬だけ地上に戻ってきてくれたかに思えた。

アシュビーの唇が彼女の唇に重なる。それは崇高で純粋な、愛の結晶のようなキスだった。

「パリス」

彼が歯を食いしばった。「ぼくを見てくれ」声をかすれさせながらも強い調子で言う。「これから一生、この顔を見ることになってもいいのか？　このガーゴイルを？」

イザベルは顔の傷跡をひとつずつなぞった。今度はアシュビーも体を引かなかった。視線が再び絡み合う。彼女の口元には小さな笑みが浮かんでいた。「ええ、もちろん」

「きみはぼくにはもったいない。きみには若くて完璧な男が、情熱や熱意を分かち合える男がふさわしい。今のぼくはそのどちらでもない」

彼女の視界が涙でぼやけた。凄惨な戦いに打ちのめされ、家族にも親友にも先立たれて、ひとりわびしく戦争の後遺症に苦しんでいるアシュビーが哀れでならない。彼の家族になって、傷ついた心を癒してあげたい。彼のすべてを自分だけのものにしたい。イザベルは勇気を振り絞って三度目の告白をした。「わたし、あなたを愛しているわ。あなた以外の人に心を移したことはない。だからほかの男性を選べなんて言わないで。そんなの耐えられないもの」

「事情が変われば愛も変わると言ったのはきみだよ。ぼくは以前のぼくではない」

そのあきらめたような口調に、イザベルの頬をダイヤモンドのような涙がこぼれ落ちた。

「〝事情が変わったからといって変わるような愛は、そもそも愛ではなかったのだ。そう、愛は決して動かない燈台《とうだい》のようなもの。どんな嵐《あらし》にも揺らぎはしない〟」シェークスピアのソネットを引用する。

永遠とも思えるあいだ、アシュビーは黙って彼女を見つめていた。呼吸がしだいに浅くなり、目に欲望の光がともる。「きみをぼくのものにしたい。どうしても……」そう言うと、彼はイザベルの内に眠っている欲望をあおるように唇をむさぼった。彼の唇はウィスキーの味が、その体からは森と雨のにおいがした。ここで手を離したら永遠にアシュビーを失ってしまう気がして、イザベルは彼の首に腕をまわし必死でしがみついた。眉から頬にかけて無数のキスを浴びせる。傷跡すべてに愛の烙印《らくいん》を押して苦しみの記憶を消してあげたかった。

「傷跡が気持ち悪くないのかい？」アシュビーがおずおずと尋ねる。

「気持ち悪いですって？」彼女はびっくりしてほほえんだ。「目が悪くなったの？　手鏡を持っていてあげましょうか？　あなたは英国じゅうでいちばんハンサムだわ」

アシュビーが身を引いて顔をしかめる。「きみこそ眼鏡をかけたほうがいいんじゃないか？」

「視力は問題ないわ」イザベルはくすくすと笑った。

彼の視線は揺るがない。「街灯に衝突しないのが不思議だよ」

「なんておばかさん――」からかいの言葉を、アシュビーは先ほどより激しいキスで遮った。イザベルの血管を欲望が駆けめぐる。

彼が銀のティアラを外すと、夕焼け色をした艶のある巻き毛が腰へと流れ落ちた。「ああ、イザベル」アシュビーは目に称賛をたたえて彼女を見つめ、波打つ髪をなでた。「きみはまるで雌ライオンだ」

イザベルはどぎまぎして頬を染めた。「雌ライオンにたてがみはないのよ」

「ぼくのライオンにはあるのさ。きみは美しい。知っているだろう？」

彼女はさらに赤くなった。「美しさは見る人が決めるものだわ」

「きみの場合は違う」アシュビーが彼女の顔を両手で挟んだ。「イザベル・ジェーン、きみはすべての男の夢なんだ」

どんな女性も思いのままにできる男性にそんなことを言われると、どきどきしてしまう。彼に見つめられて体に電流が走るのはわたしだけではないはずだ。アシュビーの関心を独占していると思うと、イザベルの胸ははち切れそうだった。こんな人はふたりといない。誰にも渡したくない。

「イザベル、今夜はきみを帰してやれそうもない」

「ちょっと前は永遠に会わないつもりだったくせに」

「今は違う」アシュビーが彼女の手を引いて立ち上がった。ふらつくイザベルの腰に手を添える。「もう酔っ払ったわけじゃないだろうね？」

「ええ、ただ――」

「自分の鼻先にふれてごらん。片足で立てる？」

「それってサーカスの入団試験かなにか？」

アシュビーが彼女を抱き寄せた。「きみはこれからぼくとベッドに入るんだ。ちゃんとわかっているかい？」

イザベルはうなずいた。衝撃的な発言に膝の力が抜けていく。

「ぼくと愛し合いたい？」

「ええ」アシュビーの瞳がすばらしい夜を約束している。七年ものあいだ、彼に釣り合う女性になりたいと思ってきた。今夜、それがかなうのだ。

アシュビーの手が長い髪をかき分けてうなじにあてがわれた。彼はそのままイザベルを引き寄せ、魂を吸い取るような口づけをした。甘くゆっくりとした唇の動きに、彼女はまぶたを閉じた。〝なんてすてきなの〟この場で床にくずおれてしまいそうだ。「きみが欲しい。どうしてもきみが必要なんだ」

「わたしもあなたが欲しいわ」イザベルはそう言って身震いした。アシュビーに抱かれていると、なにが起きても大丈夫という安心感に包まれる。この感覚は癖になりそうだ。

アシュビーが彼女の視線をとらえたまま、上着を脱いでクラヴァットを引っ張った。

「わたしにやらせて」ヘラクレスのごとき上半身をさらして木を削っている姿を見たときからずっと、イザベルは彼の肉体について想像をめぐらせていた。期待に打ち震えながらクラヴァットをほどく。「わたしを見くびっていたでしょう？　傷跡を見せて、自らの手を血に染めたことや兄の死について打ち明けたら、尻尾を巻いて逃げ出すとでも思った？　そんなに弱虫じゃないわ」

彼は申し訳なさそうな笑みを浮かべた。「オーブリー一族は勇敢だな」

「あなただってそうでしょう。ウィルはあなたの強さを尊敬していたし、わたしがあなたを愛する理由もそこにあるのよ」イザベルはあらわになった喉元に唇を押しつけた。

アシュビーが目を閉じる。「すごく気持ちがいい」

イザベルはベストを脱がせ、シャツのボタンを外し始めた。布地の下からあたたかく脈打つ鋼のような筋肉が現れる。焦るあまりに最後のボタンを引きちぎってしまい、彼が愉快そうに笑った。「最初からそうすればよかったのに」

イザベルはにっこりしてシャツの前をはだけ、広くたくましい胸に両手を広げた。多くの女性が熱を上げるのも無理はない。異性に崇《あが》められるために作られたような肉体だ。

彼女が胸を愛撫したり、そこにキスしたりするあいだ、アシュビーは長いまつげを伏せてじっとしていた。イザベルは自分の経験の乏しさを不安に思いつつも、彼が書斎でしてくれたことを思い出して胸の突起を舌先でなめ、とがらせた。彼の喉から満足げな声が漏れる。

今のアシュビーは社交界を退いているのだからライバルはいない。その事実がイザベルに自信を与え、大胆にしていた。引きしまった腹部へと手を下ろし、左右対称に盛りあがった筋肉の筋をなぞる。ときおり見かけた、シャツを脱いで作業をしていた男たちの腹部は毛だらけで醜かったのに、アシュビーのそこはなめらかで贅肉などいっさいなかった。

イザベルの視線がさらに下がり、口にするのがはばかられる場所へたどり着いた。その部分は東屋でふれたときと同じように大きく突き出している。彼女のなかでみだらな好奇心が頭をもたげた。ズボンのボタンを外して引き下ろし、美しい腹筋をあらわにする。イザベルはアシュビーの顔をうかがった。

「続けて」彼は浅い息をしてかすれ声で言った。「ぼくにさわってくれ」

アシュビーの恍惚とした表情を見つめたまま、イザベルは下着のなかに手を差し込んだ。かたく隆起したものが手にふれて、びくっと動く。彼女は慌てて手を引いた。「動いたわ」

彼が苦しげに言う。「爆発する前に、ぼくがきみを喜ばせたほうがよさそうだな」

「だめよ。わたし、あなたにふれたいんだもの」イザベルは許可を求めるようにアシュビーの目をのぞき込んだ。日の光を反射するプールのような色合いの瞳が、励ましを込めて彼女を見返している。イザベルは恐る恐る下着のなかに手を入れ、下腹部をつかんだ。それはあたたかく、すべすべしていて、刺激を加えるたびに大きさとかたさを増した。アシュビーが苦しげな顔で不明瞭な言葉をつぶやく。「どうしてほしいか教えて」

「すごく上手だよ」アシュビーは胸を大きく波打たせてうめいた。「上下にさすってくれ」

彼の反応に自信を得たイザベルは言われたとおりにした。「ここはなんというの？　学校では習わなかったわ」

「ミスター・ジョーンズ……ペニスというんだ」彼の声は張りつめており、呼吸は苦しげだ。

「ミスター・ジョーンズ？」イザベルはそっとこわばりを握った。「はじめまして、どうぞよろしく」

アシュビーが体にぐっと力を入れて歯ぎしりをした。「きみは魔女だな。ぼくを苦しめて楽しんでいるんだろう？」

イザベルはさっと彼の顔に目を向けた。「あなたは楽しんでいないの？」

アシュビーが火傷をしそうなほどの目つきをする。「わからないのかい?」

たくましい体にうっとりしながら、イザベルは先端の割れ目をなぞり、彼を身震いさせた。「もっとゆっくりしたほうがいい? それとも速く? 強く?」手を根元のほうへ移動させる。

「もうだめだ」アシュビーが激しく息を吸って頭をのけぞらせた。男性の弱点はここだとイザベルは思った。ここを刺激すれば彼のような男でもひざまずかせ、思いどおりにできるのだ。アシュビーが彼女の肩をつかんだ。「それ以上ふれられたら、きみの手のなかで果ててしまうよ。ぼくはきみに夢中だし、ミスター・ジョーンズはずっと飢えていたんだ」

「かわいそうに」イザベルは意地悪をしたくなった。「何カ月もオペラ歌手に会えなかったのね」

彼がぱっと目を開けた。「さてはくだらない噂を聞いたんだろう? いや、答えなくていい。そうだとしても、きみを責めることはできないからね。何年ものあいだ、ぼくは噂好きな連中に話題を提供してきた」イザベルの手を下着から引っ張り出す。「今度はぼくの番だ」そうつぶやいて、彼は妖精の女王のドレスの前をほどいた。何層にもなった薄衣が外れ、体にぴったりしたレースのコルセットが現れる。「まるで手の込んだデザートみたいだな」アシュビーは彼女をうしろ向きにさせた。

「マカリスター少佐も同じようなことを言ったわ」靴を脱いで、バランスをとるためにベッドの支柱をつかむ。「男性はどうして女性を食べ物にたとえるの?」

「ほかの男のことは知らないが、きみは間違いなく食べられるよ」アシュビーが彼女の耳たぶをなめた。「ぼくにはわかる。もう前菜を食べたからね」

彼の口が与えてくれた快感がよみがえり、体がとろけそうになった。このうえ、どんな喜びが待っているというのだろう。頭の隅で、結婚するまで待たなくてはいけないというアイリスとソフィーの叱責《しっせき》が聞こえた。でも、これ以上待つのは不可能だ。体じゅうのあらゆる神経が期待に脈打っている。

コルセットが外れると、アシュビーは彼女の腰に手をまわして背後から抱き寄せた。背中にむき出しの胸が、ヒップにはかたくなったものが押し当てられる。ふたりを隔てているのは絹のシュミーズだけだ。「マカリスターはまだきみのあとを追いかけているのか？　きみはそれを許しているのか？」

「ライアンとは意見が一致したの」イザベルは息を切らして言った。

アシュビーが豊かな髪を片側に寄せ、彼女の首筋にキスをする。そのあいだも片方の手はシュミーズ越しに乳房をもみしだき、親指で頂を刺激していた。「なにについて？　競争相手を蹴落とすためとはいえ、非暴力の誓いを破りたくはない」

「そういうことじゃないわ。アイリスのことよ」イザベルは息を吐いて彼の肩に頭を預けた。欲望が体を貫き、あたたかな潤いとなって腿の付け根を濡らす。そこに魔法のような愛撫を与えてほしくてたまらない。

「レディ・チルトンのこと？　彼女は既婚者だろう？」

冷酷なチルトンの攻撃に四六時中さらされているアイリスが別の男性と浮気をしても責められないと思ったが、ここでそれを説明すれば夫に対する裏切りを肯定しているように受け取られる気がした。「昔のことよ。ふたりはずっと以前からの知り合いだから」

「なるほど」アシュビーがシュミーズの肩ひもに指をかけて肩から下ろし、彼女の上半身をあらわにした。「イザベル」やわらかな乳房を両手にしっかりと包み込む。「どれほど長くこの瞬間を待っていたことか」

彼は片手を腹部に下ろし、腰のまわりに丸まっているシュミーズを越えて、両脚のあいだの潤った場所を探り当てた。イザベルのなかから熱い液体が流れ出す。彼女はのけぞるようにして気だるいキスを受けた。ウィスキー味の舌が彼女の舌に絡みつく。アシュビーは大きな手で胸の頂をとがらせると同時に敏感な部分をまさぐり、彼女の欲望を限界へと追い込んでいった。イザベルは彼の愛撫にわれを忘れ、身をよじり、うめき声をあげて、さらなる快感をねだった。アシュビーが鋼のような忍耐力でそれを退け、彼女をじらし、立っていられなくなるまで愛撫する。

「動かないで」彼がイザベルの体を解放した。支柱をつかんでいなければ床にくずおれていただろう。アシュビーは安楽椅子に座ってブーツを脱ぎ、それから立ち上がって一気にズボンと下着を脱いだ。

イザベルは目を丸くした。広い肩から引きしまったウエスト、ヒップへ続く美しいライン。その下に伸びる長くしなやかな脚をうっすらと黒い毛が覆っている。下腹部の茂みから剣のように突き出しているミスター・ジョーンズを目の当たりにして、彼女の胸は激しく高鳴った。

「ぼくの天使、鎧《よろい》をとってその体を見せてくれ」有無を言わせぬ声だ。

イザベルは勇気を出してシュミーズを脱ぎ捨て、一糸まとわぬ姿で彼の前に立った。

アシュビーの視線が全身を焦がす。「きみはこれまで見た誰よりも美しい」彼は低い声で言い、暖炉の上に置いたウィスキーのグラスを取ってイザベルのほうへと近づいた。暖炉の光に照らされた肌にはブロンズのような光沢があり、男らしい魅力にあふれている。

彼は全身から強烈な官能のオーラを発していた。その存在感に圧倒されてイザベルがぼうっとしていると、グラスからこぼれたウィスキーが胸の頂へと流れ落ちた。

アシュビーが絶妙なタイミングで頭を下げ、乳首にむしゃぶりついたので、彼女は快感のあまりぎゅっと目をつぶった。

乳房から口を離した彼は残っていたウィスキーを飲み干し、空になったグラスを椅子に置いた。そのまま唇を合わせ、あたたかな液体をイザベルの口に流し込む。キスはしだいに熱を帯びた。アシュビーが彼女の腰をつかんで抱き上げたので、イザベルは彼の体に手足を巻きつけた。乳房が彼の胸に押しつけられる。脈拍が上昇し、体が浮くような感覚に襲われた。アシュビーはベッドの中央にイザベルを横たえ、心音が聞こえるほど近くに向き合って横たわると、初めて見るようにまじまじと彼女を見つめた。黒い髪が顔にかかっている。イザベルは彼から視線をそらすことができなかった。その瞳には欲望以上のなにか、魂の底から湧き上がる激しい感情が宿っていた。「どうしてわたしなの？」彼女はつぶやいた。「なぜわたしに心を開いてくれたの？」

「わからないのかい？」

イザベルはうなずいた。「ウィルのせい？」

「違うよ」

「じゃあ、どうして？」これまで数えきれないほどの女たちが身を投げ出してきたはずだ。どうしてわたしが幸運を射とめられたのだろう？　屋敷に閉じこもったままでも手に入ったから？　それともなにか別の深い意味があるのだろうか？

アシュビーがにやりとした。「きみは不安になると口数が増えるのか？」イザベルが反論しようと開いた口をキスでふさぐ。「ぼくも不安なんだよ。こんなに大事な女性と一緒にいるのは初めてだからね。今夜をきみの人生の特別な日にしたい。もちろん、ぼくの人生にとっても」

イザベルはハンサムな顔がよく見えるように眉にかかった彼の前髪を払った。「それでは質問の答えになっていないわ。どうしてほかの女性でなくわたしを選んだの？」

「きみがぼくを選んだんだよ、イザベル」アシュビーは彼女の唇に唇をすりつけ、キスの魔力で質問を忘れさせた。イザベルは焦がれていた人に組み敷かれる喜びに浸りながらキスに応え、彼の香りを吸い込み、手と脚を使って相手の体を探索した。ここは天国に違いない。アシュビーのベッドで、愛しげに見つめられながら愛を交わす瞬間が訪れるなど思ってもみなかった。彼のそばにいると、自分が女であることが自然に思える。エデンの園で、イヴも同じ気持ちだったに違いない。絡まり合った肉体のあいだにとぐろを巻き、ふたりの情熱を駆り立てる欲望という名の黒蛇もいる。

アシュビーの唇が彼女の唇を離れて探索を始めた。彼は喉元にキスをしてから胸へ頭を下げ、ピンク色の頂を念入りに刺激した。乳首を唇のあいだに挟んで引っ張られると、イザベルの下腹部に火がついた。石膏《せっこう》のように白い肌と彼の黒髪がくっきりと対照を成している。アシュビーは絹のストッキングを片方ずつ脱がせ、あらわになった部分に唇をはわせてから膝を大きく開かせて、快感の中心へと進んでいった。

イザベルはあえぎ声とともに体を弓なりにし、頭を激しく振った。豊かな黒髪をつかみ、さらなる快感を求めて声をあげる。欲望が奔流となって血管のなかを駆けめぐった。

アシュビーはイザベルをなだめる代わりにいっそう高みへと押しやって、彼女の上にのしかかった。海色の瞳は底知れぬ欲求を宿し、額には汗が光っている。

朦朧とした意識のなか、イザベルは両脚のあいだに怒張したものがふれるのを感じた。アシュビーが彼女の名前をつぶやく。「そうよ」イザベルは恍惚としてささやいた。彼の首に腕を巻きつけ、進んで迎え入れようと背中を反らす。

「きみを味わったら、抑制がきかなくなってしまった」アシュビーが告白した。「もう待てない。今すぐにきみが欲しい。ぼくを受け入れてくれ。体を開いて」彼は腕で体重を支えて腰を突き出し、一気にイザベルを貫いた。

急に空洞を満たされた彼女は、その感覚に圧倒されて痛みも感じなかった。これで完全にアシュビーのものになったのだ。イザベルの体が彼をさらに奥へと招き入れる。禁断の喜びが血管を押し広げ、官能を目覚めさせていった。彼女はアシュビーの背中に爪を立てて腰を押しつけた。「もっと、パリス……」

アシュビーが胸を波打たせて息をする。「痛くないか？」

彼女はうめいた。「苦しいわ。死にそうよ。まるで拷問みたい」

「最高の拷問だよ。〝小さな死《プティ・モール》〟というだろう？」アシュビーが身を引き、再び深く突き入った。イザベルは彼に手足を絡ませ、甘い声を漏らしながら腰を揺らした。動きのリズムが激しさを増し、頭のなかが真っ白になる。強く突かれれば突かれるほど、もっと奪ってほしくなった。アシュビーの低い声が耳のなかを満たす。イザベルは叫び声をあげて強く彼を締めつけ、次の瞬間ぶるぶると身を震わせて、歓喜の悲鳴とともに至福の泉に漕《こ》ぎ出した。

それでもアシュビーは攻撃をやめなかった。食い入るようにイザベルを見つめ、なにかに憑かれたように腰を動かして、彼女を嵐のなかに引き戻す。イザベルは朦朧としながらも、海岸に打ち寄せる波のような彼の躍動についていった。

「やめないで……」彼女はアシュビーの肩を強くつかんだ。

彼が低くうなった。「ぼくを殺す気かい？」動きをとめて荒い息をつく。

地上に引き戻されたイザベルは抗議の声をあげた。「どうして？　わたし、なにかした？」

「なにもしないよ。ぼくが限界だった」アシュビーはがっくりと頭を下げて息を吐いた。

「これ以上動いたら終わってしまう。終わりにしたくないのに」

「それは禁欲していたから?」

「違うよ」彼がくすくすと笑う。「きみの体があまりに気持ちいいからさ。甘く、熱く締めつけて、ぼくを絶頂に押し上げるんだ。きみのなかで燃えつきてしまいそうだった」

「お世辞ばっかり」

「嘘じゃない」アシュビーがささやいた。イザベルを抱えて仰向けになり、自分の上にまたがらせる。彼は彼女の腰に手を当てた。「ぼくに乗ってごらん、イザベル」

自分でも知らなかった本能が彼女の体を動かしていた。アシュビーとひとつになると、すぐに強烈な快感が戻ってくる。自分でペースを決められることがこんなにぞくぞくするものだとは思わなかった。彼はそんなイザベルをじっと見上げていた。「今のきみがどれほど美しいか見せてやりたいよ」

彼女も同じことを考えていた。自分の下に横たわっているアシュビーはまるで海賊だ。枕に広がる黒髪やぎらぎらした海色の瞳、罪作りなまでに官能的な肉体。彼がイザベルのうなじに手をまわし、引き寄せて唇を合わせる。口に舌が差し入れられると同時に、ぴんと立った胸の頂がアシュビーの胸をかすめた。そのあいだも彼女の腰は休むことなく動いていた。半ば目を閉じ、絶頂をとらえようと重心をずらす。腹部に緊張が走った。「ああ、そうよ……」

アシュビーが手を伸ばして揺れる乳房をつかんだ。「もっと激しく」そう言いながら何度も腰を突き上げる。イザベルにとってこれほど刺激的な体験は初めてだった。彼の手が女らしい曲線をたどってヒップをつかむ。アシュビーはペースを上げると同時に、さらに強く突いた。「そうだ。もっと速く」

イザベルはのけぞって動きを速めた。背中で巻き毛が揺れ、全身の神経が張りつめて脈打ち、筋肉が悲鳴をあげる。体のなかで快感が爆発寸前までふくれ上がった。彼女は降伏の叫びをあげ、めくるめく喜びに大きく身を震わせた。これまでにないほど強く確かな満足感が心を満たす。

アシュビーがイザベルをつかんで体を反転させ、最後のひと突きを加えた。力強い体に緊張が走り、彼女の名前が口からこぼれ出る。

じきに甘い余韻が下りてきて、イザベルを眠りへといざなった。彼女はアシュビーのぐったりした体に腕をまわした。乱れた鼓動が共鳴している。このまま永遠に抱き合っていたい。

彼が横にずれて仰向けになった。イザベルが逃げ出すのを恐れるかのようにしっかりと抱き寄せる。「きみはぼくのものだ」アシュビーはそう宣言すると、彼女の顔に羽根のようなキスをいくつも落とした。「きみはぼくのものだよ、イザベル」

21

廃墟《はいきょ》を前に繰り返し考える
いつか〝時〟がわたしの愛する人を連れ去るのだと
そう思うと死にたくなる
失うことを恐れて、泣くしかないのだから

ウィリアム・シェークスピア『ソネット六四』

愛と光の女神がこんなところでなにをしているのだろう?

アシュビーは腕のなかですやすやと寝息をたてる女性から目を離せなかった。しだいに小さくなる暖炉の炎が室内をぼんやりと照らしている。上掛けの下で、ふたりの脚はしっかりと絡み合っていた。彼はこれまで女性と愛を交わすことの意味がわかっていなかった。本当に大切なのは行為そのものではなく、その過程でふたりのあいだに通い合うものなのだ。それは体験を共有することで生まれる絆《きずな》であり、一体感であり、それぞれが快楽をむさぼる行為とはまったくの別物だった。

イザベルを抱いていると、彼女という人間を丸ごと感じることができる。バニラの香りに包まれて、そのしなやかな体を隅々まで探索したかった。すっかり魔法にかかった気分だ。

現に今もまだ彼女が欲しい。強力なアヘンのように何度でも欲しくなる。いつもならとっくにベッドを出るか、適当な言い訳をしてブーツを探すころ合いだというのに、ぼくの心はこの女性にがっちりとつかまれたまま、体じゅうが彼女の存在を意識している。イザベルのそばにいるだけで謙虚な気持ちになり、自然と笑みが浮かんでしまう。繰り返し抱いて、彼女の愛情を確かめたくなる。

そう、イザベルはぼくを愛している。醜い傷跡や過去を受け入れてくれるなんて奇跡のようだ。いったいぼくみたいな男のどこに価値を見いだしてくれたのだろう？　寛大さか？　いや、引きこもっているあいだに資産が増え、人に分け与える余裕があるだけだ。やさしさはどうだ？　やさしくないとは言わないが、彼女のように誰にも分け隔てなく心を砕くことはできない。では、紳士らしい態度か？　剣を手に、顔や上着に返り血を浴びて戦うところを見たら、とてもそんなことは言えまい。ならば、ウィルへの友情か？　ウィルは命の恩人だというのに、ぼくは彼を救うことができなかった。

イザベルはぼくを勝手に理想化しているのではないだろうか？　そうでなければ、これほど愛らしい女性がぼくごときの腕のなかで眠っているはずがない。目を覚ましたとたん過ちに気づいて、一目散に逃げ出してしまうかもしれない。それを防ぐには朝まで寝かせておくのがいちばんだ。明日の朝になれば、もうあと戻りはできない。イザベル・ジェーン・オーブリーは永遠にぼくのものになるのだ。

玄関ホールの箱時計が三回鳴った。天使が身じろぎする。

「ううん……」イザベルは眠そうにほほえんで目をしばたたいた。

「起きなくていいよ」まぶたにキスをして髪をなでてやると、彼女は満足げな顔をしてアシュビーの胸にすり寄り、再び眠りの世界に落ちていった。彼はそっと息を吐いた。ひと晩じゅう起きていよう。イザベルのどんなしぐさも見過ごしたくない。ほんのりと上気したしなやかな体を感じながら、夢の世界を漂う彼女を見守っていたい。

そもそも眠れば決まって悪夢にうなされる。イザベルの前で汗まみれで震え絶叫するなど、論外だ。しわがれた声やうつろな目を見られたくない。かつての恋人から、乱暴に揺り起こされたかと思ったら、喉にナイフを押し当てられたと非難されたことがある。あれは行為のあとで珍しくうとうとしてしまったときのことだ。あのときと同じ過ちを繰り返すつもりはなかった。

暖炉の薪がはぜる音がした。イザベルがもぞもぞと動いてよく聞き取れない言葉をつぶやく。次の瞬間、彼女はむっくりと起き上がった。放っておくべきか、寝かしつけるべきか、アシュビーは迷った。下手をすると逆に覚醒《かくせい》させてしまうかもしれない。虚空を見つめていたイザベルの視線がカーテンを引いていない窓へと移動する。「雨がやんだのね」彼女はそう言って大きく伸びをした。毛布が膝に落ちる。「今は何時?」

アシュビーは銀色の光に照らされた女体に見とれて身を起こした。しなやかな背中にもつれた巻き毛が揺れている。平らな腹部の上に突き出した乳房はよく熟れた洋梨のようだ。かたくなりかけていたアシュビーの体の一部が、これ以上ないほど反り返った。

「三時だよ」誘惑に負け、アシュビーは手を伸ばして乳房をなぞり、ピンク色の頂をとがらせた。

イザベルが顔をのけぞらせ、切なそうに目を閉じて、さくらんぼの唇からため息を漏らす。彼は雄牛のように突進しそうになるのを必死でこらえた。

手のひらを返し、なめらかな喉から胸に向かってなで下ろす。そうしながらも、目はイザベルのふっくらした魅惑的な唇や、つんと上を向いた鼻、形のよい眉をたどっていた。若々しい美しさを目の前にして、先ほどの恐怖が舞い戻ってくる。凍てついた心をあたためられるのはイザベルしかいないというのに、その彼女に去られたらどうすればいいのだろう？ときおりアシュビーは、父が精神を病むほど母を愛していなかったなら、自分の人生はどうなっていたかを想像することがあった。かつてイザベルに語った両親の最期は真実ではない。あれは事務弁護士だった男が、召し使いたちに金をやって口どめしたあとにフィップスがでっち上げた話だ。アシュビーも両親の死後、数年して前任の執事が亡くなったとき、初めて事実を知った。年老いた執事は口どめ料をつかうことができず、箱に入れてとっていた。その箱のなかに、真実を隠したままでは良心がとがめるという一文とともに、おそろしい現実をしたためた手紙が入っていた。

あの日のことは一生忘れられないだろう。アシュビーはケンブリッジ大学に入学するために荷造りをしていたのだが、手紙を読んだあとはすべてがどうでもよくなった。そして、決して不幸な父親のようにはなるまいと誓った。それが今はどうだ。父は幸せだったかもしれないなどと考えている自分がいる。愛する人のいない世界で、見えない監獄に閉じ込められて生きるくらいなら死んだほうがましだ。愛と光の女神に見捨てられたとき、自分はまさにそういう運命をたどるだろう。

「遅くなってしまったわ。帰らないと」

アシュビーはイザベルの首に手を添えて自分のほうへ引き寄せた。「そばにいてくれ」

彼女はにっこりした。大きな瞳が消えかけた暖炉の炎を映してきらめく。「母が目を覚まして、わたしがベッドを使わなかったと知ったら卒倒するもの。捕り手を総動員して居場所を突きとめようとするかもしれない。そうしたら、ここにいることがわかってしまうわ」

「ぼくが言いたいのは、永遠にそばにいてくれということだ」アシュビーは大きく息を吸った。「一緒に暮らして、ぼくの伯爵夫人になってほしい……」イザベルの反応を待つあいだ、彼の心臓は激しく打っていた。

彼女が身を引いて目をしばたたく。「わたしに……結婚を申し込んでいるの？」

「そのつもりだ」

イザベルの顔に大きな笑みが浮かんだ。「夢じゃないわよね？　夢なら目を覚ましたくないわ！」

アシュビーは幸せな気持ちで彼女の頬をつねった。「ミス・オーブリー、ぼくと結婚してくれますか？」

彼女の口からもれる歓喜の叫びは、アシュビーの耳に歌のごとく響いた。「ええ、結婚します！」イザベルは彼の首に腕をまわして枕に頭を預け、息が続かなくなるまでキスをした。

アシュビーは彼女の顔にかかるやわらかな髪を払い、夢を見ているのは自分のほうかもしれないと思った。喉が詰まって言葉が出てこない。「ありがとう。きみは命の恩人だ」心を込めてキスを返す。「痛みはないかい？」

「痛み？　ないわ。なぜ？」

「ぼくはまだ満足していないからさ」アシュビーは彼女を仰向けにして覆いかぶさった。すっかり高ぶって、体を重ねただけで達してしまいそうだ。膝を使ってすべすべした太腿を押し広げ、そのあいだに手を伸ばす。

「だめよ」イザベルが笑いながら彼を押しのけ、ベッドの端へ逃げた。

「子猫ちゃん、戻っておいで」アシュビーは起き上がろうとした彼女の腰をつかんで引き戻した。イザベルが笑い声をあげてうつ伏せになり、息を切らして抵抗する。アシュビーは彼女にのしかかって耳に息を吐きかけた。「どこにも行かせないよ。きみはぼくのものなんだから」

「お母さまがヒステリーを起こしちゃうわ」イザベルがかすれた声で抗議した。アシュビーは強引に手をまわして小さな突起を刺激し、彼女の決意を翻そうとした。

「きみの母上なら昼まで起きないじゃないか」そう言いながら、快感の中心をまさぐり続ける。

イザベルの息遣いが浅くなった。彼女がじゅうぶんに潤っているのを確認したアシュビーは腰をつかんで持ち上げ、うしろから一気に貫いた。ふたりは同時に声をあげた。

「いいわ」イザベルの体が彼に同調して波打つ。「ああ、パリス」

まるで楽園だ。アシュビーはバニラの香りを思いきり吸い込み、目を閉じて動きを速めた。体に火がついたみたいだ。小さなあえぎ声と、突き入るたびに押しつけられるヒップが興奮をあおる。このままあたたかな体にうずもれて、すべてを忘れてしまいたい。イザベルのあえぎが絶頂の叫びに変わった。彼女は深くアシュビーを引き入れて締めつけ、解放へといざなった。

彼は額に汗を浮かべ、苦悶にうめきながらも、できるだけそのときを遅らせようとした。イザベルの体が小刻みに震えて硬直し、緩んだ瞬間、アシュビーはこらえていたものを一気に解き放った。すっかり力を使い果たし、肩で息をしながら彼女の上にくずおれる。もう一ミリも動けそうになかった。

イザベルが彼の手を探り当てて指を絡め、自分の口元へ運んだ。

「重いかい?」アシュビーは荒い呼吸のあいだに尋ねた。

「いいえ。そのままでいて」彼女がつぶやく。「この感覚を覚えておきたいの」

アシュビーは彼女の頬に自分の頬をつけた。「どんな感覚だ?」

「完璧に満ち足りた感覚よ」

アシュビーの胸がざわついた。「ぼくも満ち足りている」言葉では言い表せないほどの幸福感に恐ろしくなる。そんなにいいことが続くはずがないからだ。イザベルは思っていたとおり情熱的な女性だった。これほど奔放に愛し合える相手は初めてだ。彼女はきっとぼくのために生まれてきたに違いない。そう確信する反面、彼女を手に入れられなかったらと思うと不安で仕方がなかった。ふと完璧な解決策が思い浮かぶ。

「そこを動かないでくれ」アシュビーはベッドを飛び出して机へ向かった。

「どこに行くの?」イザベルが彼のほうに顔を向ける。

「どこにも行かないさ」アシュビーは蜜蠟に火をともして引き出しを開けた。数枚の紙と羽根ペン、インク壺《つぼ》を持ってベッドへ戻る。そして小さなテーブルに明かりを置き、腹ばいになって、なめらかな曲線を描くイザベルの背中に紙を置いた。羽根ペンをインクにつけて咳払いをすると、手紙を書き始める。「〝親愛なるレディ・オーブリー〟」

「なにをする気?」彼女が小さく笑って肩越しに背中を見ようとした。「くすぐったいわ」

「〝……突然の手紙で驚かれるかもしれませんが、この知らせを知ったあなたが、ぼくと同じくらい喜んでくださることを祈っています。今朝、あなたのおいしい〟……間違えた、これは削除だ……」

「パリスったら!」イザベルが噴き出した。

「静かに。じっとしていてくれ」美しいヒップにキスをすると、彼女は笑いながら身をよじった。「どこまで書いたかな? ああ、そうだ。〝あなたの聡明な娘さんは、寛大にもぼくの求婚を受けてくださいました〟」ピリオドを打つつもりが、紙に穴を開けてしまった。イザベルの象牙色《ぞうげいろ》の肌に小さな丸い染みができる。彼女はくすぐったそうに笑った。「〝ぼくたちは熱い一夜を過ごし、グレトナ・グリーンに向かっているところ――〟」

「なんですって？」イザベルが身をひねって手紙を奪った。アシュビーは素早くシーツの上からインク壺を取り上げた。ペンとインク壺をテーブルに置いてイザベルの隣に寝転がり、手紙を読む彼女をにやにやしながら見守る。「でたらめばかり言って、そんなふざけたことはどこにも書いていないじゃないの」

「ふざけたこと？」彼はイザベルを自分の上に引き上げた。「今夜のことをそんなふうに言うなら、再教育が必要だな」ほっそりした首筋に鼻をすりつけ、なめらかな肌に両手をはわせる。また彼女が欲しい。これでは恋に浮かれた男そのものだ。常に彼女の体を感じていないと安心できないなんて……。

イザベルが息を吐いて彼の肩に頭を預けた。「本当にもう帰らないと」

「いや、だめだ。きみの母上に手紙を書いたら、スコットランドへ出発だ」

彼女は顔を上げた。「今夜？」

「明日の朝いちばんでもいい。きみの好きなほうにしよう」

「本気で言っているのね？」

「もちろん。ぼくらは駆け落ちするんだ」

イザベルが眉をひそめる。「駆け落ちなんてしたくないわ。そんなことをする理由もないし」

「あるかもしれないよ」

彼女はショックに目を見開いた。「まさか赤ちゃん？　いいえ、そんな、だめよ」

アシュビーは身をこわばらせた。「ぼくの子供が欲しくないのかい？　家族を作りたいと思わないか？」イザベルとともに笑いと活気にあふれた家庭を持つこと、それが彼の夢だ。かなわぬ夢と一時はあきらめかけていた。

「もちろん欲しいわ。でも、まだ身ごもったと決まったわけではないし……まずはちゃんと求愛してほしいの」

「そんなことをしていたら、一、二年はあっという間に過ぎてしまうよ。待つのはいやだ」

「なぜ？」

きみの気持ちが変わるかもしれないじゃないか。「ぼくはもう年だからさ。結婚するころにはよぼよぼで、きみをベッドに運んだり、子供を抱き上げたりできなくなるかもしれない。それじゃあ、パパではなくておじいちゃんだ」

イザベルが口元をゆがめた。「老いを理由に駆け落ちをするの？　ばかげてるわ」

アシュビーは彼女の顔を両手で挟み込んだ。「きみはとても美しい」反論しようとする口をキスでふさぐ。「きみと結婚したい。朝も昼も夜もきみを愛したいし、残りの人生をともに過ごしたい。なぜ待つ必要がある？」

イザベルが眉間にしわを寄せて上体を起こした。「だって、わたしは家族に見守られて結婚したいんだもの。教会で、花やシャンパンに囲まれて、友達に祝福されて結婚式を挙げたいわ」

彼女のささやかな夢が、アシュビーにはつまらないものに思えた。「人前に出るつもりはないと何度言ったらわかるんだ?」思っていたよりもきつい口調になった。

イザベルがまっすぐに彼を見つめた。「一生、世間から隠れて生きるつもり?」

アシュビーは返事に詰まった。

「わたしはちゃんと求愛されたいわ。処女を失ったことなんて気にしない」

彼も熱くなっていた。「そうだ。きみはもう処女ではないんだぞ。隅から隅までぼくが奪ったからね」

「駆け落ちなんてしなければ、そんなこと誰も気づかないわ」

アシュビーは身を起こした。「グレトナ・グリーンで結婚式を挙げて帰ってくれば噂も消える。きみは爵位のある既婚婦人になるんだ。公式の場であろうとそうでなかろうと、アシュビー伯爵夫人を中傷する者はいない。すぐに一緒に暮らせるんだよ。待つ必要なんてないじゃないか」

「最初に婚約したときは駆け落ちなんてしなかったでしょう?」

それとこれとは関係ない!「そんなことになっていたら、ぼくはここにはいなかっただろうね」まさに人生最大の過ちを犯すところだった。「結婚を先延ばしにしたら、いろいろと面倒なことが起きるんだ。信じてくれ。ぼくには経験がある。決して楽しいものじゃない」

イザベルが目を細めた。「誰なの、あなたの元婚約者って？」

「間違った相手さ」オリヴィアのことを打ち明けるのは危険だ。イザベルが彼女のもとへ事情をききに行ったら、あの冷酷な女のことだ、なにを吹き込むかわかったものではない。ぼくらの仲を裂く機会を、てぐすね引いて待っているに決まっている。

「それで、わたしは正しい相手なの？」イザベルがわざと甘い声を出した。

アシュビーは彼女の目を見返した。「ああ」

「だったらどうして普通にできないの？」彼女は怒りを爆発させた。「なぜ普通の結婚式を挙げられないの？　どうしてこそこそしなければならないのよ？」彼が黙っていると、イザベルはもどかしげに言った。「あなたはアシュビー伯爵で戦争の英雄——」

「英雄というのは死んだやつらのことだ。わからないのか？」彼は皮肉めかして言った。

イザベルの目が危険な輝きを帯びる。「いいこと、わたしの兄は死んだわ。そしてあなたは生きている。そのことで自分を責めるのはやめて。自分を憎んではだめ」彼女は必死に説得しようとした。「男の人がなぜ殺し合うのかわからない。でも心穏やかに暮らしたいなら、戦争の記憶にこだわるのをやめなくちゃ。世界を締め出して生きても、ウィルやほかの兵士たちが生き返るわけではないのよ。第一、そんな生き方は健全じゃないわ。自分の姿を見てごらんなさいよ」

「きみは人をへこませる方法を心得ているな」イザベルの指摘は的を射ているだけに胸に突

き刺さった。

青い瞳がやわらぐ。「もし顔の傷跡が原因なら――」

「そうじゃない！」アシュビーは勢いよく立ち上がって髪をかき上げた。原因がなんであれ、それを直視することはできなかった。

イザベルが近づいてきて彼の背中に乳房を押し当て、肩に腕をまわす。あたたかな唇が首筋をたどった。「パリス、なにがあなたを苦しめているの？　いろいろ話してくれたけど、あなたの心のどこかに、いまだひと筋の光も当たらない場所があるように思えてならないの。わたしはあなたみたいに経験を積んではいないけれど、こうしてそばにいるじゃない」

アシュビーはイザベルの手を振り払った。彼女にも自分自身にも腹が立っていた。だが、どう説明すればわかってもらえるのだろう？「今回だけはぼくの思うとおりにしてくれないか？　いつもきみの言うことを聞いているじゃないか。ぼくは社交的にはなれないが、この屋敷のなかでできることならなんだってする」

「なんだってする？」イザベルが震えながら彼を見た。「舞踏会や夜会を催したり、家族を食事に招待したりしてもいいの？　セブン・ドーヴァー・ストリートに夫婦で食事をしに行くことはできるの？」

彼女はこちらの弱みを心得ている。「ぼくがこういう生活をしていることは最初からわかっていたはずだ」アシュビーはサイドテーブルに近づいて酒を注いだ。

イザベルはベッドに座ったまま体をひねって彼のほうを向いた。「社交的な人間になってほしいなんて言っていないわ。結婚式に家族を招待したいし、普通の家庭を築きたいだけ。それもだめだというなら、最初から結婚など申し込まずにワイン貯蔵室に閉じ込めればよかったのよ。同じことでしょう?」

「きみはあそこが好きじゃないんだと思っていたが」アシュビーは素早く言い返した。「でも、そのアイデアは悪くない」

イザベルが怒りの叫びをあげて彼をにらみつけた。「あなたって救いようがないわ!」

アシュビーは酒をあおり、いらだちと欲望、そして驚きのまじった目で彼女を見つめた。ブルーの瞳をきらめかせてベッドに腰かけている彼女のほっそりとした体に、金色の巻き毛が流れ落ちている。ぼくの雌ライオンは一糸まとわぬ姿でいることも忘れているようだ。これまで全裸の女性と言い争ったことなどあっただろうか? アシュビーはもう一度彼女を抱きたくなった。少しなら譲歩できるかもしれない。内輪だけの結婚式なら耐えられるかも。

「特別許可を得て結婚したいのか?」

「それでなにが変わるの?」イザベルがぴしゃりと言う。「まるで……檻《おり》に入れられたペットみたいにわたしを閉じ込めるんでしょう! 家族を招くことも、友人と会うこともできないなんて。それで生きていると言える?」

彼女の鋭い言葉がアシュビーの胸をえぐる。「きみを閉じ込めるなんて言っていない。ぼくをなんだと思ってるんだ? 怪物か? きみは好きなときに出入りすればいい。鍵も進呈するよ」

「でも、エスコートはしてくれないのよね？　わたしはまるで夫がいないみたいに、ひとりで出歩かなければならないんだわ。毎日予定を提出して、外出許可を求めることになるのかしら？　帰ったらその日の出来事を詳しく報告させられるの？　舞踏会でほかの男性と踊ってもいいの？」

まるで質問の集中砲火だ。「ぼくは妻になってほしいと頼んでいるんだ」アシュビーは声を荒らげた。「それなのに、ほかの男と踊ってもいいかどうかが気になるのか？」

「最初はうまくいくかもしれない。でもじきに、わたしが外でどんな男性と言葉を交わしたかをフィップスに調べさせて腹を立てるようになるわ。ひどく嫉妬するはずよ。わたしはあなたを知っているのよ、アシュビー！」

彼女が社交界の狼どもと踊ったり戯れたりする様子を想像して、アシュビーはかっとなった。「夫を愛しているなら、外を出歩くよりも夫のそばにいたいと思うはずだ！」

「どうしてわたしばかりが犠牲を強いられるの？　わたしのために生活を変えてはくれないの？」

「きみは自分がなにを要求しているのかわかっていない！」

「それなら答えは〝ノー〟よ」

アシュビーの心が凍りついた。「なんだって？」

イザベルの目に涙が浮かぶ。「あなたはわたしのことなんてどうでもいいんだわ。愛していないのよ。大事なのはあなたの欲求だけじゃない。夜にベッドをあたためて、跡継ぎを産む牝馬が欲しいだけでしょう？　わたしの夢はどうなるの？　あなたの企みにはそぐわない？」

「企みだって？　そもそも、きみが押しかけてきたんだろう！」

彼女の頰を涙が伝った。「なんてばかだったのかしら……あなたが……わたしのことを大事に思っていると勘違いするなんて」

アシュビーはいたたまれなくなり、サイドテーブルにグラスを置いてベッドに近づいた。「大事に思っているとも。きみが来てくれてうれしかったんだ」

涙に濡れた目に怒りがはじけた。「そうでしょうとも」イザベルはベッドを下りて、散らばった衣類をかき集め始めた。「あなたと一緒に閉じ込められるつもりはないわ！」

「ぼくを拒絶するのか？」信じられずに尋ねる。

「そうよ！　どこかの愚かな女性に孤独を癒してもらうのね」

心臓が狂ったように脈打っていた。ぼくに死ねというのか？「妊娠していたらどうするんだ？」

「完全に破滅することになるでしょうね。それでもわたしには家族がいるわ」イザベルは洟をすすった。

「家族と会わせないなんて言っていない。だいたい子供を――ぼくの跡継ぎを婚外子として未婚のまま育てさせると思っているなら、きみはぼくのことがわかっていないんだ」

彼女はアシュビーに冷たいまなざしを注いだ。「どうするの？　鎖でつなぐの？」

「そんなことはしないとわかっているくせに」

「あなたの出した条件では結婚できないわ。わたしはペットじゃないのよ」

彼は説明のつかない恐怖に襲われていた。「あくまで拒むならスティルゴーと話をするぞ。かわいい妹が夜中に男のもとを訪ねて妊娠したと知ったら、彼はどうするかな?」自分の声が他人のそれのように響く。

イザベルが殴られたようにたじろいだ。「脅迫するつもり?」

「考え直してくれ」

「スティルゴーに話してそんな結婚をしたりしたら、わたしの評判は地に堕ちるわね。わたしは破滅する。慈善事業もね。あなたのことを永遠に憎むわ」

「永遠はすごく長い時間だよ」

「そのとおりよ!」彼女は胸元を押さえて苦しげに息をした。

イザベルのうろたえた目つきを見て、アシュビーも声をやわらげた。「どうしてこんなことになったんだ? さっきまで愛を交わしていたのに」

「愛? あなたに愛の意味がわかるの? あなたはすべてをめちゃくちゃにした。すべてをね!」

彼は一歩進み出た。「ぼくのもとを去るなんて、できるわけがない。ぼくらは互いのものなんだ!」

「見ているがいいわ」肩で息をしながら、彼女はベッドの端に腰を下ろしてストッキングを引き上げた。

「こんな夜中に帰るのか？　朝になったら馬車で送っていくよ」そう、スコットランドへ。出発してしまえば腹を立ててもいられまい。昼も夜もふたりきりで過ごせば、そのうち機嫌を直すはずだ。そうしてみせる。

アシュビーが前に立つと、イザベルは慌てて立ち上がって窓辺へ行った。「わたしのことは放っておいて。あなたがそばに来ると息ができなくなる」彼女は激しくしゃくり上げた。本当に呼吸が苦しそうだ。

急に心配になり、アシュビーは彼女の肩をつかんだ。「イザベル、どうしたんだ？」「放して！」イザベルは窓を開けて身を乗り出し、裸の胸に冷たい夜気を受けた。アシュビーは彼女が肺炎を起こさないよう、毛布で体を包み込んだ。「さわらないでよ！」イザベルがあえぎながら抵抗する。

なんらかの発作に見舞われているのは明らかなのに、黙って見ていろというのか？　激しい泣き声を聞いていると内臓がよじれた。「馬車で家まで送っていこう」

イザベルの泣き声が小さくなった。自分の体を抱きかかえるようにして窓から離れ、シュミーズを取り上げる。「通りの向こうにソフィーの馬車が待機してくれているわ。服を着るから、部屋の外で待っていて」

アシュビーは自分を最低の男だと感じた。地獄で腐っていくのがお似合いだ。「イザベル、すまない。きみを怒らせるつもりはなかったんだ。もっと穏やかに話し合おう。飲み物を

――」

「出ていって！」

アシュビーはその場に立ちつくした。ここは彼の屋敷だというのに、まるで女主人のような口調だ。これなら可能性はあるかもしれない。「わかった。きみが着替え終わるまで廊下で待っているよ。それから話そう」ズボンをはき、裸足のまま廊下に出る。彼は壁にもたれ、衣ずれの音や嗚咽に耳を澄ませた。イザベルが悲しんでいる様子に、魂が引き裂かれる思いがした。

彼女はケープのフードを目深にかぶって廊下に出てきたかと思うと、玄関へ突進した。「イザベル！」アシュビーはあとを追いかけた。玄関に先まわりして進路を阻む。「頼むから行かないでくれ」必死で頼んだ。「考え直してほしい」

彼女が疲れた目でアシュビーを見上げた。「ひとつ質問があるの。そもそもわたしが訪ねてこなかったら、あなたはどうしたかしら？　わたしを訪ねてきてくれた？」

イエスと言いたかった。いつもイザベルのことを考えていた。恋愛対象としては幼すぎるころから、彼女のことが気になっていた。だが、この顔……そして過去を考えると……。ふたりのあいだには、いつもなんらかの障害がある。今もそうだ。

「いいや」

アシュビーは傷つき、怒っていた。「ほかの人とのつき合いが大事だから、ぼくらのあいだにあるものを投げ出すというなら、愛を知らないのはぼくではなくてきみのほうだ」

「あなたは身勝手で最低の男だわ！　わたしを脅迫したくせに。もう二度と会いたくない！」

黒い闇がアシュビーを覆う。「二度と？」

「二度と」イザベルは彼の手をよけてドアを開けた。「さようなら、アシュビー」

22

至福のときは過ぎ去り
怒りも遠ざかった
それが
今日という日

クリスティーナ・ロセッティ

「ちょっとのあいだでいいから座ってちょうだい。目がまわりそうよ」

居間の窓の前を行きつ戻りつしているイザベルにソフィーが声をかけた。絶え間なく続く葛藤に、イザベルは気が変になりそうだった。アシュビーのことばかりが頭に浮かぶ。彼に会いたい気持ちと憎らしく思う気持ちが、交互に襲ってくるのだ。昨夜、ランカスター・ハウスを出た彼女はソフィーの屋敷へ直行した。万が一、噂が立ったり、アシュビーが脅迫を実行したりした場合も、ソフィーのところにいたことにすれば説明がつく。母の追及を逃れることもできるだろう。ソフィーの召し使いたちは口のかたさを見込まれて通常より多い給金をもらっているのだから、信頼していいはずだ。友人の家で数時間眠ったあと、割れるような頭痛とともに目を覚ましたイザベルは、いっそのこと死んでしまいたいと思った。風呂に入り、ソフィーから借りたドレスに着替えても、アシュビーの香りは肌にまとわりついて、激しく絡み合うふたつの体とめくるめく官能を鮮烈によみがえらせた。

アシュビーとの愛の行為は野性的で、情熱にあふれ、美しかった。危うく彼も自分と同じ気持ちを抱いているのだと信じてしまいそうになった。だが、彼が抱いているのは単なる欲望だ。あの人はベッドをあたため、跡継ぎを宿す女性が欲しいだけ。孤独に耐えられなくなっただけなのだ。

イザベルはこれまでの人生のほぼ半分をかけて、ひとりの男性を思ってきた。彼を自分だけのものにしたいと願ってきた。憧れの人を間近に見て、その声を聞き、腕のなかで眠ったなんていまだに信じられない。アシュビーはつらい過去を打ち明け、彼女を愛情の繭で包んでくれた。少なくとも、イザベルはそう感じた。

〝きみがぼくを選んだんだよ〟そのとおりだ。でもイザベルが愛について話しているとき、アシュビーは欲望について話していた。彼女がふたりの幸せを世界じゅうに知らせたいと思う一方で、彼はそれを世間から隠そうとした。話し合おうとしたら脅迫された。ふたりのあいだにあるのは愛情ではない。アシュビーが孤独に耐えられなくなったとき、たまたま彼女がドアをノックした。それだけのことだ。

「さあ、紅茶とビスケットを召し上がれ」ソフィーが言った。「おなかの鳴る音がここまで聞こえてくるわ」彼女は自分の横のクッションをたたいて、イザベルのために紅茶を注いだ。

イザベルはしぶしぶソファに座り、ビスケットを紅茶に浸した。「セブン・ドーヴァー・ストリートに使いを送ってくれた？」紅茶の染みたビスケットをもそもそとかじる。

「ええ。昨夜の冒険は誰にも知られていないはずよ」

イザベルは胃がきりきりきりした。「アシュビーがわたしを破滅させようとしなければね」

ソフィーがくるりと目をまわす。「いったいどうして彼がそんなことをするの？」

「あの人はなにをするかわからない」イザベルは静かに答えた。「昨日の夜、彼に脅迫されたの。屋敷から出してもらえないんじゃないかと思ったわ」アシュビーはなぜわたしを拘束しようとするのだろう？　ペットのように囲いたいなら、ほかにかわいい娘がいくらでもいるはずだ。社交界から身を引いているとはいえ、彼の望みなら嬉々《きき》として娘を差し出す貴族はたくさんいるだろう。わたしを脅す必要などないはずだ。決して扱いやすいとは言えないわたしを……。

「あなた、彼を怖がっているの？」そう言ったあとで、ソフィーは合点のいった顔をした。「イジー、あの人とチルトンを一緒にしてはだめ。アイリスのおぞましい話をうのみにして、せっかくの幸せを逃さないで。アイリスは結婚する前からチルトンを嫌っていたわ。それに別の男性を愛していたんですもの。彼女を置き去りにした男性をね。あなたたちとは状況が違うわ」

そう、アシュビーはほかの誰にも似ていない。彼は予測不能だ。無理やりのみ込んだビスケットが、湿った粘土のように胃に向かって落下していく。「あの人は複雑すぎるのよ」

「だからおもしろいんじゃないの」ソフィーがにっこりした。「それとも、つまらない男のほうがよかった？　それならウィルトシャー卿とか、エイルズベリー侯爵の息子とか、あなたの社交界デビュー以来、よだれを垂らし続けている連中がいるじゃない」

　イザベルは大きく息を吸った。「わたし……断ったの。アシュビーの求婚を断ったのよ」

　ソフィーの目にまず驚きが、そして怒りがよぎった。彼女は唇を引き結んだ。「そこまで考えなしとは思わなかったわ。愛している人の求婚を断って、見栄《みえ》っ張りの孔雀と結婚するつもり？　ハンソン卿のことなんて好きでもなんでもないくせに。あなたのお兄さまも、これ以上は待ってくれないわよ。無理やりハンソンと結婚させられて、一生後悔するはめになっても知らないから」

　イザベルは虚脱感に襲われた。「アシュビーは孤独を癒す相手が欲しいだけなの。復活祭のころまでには、乳搾りの女がアシュビー夫人になっているかもしれない」

「まったく《モン・デュー》、あなたがそんなことを言うなんて」

　イザベルの視界が涙で揺らいだ。震える声で続ける。「わたし、彼にのぼせ上がって、状況が見えなくなっていたんだわ。だからふらふらと……」彼女はしゃくり上げた。堰を切ったように涙があふれ出す。

　ソフィーがナプキンを差し出した。「それで、どうして彼を拒んだりしたの？」

　イザベルは洟をすすり、ナプキンで目元を押さえた。「駆け落ちしようって言うんだもの。

家族や友達に祝福されてちゃんとした結婚式を挙げたいと頼んだけど、彼は頑として聞き入れてくれなかった。それで言い争いになったわ。彼が、どうしても拒むならスティルゴーに告げ口すると脅すから、屋敷を飛び出したの。だって、そうするしかないでしょう？　あの人——」言葉を切って何度かすすり上げる。「そもそもわたしが訪ねていかなかったら、一生会わないままだっただろうと言ったのよ」彼女はソフィーの同情を期待して顔を上げた。

ところが友人は、考え込むように眉根を寄せていた。

「ジョージに求婚されたとき、わたしもそれと似たようなことを言ったわ。あの人が恋に身を焦がす青年さながらの熱心さで求愛してくれなかったら、こちらから興味を持つことはなかっただろうって。どうしてそんな意地悪を言ったかわかる？　わたしは怖かったの。英国貴族の次男が、フランス生まれの教養も財産もないオペラ歌手に恋をするなんて、ばかげた話だもの。だからほころびを探したのよ。なにか裏があるんじゃないかと勘ぐったわ。結局はなにも見つからなかったけれど……。ジョージはあなたのガーゴイルほどのハンサムではないし、お金持ちでもないし、爵位を相続することもなかったけれど、心からわたしを愛してくれた。思いきってふたを開けてみたら、それが神さまからのプレゼントだって気づいたわけ」ソフィーの濃い茶色の瞳がきらきらと輝いた。「アシュビーも神さまからのプレゼントかもしれないわ」

イザベルは目をぱちくりさせた。「求婚を断るべきじゃなかったと思うの？」

「当然よ。死を除けば、人生に確実なものなんてひとつもないのよ。人は変わり、欲求も変わる。この世でもっとも強力な癒しは時間と愛情だわ。それらが生きる喜び《ジョワ・ドゥ・ヴィーヴル》と自信を取り戻させてくれる。相手の気を引くためにこちらから行動しなければならないこともあるでしょうし、夢の結婚式をあきらめなきゃならないかもしれない。でも、そんなのはささいなことじゃない？」ソフィーはイザベルの手を握りしめた。「ジョージと結婚したとき、わたしは彼を愛していなかった。でも、彼が亡くなったときは途方に暮れたわ。わたしの人生でいちばん大切なものがそこなわれた気がした。成熟した愛情って、どんなものかわかる？　それは尊敬と友情と癒しなの。お互いを大切に思う気持ちであり、簡単には変わらないものよ。あなたとアシュビーにはそれがある。今日はあなたのほうが彼を愛しているかもしれないけれど、明日は彼の愛情が勝るかもしれない。そうやってずっと続いていくんだわ」

イザベルはソフィーの言葉について考えた。「でも、世間から隔離されて生きることなんてできるかしら？　わたし、彼の前で発作を起こしてしまったの。閉じ込められたような気がして、息ができなくなって」

「気の毒なアシュビー。きっと慌てふためいたでしょうね。発作を起こさせるほどあなたを追いつめた自分を責めているに違いないわ。持病だと説明してあげた？」

「あの人には関係ないもの」

「でも、彼は心配していたでしょう？」

イザベルはうつむいた。「ええ、とても」

「イジー、彼が一生あのままでいるとは思えない。アシュビーはいつか社交界へ戻るでしょう。彼と結婚しなさい。持ち前の寛大さで彼の心を癒してあげるのよ」

「何年もかかるかもしれないのに？」弱々しく抵抗してみたものの、イザベルは友人の言わんとすることを理解し始めていた。

「すべてがあなたの計画どおりに進まなければならないの？　今がだめなら、すべてを捨ててしまうの？」

「自分が愚かな羊になった気がするの。群れからはぐれて、ガーゴイルの洞窟《どうくつ》に迷い込んだところをひょいとつままれて、夕食のテーブルにのせられたみたいに」もちろんアシュビーはガーゴイルではない。彼自身がそう思い込んでいるだけだ。昨日の夜、イザベルは彼に将来の不安をぶちまけ、彼も内に秘めていた獣を解き放った。気持ちの整理をつけて自分の殻を破るかどうかはアシュビーが決めることだ。

「卑屈になってはだめ」ソフィーがにっこりした。「彼はあなたをあらゆる手で誘惑するでしょう？　夕食のテーブルにのせられた羊にしては贅沢な待遇だと思わない？」

イザベルは満ち足りた交わりを思い出して頬を染めた。「あの人、考え直してほしいと言っていたわ」

「それだけでも愛情が伝わってくるというものよ。モアランドや……ソールズベリー公爵の甥《おい》はなんて名前だったかしら？　ともかくあの人たちなんて、あなたに結婚を断られて激怒していたじゃない」イザベルはためらいがちにうなずいた。「大の男がプライドを押し殺して考え直してくれと頼むなんて、よほどのことだわ」

イザベルは小さく肩をすくめた。「妻が欲しいだけよ」

「あなたが欲しいのよ」

イザベルは大きなため息をついた。「ソフィー、なぜ悪魔の味方ばかりするの？　少しは友達に同情してくれてもいいじゃない」彼女は最後の抵抗を試みた。「たまたま身近にわたしがいたからというだけではいやなの。美しくて教養もある女性たちのなかから選ばれたいのよ」仮面舞踏会で、アシュビーはほかの女性に見向きもしなかった。彼とワルツを踊ったとき、わたしは最高に幸せだった。もう一度あのときに戻りたい。でも、彼に愛されていないのなら一緒にいる意味はない。相手の気持ちがわからなくておどおどするのも、家族や友人から引き離されるのもいやだ。そんな生活には耐えられない。

「あなたはいつだって選ばれてきたじゃないの」ソフィーがたしなめる。「黄金の天使を筆頭に社交界の男たちが群がってきても、あなたは誰にも興味を示さなかった。アシュビーは目が見えないわけじゃないのよ。あの人は――」

「あなたは昔の彼を知らないから、そんなことを言うのよ」イザベルは言い返した。「ハンソンが女性にもてると思う？　アシュビーはあんなものじゃなかった。彼に熱を上げる娘たちはもちろん、その母親までが彼とベッドをともにするところを妄想していたわ。兄が言っていたの。アシュビーはなにもしなくても女性が群がってくるから、求愛の仕方など知らないだろうって。ドンファンよりもたくさん恋人がいたんだから。彼はわたしを選んだんじゃない。たまたま手近にわたしがいただけ。以前の彼だったら、わたしになんて見向きもしなかったでしょうね」

「あなたの気持ちはちゃんと伝えたの？」ソフィーの質問にイザベルはうなずいた。「それなのに飛び出してきちゃったの？」再びうなずく。ソフィーは信じられないというようにイザベルを見つめた。「わけがわからないわ」

イザベルの目に涙があふれた。「だって、愛してる、ほかの誰も好きにならないと告白したのに、あの人ったら、なんて応えたと思う？〝きみをぼくのものにしたい〟って、ただそれだけよ」彼女は自分の体を抱きしめた。

ソフィーがイザベルの肩に腕をまわしてあやすように揺すった。「女心のわからない男は救いようがないわね」

イザベルは友人の肩に顔をうずめてうなずいた。深紫のモスリンに涙が染み込む。

「男はみんな愚かなの」

イザベルはソフィーの顔を見上げた。彼女が本気で言っているのかどうか、わからなかったからだ。

「男なんてみんな、大事な部分をちょん切られて、苦しんで死んでしまえばいいんだわ」

今度ばかりはイザベルもほほえまずにいられなかった。

23

わたしの人生は、すでに二度の終わりを迎えた
不死が
三度目の終わりを連れてくるかどうかは
まだわからない

エミリー・ディキンソン

玄関ホールの箱時計が九つ鐘を打った。「ちくしょう」アシュビーはつぶやいた。すでに夜中のような気がしていたからだ。檻に入れられたライオンのように、がらんとした屋敷のなかをさまよい歩く。今度ばかりはイザベルも戻ってこないだろう。ふたりの仲は終わったのだ。それなのになぜ、いつまでもくよくよと考えてしまうんだ?

イザベルが求婚を拒んだ理由を思い出すと胸が痛んだ。彼女の気持ちは理解できる。ぼくの生活はみじめそのものだ。特にこの三日間は地獄だった。

彼女がそばにいると太陽の下に出たように感じられ、すべてがうまくいくと思えた。これ

までの生活と比べれば、暖炉の前に座って老夫婦のように手をつないでいるだけで幸せだ。イザベルも同じ気持ちでいると思っていたのに。ああ、ぼくとしたことが、また彼女のことを考えている。なんとか気を紛らわさなければ。

イザベル、イザベル、イザベル。昼も夜も彼女のことが頭を離れず、いっときも心が休まらなかった。かつては楽しかった乗馬や木工も、もはや気晴らしにすらならない。夜はベッドのなかで寝返りを打ちながら毛布に残ったバニラの香りを吸い込み、満たされることのない欲望に身を焦がしている。

ぼくは彼女に取り憑かれてしまったのだ。それ以外に説明がつかない。

イザベルに出会う前はどうやって生きていたのかと思うほどだった。最初に会ったとき、彼女はまだ一二歳だったのに。ランカスター家は精神的に問題のある一族なのかもしれない。父は母への愛ゆえに自殺したのだと思っていたが、きっとその前から頭がどうかしていたのだろう。

イザベルがおびえた動物のように逃げ出したのは、ぼくが結婚を強要したせいだ。彼女が受け入れてくれる可能性は最初からなきに等しかったが、脅迫のせいでわずかに残った希望さえも失われてしまった。そもそもスティルゴーに告げ口するつもりなどなかったのに……。イザベルはぼくのなかで眠っていた獣を揺り起こしたのだ。オリヴィアせた獣を。しかも今回は前回よりも凶暴になっている。がブラッドフォードと結婚したと聞いたときはプライドを傷つけられ、一週間ほど酒浸りになった。だが、今回の傷はもっと深い。ぼくを愛していると言いながら去っていくなんて、そんな残酷なことがなぜできるのだろう?

結局、息子より妻を愛していたぼくの父親のように、イザベルにとっては家族や社交界のほうが大事なのだ。かつてない苦しみに襲われ、アシュビーは食べることも、眠ることもできなかった。息をするのさえつらい。

彼はビリヤード室のドアにもたれかかった。「ちくしょう!」震えながら息を吐き、ぎゅっと目を閉じる。そうでもしないと涙があふれそうだった。「ぼくはどうなってしまうんだ?」

〝どうしてわたしばかりが犠牲を強いられるの? わたしのために生活を変えてはくれないの?〟

イザベルの言葉がよみがえる。彼女の望みどおり社交行事に復帰して、別の女性を口説いてまわったら、イザベルはどんな反応を示すだろう? ぼくだって、かつては社交界の花形だった。悪友だったアルヴァンリーとアーガイルがぼくの手首にダンスカードを結び、群がる女性たちを整列させたこともあるほどだ。「ちゃんと並んで、けんかはだめだ!」そう叫ぶアルヴァンリーの隣で、アーガイルが興奮する女性たちをなだめていた。

アシュビーは懐かしげにため息をついた。当時、イザベルが社交界にデビューする年だったとして、ぼくは彼女の存在に目をとめただろうか? たとえ気づいたとしても、あのころは彼女のスカートのなかにしか興味を持たなかったかもしれない。結婚を断られて傷つくことなどなかっただろう。恋の駆け引きを楽しみ、適当なところで逃げ出したのではないだろうか。

いや、イザベルは一夜かぎりのつき合いで忘れられるような女性ではない。きっとあと戻りができなくなるまでのめり込んだはずだ。品行方正な彼女のことだから、黒い噂にまみれた身勝手な放蕩者になど目もくれなかったかもしれないが。そもそも博愛主義者に女たらしは似合わない。

それでも……イザベルがアシュビーのかつての素行をまったく知らないはずはなかった。彼女はそれを承知でぼくを慕ってくれていたのだ。それならなぜ、今のぼくを受け入れてくれないのだ？　毎晩のように酔っ払って、どぶに捨てるみたいに大金を賭け、ひとりの女性に縛られるなどまっぴらだと考えていたろくでなしより、今のぼくのほうが一〇倍はましなのに。

裏を返せば、ぼくは臆病になったということなのかもしれない。

アシュビーは自分に嫌気が差してドアから体を起こし、ビリヤードの球を台に並べると、棚から突き棒《キュー》を抜き取った。イザベルが去ったのも無理はない。女性は弱い男が嫌いだ。かわいい鼻で有望な男を鋭くかぎ分けるくせに、悪い男の罠《わな》に簡単に落ちる。かつての自分が女性を引き寄せたのはそのせいなのだから、よく承知している。

彼は勢いよく球を突いてポケットに落とし、緑のフェルトの上に残っているボールの位置を吟味した。顔の傷跡さえなかったら、拒絶など受け入れなかった。フィップスの調査によると、イザベルは社交界にデビューして以来、すでに一二回の求婚を受けている。そのうち五回はスティルゴー子爵の立ち合いのもとで行われたが、彼女はいずれも拒絶した。爪の手入れを怠らない、しゃれたクラヴァットを巻いた男どもと同じ扱いを受けたのだと思うと腹が立つ。

アシュビーは昔の自分に戻って、イザベルを激しく嫉妬させる場面を思い描きながら、球を順番にポケットへ落としていった。その空想があまりに小気味よかったので、しまいに笑みが浮かんだほどだ。最後の球が落ちて時計を見ると、ようやく一〇時だった。結局のところ、イザベルの主張は正しかったのかもしれない。長い禁欲生活のあとで若い娘が戸口に現れたものだから、運命の相手と思い込んだだけなのでは？ そうだ、そうに決まっている。屋敷のなかに閉じこもり、自分を抑圧して生きるのは健康的とは言えない。ひとりでビリヤードをしていることが急に虚しく感じられた。かつての自分を取り戻すために、なにか行動を起こさなくては。このままでは召し使いにも相手にされなくなってしまう。

アシュビーはキューをビリヤード台に投げ、決然とした足取りで自室へ向かった。なんとしてもイザベルに後悔させてやるつもりだった。どんな犠牲を払っても。ベルを鳴らしてフィップスを呼び、クローゼットに入る。そして迷うことなくベストと上着に袖を通した。悩んでいたら玄関を出ることもできなくなる。

フィップスが戸口に現れた。「お呼びですか？」

「外出する」アシュビーは糊のきいた新品のクラヴァットを首に結び、結び方を覚えていることに驚いた。軍隊にいたときはずっとひとりで身支度をしていたのだが、ここ二年ほどは従者に任せっぱなしにしていたのだ。

「すぐアポロに鞍をつけさせます」

「いや、馬車にしてくれ」アシュビーは驚いている執事の前を通り過ぎ、廊下を書斎へ向かった。財布を見つけ、紙幣を入れていると、困惑した表情のフィップスが再び顔を出した。

「じきに馬車の用意が整います。あの――？」

「なにもきくな」アシュビーは景気づけにウィスキーを注ぎ、一気に飲み干した。ここでフィップスに尋問されたら怖じ気づいてしまう。忠実な執事もそれは望んでいないだろう。

「帽子とコートをくれ」もう何年も使っていないので、それらがどこにしまわれているのか見当もつかなかった。すでに流行遅れかもしれない。

さらに一杯ウィスキーを流し込んだアシュビーはついに玄関に立った。フィップスが見覚えのない帽子とコートを差し出す。執事はひと言も発しなかったが、思いやりに満ちた目には主人の幸運を祈る気持ちがはっきりと表れていた。


イザベルは家人が寝静まるのを待って、いらいらと寝室のなかを歩きまわっていた。もう二度も階下の様子を見に行ったのだが、図書室ではスティルゴーが相変わらず葉巻をくゆらせ、寝酒を片手に新聞を読んでいた。兄は愛しい妻の待つベッドが恋しくならないのだろうか？ わたしが妻なら、絹のネグリジェだけを身にまとって図書室へ乗り込み、夫のお気に入りの肘掛け椅子の上で誘惑するところだ。

イザベルの口内がからからになった。彼女の妄想のなかで相手役を演じるのは、いつでもパリス・ニコラス・ランカスターだったからだ。

この三日間というもの、イザベルはひとりで悩んでいた。自分より年上で知恵もある女友達に相談すれば親身になってくれることはわかっていたが、アイリスは男性全般に否定的で、ソフィーは愛よりも安定を重んじるきらいがある。両極端な男性観を締め出して自分の内なる声に耳を澄ませた結果、イザベルが導き出した答えは単純で、揺るぎないものだった。アシュビーのことを愛している。それだけは変わらない。

そんなわけで彼女は、資金集めのためにソフィーが企画した夜会を欠席して家にいた。アシュビーに会いに行こうと決めたのだ。

姿見の前で立ちどまり、ケープを取って自分の姿を点検する。これで一〇回目だ。金色の巻き毛は結わえずに、肩に流れ落ちるままにしていた。胸元の大きく開いた濃いサファイア色のサテンのドレスがろうそくの光を反射している。それは、不満や怒り、その他もろもろの感情と闘って選んだドレスだった。イザベルは青白い頬をつねって赤みを加え、香りつけのためクローブの実を口に含んだ。すべてを完璧にしなければならない。アシュビーにどうしても手に入れたいと思ってもらわなければならないのだ。

最後の瞬間になって、身のまわりのものや着替えも持っていったほうがいいように思えてきた。ただし夜着はいらないだろう。アシュビーが、わたしの母に書いた手紙を捨てていないといいのだが。もう二度と彼のもとを離れるつもりはない。

廊下の向こうでドアの閉まる音が聞こえたので、イザベルは自室のドアを開けて廊下をのぞいた。しんとした暗闇が広がっている。足音を忍ばせて階段を下りたが、召し使いたちも床につき寝入っているらしく、人の気配はなかった。玄関のドアノブに鍵がつるしてある。予備の鍵は書斎の机のなかだ。玄関を開けっぱなしで出ていくわけにもいかないので、彼女は鍵を取って表へ出た。

五分後、イザベルはようやく通りかかった乗り合い馬車をとめて御者に住所を伝えた。おてんば娘が夜中にひとりで乗り合い馬車で出かけたなどと知れたら、母は世間に顔向けできないとアメリカ行きの船に乗ってしまうだろう。

馬車がパークレーンに差しかかる。イザベルは硬貨を取り出そうとレティキュールに手を突っ込みながらも、ランカスター・ハウスの白い柱を探して窓の外に目を凝らした。

「とめて！」突然、彼女は御者に命じた。アシュビーの屋敷の前に黒い馬車がとまっていることに気づいたからだ。夜の一時に来客だろうか？　イザベルは窓から頭を突き出し、目立たないよう屋敷に近づいてほしいと小声で告げた。馬車の扉に描かれた紋章がしだいにはっきり見えてくる。あれはライオン……アシュビーの馬車だ。こんな夜中に人目を忍んでどこへ出かけるつもりかしら？　そのとき、外出着を着込んだ男が表に出てきた。マスクはつけておらず、肩当てが二重になった黒いコートに帽子をかぶっている。アシュビーはこれから外出するのだ！

アポロに乗ってセブン・ドーヴァー・ストリートへ行く以外、外出しなければならない用事などないはずなのに。イザベルは暗くなってから紳士が訪れそうな場所を思い浮かべてみた。考えられる行き先はひとつしかない。昔の愛人のところだ。

〝公の場〟には出ないというのは、私的な外出はするということなのね。それなのにわたしときたら、性懲りもなく身を捧げに行くところだった。もうたくさんよ！

馬車に乗り込むアシュビーを、イザベルはみじめな気持ちで見守った。彼の馬車が遠ざかるのを待って、御者にセブン・ドーヴァー・ストリートへ引き返すよう指示を出す。アシュビーの肩を持ったソフィーに文句を言ってやりたかったが、たとえ友人であっても、この恥辱は知られたくなかった。

ライアン・マカリスター少佐は、辛口の白ワインが入ったグラスから目を上げて咳き込んだ。「もう酔っ払ったのかな？　あの人がやってくるなんて！」

友人のオリヴァー・カーティス大尉がライアンの視線をたどる。「まさか……あれはアシュビー大佐？　屋敷にこもっているはずではなかったのか？」

「どうやら違うみたいだな」ライアンはつぶやいた。「奇跡が起きた理由は、なんとなく察しがつくがね」椅子を引いて立ち上がり、豪華ではないがひととおりの設備を備えた社交場を横切って元上官のほうへ歩み寄る。ここは上品ぶった貴族用のクラブではなく、陸軍将校用のクラブなのだ。「アシュビー卿」彼は右手を差し出してほほえんだ。「来てくださって光栄です。一緒に飲みませんか？」

アシュビーは部屋のなかをざっと見まわして、古い知り合いにうなずいた。ほとんどが軍服を着ており、そのことが彼の緊張をやわらげてくれた。「気を遣わないでくれるなら」彼はライアンの手を握り返してにやりとした。ライアンのあとに続きながら、彼の自信に満ちた態度をまぶしい思いで見つめる。自分にも、あんなふうに怖いもの知らずの時代があったのだ。

テーブルにつくとすぐにカーティス大尉がやってきて、アシュビーに握手を求めた。「お会いできて光栄です、大佐。上等の白ワインを開けたところなんです。もしスペイン産のほうがお好みでしたら……」

「きみたちと同じものでいい。見てのとおり――」アシュビーは自分の服装を指した。「もう軍服は着ていないんだ。アシュビーと呼んでくれ」ライアンが給仕にグラスを運ぶよう合図する。アシュビーはクラヴァットを緩めたい衝動をこらえて席についた。「それで、きみたちふたりはインドを抜け出してなにをしているんだ？」給仕がやってきて、アシュビーのグラスにワインを注いだ。

ライアンとカーティスは声をそろえて笑った。「ぼくは病気休暇なんですよ」ライアンが答える。「こいつは妹の結婚式です。シルヴィアがようやく近眼男をつかまえて――」

「黙れ、マカリスター」カーティスが遮った。「妹の鼻に関するつまらん冗談を言ったら承知しないぞ。あんなのおかしくもなんともない」

アシュビーは懸命に笑いをこらえた。実際、シルヴィア・カーティスはその長い鼻ゆえに〝銃剣〟とあだ名され、苦しい戦いのあいだも隊員たちに笑いを提供してくれた。ライアンがまったくの無邪気を装って言い返す。「ぼくが言いたかったのは、われらがシルヴィアが目ききの武器収集家に嫁いだってことさ」この発言には、アシュビーもこらえきれずに噴き出してしまった。

「いいかげんにしてくれ。どこがおもしろいんだ？」カーティスがライアンに殴りかかりそうな形相になった。

「そのとおりだ」アシュビーは笑いをこらえようと苦心しながら謝った。「すまない」

カーティスが立ち上がる。「ぼくは賭けの様子を見てきます」背後から追いかけてくる苦笑に顔をしかめつつ、彼は賭博室へ消えた。

「ぼくらは失礼極まりないな」アシュビーはワイングラスを満たした。「彼女の鼻はそこまで長くない」

「しばらく会っていないから、そんなことをおっしゃるんですよ。人間のあらゆる器官のなかで、鼻だけは成長をやめないらしい。昔のわれわれはむしろ気を遣いすぎていたかもしれません」

アシュビーはくっくと笑いながら、部下のなかでも飛び抜けて優秀だった男をまじまじと見つめた。「ところで、金と象牙の地をあとにするとはよほどの病気なんだろう？　ぼくの目にはすこぶる健康そうに見えるが」

ライアンがほほえんだ。「財布の痛みと胸の痛みですよ。これがつらいことに、一方を治療するともう一方が悪化するんです」

「恋わずらいか？」アシュビーはにやりとした。「それで、その不幸な女性は誰だ？」

「青い瞳をした美しい天使です。今日だって慈善事業の夜会さえなければ、彼女を追いかけまわすところなんですが」

アシュビーの笑みが消えた。「その天使とやらはきみの求愛に応えているのか？」

ライアンはグラスのなかのワインを凝視した。「ご婦人の名誉にかかわることを軽々しくしゃべるようでは紳士と呼べませんからね」

では、イザベルは嘘をついていたのか？ ライアン・マカリスターの求愛を受けていたというのか？ 激しい嫉妬に襲われ、アシュビーは両手を握りしめた。〝暴力はなしだ。冷静になれ〟そう自分に言い聞かせる。「彼女のことはあきらめてくれ、マカリスター」低い声で警告する。軍で身につけた口調だ。「その女性には手を出すな」

「わかっています」ライアンがつぶやいて目を細めた。「ですが、女性をペット扱いする怪物は許せません」

その言葉にアシュビーは身をこわばらせ、歯ぎしりをした。「彼女にとってなにが幸せか、わかった気でいるのか？ 放っておくんだ。きみの出る幕じゃない」

ライアンがとまどいの表情を浮かべた。「あなただって同じでしょう」

「ぼくは違う。今後彼女に近づいたら、すぐさまインド行きの船に放り込むぞ」

ライアンが椅子を引いて立ち上がった。「あなたと争いたくはありませんが、ご忠告に従うつもりは毛頭ありません。夜明けに決着をつけますか？」

アシュビーは素早く部屋を見まわして立ち上がり、低い声でゆっくりと答えた。「きみと闘うつもりはない。だが、忠告に従わないのであれば国外追放にする」

ふたりは長いあいだ顔を突き合わせていた。「ぼくはあなたのことを紳士だと思っていました。名誉を重んじる男は拳銃で勝負をつけるものだ。裏で陸軍省に手をまわしたりせずにね」

アシュビーは好戦的な血を抑えた。「さっきも言ったとおり、きみと闘うつもりはない。だがイザベルに手を出すなら、一生インドから出られないものと覚悟するんだな」

「イザベルですって？」ライアンが目をしばたたいた。「なんてことだ。ぼくの相手はイザベル・オーブリーではありません。ぼくは――」アシュビーのほうへ上体を寄せる。「彼女の友人であるアイリスの……レディ・チルトンの話をしていたのです」

アシュビーはとっさに反応できなかった。それほど激昂《げっこう》していたのだ。冷静に考えれば、ライアンがイザベルの話をしているのではないことくらいわかったはずなのに。イザベルには多額の持参金があるので、財布も恋わずらいも一挙に解決できる。短気を起こしたばかりに、元部下に本心を知られてしまった。アシュビーは咳払いをして右手を差し出した。「すまなかった。今の話は内密にしてもらえるか？　ぼくもきみの話は他言しない」

ライアンはほっとした表情でうなずき、差し出された手を取った。「ありがとうございます」

ふたりは席について互いを探り見た。誤解は解けたものの、気まずい雰囲気が漂っている。アシュビーは女性のことでかっとなった自分に驚いていた。イザベルが現れてからというもの、うまく感情を抑制できない。

ライアンがおもしろがるような顔つきでワイングラスを手に取った。「彼女はあなたのお相手としては少々若いのでは？」

「少なくとも既婚者ではない」アシュビーもにやりと笑い返した。

「まあ、仮面舞踏会でお会いしたときから、なんとなく気づいていました。ただ、彼女は心に秘めている人が……いや、ちょっと待てよ」ライアンは納得したようにほほえんだ。「あれはあなたのことか。ぼくがあなたの名前を出したときは素知らぬふりをしていたくせに、まったく女性ってやつは」彼はワインを飲み干した。

アシュビーの鼓動が乱れた。「いつ彼女にぼくの話をしたんだ？」

「数週間前です。イザベルが……そのレディ・チルトンともうひとりの友人と昼食をとっているのを見かけて声をかけたら、慈善事業に必要な名簿の話になって、あなたに頼んでみればいいと言ったんです」ライアンはにやりとした。「どうやら頼みに行ったらしい」

彼女が最初にやってきたのは名簿の話が出る前だったが、そこまで説明する必要はない。ライアンがワイングラスを掲げた。「彼女はひまわりのような人ですね。ぼくも誘いをかけたんですが、肘鉄を食らって――」

「肘鉄を？」

「しかも強烈なやつを。だが、彼女の母親はハーワース公爵の孫に娘を嫁がせたいらしい。イザベルはなんとしても抵抗すると言っていましたが、急がないと説き伏せられてしまうかもしれませんよ。あの母親はなかなかしぶとそうでしたから」ライアンが目配せした。「それで、名簿は手に入れてやったんでしょうね？」

アシュビーはワイングラスをまわした。「ああ。それにもかかわらず、彼女はぼくを拒絶したんだ」

ライアンのグラスが空中でとまった。「あなたを？」

アシュビーはため息をついた。「檻に閉じ込められるのはまっぴらだと言われたよ。たぶんその女友達の影響なのだろう。かわいそうなレディ・チルトンの」

ライアンが怒りに顔をゆがめた。「あのチルトンという男は実際、アイリスを閉じ込めているんです。侍女から聞き出したところによると、彼女はその日の予定についていちいちうかがいを立てなければ外出できず、ほかの男とダンスをすることも許されないらしい。しかも精神的な圧迫や言葉の暴力だけではないんです」

「そいつが女性に手を上げていると？」相手が誰であれ、男性が女性を殴るなど許されることではない。自分がマカリスターの立場なら、非暴力の誓いなどなげうってチルトンの心臓を引き裂いてやるところだ。イザベルがぼくとの結婚生活に危機感を覚えたのも無理はない。最終的に女友達と同じ境遇に追い込まれると思ったのだろう。「レディ・チルトンなら会ったことがある。美しくて繊細な女性だ。あんな女性に手を上げるとは、いったいどんな化け物なんだ?」

「金と権力を持つ古狸《ふるだぬき》です。それでもアイリスはあの卑劣漢と別れようとしない」ライアンは自虐的に鼻を鳴らした。「はっきり言ってくれてかまいませんよ。そういう事情なら、彼女のことはあきらめてインドに帰れと。望みのない恋は忘れて、金と象牙をポケットに詰めるべきだとね」

「ぼくは説教できる立場にないよ。数年前に神を信じることもやめてしまった」

ライアンがにやにやして頭を振った。「われわれは似たような状況にあるわけだ。ぼくは真実の愛を手放した。そしてあなたもあきらめようとしている」給仕にワインをもう一本運んでくるよう合図する。「こうなったら酔っ払うしかありませんね」

アシュビーはライアンを横目で見た。「どうしてぼくがあきらめると思うんだ?」

「今、ここに座っているからですよ。イザベルの意中の人があなたならば、まだチャンスが残っているのに。ロンドンにはぼくのほかにもハンサムで魅力的な独身男がいるんですよ。あのひまわりはそういうやつらの注目の的だ」

イザベルが愛しているのはぼく以外にいない。アシュビーは悲しげな笑みを浮かべた。彼女は愛に満ちた瞳と、雪のように清らかな体で訪ねてきてくれた。そして、ぼくのもとを去ったときはその両方を失っていた。彼は咳払いをした。「仮にきみがぼくの立場ならどうする? ぼくはあまり……」イザベルはなんと言ったかな? 「その……社交的ではないが」

「あなたの立場なら？」ライアンがにやりとした。「自分がいちばんされたくないことをしますね。これは元上官から教わった戦法です」

「されたくないことは山ほどある。もっと具体的に言ってくれ」

「彼女の親友を口説くんです」

それを考えなかったわけではないが、イザベル以外の女性を口説くのも、女性たちから口説かれるのも気が進まない。それが彼女の親友となればなおさらだ。「イザベルの親友はきみの大事なレディ・チルトンだぞ」

「もうひとりの女性は？　あの色っぽいフランス産のチョコレートスフレはどうです？」

アシュビーは顔をしかめた。「そんなことをしたら一等客車で地獄行きだ。女性には、友人同士のあいだでは恋人を共有しないという暗黙の掟《おきて》があるんだろう？」

ライアンが立ち上がった。「どうでしょうね。さあ、賭博室へ行って、あなたの資産を少し分けていただくとしましょうか。ナポレオンをこてんぱんにした技をお見せしますよ」

アシュビーは苦笑いを浮かべた。「案内してくれ。どうせ地獄行きは決まっているんだ」

24

誰かが事務室のドアをノックしている。「どうぞ!」イザベルは慌てて答えた。どうもおかしい。箱に入れてしまっておいた寄付金が五〇ポンド足りないのだ。今朝、レベッカに給金を払うときに計算したので間違いなかった。レベッカに余分に支払ったのだろうか? いや、それはないだろう。硬貨で五〇ポンドも余分に払うことなどありえない。寄付金の箱はいつも鍵のかかる引き出しにしまってあり、その引き出しをこじ開けたような形跡もなかった。イザベルはその日の出来事を思い起こした。一度だけ、机の上で箱を開けっぱなしにしていたけれど……いいえ、まさか。あの人であるはずがない。

「わたしのこと、怒ってるの?」ドアのほうから悲しげな声がした。

イザベルは顔を上げた。「いいえ、そんなことあるはずないでしょう。どうしたの、アイリス? 座ってちょうだい」

アイリスが机の前に座った。「さっきソフィーと話したの。わたしのばかな昔話のせいで、あなたが最高のチャンスを逃したのではないかと……」

二日前にランカスター・ハウスの前から馬車を出したときの動揺がよみがえる。イザベルは紙幣や勘定書を箱にしまって鍵をかけた。それをさらに引き出しに入れて施錠する。「ソフィーったら、あなたを責めたの？　彼女は誤解しているのよ。ジョージとの結婚生活で男女関係の権威にでもなったつもりなんだわ」

「だけどアシュビーの求婚を断ったのは、わたしの愚痴を聞いたせいなんでしょう？」アイリスは顔色が悪く、左顎には青あざができている。

彼女にこれ以上の責めを負わせることなどできるはずがない。「ばかなことを言わないで。あなたが責任を感じる必要なんてないわ。わたしとアシュビーの問題は、傍《はた》から見るよりもずっと複雑なの」

「それで、これからどうするの？」アイリスが尋ねた。

イザベルは肩をすくめた。それは自分でもわからない。できることなら深い穴に潜り込んで、すべてを忘れてしまいたかった。落ち込んでいるなどという段階はとうに通り越している。

「彼はわたしたちの後援者で役員会の一員でもあるのだから、顔を合わせないわけにはいかないのよ」アイリスが言う。

「用事があるときはあなたに頼むわ」イザベルは無理にほほえんだ。

「あなたは彼に腹を立てているみたいね。断られたのは彼のほうなのに。あなたが〝ノー〟と言ったんでしょう？」

〝ノー〟と言ったあとで〝イエス〟と言い直そうとしたが、すでに手遅れだったのだ。つまり今はわたしのほうが拒絶された側ということになる。だが、それを打ち明けるつもりはなかった。「あなたこそ、そのあざはどうしたの？　腫れているじゃない」

アイリスは目をそらした。「なんでもないわ。ちょっとした事故よ。その、混雑した通りを渡るときに――」

「その言い訳は前にも聞いたわ」イザベルはやさしく指摘した。

「帰りましょう。もう遅いし、今夜はお芝居に行くんだもの」アイリスが立ち上がろうとする。

イザベルは机に身を乗り出して友人の手をつかんだ。「アイリス、うちで暮らさない？　スティルゴーは気にしないわ。あの男と離婚するのよ。噂が気になるなら、社交シーズンが終わるまで兄の別荘に滞在すればいい。あの男のところへは戻らないで。お願いよ」

アイリスは決然とした表情を見せた。「ありがとう。でも心配しないで。同じ過ちは二度と繰り返さないから」

「過ちって？」気丈にふるまう友人の姿に、イザベルは胸が張り裂けそうになった。

「ライアンと一緒にバルコニーから戻ってくるところを夫に見られたの。それで彼は機嫌をそこねて……」

「ライアンとなにがあったの？　もしかして、わたしが余計なことをしたから……」

アイリスがイザベルの手を軽くたたいた。「まあね。でも、世の中には抗えない誘惑というものがあるのよ。ライアンはね、駆け落ちしたものの、わたしを養う自信がないことに気づいて怖くなったのですって。彼の乏しい想像力が現実に追いつかなかったのね」

「そんな言い訳ってないわ。あなたをよく知っているなら、財産や社会的地位にこだわらないことくらいわかりそうなものなのに」

アイリスの空色の瞳に頑固な光が宿る。「あら、あなたこそ、わたしを誤解しているわ。五日前から、財産と社会的地位がわたしのすべてになったのよ」

「貧乏な軍人よりも、お金持ちの貴族と結婚するほうがいいとでも言ったんでしょう？　気持ちはわかるけど、ライアンも気の毒に」

「そうでしょうとも」アイリスはつぶやいて頭を振った。「ところでなにをしていたの？　わたしが入ってきたとき、なんだか慌てていたようだったけど」

イザベルは消えた五〇ポンドについて話した。「昼間に寄付金の箱をしまおうとしていたら、例によってジョンが舞踏会の一件を謝罪しに来たの。これで五日連続ね。わたしは今夜の演劇のことであなたに伝えなきゃならないことがあって、彼をここで待たせてあなたの部屋に行ったわ。メモが残っていたでしょう？　ここに戻ったらソフィーがジョンと雑談していた。ソフィーがお金を持っていった可能性もあるけれど、なんのために？」

「明日、きいてみましょう。ソフィーったら、どこかから手紙を受け取って、慌てて帰ってしまったのよ」

イザベルはキスを交わすライオンの像をなでた。「ソフィーが持っていったのでないとしたら、誰かが後援者に相談しなくちゃいけないわね。彼ならどうしたらいいかを知っているはず」

「素直になりなさい。アシュビーに会いたいんでしょう?」

イザベルは肩をすくめた。「さっき誘惑がどうとか言ってなかった?」

「抗えない誘惑もあるってこと」


海色の瞳をした長身の伯爵が居間に入ってきたとき、ソフィー・ポーレット・フェアチャイルドは親友の立場をうらやましく思った。この人を拒むなんて、イザベルもばかなことをしたものだ。今ごろ後悔しているに違いない。一方の伯爵も深い傷心に苦しんでいる。

「アシュビー伯爵?」ソフィーは、挨拶をしたきり無言で居間をうろついている彼に声をかけた。「自分へのご褒美にしている極上のブランデーがあるのですけれど、召し上がられません?」

アシュビーが暖炉の前で立ちどまり、ソフィーと目を合わせた。「ぜひ」

ソフィーは愛想よくほほえんで長椅子から立ち上がると、ふたつのグラスにブランデーを満たした。「さあ、どうぞ」彼にグラスを渡して長椅子に戻る。一杯のブランデーで彼の口をなめらかにできればいいのだが。二杯以上飲むと、ソフィーは眠くなってしまうのだ。

アシュビーは酒を飲み干してグラスを脇に置いた。「面会を承諾してくれてありがとう。てっきり断られると思っていました」

「アシュビー卿、どうかおかけになって。わたしでお役に立てることがありますか?」

向かい合った椅子に腰を下ろすアシュビーの流れるような動作を見て、ソフィーはうっとりとため息を漏らした。彼女はたくましい男に弱いのだ。

「ぼくはイザベルを手に入れたいのです」アシュビーが熱のこもった声で言った。

「それは見ていればわかります」彼女は同情の笑みを浮かべた。「喜んでお手伝いを――」

「実際、鍵を握っているのはあなただ」アシュビーが長い髪をかき上げた。パリでは長髪が流行しているが、彼の場合は顔の傷跡を気にしてのことだろう。男ときたら、なにもわかっていない。あの傷跡が整った顔立ちに危険で謎めいた雰囲気を与えているのがわからないのだろうか？　「ぼくの計画を成功させるために、敵に……協力してもらえないかと」

「敵というのはご自身のことね、アシュビー卿？」

「アシュビーと呼んでください」彼は身を乗り出した。「ミセス・フェアチャイルド、ぼくは――」

「わたしを共謀者にするおつもりなら、ソフィーと呼んでくださいな」

「もちろんです、ソフィー。ちょっとした芝居に力を貸してほしいのです」

彼女はにっこりした。「愛人のふりをしろということかしら？」

アシュビーが目をしばたたいた。「あなたに言い寄っているふりをしてもよいかと尋ねるつもりでした。だがよく考えてみると、世間は愛人と思うかもしれません」彼はほほえんだ。「つまり「失礼ですが、なぜぼくの考えていることがわかったのですか？」

「恋の駆け引きはフランス人のお家芸ですもの」ソフィーはブランデーを飲んだ。

イザベルを嫉妬させたいのね。悪くないわ。わたしも何度か同じ手を使ったことがあります」

「それだけではないんです」アシュビーが体をこわばらせて息を吸った。「実はそろそろ社交界に復帰しようと考えていて……ただ、何年も引きこもっていたせいで勝手がわからない」面目なさそうに笑う。「そこであなたに同伴をお願いできないかと……」

ソフィーは彼の全身を眺めまわした。「言い寄ってくる女たちを蹴散らすのもわたしの役目なのかしら？」

「それはやってみないとわかりません」アシュビーはやわらかな笑い声をたて、すぐ真剣な表情に戻った。「正直に言うと、社交界に戻るのが不安なんです。理由はおわかりでしょう？」

傷跡のせいだけとは思えなかったが、ソフィーはうなずいた。実際、アシュビーから手紙を受け取ったとき、彼女はさほど驚かなかった。むしろ自分のほうから連絡をとって、女性の助言を得るよう説得しようと思っていたところだ。彼から行動を起こしてくれたおかげで、その手間が省けた。「どうしてわたしに相談を持ちかけたのですか？」ソフィーは彼の本音が聞きたかった。

「あなたはあらゆる条件を満たしているからです。美しく、洗練されていて、ご結婚の経験もある。現実をわかっておられると思いました。社交界にデビューしたての娘とは違って自立しているし、ぼくがそばにいても……緊張している様子がなかったので」

「隠しごとはなしという条件を守っていただけるなら、わたしたち、うまくやっていけると思います。でも、お知り合いのなかにも力になってくれる人がいるでしょうに」

「昔の知り合いには頼みにくくて」アシュビーが皮肉めかしてほほえむ。放蕩者には純粋な女友達などいないらしい。まあ、彼と一緒にいて友情で満足する女なんていないのだろう。

「あなたはイザベルと親しいから、彼女の交友関係を心得ているでしょうし、お芝居がすんだら身の潔白を証明してくれると思ったのです」

「そんな先まで考えていらしたのね」イザベルがアシュビーを恐れる理由がわかった。彼はすべてを見とおして動いているのだ。

「極めつけは――」アシュビーは両手でブランデーグラスをもてあそんだ。海色の瞳が青みを増す。「あなたとぼくはお似合いだとイザベルに言われたことがあって」

「イジーがそんなことを?」ソフィーは珍しく真っ赤になった。「まあ、どうしようもない娘ね! わたしが戦前はパリでオペラ歌手をしていたことも話したのでしょう?」

「いや」彼はおもしろがるように目を輝かせたあと、はっとして笑い出した。「そうか!」

ソフィーはアシュビーの笑顔に見とれた。彼に惹かれずにいるのは思ったほど簡単ではないかもしれない。彼女は唇を引き結んだ。「なにがそんなにおもしろいのかしら?」

「いや、自分がばかだなと思って。ぼくは……顔に傷跡があるから、あなたにもなにか秘密にしなければならないことがあって、それでお似合いだと言われているのだと思っていました。だが、そうじゃなかった。彼女はぼくがオペラ歌手好きだという噂を聞いて……」

「まあ」ソフィーは眉を上げた。「実際はどうなの？」

「昔、そういう噂が流れたことがあるんです。ぼくがやんちゃをしていたのは、あなたが舞台に上がるずっと前ですが」

彼女は相手の容貌を観察した。「あなただって、それほどの年ではないでしょう？」

「もう三五歳です。あなたよりはだいぶ上だ」

実際はひとつしか違わなかったが、それはソフィーと神さまだけの秘密だった。「でも、そういう経緯があるとすれば、こじれるかもしれないわね」彼女は心配そうに顔をしかめた。「イザベルは、自分では物足りなかったのだと思うかもしれない」

アシュビーの笑みが消えた。「イザベルは完璧だ」思いつめた瞳で熱っぽく訴える。

完璧だとしても、ものごとがよく見えていない、とソフィーは思った。友人が愛されていることをうれしく思う一方で、寂しさが胸を刺した。わたしにもいつか、こんな目で見つめてくれる男性が現れるだろうか？「ともかく、家に帰って着替えてきたほうがいいわ」

アシュビーが息をのんだ。「今夜さっそく？」

ソフィーは面食らっている彼にほほえみかけた。「先手必勝というでしょう？敵が攻めてくるのを待っていてはだめ。今夜、ハンソンとオリヴィアがアイリスとイジーをコヴェント・ガーデンに連れていくの。社交界に復帰するにはぴったりの場所だわ。人でごった返す舞踏室で押し合いへし合いする代わりに、暗がりに座っていればいいんだから。わたしの義理の両親がボックス席を――」

「席のことは任せてください。確かに劇場なら好都合かもしれない。感謝しますよ」そう言いながらもアシュビーの笑みはどこか不安そうだった。

「どういたしまして」ソフィーは立ち上がり、励ますようにほほえんだ。週末を迎えるころには、イザベルはわたしを絞め殺したいと思うようになるかもしれない。だとしても、こうするしかないのだ。彼女はアシュビーを玄関まで送っていった。「一時間後にいらしてね。黒っぽい服がいいと思うわ」

「承知しました」彼は優雅におじぎをした。「メモ帳を持っていったほうがいいかな？　あなたに助言されたことを書きとめるために」

「どうかしら。イジーに対しては感じよくふるまってね。あくまで自然に、でも自然すぎてもだめよ」

「イザベルはあなたに腹を立てるだろうな。友情が壊れてしまうかもしれない」

「大丈夫。一時的なことだから」

「そうだといいが」アシュビーは真剣な表情でそう言って、石段を下りていった。

25

ぼくのことは忘れてくれ、ときみは言った
青ざめた顔で、目を潤ませて

バイロン卿『ジョージ・ゴードン』

イザベルにとって観劇は楽しみのひとつなのだが、今夜ばかりは拷問のように感じた。シェークスピアのしゃれた台詞は耳の上を素通りする一方なのに、じっと椅子に座っていなければならないからだ。やはり舞踏会にすればよかった。踊ったりおしゃべりをしたりしていれば、少しは気が紛れただろう。ハンソンから誘われたときに生返事をしたことが悔やまれたが、あのときはアシュビーのことで頭がいっぱいで、ほかのことに頭がまわらなかったのだ。

アシュビーはあんな夜ふけに誰のもとを訪れたのだろう？　ひとりで落ち込んでいるのではと心配した自分がばかみたいだ。結局、求婚を断って正解だったのかもしれない。もう少しで浮気者を夫にするところだった。だが二年も禁欲をしていた人が、わたしを抱いた同じ週に別の女のもとを訪れたりするだろうか？
いずれにせよ、アシュビーに秘密があることは間違いない。それこそがふたりのあいだに横たわる障壁だった。彼を恋しく思う気持ちと、怒りと、焦燥感が交互に襲ってくる。一糸まとわぬ姿で抱き合う場面が頭に浮かんだかと思えば、彼の頭をたたいてやりたい衝動に駆られ、イザベルはどうかなってしまいそうだった。

ふと、誰かが彼女の手にふれた。「ジョン、やめて」

「ぼくらはもう婚約したも同然じゃないか」ハンソンが耳元でささやく。「手を握るくらい平気さ」

ハンソンは決して不快な相手ではないが、彼はアシュビーではない。「まだ婚約なんてしていないわ」イザベルは彼の手を扇でたたいた。「やめてちょうだい」

ハンソンがくすくす笑った。「時間の問題さ。明日、スティルゴーに話をするつもりだ」

まずは本人の意思を確認すべきだと言いたいのを、イザベルはぐっとこらえた。「あら、馬車にパンフレットを置いてきてしまったみたい。ジョン、申し訳ないけれど取ってきてくださる？」

「喜んで」ハンソンはわざと膝をふれさせて立ち上がり、ボックス席を出ていった。イザベルはほっとして背もたれに身を預けた。兄はわたしに相談もせずに求婚を受けたりはしない。だが、いつまでも結婚を避けるわけにはいかないのも確かだ。もう愛する男性と結ばれる望みはないのだから……。

「慈善事業は大成功ね」オリヴィアが弟の席に移動してきた。「みんな、その話で持ちきりよ。とくに謎めいた後援者についてね。彼とはどうやって連絡をとるの？　向こうが事務所に来るのかしら？　それともあなたがランカスター・ハウスを訪ねるの？」

「手紙です」イザベルは嘘をついた。請求書や書類を送っているのは事実だ。

「若いときのアシュビーは本当にハンサムだったのよ。わたしたちは幼なじみなの。ご存じ？」イザベルは首を振った。オリヴィアが意味ありげな視線を送る。「あら、あの人ったら、話さなかったのね？　とても親しかったのに。わたしのおじいさまが彼の境遇に同情して、行事があるときは必ず食事に招待していたから。かわいそうに、アシュビーには誰もいないでしょう？　だからうちの家族が受け入れてあげたの。わたしたちがいなかったら、アシュビーは休暇中もイートン校の寄宿舎にいたでしょうね。従僕に囲まれてひとりで食事をするのは嫌いだと言っていたもの」

　オリヴィアの尊大な口ぶりに、イザベルは嫌悪感を覚えた。アシュビーがセブン・ドーヴァー・ストリートを好んだのも当然だ。オーブリー家には、〝受け入れてあげた〟などと思う人はいない。

「そのうち彼はわたしに夢中になったわ」氷の女王が狡猾な笑みを浮かべた。「あの人、何通も手紙をくれたのよ。気持ちのこもった情熱的な手紙だった。初恋は永遠だと言うじゃない？」オリヴィアがため息をつく。イザベルはその頬をひっぱたきたくなった。底意地の悪い魔女！　嫉妬の炎が燃え上がる。

アシュビーはオリヴィアに恋していたのだ。元婚約者というのは彼女に違いない。この氷の女王がアシュビーからの恋文を持っている。

オリヴィアは満足げな表情で決定打を放った。「彼に求婚されたとき、断ることができなくて婚約したの」

やはり謎の婚約者はオリヴィアだった。ウィルやスティルゴーは知っていたはずだ。なんでわたしに教えてくれなかったのだろう？　アシュビーもどうして隠したりしたの？　まだオリヴィアに未練があるのかしら？　イザベルは動揺を隠して尋ねた。「なぜ結婚しなかったんです？」

「それから三年間も婚約していたの。彼は英国へ帰ってくるたびに、わたしのもとへ寄ってくれたわ。でもわたしとしては、永遠に戦争が終わらないように思えてきて……」

「それでブラッドフォード卿と結婚を？」最低だ。アシュビーが駆け落ちをしようと言い出した理由がわかった。〝結婚を先延ばしにしたら、いろいろと面倒なことが起きるんだ。信じてくれ。ぼくには経験がある。決して楽しいものじゃない〟彼がナポレオンと戦っているあいだに、愛する女性は別の男に走ったのだ。オリヴィアはなんて冷たい女なのだろう。そもそもブラッドフォードなどアシュビーの足元にも及ばない。彼を拒んだわたしも、この女と同じくらい愚かなのかしら？

「アシュビーったら、そのあとすっかり荒れてしまったらしいの」オリヴィアがため息をついた。「彼の友人から聞いたところでは、一カ月ほど酒浸りになって、そのあとは人が変わってしまったとか。傷つけてしまったことは本当に申し訳なく思っているのよ。でも……」

他人を傷つけたことまで自慢の種にするなんて。イザベルはオリヴィアの話にうんざりして、オペラグラスでほかのボックス席の様子をのぞいた。すぐにサリー・ジャージーがライアン・マカリスターにまとわりついているのを発見した。アイリスが気づかないといいけれど。もしアシュビーがほかの女性をエスコートしているのを見かけたら、とても平静ではいられない。そんな場面は想像するのもいやだ。

イザベルは別のボックス席に目を移した。いつもながら観客は芝居よりも互いを探り見ることに夢中のようだ。それにしても、今日は客たちの視線が一点に集中している。彼らが見ているのはイザベルがいる席よりも右側の、舞台に近い上等な席だった。そちらへ視線を向けた彼女はショックに息をのみ、オペラグラスを落としそうになった。

アシュビーがいる！　彼は黒のスーツをまとって優雅に腰かけていた。白いクラヴァットにエメラルドのピンがとめてある。その横顔は、周囲の視線などまったく意に介していないようだ。それだけではない。彼の隣にはルビー色のドレスをまとった女性が座っていた。イザベルの位置からは女性の顔は見えない。アシュビーはここでなにをしているのだろう？　エスコートしているのは……娼婦《しょうふ》かしら？　二日前は夜中に外出し、今夜はこんなところにいる。引きこもっていたはずではなかったの？

アシュビーの視線がイザベルをとらえた。まるで彼女がそこにいるのを最初からわかっていたかのように落ちついた表情だ。ついにガーゴイルが穴から出てきた。ただし隣にいるのはわたしではない。彼女は震える手でオペラグラスを膝に置いた。彼はわたしに見せつけようとしているのだろうか?

アシュビーの瞳が謎めいた光を発する。彼は小さくうなずいて〝こんばんは〟と口を動かした。それからルビー色のドレスの女性のほうへ向き直る。連れの女性が顔をのぞかせて手を振った。

「ソフィー?」イザベルは息をのんだ。どうしてソフィーがアシュビーと? 彼女は背もたれにぐっと背中をつけ、肩越しにささやいた。「アイリス、あそこを見て……右のボックス席よ」

アイリスがイザベルの肩をつかむ。「まあ、ソフィー? 彼女ったら、恋のキューピッドになるつもりかしら?」アイリスはささやいた。「さあ、ほほえんで手を振って。なんでもないふりをするのよ。あとから好きなだけ追及すればいいわ」

手を振るのも、ほほえむのもごめんだ。なんでもないふりなどできるわけがない。「ソフィーなんて大嫌い」

「たぶんあなたのためにやっているのよ」アイリスが小声でなだめたが、イザベルにはそうは思えなかった。ソフィーがわたしのことを考えているというなら、あそこに座っているのはわたしのはずだ。

「なにかおもしろいことでもあったのかい?」ハンソンがオリヴィアの前の席からささやき、イザベルにパンフレットを差し出した。「一緒にうしろの席に座ろう」アイリスのほうを向いて尋ねる。「いいかな?」

イザベルはふたりから目を離せなかった。アシュビーが再び彼女のほうを見る。その目には勝ち誇った光が浮かんでいるように思えた。いい気味だと思っているのかしら? 求婚を断られた腹いせに、わたしの親友を誘って社交界に復帰したの? でも、ソフィーがそんな企みに協力するとは思えない。きっとなにか誤解があるのよ。アシュビーは復讐《ふくしゅう》をするような人ではないし、ソフィーが友情を裏切るはずもない。それでも信じられないことが目の前で起こっている。ソフィーがアシュビーの耳元でなにかささやくと、彼はにっこりして手袋に包まれた彼女の手を口元へ運んだ。

〝アシュビーがソフィーの手にキスをした!〟

イザベルはさっと立ち上がった。「席を替わりましょう、アイリス」

「大丈夫よ。前に座っていてもお目付役はできるわ」ためらうアイリスにオリヴィアが声をかける。

すれ違いざま、アイリスがイザベルの耳元でささやいた。「わたしなら、意中の男性の気を引くためだけに好きでもない男とボックス席の陰に座ったりしないわ。ほかの人の目もあるのよ」

席を替わらないなら家に逃げ帰るしかないし、それではアシュビーに恋していることを大声で宣言するようなものだ。イザベルは身をかたくしてうしろの席に腰を下ろし、舞台を凝視した。込み上げる涙をこらえ、必死で別のことを考えようとする。

ふいにハンソンが彼女の顎に指を添えて自分のほうへ向けさせた。イザベルが反応できずにいると、彼の唇が彼女の唇に重なった。〝なにをするのよ!〟イザベルは心のなかで悲鳴をあげ、ハンソンを押しのけてボックス席を飛び出した。劇場の出口に向かって、ひとけのない廊下を全力で走る。

「イザベル!」背後から深みのある声が聞こえたが、彼女は振り向かなかった。

正面玄関を出ると、ちょうど乗り合い馬車が入ってきた。「セブン・ドーヴァー・ストリートまで」イザベルは御者に告げて馬車に飛び込んだ。いきなり馬車が動き出したので、バランスを崩してすり切れたクッションに尻もちをつく。なんてひどい夜だろう! 一刻も早く家に帰りたい。

アシュビーが劇場の外に出たとき、イザベルを乗せた馬車はすでに走り出していた。ハンソンの首をへし折ってやりたい。ふたりがキスするのを見たときは、思わずボックス席から飛び出しそうになった。イザベルにやきもちを焼かせようとして、ライバルのあと押しをする結果になるとは! ちくしょう! すべてが裏目に出てしまった。

「なかに戻らないと、そろそろ休憩時間よ」背後からフランスなまりの英語が聞こえた。「せっかくここまでしたのに台なしにしないで」

彼はくるりと振り返った。怒りで全身が張りつめている。「彼女を追いかける! こんなことがあってたまるか! スティルゴーの耳に入ったら、明日の朝食までにイザベルはハンソンと婚約させられてしまう！」

ソフィーが従僕のほうをちらりと見た。「落ちついて、大声を出さないでちょうだい。スティルゴー子爵が、妹を意に染まない相手と結婚させるとと思う？」

「さっきはまんざらでもないように見えたがね。大勢の観客の前でキスするなんて！」

「ふたりを見ていたのはあなただけよ。ほかの人たちはわたしたちのほうを見ていたわ。第一、イザベルはすぐに相手を押しのけたじゃないの。わたしたちのことでショックを受けていたから、ふいを突かれただけよ。次はもっと警戒するはず。そもそも彼女にショックを与えるのが目的だったでしょう？　しばらくは辛抱しないと」

ぼくが別の女性を伴って劇場に現れただけでホワイトブロンドの鮫にキスを許すなら、明日はなにを許すかわかったものじゃない。アシュビーは髪をかき上げた。胸が詰まって息が苦しい。「結婚してぼくと生涯をともにしてくれと頼んだのに、彼女はぼくを卑劣漢呼ばわりして、檻に閉じ込めるつもりだろうと言った。檻だぞ！」冷たい夜気に彼の息が白く染まる。イザベルが欲しくて仕方ないのに、もがけばもがくほど彼女が遠のいていく気がする。

「ぼくは彼女と一緒にいたいだけなのに」

ソフィーがアシュビーの腕にふれた。「さあ、休憩時間になる前に席へ戻りましょう。社交辞令を交わして、さびついたマナーを磨かないとね」

アシュビーは彼女と目を合わせた。「なんのために？」重い息を吐く。一連の出来事が思った以上に応えていた。「本当のところ、イザベルはぼくなど欲していなかったんだ。少女時代の憧れにすぎなかったのさ。現実のぼくを前にしてひるんだに違いない。だから難癖ばかりつけて――」

「それなら、あなたが当時と同じくらい魅力的であるところを見せてやればいいのよ。憧れていた王子さまが――」ソフィーは彼の胸を指した。「ここにいることを思い出させてやるの」

「騎兵隊の軍服を着て、セブン・ドーヴァー・ストリートを訪ねろというのか？」

「それもいいかもね」彼女はやさしく笑ってアシュビーの腕を引っ張り、ボックス席まで戻った。

「ぼくはどうなってしまったんだろう、ソフィー？　昔はこんなふうではなかった」

「あなたは今でもすてきよ。ただ、戦争のショックから完全に立ち直れていないだけ。イジーには積極的なアプローチが必要だわ。あなたの魅力を総動員して求愛するの。ただし、紳士的な方法でね」

「ぼくはあなたに求愛するはずでは？」イザベルに対して紳士的でないアプローチをしたことをソフィーは知っているのだろうか？　彼女のことだから、すべてお見通しに違いない。

「昔はずいぶんやんちゃをしたのでしょう？　偽の愛人を連れていても、本命を口説くことくらいできるはずよ」

「表向きはあなたをエスコートしながら、裏で彼女を口説けと？」イザベルは陰でこそこそするのはいやがるだろう。だが、ようやく太陽の下を歩けるようになったのだ。ソフィーが指摘したとおり、まずは社交のマナーをおさらいしなくては。先ほどはもう少しで醜態をさらすところだった。男として、イザベルの前で恥をかくことだけは避けたい。

「明日の夜は――」ソフィーが切り出した。「スティルゴー夫妻がイジーを連れてヴォクソール・ガーデンズに花火を見に行くの。わたしたちも行きましょう」

「あなたがそう言うなら」

「その次の日は事務所に寄って、わたしを昼食へ連れ出してちょうだい。昼に街中へ出る練習をしましょう」

「はい、鬼軍曹どの」

「その次はいよいよ舞踏会だわ。そのころには招待状が山ほど届いているでしょうから」

「やはりメモ帳を持ってくるべきだったな」

「さあ、もうしかめっ面はやめて」

「なぜ？」アシュビーが尋ねると同時に周囲が明るくなった。

「おふたりさん、休憩時間ですよ」ライアンがボックス席の後方のカーテンを開ける。そのうしろには噂話に飢えた一団が控えていた。

26

翌朝いちばんに、イザベルはソフィーの事務室に行った。「どういうことなのか説明して――」

ソフィーが片手を上げ、面接していた女性に注意を戻す。「ミス・ビリングスワース、これで必要なことはすべてうかがいました。家政婦の求人がありましたら、すぐにご連絡いたします。わざわざ足を運んでくださってありがとうございました」

「こちらこそ、ありがとうございます、ミセス・フェアチャイルド。希望が湧きました」若い女性は椅子から立ち上がり、イザベルのほうをちらりと見て部屋を出ていった。

イザベルは勢いよくドアを閉めた。「アシュビーと劇場でなにをしていたの？」

「彼に誘われたのよ。断る理由もないでしょう」

イザベルは腹立たしげに息を吐いた。「断る理由なら目の前にあるじゃない！」

ソフィーが立ち上がって水差しのところへ行き、グラスに水を注いだ。「あら、あなたは彼が欲しくないんでしょう？　わたしがあれほど助言したのに、なにもしなかったじゃないの。あの人が永遠にひとりでいると思った？　彼は伴侶《はんりょ》を求めているのよ。どうしてわたしじゃだめなの？」

イザベルは爆発しそうになった。「どうしてって……」彼はわたしのものだからよ！「アシュビーに聞いたのだけれど、そもそもわたしたちがお似合いだと言ったのはあなたなのよね？　実際、そのとおりだったわ」

イザベルは目をしばたたいて涙をこらえた。「あなたのこと、友達だと思っていたのに」

「今だってそうよ」

「もう友達なんかじゃないわ！　あなたなんて、人の気持ちもわからない裏切り者の魔女よ。わたしの気持ちを知っているくせに……横取りするなんて！」

「先に投げ出したのはあなたのほうじゃない」ソフィーが穏やかに応えた。「アシュビーへの気持ちが変わっていないというなら、彼のところへ行って考え直したと言えばいいのよ。わたしは邪魔なんてしないし、あなたたちがうまくいったら、二度と彼とふたりで出かけたりしないわ。これなら納得がいく？」

「もう考え直したわよ！　ふたりとも地獄へ落ちればいいんだわ！」イザベルは部屋を飛び出した。アシュビーのもとへ戻ったりするものですか。三度も愛を告白したのよ。彼を訪ね、処女を捧げ、社交界に復帰するよう説得した。それでもアシュビーがソフィーを望むなら、ソフィーと一緒になればいいんだわ！

悪態をつきながら自分の部屋へ戻ると、ハンソンが来ていた。「ぼくのイザベル、昨日のことを謝ろうと思ったんだ」

一瞬なんのことかわからなかったが、キスの一件を思い出した。「ああ、あれね。紳士らしからぬふるまいだったわ」机に向かって歩き出したイザベルの手をハンソンがつかむ。

彼がゆっくりと膝をついた。〝まさか〟イザベルはうめきそうになった。今はやめて。「美しいイザベル、ぼくは――」

「おはよう」

聞き慣れた低い声が彼女の肌を粟立《あわだ》たせた。顔を上げると、アシュビーの謎めいた海色の瞳がこちらを見つめている。イザベルの体はたちまち熱を帯びた。まるでシェークスピアの芝居のようなタイミングのよさだ。

ハンソンが顔をしかめて立ち上がった。「アシュビー」

「やあ、ハンソン」アシュビーは物憂げに言うと、すぐにイザベルへ注意を戻した。「ソフィーから聞いたんだが、寄付金が五〇ポンドなくなったとか。現場を確かめに来たんだ」

ハンソンが慌てて口を挟む。「イザベル、ヴォクソール・ガーデンズの花火を見に行くかい？」

唐突な質問に彼女はまばたきした。「兄夫婦が連れていってくれることになっているわ」

「それはいい。じゃあ、そのときにまた。これ以上きみたちの仕事の邪魔をしないでおくよ」ハンソンはイザベルの手にキスをして、そそくさと部屋を出ていった。どうしたのだろう？　仮面舞踏会の一件でアシュビーの報復を恐れているとも思えない。

アシュビーがドアノブをつかんだ。「アシュビー卿、ドアは閉めないでくださる？」イザベルは無愛想に言うと、急いで机の向こうへまわった。まだ混乱していて、彼と話し合える状態ではない。

アシュビーは机をまわってイザベルの脇まで来ると、机にもたれて腕を組んだ。海色の瞳が彼女の全身を眺めまわす。「具合はどうだい？」

「なにが？」質問の意味がわからなかった。

「このあいだは真っ青な顔をして、服も着ないまま窓から身を乗り出していたじゃないか。元気になったのかなと思って」

イザベルは背筋を伸ばした。「すっかり元気よ。心配してくださってありがとう」

「どうしてあんなふうになったのか教えてくれないか？　気になるんだ」

この人はなぜこんなにも落ちついていられるのだろう。ともかく説明したほうがよさそうだ。「わたしは閉じられた空間が苦手なの。肺が圧迫されるような感じになって息ができなくなるのよ。そんなに深刻なものじゃないわ。かかりつけのお医者さまは気の持ちようだとおっしゃったし」

アシュビーが歯を食いしばった。「すまなかった。きみを閉じ込めるつもりはなかったんだ」

その言い方にイザベルは顔をしかめた。彼は誤解している。「あなたのせいじゃないわ。わたしの感じ方の問題なの。不安とか緊張がそういう症状を引き起こすのよ」

「わかってる」アシュビーの瞳が輝いた。

けれど一週間後に彼がわたしの元友人をエスコートして外出するなんて想像もしていなかった。「ここでなにをしているの？　いつから表を出歩くようになったの？」

「ぼくは囚人ではないんでね。いったいなにをしていると思うんだ？」

元オペラ歌手を追いまわしているとか？　「わたしの仕事の邪魔をしたいのかしら？」あんな一夜を過ごしたあとで、なぜソフィーを口説いたりできるのだろう？　どうしてわたしのところへ来てくれなかったの？

アシュビーの表情がかたくなる。「邪魔したのはまったく別のことのようだったが」

イザベルは反射的に立ち上がった。このままでは距離が近すぎる。「なにを邪魔したのであれ、今夜には完了するから問題ないわ」そう言ったあとで後悔した。こんな面倒な展開になると知っていたら、かつてのアシュビーのように家から出なかったものを。

力強い手が彼女の腕をつかんで引き戻す。アシュビーも冷静とは言いがたい顔をしていた。

「昨日の夜、あいつとキスしているのを見たんだぞ。やつにどんな返事をするつもりだ？」

全身を血が駆けめぐる感覚に圧倒され、イザベルは黙り込んだ。揺らめく海色の瞳をのぞき込むと、肌を重ねた感触や、彼の愛撫とキス、そして一体になったときの感触が生々しくよみがえってくる。まるで拷問だ。

「イザベル……」アシュビーが目を合わせたまま上体を寄せた。「なんと答えるつもりなんだ？」

彼を引き寄せ、なにもかも忘れてキスを交わしたい。その思いは狂おしいほどだ。でも、そうなったらソフィーはどうなる?「あなたには関係ないわ! 別の人を選んだくせに」

アシュビーの整った顔に暗い怒りがよぎった。「別の人を選んだ? 〝ノー〟と言ったのはきみだぞ! ぼくにどうしろというんだ? 永遠に待つのか?」

「考え直せと言っておいて、ソフィーを……わたしの友人を劇場に誘うなんて。あなたなんか大嫌い!」

アイリスの事務室へと逃げたイザベルの背中を、アシュビーの声が追いかけてきた。「それだけ何度も言われれば、さすがのぼくでもわかるさ」

「イジー?」アイリスが驚いて新聞から顔を上げた。「どうしたの?」

イザベルはドアに鍵をかけ、全身を震わせながらうろうろと室内を歩きまわった。「アシュビーが来たの」

「ええ、声が聞こえたわ。そんなに取り乱して、なにかあったの?」

イザベルは息を吸った。「ソフィーに五〇ポンドの話をした?」

「昨日の夜、お芝居の休憩時間に話したわ」

「彼女はなんて?」答えを聞くのが怖い。だが、すでに最悪の事態は起こったあとだ。アシュビーは社交界に復帰し、別の女性に求愛している。あの夜、彼が向かったのはソフィーのもとだったのだろうか?

アイリスが目をそらした。「あの人たち、つき合っているみたい。お気の毒だけれど」

「あなたが気にすることはないわ。友情を裏切るような真似をしてきたのはソフィーよ」

「落ちついて。これを見てごらんなさい」アイリスが今朝の『タイムズ』を差し出す。

イザベルは印のついた記事を読んだ。「これって、わたしたちのこと？」

「正確にはあなたのことよ」アイリスはそう言って読み始めた。「〝雌ライオンのように気高きミス・オーブリーはまだ若いながらも、先の戦争で夫や兄弟を失った女性、子供を失った母親の擁護を訴えている。彼女は父親を失った子供たちの親代わりでもあり……〟」

イザベルの目に涙が湧き上がった。誰が書かせたかわからないはずがない。これはアシュビーの言葉だ。彼が新聞社に話してくれたのだ。慈善事業にとってはまたとない追い風だが、いったいどういうつもりだろう？「貸して」

彼女は震える手で新聞をつかみ、事務室を出てアシュビーのもとへ走った。彼は立ち去ろうとしているところだった。大きく息を吸って記事を指す。「これはあなたね？」

「そうだ」

「なぜ？」

アシュビーの目つきは暗かった。「きみはそれに値するからさ」

イザベルの心は彼を求めて泣いていた。「あの……ありがとう」

「どういたしまして」アシュビーが帽子を軽く上げて階段のほうへ歩いていく。

「パ……」それ以上言えなかった。彼のうしろ姿を見送ったイザベルは、階段に座り込んで泣き崩れた。

27

続く週は果てることのない悪夢だった。どちらを向いてもアシュビー伯爵とミセス・フェアチャイルドの仲むつまじい姿を目にするはめになったからだ。

ふたりはイザベルが参加する社交行事に漏れなく出席しているようだった。行事のない日はアシュビーがソフィーの事務室を訪れて何時間も雑談していく。ソフィーの部屋のドアは開放されていたので、廊下を通りかかるたびに、いやでも楽しげな笑い声が耳に入ってきた。ふたり連れ添って長々と昼食に出かけることもあり、傍で見ているイザベルは嫉妬で胃がよじれる思いをした。

アシュビーがイザベルの秘密の恋人だったのはほんの二週間前なのに、今や街じゅうが彼の話題で持ちきりだ。貴婦人たちは夜会にアシュビーを招待しては得意満面になり、紳士たちは〈ホワイツ〉や〈アルフレッド・クラブ〉に彼が現れると立ち上がって拍手した。どこへ行っても注目を集める、かつての人気者の復活だ。

さらに再び寄付金が紛失する事件が起きて、イザベルの憂鬱《ゆううつ》に拍車をかけた。二度の事件に共通しているのは、ハンソンが事務所を訪れた日に起きているということだ。だが、ハーワース公爵家の跡取りともあろう者がはした金を盗むとは思えない。イザベルは自分がどこかに置き忘れたのだと思い込もうとした。このところ注意が散漫になっているのは事実だからだ。

なにをしてもうまくいかず、最悪の気分だった。友人に裏切られたうえ、愛する男性に心変わりされたのでは無理もない。怒りに駆られたり涙ぐんだりの繰り返しで、休まずに事務所に通っていることが奇跡に思えた。

唯一の救いは、スティルゴーの領地でちょっとした問題が発生し、兄がロンドンを不在にしていることだった。ハンソンも兄が戻ってくるまで求婚の許可を得ることはできない。イザベルも彼とふたりきりにならないように細心の注意を払っていた。ジョン・ハンソンとの結婚はありえない。パリス・ニコラス・ランカスター以外の男性と親密な関係になるくらいなら、未婚のままでいるほうがましだ。

ピカデリーを一望する窓辺にたたずんで物思いに沈んでいたイザベルは、うしろから声をかけられて飛び上がった。振り向くと、そこに立っていたのはオーブリー家の従僕だった。

「スミシー、いったいどうしたの?」

「スティルゴー子爵が戻られて、お嬢さまをセブン・ドーヴァー・ストリートへ連れて帰るようにとおっしゃったのです。お嬢さまにお客さまです」

「わたしに?」たぶん兄が田舎の従妹を連れて戻ったのだろう。まだ午後の三時だが、このまま仕事を続けるよりも、家に帰って姪の相手をしたり、妹たちとやり合ったり、従妹とおしゃべりをしたりするほうがずっといい。イザベルはボンネットとケープとレティキュールを持って玄関ホールへ向かった。外は気持ちのよい陽気だ。小鳥のさえずりやそよ風に葉の揺れる音が耳をくすぐる。曇っているのは彼女の心だけだった。

セブン・ドーヴァー・ストリートが近づくと、灰色の馬に引かれた立派な馬車がとまっているのが見えた。厩舎の外には木製の犬小屋が三つ並べて置いてある。どうやら誰かがなにか企んでいるようだ。それが誰なのかは確かめるまでもない。今度は家まで侵略しようというのかしら？　それならすぐに追い返してやるわ。

意気込んで玄関に入ったイザベルは、にぎやかなおしゃべりと笑い声に迎えられた。「ただいま、ノリス」執事にボンネットとケープを渡す。「どなたがおいでになっているの？」

「アシュビー卿です。みなさん、居間にお集まりですよ」

やっぱり！　胃が浮き上がるような感覚に襲われたが、勘が当たったせいだと思い込もうとした。「アシュビー卿はお夕食までいらっしゃるの？」

「はい、おそらく。それから……犬がいるんです」ノリスは泣きそうな顔をした。「すでに奥さまのペルシア絨毯《じゅうたん》をめちゃくちゃにしました」

「お母さまは怒っていないの？」執事のしぶい顔を見て笑いを嚙み殺す。

ノリスが口元をゆがめた。「それどころか、喜んでおられるようなのです」

「辞めるなんて言い出さないでね、ノリス。あなたも犬好きになるかもしれないわ」

「そんな可能性はまずないと思いますが」

イザベルは階段を上がりながら首をひねった。母と兄はなにを考えているのだろう？　もしかすると、わたしとアシュビーの仲を取り持とうとしているのかもしれない。結局のところ、それがいちばんだと思ったに違いない。彼らはアシュビーのことを気に入っている。わたしもアシュビーに思いを寄せていた。だったら結婚させればいい、というわけだ。ああ、これが二週間前だったなら……。

廊下の向こうからルーシーが小走りでやってきた。「奥さまが、青のモスリンのドレスを着て、髪は下ろしておくようにと」

アシュビーのためにおめかしをしろというの？「このままでいいわ」

ルーシーが困った顔をする。「お願いします。お嬢さまが着替えもせずに下りてきたら首にすると言われました」

「わかったわ」ルーシーのためなら仕方がない。母はハンソンのことなどすっかり忘れてしまったようだ。

一五分後、豊かな巻き毛を肩に垂らし、瞳の色に合った青いドレスをまとったイザベルは、胸の高鳴りを抑えて居間へ入った。まず目に入ったのは、母親の足元に広げてあるウィルのトランクだ。その横には膝に黒い犬を抱えた双子の妹たちが、ダニエラをあいだに挟んで座っていた。スティルゴーとアンジーは長椅子に腰かけている。部屋の中央にいるのはアシュビーだ。

「ああ、イジー！」戦死した息子のトランクを前にしたレディ・ハイヤシンスは目に涙を浮かべ、感極まった様子で手招きした。「驚いたでしょう？　あなたが世界じゅうでいちばん好きなアシュビー卿が訪ねてきてくださったのよ！」

「お母さまったら！」イザベルは赤面した自分を悔しく思いながら母親をにらんだ。

アシュビーが立ち上がっておじぎをする。「ミス・イザベル、ご機嫌いかがですか？」

彼女は強い光を放つ海色の瞳をまっすぐに見返した。細身の鹿革《しかがわ》のズボンと濃い青の上着が瞳の色を引き立て、息をのむほどの凛々しさだ。だが、彼女をもっとも驚かせたのはアシュビーの表情だった。腹立たしいことに、以前よりも明るく見える。「こんにちは、アシュビー卿」イザベルはかたい笑みを浮かべて膝を折るおじぎをした。〝どういうつもり？〟と目で問いかける。

アシュビーは謎めいたほほえみを返してきた。

「イジー、アシュビーが子犬を連れてきてくれたのよ！」フレディーがさっと立ち上がって姉のもとに駆け寄った。腕のなかには黒い子犬が抱かれている。すでに妹たちの心はつかんだというわけね、とイザベルは苦々しく考えた。「こんなにかわいい犬、見たことある？グスタポって名前にしたの。テディーのは――」

「ブラックベリーよ」テディーが言葉を継ぎ、膝の上の子犬をなでた。「おまえは黒くてちっちゃいものね」彼女は姉を見上げた。「お姉さまの犬もいるのよ」

「それに犬小屋も！」フレディーがうれしそうに叫ぶ。「アシュビーが作ってくれたの」

「犬を家に入れるなんて、お母さまったら、いったいどういう風の吹きまわし？」イザベルは皮肉めかした笑みを浮かべた。

「アシュビー卿にお願いされたのよ」

「家のなかでは目を離さないでおくことと、夜は厩舎の脇の犬小屋で寝かせることが条件なの」テディーが説明した。「ちゃんと話し合ったんだから」

「そのとおり。みんなで話し合って合意に達した」アシュビーが同調する。

「それはどうもご親切に」イザベルはにこにこしている家族を見まわした。みんな、アシュビーが大好きなのだ。七年も寄りつかず、ウィルの遺品を持ってくるまでに二年もかかったというのに、諸手《もろて》を挙げて歓迎している。自分も彼らの立場だったら同じ反応を示しただろうが、いらだちは抑えきれなかった。

イザベルはダニエラを抱き上げ、甘い香りを吸い込んで赤ん坊の頬にキスをした。胸の痛みをこらえて兄のトランクに近づく。じっくり中身を確かめたいが、それはひとりになってからにしよう。「ウィルの遺品を持ってきてくださったのね。ずいぶん早かったこと。ランカスター・ハウスには古ぼけた品がさぞかしたくさんあるのでしょう」彼女は全員に聞こえるように言った。「あなたにとっては、このトランクもアンティークも変わらないのよね」

「イジー、失礼だぞ」スティルゴーがぎょっとして注意したが、彼女は意に介さなかった。

「いえ、妹さんの言うとおりです」アシュビーが応える。「本当なら二年前にお届けにあがるべきでした。心から後悔しています」彼は訴えるようにイザベルを見た。

〝嘘つき!〟彼女はアシュビーをにらんだ。本当にそう思っていたなら、二週間前にやってきたはずだ。

「アンティークといえば——」床に座ってダニエラを膝に抱くイザベルに向かって、アシュビーがゆっくりと言った。「きみは古いものに興味を持っていたんじゃなかったかな？」けんかを売られているのだろうか？　彼女は挑戦的に笑った。「過去の巨匠から……学ぶことはたくさんあるもの」

アシュビーの目がきらりと光る。彼はイザベルの予想どおりの返事を返してきた。「それならランカスター・ハウスに来るといい。うちのアンティークは……保存状態がいいからね」

〝そうでしょうとも！〟彼女は心のなかで毒づき、にっこりした。「ありがとう。でも、いつまでも過去に執着していたらだめだと思うようになったの。最近は金製品に興味を持っているのよ。新しいものほどいいわ」

「本当に？」アシュビーが眉を上げた。

「ええ」

「それならぴったりのものがある」アシュビーはしゃがみ込むと、七年前にイザベルがヘクターを入れたバスケットとよく似たバスケットを開けて、黄金色の子犬をつかみ上げて出した。犬を抱いてイザベルのそばに膝をつく。子犬の愛らしさに、彼女は思わず表情を緩めた。

「ほら、新しくて金色で……かわいいだろう」

アシュビーの指がイザベルの指をかすめる。彼女の体内に欲望が湧き上がった。彼も同じ刺激を感じたようだ。彼女は目をそむけ、ダニエラの目の前で子犬をなでてみせた。「とっても愛らしいわ。ありがとう」

「なんて名前にするの？」テディーが尋ねる。

「わからない」イザベルはアシュビーから漂ってくるうっとりするような香りに抗った。友人の次は家族を味方に引き入れるなんて……こんな汚い手を使う相手にときめいてしまう自分が情けない。

ダニエラが立ち上がり、ほがらかに笑ってアシュビーの頬にふれた。「おー、じー！」

スティルゴーが噴き出す。「おじだって？　それはまだ気が早いよ」

イザベルは顔から火が出そうになった。歯を食いしばって床に視線を落とす。

アシュビーが楽しげに笑いながら赤ん坊を抱き上げた。家族に聞こえないようにイザベルの耳元でささやく。「赤ん坊に見破られるとはね」

彼女はどきりとしてアシュビーの瞳を見上げたが、ユーモアの奥にちらつく光がなにを意味しているのかはわからなかった。

ノリスが食事の時間を告げ、一同は立ち上がった。

「きみが訪ねてきてくれてうれしいよ」スティルゴーがアシュビーから娘を抱き取った。「男ひとりはもうこりごりだ」そう言って、隣に立つ妻に笑いかける。「これで仲間ができた」

アシュビーが自分に熱い視線を注いでいることに気づいて、イザベルはどきりとした。なにかいやな予感がした。

イザベルの懸念とは裏腹に、夜はなごやかにふけていった。アシュビーはウィルの話題で食事の席を盛り上げ、七年の空白などなかったかのようにオーブリー一家に溶け込んだ。誰もが本当の家族に接するように気軽なおしゃべりを楽しんでいる。

イザベルはかつてアシュビーに魅了された理由を思い知らされた。彼は知的で、誠実で、ユーモアがあり、意地の悪いところがみじんもない。アシュビーがいると、怒りっぽい母親まで上機嫌になってしまう。それは彼が周囲を楽しい気持ちにさせる才能を備えているからだった。まるでウィルのように。これまでふたりの共通点に気づかなかったのが不思議に思える。

アシュビーを愛さずにいられるはずがないのだ。

テーブルの向こうでどっと笑い声があがった。「冗談だろう?」スティルゴーが両手でテーブルをたたく。「よく営倉送りにならなかったものだ」

アシュビーがくすくすと笑った。「実際、ウェリントン公はどうするか迷っていたようだが、ナポレオンを攻撃するのに騎兵連隊なしでは格好がつかないからね」

「なんの話をしているの?　わたしたちも聞きたいわ!」双子の声に、アンジーとレディ・ハイヤシンスも同調した。

みんなの視線がアシュビーに集まる。彼は笑いを含んだ目でテーブルを見渡した。その視線が一瞬だけイザベルの上にとまった。

「そうよ、アシュビー、わたしも聞きたいわ」イザベルは妹の口調を真似た。

「教えてやれよ」スティルゴーが息を吐いた。「女性陣は言い出したら聞かないし、ここには家族しかいないんだから」

「わかった」アシュビーが愛想よくうなずいた。「カトル・ブラの戦いの一〇日前、ブリュッセル近郊の小さな町で騎兵レースをやったんだ。ぼくらは味方の到着を待つことに飽き飽きしていた。珍しいもの見たさで慰問に来ていた英国貴族もいたしね」

「騎兵レースというのはサーベルを抜いてやるやつ？　右手で手綱にふれたら失格なんでしょう？」フレディーが口を挟む。

「そうだよ。でもポニー対ロバのレースもあって、そちらはすごくおもしろいんだ」

「あなたが毎回優勝していたっていうのは本当？」フレディーはさらにたたみかけた。

「いちいち話の腰を折るのはやめてよ」テディーがぴしゃりと言う。

アシュビーはフレディーに笑いかけた。「確かに何度か優勝したけど、ロバのレースではだめだったな」

「アシュビーは全戦全勝さ」スティルゴーが答える。「おまえたち、ちょっと黙っていなさい。アシュビー、続きを話してくれ」

「レースの中盤、ひどい嵐に見舞われた。ぼくらは古い民家に避難して、大量のシャンパンで冷たい食事を流し込んだ。二時間もすると、みんなすっかり酔っ払ってね、第一〇騎兵連隊の男がテーブルの上にのって、皿やボトルなんかを割り始めたんだ。男も女もつられてテーブルに上がり、歌いながら皿を壊してまわった。それを見ていたウィルが一同を一喝した。〝野蛮な行為はもうたくさんだ！　レースを再開しよう〟と。それからは喜劇を見ているみたいだったよ。男たちは馬の背に乗ってコースに戻ろうとしたが、酔っているせいで半分は途中で落馬し、騎手を失った馬たちは厩舎へ向けて逃走した」

イザベルは笑いながら母親を見た。マナーにうるさいレディ・ハイヤシンスも楽しそうに聞いている。

「ぼくらはゴールの鐘楼を目指して馬を駆った」

「ぼくらって……あなたも？」イザベルは驚いた。「いつも冷静なのだと思っていたわ」

アシュビーが眉を上げる。「それは退屈な男だという意味かい？」

「退屈とは違うわよ」彼女は顔をしかめた。「分別があると言ったほうがいいわね。ウィルはいたずら好きで、悪さをすることもあったけれど……」懐かしい思いでため息をつく。

「あなたには分別があったわ」

スティルゴーが噴き出した。「アシュビーに分別があったって？　大学の寮で騒ぎを起こして、何度追い出されそうになったことか」

「余計なことを言わないでくれ」アシュビーが牽制《けんせい》する。

イザベルはにっこりした。「そんなにむきにならないで。かつてのあなたは無分別だったのかもしれないけれど、青春時代ははるか昔でしょう？」

アシュビーの笑みが大きくなる。「女性が遠まわしに辛辣《しんらつ》なことを言うときは、暗に男性を誘っているらしいよ」

「イジー、いちゃつくのはあとにしてよ！」テディーが文句を言った。

イザベルは真っ赤になってアシュビーを見た。「いちゃついてなどいないわ。いちゃつくっていうのは——」

「なんでもいいからあとにして」フレディーがとどめを刺す。

「そうだね。あとにしよう」アシュビーが意味ありげにほほえんだ。「ええと、どこまで話したかな？　ああ、レースのところだ。太陽の沈んだ湿原を英国騎兵隊が駆け抜けていく。ひづめの音を聞きつけて地元の人々が集まってくるのを見て、ぼくらはわざと〝ナポレオン万歳！〟と叫んでやった」

テディーとフレディー、そしてレディ・ハイヤシンスとアンジーが一斉に噴き出した。イザベルもほほえんでアシュビーを見た。

「そのレースの最中、通りかかった馬車を二台横転させてしまってね。酒が入っていた騎兵隊員が悪乗りして、コサックの流儀にのっとって馬車の乗客を脅したものだから、同乗していたご婦人たちはヒステリーを起こした。翌日になって、そのなかに町長がまざっていたことが判明した。当然ながら町長はひどく憤慨して、英国産のコサックには二度とかかわりたくないと宣言した。それもこれも、本《もと》を正せばウィルのせいなんだよ」

一同はどっと笑ったあと、しばらく沈黙した。レディ・ハイヤシンスがナプキンで目元をぬぐう。「あの子の話をしてくれてありがとう」

「どういたしまして、レディ・ハイヤシンス」

食事が終わると、スティルゴーはアシュビーを図書室に誘い、ウィスキーと葉巻を楽しみながら一時間ほど談笑していた。イザベルは薄暗い廊下をうろつきながら、兄のくだらないおしゃべりが終わるのを待った。アシュビーにどうしても言ってやりたいことがあったのだ。図書室をのぞくと、スティルゴーのうしろ姿が見えた。その奥に座っているアシュビーに目を向ける。ようやくアシュビーが彼女の存在に気づいて立ち上がった。「スティルゴー、今日はありがとう。第二子の誕生が楽しみだな」そう言って、スティルゴーの肩に手を置く。「未来のスティルゴー子爵が誕生したあかつきには、ぜひアシュビー・パークに来てくれ。きみの好きな馬を進呈するよ」

「それはありがたい！」スティルゴーが立ち上がった。「また寄ってくれ。招待など必要ない。きみと食事ができて、とても楽しかった」

兄がアシュビーを玄関に送っていこうとしたので、イザベルは小さな音をたてた。このまま帰すわけにはいかない。アシュビーは彼女の意図に気づいたらしい。「送ってもらう必要はないよ。美しい奥さんが階上《うえ》で待っているんだろう？」

イザベルはすかさず玄関ホールに飾ってある花のうしろに身を隠した。背の高い人影が図書室から出てくるのを見て声をかける。「ここよ！」

アシュビーが背後に誰もいないことを確認してから彼女のほうへやってきた。イザベルは彼の手を引っ張って近くの部屋に引き込んだ。あらかじめともしておいたランプが、壁に黄褐色の光を投げかけている。

「なんのご用ですか、お姫さま?」軽口とは裏腹に、彼の目は笑っていなかった。

イザベルは深く息を吸った。「二度とここへ来ないで」

「なぜ?」アシュビーがさらに一歩距離を詰める。額と白いクラヴァットに垂れかかる黒髪が、海色の瞳にいっそうの深みを与えていた。

彼女は返事に窮した。「お話なら、ソフィーとジェロームに聞かせてあげればいいのよ」

「やきもちかい?」

「とんでもない!」

「やきもちを焼く必要などないよ。ソフィーとぼくはただの友人同士だ」

「それを信じろというの? あなたなんて大嫌い!」

アシュビーがくるりと目をまわした。「やれやれ、それ以外に言うことはないのかい? 想像力を働かせろよ。ぼくが別の女性と一緒にいるのがいやなんだろう? ぼくのことばかり考えてしまうんじゃないのか?」彼はイザベルに詰め寄ったが、手をふれようとはしなかった。「ぼくを取り戻したいんだろう?」

彼女は鼻で笑った。「あなたの想像力は度を越しているわ」

アシュビーがけぶった目でイザベルを見下ろした。「駆け引きはやめて、本当のことを言ったらどうだ?」

「本当のことって?」彼女はやり返した。こんな話をするつもりではなかった。ここはわたしの家なのだから、ルールを決めるのはわたしだ。

「考え直したんだろう?」アシュビーがほほえむ。「そうじゃないのか?」

「ソフィーと会うのをやめたら考えてもいいわ」

「きみの取り巻きの仲間入りをするつもりはない。ぼくが欲しいなら、はっきりそう言ってくれ」彼は首を傾けた。「どうなんだ?」

〝欲しいわ!〟イザベルの心が答える。

そのとき廊下に足音が響いた。「ノリス!」スティルゴーの声がした。「また書斎のランプを消し忘れただろう。火事を起こしたいのか?」

「申し訳ありません。すぐに消します」

「ぼくがやるからいい」スティルゴーの足音がイザベルたちがいる部屋に近づいてきた。

彼女はとっさにアシュビーを壁際に押しつけ、ふたりの姿をドアで隠した。暗闇のなかで彼の目がイザベルの愚かさを嘲っている。彼女は自分で自分を窮地に追い込んだのだ。ふたりきりで部屋にいるだけでもじゅうぶんに問題だが、ドアのうしろで胸を突き合わせているところを見つかれば、さらにやっかいなことになってしまう。「明日、一緒に外出しよう」アシュビーが小さな声で言った。

〝いやよ〟彼女は声を出さずに口だけを動かした。

アシュビーが廊下に顔を向ける。「おい、スティ――」イザベルは彼の口を手で覆った。

アシュビーの手が彼女の腰にまわされる。「返事は？　丸一日ぼくと過ごすんだ」

スティルゴーが入ってくる。「わかったわよ！」イザベルは小声で答えた。

ランプが消された。ウィスキーの香りのするあたたかな唇が彼女の唇を探り当てる。アシュビーはやさしく唇をこすらせて舌を滑り込ませてきた。〝ああ、どうしよう〟イザベルはたくましい体にもたれかかり、上着の下に手を入れて彼の腰にまわした。こんなにもアシュビーの感触に飢えていたのだ。でも、キスでなにかが変わるわけではない。これは単なる欲望なのだから。だが、彼を憎み、ののしりながらも、心の底から愛していることは否定しようがない。まるで家族のように……。もはやアシュビーは彼女の一部なのだ。

足音が廊下を遠ざかり、危険が去ったことを告げる。キスを中断したくなくて、イザベルはなにも聞こえないふりをした。

アシュビーが唇を離し、彼女の腫れた唇を親指でなぞった。「一一時に迎えに来るよ。乗馬の準備をしておいてくれ」

それだけ言うと、彼は返事も待たずに去っていった。

イザベルは浅い息をしながら壁にもたれかかり、そのまま床にくずおれた。明日は親密な雰囲気にならないよう、細心の注意を払わなければならない。アシュビーとソフィーの関係が続いているかぎり、彼に身を捧げれば必ず破滅することになる。

28

「まだ約束の時間になっていないのに」イザベルはぶつぶつ言いながら片手でしゃれた帽子を押さえ、もう一方の手でクリーム色の乗馬服のスカートをつまみ上げて階段を駆け下りた。その乗馬用のドレスはあまり実用的ではなかったが、深く開いた襟ぐりと明るく涼しげなデザインが今日の遠出にぴったりだ。

「慌てなくていいよ。時間はたっぷりあるんだから」階下からアシュビーが声をかける。

イザベルとしては、彼との時間を一分たりとも無駄にしたくなかった。昨日の夜は興奮しすぎてなかなか寝つけなかったほどだ。最後には、アシュビーと戸外で過ごす一日を待ち遠しく思っていることを認めざるをえなかった。〝彼の行動を深読みするのはやめよう〟その朝、目を覚ました彼女は、そう自分に言い聞かせた。ソフィーのことで落ち込むのもなしだ。こんな機会はもう二度と訪れないかもしれない。アシュビーとの一日を楽しもう。

階段の下で待っていた彼がイザベルの手を取った。明るい海色の瞳が彼女の全身をなぞる。

「おはよう」アシュビーは彼女の手の甲にキスをした。「今日はなんとも……色っぽいね」

「やめてちょうだい」イザベルは玄関のあたりをうろついている兄をちらりと見た。

「ふたりきりになったら大目に見てくれるのかな?」アシュビーは親密な口調でささやくと、スティルゴーに声をかけた。「夕食までには戻るよ」

「きみがそうしたいなら」スティルゴーは妹の鋭い視線を無視して青い瞳を輝かせた。

アシュビーがイザベルの手を自分の腕にかけて歩き出す。彼女はためらった。「付き添いがいないわ」

「ちゃんと連れてきたよ。そんなにびくびくしなくても大丈夫だ。以前のぼくとは違うのだから」

その言葉に、イザベルはもうひとりの女性の存在を思い出した。二週間前までアシュビーは自分だけのものだったのに……。そう考えてはっとする。これではまるで、わたしが彼を閉じ込めようとしているみたい。

ノリスが玄関のドアを開けてくれた。あたたかな日差しの下に出たイザベルは、黒だとばかり思っていたアシュビーの髪が実は濃い茶色であることに気づいた。今日の上着と同じ色だ。ほかにも右頬のえくぼや、スペインの熱い太陽のせいで目尻に細かいしわがあること、ひげはあまり濃くないこと、傷跡の部分だけ肌の色が明るいことを知った。ろうそくの光よりも、自然光の下で見るほうがずっとハンサムだ。

「ぼくにはしわがたくさんあるし、白髪も四本ある」アシュビーが前を向いたままゆっくりと言った。

「四本だけ?」彼女は笑いを嚙み殺した。

アシュビーがイザベルに目を向ける。宝石のような瞳にユーモアと不安が混在しているのを見て、彼女はどきどきした。「きみと一緒にいると、白髪が一気に増えそうだ」

アポロがじれったそうに足踏みをして鼻を鳴らした。それに刺激されたのか、隣にいる品のよい牝馬も神経質にいなないた。お仕着せ姿の馬丁が二頭の手綱を押さえている。今日のお目付役だ。

「この馬はルナじゃないわね」イザベルは美しい鹿毛《かげ》の馬を指さした。

「あの愛らしいアラビア種の馬なら厩舎に戻したよ。今日はこの子を連れてきたんだ」アシュビーは大きな牝馬のほうへ彼女を連れていった。「優秀なハンター種の馬だ。賢く、勇ましく、スタミナはアポロにも勝る。アポロはそれが気に入らないらしくてね。名前は――」艶々した馬の首をそっとなでる。「ミラグロだよ。スペイン語で〝奇跡〟という意味なんだ。きみの馬だ」

ミラグロは、イザベルがこれまで見たどんな馬よりも立派だった。「わたしの馬ですって？　どういうこと？」

「きみへの贈り物さ。まだ若いから、今後も調教しないといけないが――」

「そんな高価な贈り物は受け取れないわ。前にも言ったでしょう？」

「イジーがいらないなら、ぼくがいただこうかな」スティルゴーが近づいてきて、馬に称賛のまなざしを注ぐ。

アシュビーがからかうようにスティルゴーを見た。「そういうわけにはいかないな、チャーリー」

「お兄さまはあっちへ行っていて」イザベルは兄に向かってぶつぶつと言った。今日はわたしの一日だ。これはわたしの馬で、この人は……そこまで考えて言葉に詰まる。少なくとも、スティルゴーのものではない。

「行くとも」スティルゴーは踵を返しながら片手を上げた。「楽しんでおいで」

「こういうのはどうだい？」アシュビーがイザベルの腰をつかんで軽々と鞍の上に乗せた。「この馬を賭けてぼくと競走するんだ」

「そんなことを言って、わざと負けるつもりでしょう？　あなたを負かしたと言っても、誰も信じてくれないわ」イザベルはあきれ顔でスカートを整えた。「それにハイド・パークでは、馬の競走は禁止されているのよ」

アシュビーは流れるような動作でアポロにまたがり、彼女を見た。「誰がハイド・パークに行くと言った？」

「だって……」

「きみが行きたいなら、そうしてもいいが……」アシュビーは馬丁を従えて通りに馬を進めた。「今日は……ほかの場所へ案内したいんだ」

イザベルは彼を一瞥し、強い調子で言った。「それについてもお話ししたと思うけど。人目を忍んで、こそこそするつもりはないって」

「お目付役がいるのに、どうやってこそこそするんだい？　まだ昼前で、まわりにはこれだけの人がいるんだぞ」アシュビーはちょうど通りかかったレディ・エリントンとその娘に向かって帽子を上げた。ご婦人たちが愛想のよい笑みを返す。「これ以上に礼儀正しいデートはないだろう?」

イザベルは反論できずにため息をついた。「それなら、どこへ連れていこうというわけ?」

「郊外の草原だよ。ぼくとアポロは毎晩そこで足慣らしをしているんだ」

「毎晩?」そのついでにセブン・ドーヴァー・ストリートのあたりをうろついていたのね。

「どうしてそこへ?」

「美しくて空気もきれいだし、好きなだけ駆けまわれるからね」アシュビーが誘うようにほほえむ。

「ケンタウロスと競走しろというの?」彼女は顔をしかめた。「あなたと馬を並べるなんて無理よ」

アシュビーが手を伸ばしてイザベルの肩から落ち葉を払った。「あの晩、きみの乗馬姿勢はすばらしかったよ」

「やめて」彼女は真っ赤になった。ひとけのない草原で奔放に愛を交わす場面が脳裏をかすめる。

「ぼくと一緒に来てくれるなら、もう言わない」

イザベルは眉を上げた。「また脅迫するの? それがあなたの常套《じょうとう》手段になりつつあるわね」そう口にしてから舌を嚙みたくなった。これ以上言ったら、今日という日を台なしにしてしまう。「じゃあ、こうしましょう。紳士的にふるまうと約束してくれたら……つまり脅迫や妙なほのめかしをやめてくれるなら、その草原に行くわ」

「わかった」アシュビーがにっこりした。「それでは、ハンター種の馬を賭けて競走するかい？　草原なら勝算はあるだろう？　ミラグロは瞬発力もあるし、長距離向きだ。アポロも顔負けさ」

イザベルはうなずいた。アシュビーは、わたしのほうが彼を追いかけていたことを強調するためにハンター種の馬を連れてきたのだろうか？　もしそうだとしたら、わたしのことも、賢く、勇ましく、スタミナがあると思ってくれているの？

ふたりは心地よい沈黙に浸りながらロンドンの街を北へ向かった。馬丁は数メートルうしろをついてくる。イザベルはアシュビーの劇的な変化が信じられなかった。悔しいことにソフィーは、マスクをつけた引きこもりの伯爵を、堂々たる社交界の人気者に変身させるのに成功したらしい。ふたりは言い争うこともなく、いつも楽しそうで、互いに敬意を払っている。それに比べて、自分とアシュビーはまるで活火山だ。こうして戸外で乗馬をしていても、どこか緊張感が漂っている。

そんな雰囲気を少しでもやわらげたくて、イザベルは無理に口を開いた。「あの、消えた五〇ポンドの謎は解けた？　紛失総額は一七〇ポンドになってしまったわ」

「ああ。目星はついているんだが、証拠もなく糾弾するわけにはいかないからね」

「犯人はわたしかもしれないわ。最近、ぼうっとしていたから、どこかに置き忘れたのかも

「……」

「それはない。慈善事業に関しては、きみは鷹みたいに鋭いじゃないか」

「パリス、誰かを糾弾するときは前もって相談してね。家政婦のレベッカは大変な思いをしてきたの。もし彼女が子供のためにお金を必要としているなら――」

「きみはぼくを信頼しているかい？」アシュビーがイザベルを見つめて静かに尋ねた。

「ええ」彼が公正な人物であることは間違いない。

「それならいいんだ」アシュビーはほほえんだ。「ぼくに任せてくれ」

市街地の外れに来るとふたりは馬の速度を上げ、踏みならされた道を小気味よく駆けのぼった。乗馬に最適のよく晴れた日だった。しかも隣にいるのは、イザベルが誰よりも一緒にいたいと思っている男性だ。小道をそれて左に曲がると、目の前に草原が現れた。アポロが興奮して鼻を鳴らす。アシュビーも臨戦態勢に入っているようだ。「さて」彼がまぶしい笑みを浮かべた。「レースの準備はできたかな？」

答える代わりに、イザベルはミラグロの脇腹を踵で蹴った。「ずるいぞ！」背後から響く声を無視して笑い声をあげ、ぐんぐんと速度を上げる。だが、アシュビーも負けていなかった。背後からひづめの音が追いかけてきたかと思うと、じきにアポロが隣に並んだ。

そのまま数百メートルほど拮抗《きっこう》したレースが続いた。イザベルの馬はアシュビーの黒馬に引けをとらなかった。彼女は隣を走る男性のきらきらした瞳や、風になびく髪を見た。馬の胴を締めつけるたくましい脚に親密な夜のことが思い出される。

イザベルの馬が遅れぎみになると、アシュビーもすかさず速度を緩めた。しかし、彼女はまだ勝負をあきらめていなかった。風の下に潜り込むように身をかがめ、馬の体に手綱を当てる。ミラグロはハンター種の実力を発揮し、アポロが接近してくるたびに速度を上げて相手を引き離した。イザベルが得意げにうしろを振り返ると、アシュビーは不敵な笑みを返し、突然戦士のような雄叫びをあげた。地響きとともにアポロが追い上げを開始する。風のように前方へ走り抜けていく人馬を、彼女は呆然と見送るしかなかった。

イザベルが森にたどり着いてみると、アポロはすでに草を食んでおり、アシュビーは草原に寝転んで、わざとらしくいびきをかいていた。彼女は馬から飛び下り、アシュビーに近づいてブーツの踵を蹴った。「おもしろい冗談だこと」

アシュビーがすかさずイザベルの足を引っかけたので、彼女は笑いまじりの悲鳴とともに彼の胸に倒れ込んだ。アシュビーが素早く体を反転させる。彼女は笑いを噛み殺して海色の瞳を見上げた。「すばらしい走りだったわ」

「きみもね」アシュビーがイザベルの頬にかかった髪を払い、象牙色のピンを外す。「帽子も馬丁も置き去りにしてきてしまったらしい」

「あなたが速すぎるのよ」

彼は手袋を外してイザベルの顔を指でなぞった。「きみは本当にすてきだよ」

あたたかな瞳を見ていると、彼女は胸が苦しくなった。アシュビーの髪に指をうずめてキスをしたい。でも欲望に負ければ、あとで傷つくことになる。近づいてきた彼の唇を、イザベルは顔をそむけて拒絶した。「だめよ。立たせてちょうだい」

「イザベル……」熱い吐息が耳をかすめる。「もう離ればなれは耐えられない」

「本当にそう思っているのなら証明して」イザベルは草をよじのぼるコオロギを見つめて言った。自分の親友とつき合っている男性に欲情するなんて最悪だ。親友がいなかったとしても、彼のまわりでは多くの女性が順番待ちをしている。

「わかった……」アシュビーが彼女の頰から首筋にかけてキスの雨を降らせた。

ひづめの音が近づいてくる。「お目付役が来たわ」イザベルは後ろ髪を引かれながらも彼を押しやり、上体を起こした。

アシュビーは先に立ち上がってイザベルを引っ張り起こすと、そのまま彼女の手を引いて樺《かば》や楡が木陰を作る森に入った。落ち葉や小枝を踏みしめながら、森の奥へと歩いていく。馬丁からは見えないところまで来ると、彼はイザベルを木に押しつけて唇を合わせた。彼女を降伏させようとするかのような強引なキスだ。イザベルは思わず彼の髪をつかみ、ありったけの情熱をこめてキスに応えた。一瞬あとで正気に戻り、彼を押しのける。どうしても誘惑に負けるわけにはいかない。

「紳士的な態度とは言えないわね」

アシュビーがおもしろがるような表情で上体を寄せてきた。「紳士的なぼくのほうがいいのかい？」

「今さら尋ねる必要があるのかしら？」狼狽している自分を悔しく思いながら言い返す。

「どうかな……」彼は左右に首を傾げた。「きみの言葉と態度はまったく逆のことを言っているからね。昨日の夜は――」

「昨日の夜のことはなんでもないわ。あなたにはソフィーがいるでしょう?」

そう言ってアシュビーを見上げたイザベルは、なぜかスピタルフィールズにいた浮浪児の愛情に飢えた目を思い出した。「戦いもせずに放棄するのか?」

イザベルは眉を上げげた。「そもそもあなたはわたしのものじゃないわ」

彼がすっと表情を消した。「言葉遊びはやめてくれ」

「あなたのほうこそ」この人はどんなゲームを仕掛けているのだろう? 情熱的に口説いておいて、次の瞬間には感情を覆い隠してしまうなんて。これではマスクをつけていたときと変わらない。

アシュビーが口元をゆがめた。怒りとユーモアがまじり合っている。「堂々めぐりだな」

イザベルもひるむことなく彼を見返した。「そのようね」

「ぼくはあきらめないぞ」アシュビーは数歩下がって彼女の手を自分の腕に置いた。

「わたしだって」彼の隣を歩きながら、イザベルは目に見えないマスクを取り除く方法を思案した。

森の奥へと進むにつれて、空気がひんやりとしてきた。隣を歩くアシュビーが微妙に距離を詰めてくる。「ぼくは何度もきみを抱く。きみはぼくの手で乱れるんだ」

「あなたの破廉恥な妄想のなかでね」そう言い返したものの、内心はどきどきしていた。

「きみの夢かもしれないよ」イザベルににらまれた彼はくすくすと笑った。「小川まで歩こう。素手で魚をつかまえる方法を教えてあげるから」そう言って、楽しげに彼女の指に指を絡める。

「ハ、ハ、ハンター種の馬に魚捕り？　わたしを狩人《かりうど》にする気？」

「つかまえられる立場の魚のほうがいいならそれでもいい。ただし、ぼくの気をそそるように泳いでくれなくてはだめだ」

「餌はソフィーかしら？」自分の言葉に驚いて、イザベルはまばたきした。どうしてそんなことを言ってしまったのだろう？

「どうかな」アシュビーはあいまいに答えた。

木立の向こうに、日の光を受けてダイヤモンドのように輝く清流が現れた。その景色に見とれていたイザベルは、河原に敷かれた毛布を踏みそうになってはっとした。毛布の上には豪華な昼食が手つかずのまま広げてある。アシュビーがあたりを見まわした。「どうやら恋人たちが昼食を忘れていったようだ。きっと泳ぎに行って食欲をなくしてしまったんだろう。別の欲望のせいでね。ぼくは飢え死にしそうだが、きみはどうだい？　恋人たちが帰ってくる前に食べてしまおうじゃないか」

彼が毛布に腰を下ろしてワインのボトルを手に取ったので、イザベルはぎょっとした。

「子供じゃあるまいし。見つかったら大変よ」

「気取るなよ」アシュビーはグラスを取り出してワインのコルクを抜いた。「さあ、座って」

「気取ってなどいないわ。あなたがおかしいのよ！」手首をつかんで引き起こそうとしても、アシュビーは頑として動かなかった。背後で小枝の折れる音がする。「誰か来る——」やってきたのは三人の従僕を連れたフィップスだった。イザベルは唖然としたあと、決まり悪い思いでアシュビーを見下ろした。「これはあなたが準備させたのね？」

アシュビーが赤ワインの入ったグラスを差し出した。「そうだよ。座って」

彼女は大騒ぎしたことを恥じて腰を下ろし、グラスを受け取った。「こんなにすてきなピクニックは初めてよ」贅沢な食事を眺める。「なにもかもそろっているのね」

「年のせいで、いたずらが好きになったらしい」

「まあ」イザベルはにっこりした。「うれしい驚きだったわ。ありがとう」

アシュビーは彼女の視線をとらえてワイングラスをふれ合わせた。「どういたしまして」彼の瞳が言葉以上の思いを伝えてくる。イザベルはかつて彼に言ったことを思い出した。乗馬にピクニック。アシュビーはわたしの提案を最高の形で実現してくれたのだ。どうしてこんなに手の込んだことをしてくれたのだろう？

ふたりがチキンときゅうりのサンドイッチにチーズ、ぶどうのデザートを楽しむあいだ、馬丁はやや離れた場所に控えていた。

「ききたいことがあるんだが、怒らないかい？」アシュビーが静かに尋ねた。

「そんな約束はできないわ」

「じゃあ、怒られるのを覚悟できくよ」彼は声を低めた。「ぼくときみが結婚しなければならない理由はあるかい？」

「なんですって？」イザベルは真っ赤になったが、すぐに質問の意味に気づいた。「ないわ」

七日前に月のものが来て、複雑な気分になったばかりだ。

「ぼくはきみを閉じ込めるようなことはしない。絶対に」

スティルゴーに話すと脅迫したことを遠まわしに謝罪しているのだろうか？　それにしても、アシュビーのほうから妊娠の有無について切り出してくれるとは思わなかった。男というのはどんなに家庭的であっても、束縛されるのを尻込みするものだと思っていたのに。

「わたしも質問があるの。婚約相手がオリヴィアだったことを、なぜ教えてくれなかったの？」

アシュビーの瞳が凍りついた。「彼女がなにか言ったのか？」

「三年間婚約していたけれど、あなたの帰りを待ちくたびれてしまったって」

彼は歯を食いしばった。「それだけか？」

「あなたたちは幼なじみで、休日のたびに家族で食事をしたと」

「確かにときどきはね。老公爵が……親切にしてくれたんだ」アシュビーは絞り出すように言った。

「あなたは子供時代のことを話してくれないのね。みじめだったと言っただけで……」

「どんなふうにみじめだったのか知りたいのかい？」彼はバスケットのなかから、ナプキンに包まれたラズベリーパイを取り出した。「きみの好物だったろう？」

「ええ、ありがとう」この話題については、これ以上語りたくないらしい。今日のところは追及するのはやめよう。「そうだわ、ウィルのトランクを持ってきてくれてありがとう。兄が戻ってきたみたいでうれしかった」

　アシュビーが手をぬぐい、胸ポケットのなかから折りたたまれた紙を取り出した。「これは直接渡したかったんだ。ウィルが亡くなる二日前に書いたものだよ。亡くなったとき、ポケットに入っていた。内容は読んでいないが、きみ宛に違いない」

　イザベルはしわの寄った手紙を震える手で受け取った。「ああ、パリス……」

「きみが訪ねてきたときに……いや、何年も前に渡すべきだったんだが……」

「もうしばらくウィルをそばに感じていたかったのね？」彼女は悲しげにほほえんだ。

「どうかな……」アシュビーはイザベルを見た。「そうなのかもしれない」

　彼女は注意深く手紙を開き、涙にかすんだ目で読み始めた。「〝ぼくの大切なイジーへ〟」

「声に出して読まなくてもいいんだよ」アシュビーがささやく。

「そうしたいの」イザベルは大きく息を吸って読み始めた。「〝ぼくの大切なイジーへ。手紙をありがとう、とてもうれしかった。スティルゴーと母上は、ミルナー卿を拒絶したおまえにまだ腹を立てているんだろうね。ぼくはおまえの判断が正しいと思う。おまえがあんな間抜けに我慢できるはずがないんだ。レディ・ドラスベリーはおまえの手紙をちゃんと届けてくれているから、これからも彼女に取り次ぎを頼むように。ぼくの妹が次は誰の心を砕くのか、楽しみにしているよ。こっちは最悪の天気だ。家に帰りたい。ナポレオンもエルバ島に未練があるようだから、じきにこの願いは聞き届けられるだろう。今日はフランス軍とプロシア軍の戦闘があった。プロシア軍は敗退したが、再集結しているところだ。うれしいことに、おまえの大好きな――〟」

イザベルは咳払いした。

「〝――ぼくの親友は無事だよ。この手紙がくしゃくしゃで字が曲がっているのはそのせいだ。どこかの大佐が、ぼくらの秘密をのぞこうとしているからね〟」

彼女はアシュビーを見上げた。

「確かに身に覚えがある」彼はにやりとした。

イザベルは続きを読んだ。

「〝鉛筆を差し出して一筆書いてくれと頼んでみたが、彼は長々と言い訳したあげくに断った。弱虫め〟」

「ぼくはのぞき屋で弱虫なのか」アシュビーが皮肉めかして言った。

「〝ぼくの代わりにみんなにキスを。それからものぐさな双子に、別々に手紙を書くよう言ってくれ。愛している。みんなに会える日が近いことを願っているよ。妹思いの兄、ウィルより〟」

イザベルの目からこぼれた涙が便箋に落ちた。「ありがとう」そう言って目をつぶり、手紙を胸に押し当てる。

アシュビーは彼女のまつげと頬についた涙を吸い取るように、あたたかな唇を押し当てた。

「この二年というもの、何度この手紙を渡そうと思ったか知れない。きみに会いに行くよう自分に言い聞かせては、怖じ気づくことの繰り返しだった。この顔を見られたくなかったから」

イザベルは目を開けて彼の頬にふれた。「わたしはあなたの顔が好きよ。欠点だと思っているのはあなただけだわ」寂しげにほほえむ。「わたしも毎日祈っていたの。今日こそ、あなたが訪ねてきてくれますようにって」

アシュビーが息を吸い込んだ。「そうすべきだった。本当に……」彼は頭を下げ、再びイザベルにキスをした。

「ねえ、今はふたりきりではないのよ」彼女は大事な手紙をポケットにしまった。

「そうだね」アシュビーは馬丁のほうを見た。それから足首を交差させてイザベルに目を戻す。「話題を変えよう。誕生日はいつだい？」

「八月一〇日よ。あなたは？」

「一一月一三日だ。きみは本当に獅子座《しし ざ》なんだな」

「ご両親のお名前はなんとおっしゃるの？」

「母はイヴで父はジョナサン。きみのお父上は？」

「ハリー――ハロルドよ。母と違って、気さくで陽気な人だったわ」

アシュビーは声をあげて笑った。「きみの母上は厳しい人だからな。幸いにも、ぼくは気に入られているみたいだが」

「うちの家族はあなたのことを好きにならずにいられないの」イザベルはうんざりしたように言った。「見ればわかるでしょうけど」

「きみは魔女だ」アシュビーが彼女の髪を引っ張って、人差し指に巻きつけた。海色の瞳が色濃くなり、呼吸が浅くなる。「お目付役を追い払おうか?」

情熱的な視線にイザベルの下腹部が熱くなる。ふたりきりになったら、一糸まとわぬ姿で絡み合い、快楽に溺れるのは目に見えている。そうしたい気持ちはやまやまだが、拒絶しなければならなかった。ここで彼と抱き合ったあと、ソフィーと一緒のところを見せつけられるなんてとても耐えられない。

アシュビーはじっと彼女の様子を見つめていた。「じゃあ、ゲームをしようか?」

「ゲーム?」熱い妄想のせいで頭がうまくまわらない。

「バックギャモンだよ」

イザベルは目をぱちくりさせた。「ここでバックギャモンがしたいの?」

「いいや」アシュビーがゆっくりと息を吸った。「本当はきみの体のなかで燃えつきたい。でもその願いがかなわないなら、バックギャモンをするか、川に飛び込むかしかない」

イザベルもひどく体がほてっていた。アシュビーがバスケットのなかからバックギャモンのゲーム盤を取り出すのを見て、彼女は言った。「本当にあらゆる場合に備えているのね」

「きみが協力的だとは期待していなかったからね」

さすがのアシュビーにも、彼女があと少しで協力するところだったことはわからないようだ。イザベルは彼を手伝ってゲーム盤に駒《こま》を並べた。「油断してはだめよ。わたしはかなりの腕前だから、あなたをこてんぱんにやっつけて悲鳴をあげさせるかもしれない」

アシュビーの目がきらりと光る。「悲鳴?」

イザベルは誘惑には屈しないという決意を新たにした。

29

アシュビーはうつ伏せの状態で頬杖をつき、低くうめいた。またしてもやられた。イザベルはこのゲームの達人らしい。彼も決して下手なほうではないのだが、イザベルが身動きするたびにV字形に切れ込んだ襟元から胸の谷間がのぞき、まったくゲームに集中できなかった。

クリーム色のドレスをまとい、豊かな巻き毛をなびかせて緑のなかに座っているイザベルは森の妖精そのものだった。空色の瞳にはいたずらっぽい輝きが宿っている。その体から漂うバニラの香りに刺激され、アシュビーは口のなかにつばが湧いた。下腹部はすでに痛いほど高ぶっている。

一度抱いた女性に、これほど強烈な欲望を抱いたことがあっただろうか？ 今やイザベル以外の女性にはいっさい興味が持てない。だがここで彼女に抱きついたら、結局は体目当てで誘ったのだと思われてしまう。下心がなかったわけではないが、決してそれだけではない。アシュビーの心はふたつに分裂していた。一方はイザベルを眺めるだけで満足しているのに、もう一方はどうやって彼女の服を脱がせるか必死で考えている。両親が生きていたら、イザベルを見てなんと言うだろう？　世界でいちばんかわいらしい女性だというぼくの意見に賛成してくれるだろうか？　彼女を愛しく思うあまり、客観的な判断力を失っているのは間違いないが……。

アシュビーはがばっと上体を起こした。〝ぼくは彼女を愛している！〟なぜ今まで気づかなかったんだ？　最初にベンチでキスを交わしたときから愛していたのに。心を覆っていた霧が突然晴れた気がした。キスされた直後に別の女性に求婚したのも、セブン・ドーヴァー・ストリートに近寄らないようにしたのも、イザベルを愛していたからだ。すっかり成熟した彼女が屋敷を訪ねてきたとき、世界が引っくり返ったように感じたのはそのせいなのだ。

「もう遅いから帰りましょう」

イザベルの声が彼を現実に引き戻した。「なにか言ったかい？」

彼女が同情するような笑みを浮かべる。「そんな顔をしないで。そこまでうわの空じゃなかったら、一回くらいは勝てたかもしれないのに」イザベルは立ち上がるといつもの癖でドレスのしわを伸ばした。

アシュビーはイザベルにもらった大事な懐中時計を取り出し、目をしばたたいた。昼食とおしゃべりとゲームに興じて、物思いにふけっているあいだに、いつの間にか四時間が経過していた。

「夜までここにいるつもり？」イザベルがからかう。「わたしはレディ・カニンガムの夜会に出席する約束があるから、おつき合いできないわよ」

しぶしぶ立ち上がったアシュビーは、彼女を抱きしめたいという衝動に駆られた。もう紳士ぶるのはまっぴらだ。先週から辛抱の連続だった。そのかいあって、社交界のうるさ方も彼の復帰を好意的に受け入れてくれた。

今のぼくならイザベルに釣り合う。

アシュビーはフィップスに下がるよう目で合図して、イザベルを胸に抱き寄せた。彼女が小さく息を吐いて肩に頭を預けてくる。彼は生きる喜びを全身で感じた。

〝今だ、求婚しろ!〟内なる声が叫ぶ。緊張のあまり、口のなかがからからだ。アシュビーはどきどきしながらイザベルの手を取って片膝をついた。急に支えを失ってよろめいた彼女が笑って手を引き抜く。「あら、だめよ。家に連れて帰ってくれなくちゃ」そう言って、イザベルは馬のほうへ走り出した。

木立のなか、膝立ちの状態で残されたアシュビーはひどく決まりが悪かった。求婚しようとしたのに、軽くあしらわれてしまった。これでは彼女によだれを垂らしている取り巻きどもと変わらない。彼は悪態をついて立ち上がった。

「ずいぶん静かなのね」帰路についてからずっと押し黙っているアシュビーに、イザベルが声をかけた。夕闇が迫るなか、ふたりは近道をするためにロンドン市内の静かな公園を抜けているところだった。

「特に話すことがないからね」アシュビーは無愛想に応えた。ポケットに忍ばせた小さな箱がずっしりと重い。いっそのこと茂みに投げ捨ててしまえばすっきりするだろうに。ぼくはいったいなにを期待していたんだろう？

「今日はとても楽しかったわ。ありがとう」

「どういたしまして」

「ドローイダ卿のところで催される第一八騎兵連隊の舞踏会には参加するの？」

「軍服は着ない」

イザベルは彼をちらりと見た。「軍服でないと参加できないの？」

「そうだ」

「昔のお友達に会いたいとは――」

「思わない」

「アシュビーったら――」

突然、ふたりの正面から怒鳴り声が響いた。「そこのだんな、財布を置いていってもらおうか！」ロンドンの下町なまりだ。

アシュビーはすかさずイザベルの前に馬を出した。ふたりの男が、いかにも慣れた手つきで拳銃を構えている。「このご婦人を逃がしてくれたら財布をやろう」

イザベルが彼のほうへ馬を寄せた。「そんなことを言って、あなたは丸腰でしょう？」

「そうだ」アシュビーはささやき返した。「ぼくが合図をしたら全力で逃げろ」

「あなたを残していけないわ」

彼はイザベルを見た。「冗談だろう？」

アポロと至近距離に接近したミラグロが神経質に鼻を鳴らす。イザベルはやや馬を離した。「実戦経験があっても関係ないわ」手綱を操りながら答える。「あなたは非暴力の誓いを立てているんだもの。わたしと馬丁を合わせれば三対二になるじゃない」

どうやら彼女は本気らしい。その心遣いに感動していなければ、肩をつかんで揺さぶってやるところだ。「ぼくは大丈夫だから言ったとおりにしてくれ」

「いやよ」

「頼む」

「なにをこそこそしてやがる！」追いはぎのひとりがイザベルのほうへ近づいた。

「彼女を逃がしてくれたら、そちらの言うとおりにしよう」アシュビーは叫んだ。「さもなければ——」

「そのお嬢さんを帰すわけにはいかねえな」追いはぎが拳銃を振った。「あんたもおとなしくしててもらうぜ」

アシュビーは眉をひそめた。「おまえたちの顔には見覚えがあるぞ。陸軍にいただろう？」

片方の男が目を見開いた。「ま、まさか、アシュビー大佐？」男はよろよろと後退して仲間にぶつかると、急に背筋を伸ばして敬礼した。「ロブ・フォーク軍曹です。第三近衛歩兵連隊にいました。大佐はオルテスで橋が炎上したとき、わたしを馬で運んでくださいました。命の恩人です！」

「思い出した。そっちは？」アシュビーはもうひとりの追いはぎに目をやった。

声をかけられた男がびくっとして敬礼した。「ネッド・マイルズ軍曹です。第九イーストノーフォーク歩兵連隊におりました。大佐にお会いできて光栄です」

「戦場の英雄ともあろう者が、罪のない民を襲って金をせびるのか?」

「時代が変わったのです」ネッドはうしろめたそうに言い訳した。「職を探して六カ月、でも、あのくそったれ戦争……おっと、レディの前で失礼」古ぼけた帽子をとってぺこりと頭を下げる。「あの戦いから帰還した兵で食うに困っている者はほかにも大勢います」

「ちょうど田舎の領地で働き手を探していたところだ。この先ずっと腹いっぱい食べられるだけの給料をやろう。どうする? ぼくに仕えてみるか? 祖国に尽くしたように、誠実に働いてくれるか?」

ふたりの男は興奮して目を見交わし、声をそろえて答えた。「もちろんです!」

「絶対の忠誠を誓います!」ロブがはずんだ声でつけ加える。

「よろしい」アシュビーは男たちにアシュビー・パークまでの道順を教え、いくらかの金を与えた。「それだけあれば途中で腹ごしらえができるはずだ。採用を担当しているのはハミルトンという男だから、ぼくと一緒に大陸で戦ったことを伝えるといい。さあ、行け。もう善良な市民を脅すんじゃないぞ」

「わかりました。ありがとうございます!」ふたりはさっと敬礼して、うれしそうに歩いていった。

「すばらしいわ」イザベルが大きな笑みを浮かべ、手袋に包まれた手を打ち合わせた。「あの人たちに職を与えるなんて、とても寛大で賢いやり方よ」

アシュビーは頭を傾けた。「ある人から学んだんだ」

イザベルはミラグロが神経質なことも忘れてアシュビーのほうへ馬を寄せ、彼の首に手をまわして唇を合わせた。やわらかな感触がアシュビーの欲望に火をつける。彼は常に人を操り、攻撃する側の人間だった。だがラズベリーとワイン味の舌で唇をなぞられると、好きにしてくれと身を投げ出したくなった。イザベルのためなら死んでもいい。

彼女が身を引いた。夕暮れのなかで空色の瞳が輝いている。「なんだかいつもと違うわ」かすれ声でそう言って、イザベルは不思議そうにほほえんだ。

そのとき一発の銃声が大気を引き裂いた。ミラグロがいななき、狂ったように飛び跳ねる。

「このばか野郎！　おれの脚を吹っ飛ばす気か？」遠くからネッドの怒鳴り声が響いた。

イザベルはミラグロをなだめようとしたが、馬は興奮して大きく前脚を上げた。恐怖に凍りつくアシュビーの目の前で、彼女がバランスを崩し、鞍から投げ出される。「イザベル！」

彼はパニックに襲われてイザベルに駆け寄った。彼女は地面に横たわったままぴくりともしない。アシュビーの体の底から怒りが湧き上がった。〝神よ、母を奪っておいて、次はイザベルまで？〟

アシュビーは馬丁に向かって叫んだ。「メイソン！　医者と馬車を連れてこい！」

「かしこまりました！」馬丁はすぐさま馬を駆った。

アシュビーはぐったりと横たわる彼女に体を寄せた。骨を折っていたらと思うと、うかつに手をふれることもできない。「イザベル？　ぼくのかわいい人、お願いだから目を開けて、なにか言ってくれ」

反応はない。

彼女の首筋にふれてみた。よかった、脈はある！「イザベル、聞こえるかい？　目を開けてくれ」アシュビーはさっきよりも大きな声で言った。

それでも反応はなかった。

恐怖が背筋をはいのぼり、視界がぼやけた。息が苦しい。もしも頭蓋骨や背骨が折れていたら……？　最悪の可能性が頭のなかに渦巻いた。後遺症に苦しむのを見るくらいなら、ほかの男と結婚した姿を見せつけられるほうがまだましだ。洞穴のなかで一〇〇年の孤独に耐えてもいい。アシュビーは震える手でイザベルの頭部にふれ、出血がないかどうか慎重に確かめた。幸い、血は出ていないようだ。

あとは祈るしかない。「イザベル、目を開けてくれ。愛しい人よ、お願いだ……」

イザベルは薄目を開け、恐怖に硬直したアシュビーの顔を見て罪悪感に駆られた。気絶したふりなどするのではなかった。実際は落ち葉が衝撃を吸収してくれたおかげで、ほとんど痛みも感じなかったのだ。ちょっと動揺させて本心を探ろうと思ったのだが、苦しんでいる彼を見ていられなくなり、イザベルは目を開けた。「パリス」

「よかった！」アシュビーは詰めていた息を吐いて安堵に目を輝かせた。やさしい笑みを浮かべて、彼女の額にかかった髪をなでつける。「どこか痛いところは?」

「頭を打ったけれど、そのほかは大丈夫よ。落ち葉の上だったの」イザベルは起き上がろうとした。

アシュビーが肩を押さえた。「骨が折れているかもしれないから動いてはだめだ。すぐに医者が来る」そう言って、彼女の眉と髪をなでる。「意識が戻って本当によかった。ぼくの髪は真っ白になっていないかい?」

「まだ大丈夫みたい」イザベルはくすくす笑って息を吸った。「いやだ! ドレスがめちゃくちゃだわ。起こして」

「だめだ」アシュビーが彼女の体を押し戻す。「横になっていなさい」

「なんだか体じゅうがむずむずするの」イザベルは文句を言って身をよじったが、ますます枯れ葉のなかに埋もれる結果になってしまった。「起こしてちょうだい。骨なんて折れていないわよ」

「痛みはないのか? どこか具合の悪いところは?」

「ないわ」

アシュビーが彼女を抱き上げた。「ひとりで歩けるのに」そう言ったものの、イザベルは彼の首に手をまわした。力強くやさしい男性に甘やかされて悪い気分はしない。わたしはなんてひどい女なんだろう。

彼は近くのベンチまで行って腰を下ろし、イザベルを膝にのせたまま抱き寄せた。「本当にどこも痛くないのか？」

彼女はにっこりしてアシュビーの唇を指先でなぞった。「わたしのことが心配なのね」

「そうだよ。ぼくのせいだからね。あんな神経質な馬に乗せるんじゃなかった」

「あなたのせいではないわ。落馬するのは初めてじゃないもの。あなただって、馬から落ちたことくらいあるでしょう？」

アシュビーはイザベルのもつれた髪から枯れ葉を取り除き、服についた泥を払った。「自分が振り落とされるのと、大切な人が振り落とされるのを見るのとでは――」

「わたしを大切に思ってくれるの？」彼女は期待に満ちた目で見上げた。

彼が頭を下げてそっと口づけをした。「心からね」

イザベルは胸がいっぱいになった。姑息《こそく》な手段を使ったことは認めるが、求めていた答えは得られた。アシュビーはわたしに特別な感情を抱いている。彼女は目を閉じてキスに神経を集中した。木立がプライバシーを保ってくれる。

「死ぬほど驚いたんだぞ。あんな思いは二度とごめんだ」

「ごめんなさい」イザベルはもぞもぞと身動きした。彼の欲望を感じて、下腹部がくすぐったくなる。ふたりの抱擁が激しさを増した。アシュビーの手がボディスの下に潜り込み、乳房を覆うと、彼女の口からうめき声が漏れた。ついさっき木立のなかでアシュビーが執事を追い払ったときは、まだ心の準備ができていなかった。今は違う。

「どのくらい強く頭を打ったんだ？　まだぼうっとしているんじゃ……」

「そんなことないわ」首筋にキスされながら胸の頂を刺激されたイザベルは、ごくりとつばをのみ込んだ。じっとしていられなくて腰を左右に動かす。「メイソンはどのくらいで戻ってくるの?」

アシュビーがはっとして顔を上げ、彼女をまじまじと見つめた。「嘘をついていたんだな?」

「な、なんのこと?」彼の手がボディスから抜かれた。

「ぼくがメイソンの名前を口にしたのは、医者を呼んでこいと命じたときだけだ」

〝いけない!〟反論することもできたが、すでに手遅れのような気がした。

アシュビーの顔が怒りにゆがんだ。「なんてひどいことを!」彼はイザベルを膝から下ろし、さっと立ち上がって髪をかき上げた。「あんなに心配させるなんて残酷だと思わないのか?　てっきり落馬でけがをしたとばかり……」

彼女は身を縮めた。「残酷だなんて大げさ――」

「大げさじゃない!」アシュビーが怒鳴った。「ぼくをだましたじゃないか。動転したぼくが本音を漏らすと思ったんだろう?　こっちの身にもなってみろ!」悪態をつきながらイザベルの前を行ったり来たりする。「きみがこんなにひどいことをするなんて!　ちくしょう!　ぼくの母は落馬して首の骨を折ったんだぞ!」

〝そんな!〟落馬事故のことを忘れていた。イザベルは罪悪感に押しつぶされそうになった。これでは残酷と言われても仕方がない。「ごめんなさい――」

「きみのおかげで、地面に倒れて死んでいる母を見たときの父の気持ちがわかったよ。父はその夜、自分の頭に鉛の弾を撃ち込んだんだ！」

イザベルは息をのんでベンチから立ち上がった。「アシュビー……」

「座れ！」彼が鋭い声で命じる。「ぼくの子供時代のことを知りたいんだろう？　教えてやるよ。事故のあと一年ほどはショックで口もきけず、アシュビー・パークの使用人たちに〝だんまり伯爵〟と呼ばれていた。ぼくは母の香りが残っていた寝室から出ようとしなかった。周囲の子供と遊ぶのは禁じられていたから、友達は馬だけだった」

「馬が怖くならなかったの？」

「母が事故に遭ったのは馬のせいじゃない。馬というのは美しくて力強く、賢い生き物だ。父は母を乗せていた馬を撃ち、それから自殺した。あの馬を驚かせたのは父だったんだ」

アシュビーは彼女の脇に腰を下ろした。「召し使いたちはやさしくしてくれたが、常に一定の距離を保っていた。体にふれることもなかったし、叱《しか》ってくれることもなかった。ぼくのポケットから給金が支払われているのだから当然だな。イートン校に在学しているあいだ、届く手紙といったら遺産管理人からだけ。ぼくはわざと他人を挑発して注目を集めようとした。クリスマスなんて大嫌いだった。プレゼントなんか、もらったこともない。英国でもっとも裕福な子供になにか買ってやろうなどと思う人がいるはずないさ。悲惨だったよ」

「どんな子供だって、愛と贈り物が必要なのに」イザベルはためらいがちに彼の腕に手を置いた。

アシュビーが彼女のほうへ頭を寄せ、懐中時計を取り出した。「これはぼくの宝物なんだ」表面の彫刻に親指をはわせる。「ぼくが復活祭も寄宿舎にいると聞いて、ハーワース公爵が自宅に招いてくれた。ぼくは一四歳で、やんちゃだった。他人の家でおまけみたいな扱いを受けるのはいやだったが、それでもアシュビー・パークでひとりで食事をするよりはましだ。それから一八歳になるまで、その習慣が続いた」彼は息を吐いた。「ケンブリッジ大学に入学する直前に、父の死が落馬によるものでなく自殺だと知った。それで……ひどく腹が立って、父のことを憎んだ。なにもかも、どうでもよくなった」

「なにもかも？　自分のことも？」

アシュビーは肩をすくめた。「すべてだよ。他人にどう思われようが気にならなくなった。権力と富に引き寄せられた連中にちやほやされて、いい気になっていたんだ。彼らに友情など期待していなかったし、向こうも同じだった。ウィルに会う前までは……」彼はイザベルを見た。「ウィルから、ぼくらが出会ったときのことを聞いたことがあるかい？」

イザベルは首を振った。

「ゲームで賭けて、ぼくが五〇〇ポンド勝ったんだ」

彼女はあっけにとられた。「嘘よ。ウィルは賭けなんてしないわ」

「当時のウィルは違ったんだよ。しかも無謀な賭け方だった。金もないくせにね」

「それがどうして友人になったの？」

「賭け金を帳消しにする条件で、一カ月のあいだウィルを子分にしたんだ。売春宿から賭博場まで連れまわして、悪いことも教えたよ。最高の一カ月だったな」アシュビーは懐かしそうにほほえんだ。「こんな話、きみにはしないほうがよかったかもしれないが」

「兄を堕落させたのね」イザベルは彼の腕をたたいた。

アシュビーがその手をつかんで、手のひらに熱いキスをした。「そしてウィルはぼくを生まれ変わらせてくれた」

「あなたと兄は本当に仲がよかったもの」彼女の脳裏に当時の記憶が押し寄せる。

「あんな男はどこにもいない」アシュビーは暗がりを見つめた。「誰よりもまっすぐな心を持っていた」

イザベルは彼の頬に手を当てて自分のほうを向かせた。「あなただってそうよ」

「違う」アシュビーが首を振る。「ウィルが死んだあと、ぼくは元の自分に逆戻りしたんだ」

「放蕩にふけったわけじゃないでしょう。引きこもってしまったのよ」イザベルはアシュビーとの出会いを思い出した。彼と目が合ったときに感じたもの、それはやさしさと孤独だった。少女だった彼女は、傷つきやすそうな海色の瞳にたちまち魅了されてしまった。「ウィルが亡くなったあとで社交界から遠ざかったのは、他人に囲まれていると余計に孤独を感じたからね？」

アシュビーがひるんだ。「そんなことはない。社交界で知らない人などいなかった。学校やボクシングの試合、賭博場、貴族院の顔見知りでなければ、軍隊の仲間だった」

「そのなかで友人と呼べる人が何人いた？　あなたに友情を寄せてくれる人が？」彼は答え

なかったが、イザベルにはわかっていた。そういう存在は彼女の家族だけだったのだ。だからアシュビーはわたしを妻に望んだ。自分の家庭を作ろうとした。人はいろいろな理由で結婚する。家庭を築きたいというのは、ごくまっとうな理由ではないか。「なぜ社交界に復帰しようと思ったの？」

「きみに言われたからだと思う。健全じゃないとかなんとか……」

ふたりの視線が合う。アシュビーによい影響を与えられたことはうれしいが、両親が残した空白を埋めるのはソフィーなのかもしれないと思うとつらかった。そんなイザベルの気持ちを読んだように、彼が言った。「きみはぼくにもう会いたくないと言ったね」

彼女はまばたきして涙をこらえ、喉につかえている塊をのみ込んだ。あれは間違いだったと伝えるには、もう遅すぎるのだろうか？　アシュビーはわたしのことを気にかけ、欲してくれる。だが、わたしが彼を愛するように愛してくれているのなら、別の女性に目を移したりしないはずだ。

馬に乗った人影が小道をこちらへ近づいてくる。医者を連れたメイソンと別の従僕だ。イザベルは愚かな芝居のことを思い出し、アシュビーの手をつかんだ。「ばかなことをしてごめんなさい」彼の手をぎゅっと握りしめ、瞳をのぞき込む。「昔のことを教えてくれて、とてもうれしかったわ。もっと早く、お互い率直になっていれば――」

アシュビーは小道のほうをちらりと見てから、上体をかがめて彼女にキスをした。「もう帰ろう」

30

アシュビーはブランデーグラスを口に運び、バルコニーの手すりに葉巻をぶつけた。ジャングルを模したレディ・カニンガムの庭園に落下する灰を眺めながら、イザベルの言葉を反芻《はんすう》する。〃もっと早く、お互い率直になっていれば――〃

彼女の言うとおりだ。ぼくは最初から隠しごとばかりしてきた。顔のことも、ウィルの死にまつわる事実も、戦争での残虐行為も、子供時代のことやオリヴィアとの婚約についても。そして今も、ソフィーとの企みを秘密にしている。

〃イザベルに対する気持ちだってそうだ。なにも打ち明けていないくせに〃

ただ、世間とのかかわりを断った理由については隠していたわけではない。イザベルに指摘されるまで、自分でもわかっていなかったのだ。これまでずっと、敵の命を無慈悲に奪い、親友を死なせた自分に生きる価値などないと思っていた。しかも、こんなに醜い傷を負っているのだから。

イザベルの指摘は正しい。ランカスター・ハウスの地下に隠れていたのは、愛情に飢えた少年時代のぼくだった。自分自身と自ら命を絶った父の弱さを嫌悪する気持ちが、人生の選択を誤らせてきたのだ。薄情な女性と婚約したことも含めて。

誰かに肩をたたかれ、振り向いたアシュビーは皮肉な笑みを浮かべた。「こんばんは、オリヴィア」

「アシュビー」オリヴィアが狡猾な笑みを浮かべて彼の全身を眺めまわした。「今夜はとてもすてきね。あなたは昔とちっとも変わらない」

「きみもね」

彼女は艶然とほほえんだ。「昔なじみとして、今のはほめ言葉と受け取っておくわ」

「そうしてくれ。じゃあ、ぼくはこれで」アシュビーは葉巻をもみ消してドアのほうへ向かいかけた。

オリヴィアがさっと動いて彼の胸に手を当てる。「もういさかいはやめにしない？　このところずっとあなたを見ていたの。若いときのあなたもすてきだったけれど、成熟したあなたには……抗いがたい魅力があるわ」

「オリヴィア、きみが抗えないのはぼくの金だろう？」

彼女の顔から媚びるような表情が消える。「いいわ。認めましょう。あなたの求愛を受けたのは即物的な理由からだったけど、当時は若くて愚かだったのよ。爵位と豊かな暮らしのほかに結婚を決める理由があるとは思っていなかった。ブラッドフォードが初めて寝室に来たとき、わたしは彼をあなただと思おうとしたわ。今だってそう……」オリヴィアは背伸びして唇を差し出した。

アシュビーは彼女の手を払った。「すまない」

オリヴィアの目に憤慨の色が浮かぶ。「わたしを拒絶して、あのオペラ歌手に言い寄るつもり?」

彼はにっこりした。「おかしいかい? ぼくがオペラ歌手好きだとふれまわったのはきみだろう?」

「あれはジョンよ! わたしではないわ。あの子があなたを憎んでいるのは知っているでしょう?」オリヴィアはふと計算高い目つきをした。「そういえば、かわいいミス・オーブリーはどうなったのかしら? たまにはベッドをあたためさせているの? それとも彼女にはもう飽きた?」

アシュビーは真顔になった。「口のきき方に気をつけろ。ぼくの忍耐力にも限度はある」

相手が脅しの意味をじゅうぶん理解するようしばらく間を置いてから、彼は頭を下げた。

「それではよい夕べを」

舞踏室に戻るアシュビーの背中をヒステリックな声が追いかけてきた。「覚えてらっしゃい!」

室内に入ったアシュビーはオリヴィアの存在を頭から追いやり、愛しい女性の姿を探して舞踏室のなかを見まわした。イザベルはまだ来ていないようだ。ほかに同伴する女性もいないので賭博室に向かう。保守的なレディ・カニンガムは、ソフィーのような客を招待するくらいなら誰も招かないほうがましだと考えている。そもそもイザベルが出席すると知るまで、この舞踏会に来るつもりはなかった。だが彼女が見たい一心で参加した結果、愛想笑いを浮かべたハイエナどものなかにひとりでいても平静を保つ自信がついた。すべてはイザベルのおかげだ。

レディ・カニンガムの舞踏室に足を踏み入れたイザベルは、アシュビーの広い背中が賭博室に消えるのを見てがっかりした。つい二時間前に別れたばかりだというのに、もう彼が恋しくてたまらない。「今夜は彼を独占できるわね」肩越しに女性の声がした。「フランスのあばずれは招待されていないもの」

振り向いたイザベルは、オリヴィアの冷たい瞳を見た。「ミセス・フェアチャイルドはあばずれなどではないわ」

「あら、彼女をかばうの？　おもしろいこと」オリヴィアがにやりとする。「恋人を盗まれたくせに」

イザベルの頭に警報が鳴り響いた。「なにをおっしゃっているの？」彼女は静かな声で言った。

「アシュビーを愛しているんでしょう？　否定することないわ。先週、泣きじゃくって劇場を飛び出していった時点でわかったもの」

イザベルは背筋を伸ばした。「あれはあなたの弟さんが失礼なことをしたからよ」

「嘘ばっかり。あなたの気持ちはわかるわ。四年近く前、わたしも同じことをされたから。

ねえ、図書室へ行きましょうよ。人に聞かれたくない話なの」

好奇心に負けて、イザベルはカニンガム邸の立派な図書室へとついていった。

「わたしのこと、恋人を待つのがいやになって婚約を破棄した冷たい女だと思っているんでしょう？　確かに非は認めるわ。でも、わたしだってばかじゃない。考えてもごらんなさいな。アシュビーと別れてブラッドフォードと結婚したのよ。相当の理由がなければ、そんなことはしないわ。当時、アシュビーは明らかにフランス人オペラ歌手と関係していたの。婚約者に浮気されたことを言いふらす女などいないわよ」

オリヴィアの言うことを信じていいものか迷いながらも、イザベルはショックを受けずにいられなかった。相手の心の揺れを察知して、オリヴィアがたたみかける。「フォンテーヌブロー条約が結ばれたあと、ジョンに頼んでパリのアシュビーのところへ連れていってもらったの。彼が……フランス女といるのを見つけたときの気持ちは言葉では言い表せないわ。ジョンは激怒してアシュビーに決闘を申し込もうとしたけれど、わたしはやめてと懇願した。アシュビーは射撃の名手だし、軍人だもの。不誠実な婚約者のために弟を失うなんて耐えられなかったのよ。祖父が手をまわして醜聞をもみ消してくれて、わたしは三カ月後にブラッドフォードと結婚したというわけ」

イザベルは動転していた。ソフィーへの怒りが再燃する。

「ブラッドフォードと結婚する一週間前にアシュビーから手紙が届いたの。甘い言葉や謝罪の文句が並んでいたわ。考え直してくれ、駆け落ちしようというのよ。あの人はいざとなるとすごく押しが強いでしょう？　でも、わたしはだまされなかった」オリヴィアは辛辣な口調で言った。

イザベルはどこかに腰を下ろしたくなった。オリヴィアの発言には思い当たる節がある。

「なぜわたしに本当のことを話そうと思ったの？　あなたに好かれているとは思えないのだけれど」

「まあね。でも、弟はあなたのことが好きだから。あの子の求愛を断る前に、あなたの大事な後援者とやらの本性を教えておくべきだと思ったのよ。まあ、断ってくれてもいいんですけどね。ジョンはあなたにはもったいないわ」そう言うと、オリヴィアは向きを変えて図書室を出ていった。

イザベルは胸がむかむかしてきた。椅子に座って両手で頭を抱える。オリヴィアの話には真実味があった。アシュビーと駆け落ちをしていたら、不誠実な放蕩者を夫にすることになっただろう。彼は獲物をねらう豹そのもの、根っからの遊び人なのだ。

「誰から隠れているんだい？」

彼女ははっと顔を上げた。戸枠にもたれかかっていたアシュビーが、身を起こして顔をしかめた。「具合が悪そうだ。やっぱり頭を打ったんじゃないか？」彼はドアを閉めてイザベルのそばへ歩み寄り、顔を両手で包んだ。

「やめて」彼女はアシュビーの手を払って立ち上がった。「ふたりきりでいるところを見られたら大変よ」

戸口へ向かいかけたイザベルの腕を彼がつかむ。「どうしたんだ?」

彼女は目を合わせられなかった。「なんでもないわ。ちょっとめまいがしただけ。もうよくなったから舞踏室へ戻るの」

アシュビーが片方の手をイザベルの腰にあてがい、自分のほうへ引き戻した。「嘘はなしだ」彼女の髪にささやきかける。「もう隠しごとはやめよう」

「心にもないことを言わないで!」イザベルはぴしゃりと言った。

「スティルゴーが、きみとオリヴィアが舞踏室から出ていくのを見たと教えてくれた。あの意地の悪い毒蛇になにを言われたんだい?」

彼女はアシュビーの抱擁を振りほどいた。「婚約を解消した本当の理由よ!」

「なるほど」彼は胸の前で腕を組んだ。「ぼくにもぜひ教えてくれ」

「パリでオペラ歌手と親しくしているところを見たんですって。嘘をついていたのね。ソフィーはただの友達だと言ったくせに、彼女を利用しているんでしょう? わたしと同じように!」

「きみによると、ぼくは最低の男のようだ。不実、嘘、裏切り……ほかにもなにかあったかな?」

「否定しないの?」イザベルはショックを受けた。

「オリヴィアがなんと言ったかは問題じゃない。大事なのは、きみがそれを信じたかどうかだ。ぼくが別の話をしたとして、きみはそれを信じるのか? そもそも嘘つきだと思っているなら、なにを言っても信用しないだろう。だからこれ以上話を続ける前に、ぼくが名誉を重んじる人間かどうか決めてくれ。信じてもらえないのに話しても無駄だからな」

「屁理屈はやめて。名誉を重んじることと率直になることは違うわ。だいたいあなたが婚約者のことを隠したりしなければ、疑うこともなかったのよ」

「元婚約者だ。確かに隠すべきじゃなかったとは思っている。でも、思い出したくなかった」アシュビーはイザベルを見た。「それでオリヴィアによると、ぼくはいつオペラ歌手と浮気をしたって？」

「約三年前よ」そう言ってから、彼女ははっとした。「あなたがけがをしたあとだわ」

「四年と少し前、フランス軍の大砲がぼくのすぐそばで炸裂して、この顔をめちゃくちゃにした。ぼくは手術を受け、半年間入院した。元婚約者殿はぼくの具合がよくないことを聞きつけ、魅力的な弟を伴ってスペインへやってきた。彼女は野戦病院に入院しているぼくを見つけて、あれこれ世話を焼いてくれたんだ。顔の包帯が取れるまではね。ところが包帯の下から現れたのは醜いガーゴイルだった。縫合跡が縦横無尽に顔面を走っている。オリヴィアの繊細な神経には耐えがたかったのだろう。彼女はぼくの目の前で嘔吐《おうと》したよ。弟は慌てて彼女を英国へ連れ帰り、三カ月後にはレディ・ブラッドフォードの誕生というわけさ。それを噂で聞いたぼくは仰天した。あいつらは婚約を解消するとも伝えてこなかったんだから」

オリヴィアは蛇のような女だ。悪意に満ちた冷血女に言われたことをうのみにした自分が恥ずかしい。ウィルがアシュビーを信頼していたのだから、わたしも彼を信じるべきだった。

「あなたの話を信じるわ。ごめんなさい。でも、あなたも悪いのよ。最初から教えてくれていたら……」

「それを差し引いても、きみはぼくのことを悪く考えたがる傾向がある。ぼくという人間をよく知っているはずなのに」

「オリヴィアの話に思い当たることがあったから」

「たとえば？」

「ひとつにはあなたの手紙のこと。考え直してくれ、駆け落ちをしようと書いてあったって。聞き覚えのある文句だわ」

「オリヴィアは幼いころからぼくを知っているんだぞ。そのくらい、なんとでもでっち上げるさ。ぼくはこれまで、彼女には事務的な手紙しか書いたことがない。信じられないなら、オリヴィアに問題の手紙を見せてくれと頼むがいい。一通も出てこないほうに一〇ポンド賭けるよ」

「もうひとつあるの」知りたくてたまらないのにきけない疑問だ。

「なんだい？」アシュビーは長椅子に腰を下ろし、長い脚を組んだ。

イザベルはいらいらと歩きまわった。「オリヴィアはなぜあなたと……」

「オペラ歌手を結びつけたかって？　お友達のハンソンにきいてみろよ。その噂をでっち上げたのはあいつなんだ。それまでもぼくの評判は品行方正とは言えなかったから、ひとつ増えたくらいどうも思わなかったけどね。〝女たらしの放蕩者〟のほうが〝みじめなガーゴイル〟よりもましだろう？」

彼女は立ちどまってアシュビーを見た。「本当は傷ついたんでしょう？　彼女を愛していたの？」

「いいや。もう大昔の話だ。ほかには？」

「それだけよ」

「だったら、なぜ浮かない顔をしている？」

「それは……」まだソフィーの件があるからだ。「なんでもないわ」

「ならいい。こっちへおいで」

イザベルはあとずさりした。急に体が熱くなる。あの目つきや低く誘うような声は危険だ。

「今朝も言ったと思うけれど、あなたにはソフィーがいるでしょう？」彼女はドアノブをつかんだ。

白い手袋に包まれた手がイザベルの肩をつかんでドアを閉める。アシュビーの体が覆いかぶさってきたかと思うと、ブランデーの香りの息が頬をくすぐった。「ソフィーは関係ない。あれはただの芝居だ。どうしてもきみを振り向かせたかった」

イザベルは希望に胸をふくらませてアシュビーの顔を見上げた。海色の瞳に罪悪感が浮かんでいる。彼女の胸はしぼんだ。「そんな話を信じるほど世間知らずだと思っているの？　コヴェント・ガーデンであなたがソフィーの手にキスするのを見たのよ。仲むつまじい様子や、愛おしそうにあなたを見つめるソフィーの目つきを。彼女とつき合っていることを認めたら？」

「キスしたといっても手袋の上だ！　つき合ってなどいない。あれは芝居なんだよ。きみの気を引きたかっただけなんだ」

「そうでしょうとも！」

「イザベル、母の墓標に誓って、ソフィーとのあいだにやましいことはない。きみのことが頭から離れないというのに、そんな真似ができるわけないじゃないか」彼女の不審げな表情を見て、アシュビーは続けた。「きみの友人に手を出すほど見下げ果てたことをすると思うのか？　少しは信用してくれよ。そこまで無神経じゃない」アシュビーは髪をかき上げた。「彼女とはただの友人だ。家まで迎えに行って、きみが参加する集まりに同行してもらい、送り届ける。それだけだ」

「その話はあなたから持ちかけたの？」

「ソフィーは思いやりがあって賢い女性だ。ぼくが社交界に戻るのを尻込みしているのを知って、恥をかかないよう助言してくれた。きみに冷たくされても、きみのことをとても心配している。友情にひびが入ることを覚悟で引き受けてくれたんだ。きみとぼくは必ずうまくいくと信じているから」

「彼女のことを聖女みたいに言うのね。やっぱりあなたたちはお似合いなんだわ」

アシュビーはうんざりしたように息を吐いた。「ぼくが信じられないんだな」

「正直に言うと、もうなにを信じればいいかわからないの。あんなにすばらしい一夜を過ごしておきながら、ほかの女性に乗り換えるなんて。たとえお芝居だとしても」

「そのすばらしい夜がどんな終わり方をしたか、改めて説明してほしいのか？　きみはぼくを嘲り、拒絶した。そばに寄るなと言って逃げ出したんだぞ。ぼくがこんな芝居を打ったのはそのせいじゃないか！　大胆な手を使わなければ、きみを取り戻せないから」

「三日後の夜にあなたの屋敷を訪ねたら、おめかしをして上等な馬車で出かけるところだったわ。あのあとソフィーの家に行って、月明かりの下で作戦を練ったのかしら？」

アシュビーの顔が緩んだ。「ぼくを訪ねてきたのか？」

「あなたのことがわからない。社交界に復帰する決心がついたならけんかなどする必要もないのに、あなたは……ソフィーを連れまわしてわたしを傷つけ、笑い物にしたのよ。ひどいわ。わたしがなにをしたっていうの？」

彼は真剣な表情で言った。「きみを傷つけて笑い物にする気などなかった」

「よく言うわ！　あなたを嘲り、拒絶した罰を受けさせるつもりだったんでしょう！　仕返しをしようとしたくせに！」

アシュビーが歯を食いしばった。「きみに人のことが言えるのか？　なぜさっさとハンソンを追い払わなかった？　ぼくはきみを伴侶にしたいと伝えたはずだ。それなのにきみは、ぼくとキスをしたあとであいつとワルツを踊る。いったいどちらが本命なんだ？」

イザベルはふいに虚しくなった。「スティルゴーはアンジーと出会う前、ミス・レーンに恋していたの。とてもかわいい人だった。ミス・レーンも兄のことが好きだったけれど、ふたりは結婚に至らなかったわ。兄がなにか相手を傷つけるようなことを言い、彼女も兄を怒らせるようなことをした。最初からうまくいかない運命だったのに、兄は彼女に夢中でそれを認めようとしなかったの。そのときウィルが言った言葉を今でも覚えてる。〝ねじを締めるのにハンマーがいるなら、別の穴を探したほうがいい〟って」

アシュビーがほほえんだ。「ウィルはきみの前でそう言ったのか？」

「立ち聞きしたのよ。意味は――」

「ぼくにはわかるが、きみはどうなんだ？」彼の瞳がいたずらっぽく輝く。ウィルの言葉に込められた裏の意味に思い当たって、イザベルは真っ赤になった。「男同士の会話を立ち聞きするものではないよ、イジー」

「論点をすり替えないで。ともかく、なにかが思いどおりに進まないときは手放したほうがいいのよ」

アシュビーが彼女の頬をなでた。「ぼくらはあらゆる意味でぴったりだ」

イザベルは彼の手をぴしゃりと打った。「うぬぼれないで。欲望だけではどうにもならないこともあるわ。あなたは故意にわたしを傷つけたのよ。またそうならないと言える？」

「ぼくが悪かった。謝るよ」

彼女はアシュビーをじっと見つめた。「あなたがマスクを外してくれたら……」

彼が意味ありげな笑みを浮かべる。「マスクなら、きみが外してくれたじゃないか」

「目に見えないマスクのほうよ」

「意味がわからないな」

「あなたはいつだって本性を隠そうとする。真実と嘘のあいだを綱渡りしているわ。他人とのあいだに壁を作って、わざと誤った印象を与えようとすることもある。決して人を近づけようとしないじゃない」

アシュビーは衝撃を受けたようだった。「きみにはすべてを話す。どんな質問にも答えるよ」

「もう遅いわ。何週間も前にそうしてほしかった。あなたの瞳は見るたびに色を変える。心に葛藤を抱えていることはわかるの。言いたくても言えないことがあるのよね？　素の自分に戻るのはワイン貯蔵室にいるときだけなの？　あそこがあなたの生きる場所？」

彼がごくりとつばをのみ込んだ。「きみの前ですべてをさらけ出せというのか？」

「本当のあなたを見たいのよ」

「誰にも愛されない男だ」

「ウィルはあなたを愛したでしょう」

ふたりは身じろぎもせずに互いの目を見つめた。

背後で物音がして、イザベルは慌ててアシュビーから離れた。

スティルゴーがドアの隙間から顔をのぞかせ、ふたりを交互に見た。「アンジーが疲れたから帰りたいと言っている。ダニエラのせいで、夜明け近くに起こされたからな」

イザベルはうなずき、こっそりアシュビーをうかがった。スティルゴーも妹のためにドアを押さえたまま、アシュビーを見ている。「イジー、外で待っていてくれ。すぐに行くから」

イザベルはもう一度アシュビーを見てから廊下へ出た。

スティルゴーは室内に入るとドアを閉めた。「妹となにをしていたんだ？　イザベルも年ごろなんだから、そろそろゲームは終わりにしないと」

「わかっている」アシュビーは落ちついた声で答えた。

「妹が欲しいのか？」

「ああ」

スティルゴーはにやりとしてドアを開けた。「それならさっさと持っていってくれ。ここのところ扱いづらくて手を焼いていたんだ」

31

「おはよう」

ソフィーの声にイザベルは事務室の前で立ちどまり、深呼吸をしてから振り向いた。「おはよう」

ソフィーの目に期待と不安の色がよぎった。「ようやく口をきいてくれたわね。友情の復活？　それとも単に礼儀正しくしただけ？」

「わからないわ」イザベルは正直に答えた。「昨日の夜、パリスが――」

「パリス？」ソフィーが怪訝《けげん》そうな顔をする。

イザベルはそこに真実を見たような気がした。「アシュビーのことよ。彼が、あなたと出歩いていたのは芝居だと……」

ソフィーが両手を打ち鳴らした。「ああ、よかった《グラース・ア・デュー》！　ようやく打ち明けてくれたのね！」

「じゃあ……本当なの？」イザベルは声を落とした。「あなたは……」

「なに？　いやね、やめてよ」ソフィーは身震いした。「もちろん違うわ。すべてあなたのためにしたことよ」

イザベルは胃のなかのしこりが消えていくのを感じた。「どうして彼に協力したの?」

「廊下で話したい? あなたの事務室に入らない?」

「そうね」イザベルは鍵を開けて部屋に入った。ケープとボンネットとレティキュールを置いて雨戸を開け、陽光を部屋に取り入れる。「話して」

ソフィーがドアを閉めた。「仮面舞踏会の五日後に、アシュビーがわたしを訪ねてきたの」

「五日後? 三日後ではなくて?」

「わたしが手紙を受け取って早退した日があったでしょう? 夜、劇場で会った日よ」

そういえばアイリスが手紙がどうとか言っていた。それなら、わたしが彼の屋敷を訪ねた夜はなんだったのだろう? 「続けてちょうだい」

「アシュビーはあなたを取り戻すために生き方を変えたいと言ったわ。わたしにその手伝いをしてほしいって。公の場に同伴してくれる人が必要だから」

「だったら、彼をわたしのところへよこしてくれればよかったのに」ソフィーと談笑し、ダンスをするアシュビーの姿を思い返しただけで、胃がよじれる思いがした。

「冷静に考えてみて。アシュビーは自尊心の強い人よ。彼はあなたをあっと言わせたかったんだわ。あの人にとって社交界に戻るのは容易なことじゃなかった。地上に放り出された魚になった気分だったでしょう。あなたの前で情けないところは見せたくなかったのよ」

「それでもわたしたちは親友でしょう? 本当のことを打ち明けてほしかったわ。そうしたらこんな思いをせずにすんだのに。わたしが苦しむのを見て楽しかった?」

「まさか。でも、あなたったら、意地っ張りなんだもの。話してもわからなかったでしょうね。よかれと思ってしたのよ。あなたたちに幸せになってほしかったの。傷つけたことは謝るけど……」

「残酷だわ。あなたが本気で……彼に惹かれているんじゃないかと思った。ひょっとして、そうなんじゃない？」

「ばかなことを言わないで。世の中に男はたくさんいるけれど、わたしの過去を気にせずにつき合ってくれる友達はたったふたりしかいないのよ。たとえ王子が相手でも、あなたたちとの友情を犠牲にしたりするものですか。絶対《ジャメ》にね！」ソフィーはきっぱりと言った。

そこまで言われては、腹を立ててもいられない。「わかったわ」

ソフィーが目を潤ませてほほえんだ。「許してくれる？」

イザベルは自分の心を探った。「完全にふっきれたわけじゃないけれど、でも……許すわ」

ソフィーがいきなり抱きついてきたので、イザベルは面食らった。「あなたが口をきいてくれなくて、とってもつらかった」

「わたしもよ」イザベルは喉を詰まらせた。そこへノックの音が響く。「はい？」

ドアの向こうから現れたのは赤い薔薇を手にした黄金の天使だ。イザベルは心のなかで毒づいた。〝またこの人！〟

「レディたち、おはよう」ハンソンが礼儀正しくおじぎをした。

「ハンソン卿」ソフィーが膝を折ると同時にイザベルの耳元でささやいた。「さっさと追い払いなさい。もう駆け引きは終わりよ」それからハンソンのほうを向き、残念そうにほほえむ。「約束があるので、わたしはこれで」賢明なソフィーは半分ほどドアを開けて出ていった。

「これをきみに」ハンソンが赤い薔薇を差し出す。

「ありがとう」イザベルは薔薇から彼に目を移した。男性を遠ざけるには、わざとそっけない態度をとって相手の熱が冷めるのを待つのがいちばんだと思ってきた。そうすれば、結婚願望がないと噂されることなく時間を稼げるからだ。社交界にデビューして以来、彼女はそうやって求愛者をかわし、アシュビーが現れるのをひそかに待ち続けていた。口うるさい母や兄から身を守るためだったとはいえ、いつの間にか、ぎりぎりまで相手をじらして拒絶する癖が染みついていたらしい。昨夜なかなか寝つけずに考えごとをしていたイザベルは、本当に愛する相手にまで同じことをしている自分に気づいた。彼女は無意識にアシュビーを遠ざけようとしていたのだ。

ソフィーの言うとおり、そんな駆け引きはもう終わりにしなければならない。イザベルはハンソンからもらった薔薇を脇に置いた。「ごめんなさい。あなたとは結婚できないわ。ほかに好きな人がいるの。あなたの幸せを祈っています」

ハンソンは背筋が冷たくなるような笑みを浮かべた。「心にもないお世辞や、芝居じみた言い訳を聞かされなかったことには感謝する。だが、ぼくらは結婚するんだ。すでにきみには膨大な時間を注ぎ込んだのだから、この償いはきっちりしてもらうよ。いいかい、ぼくはきみの秘密を知っているんだ。仮面舞踏会の夜に尾行したからね。アシュビーに体を開いたんだろう？　初夜のベッドでぼくにも同じことをしてもらう。さもないと、きみも、きみの慈善事業も、あのフランス人の友人も終わりだ」

イザベルは愕然としてハンソンを見つめた。

「異論はなしかい？　それはよかった。では、今夜八時にうかがうとスティルゴーに伝えてくれ」

「あなたとなんて結婚しないわ。好きな人がいるんだもの」

「アシュビーのことか？　やつがきみと結婚するかどうかは知らないが、フランスのあばずれはどうなる？　さすがのアシュビーも重婚はできないだろう。あのフランス女にはいろいろと過去があるから、悪い噂が流れてもかばうやつはいない。まともな家には招待してもらえなくなり、どこへ行ってもうしろ指を指されることになるぞ。きみの慈善事業も違う目で見られるんじゃないか？　なんといっても、同じ組織に売春婦がふたりもいるんだからな」

イザベルの顔から血の気が引いた。

「そんな組織が斡旋する女を雇う家があると思うか？　哀れな女どもの末路は、よくて売春宿か――」

イザベルは彼を平手打ちした。「なんて卑劣な！　そんな脅しに負けるものですか！」

ハンソンが彼女を引き寄せた。「手段を選んではいられない状況なんでね」そう言って強引に口づけをする。イザベルは相手を押しのけようともがいたが、彼は彼女の髪をつかんで抵抗を封じた。「きみはぼくのものだ。逃がしはしない」

「そんなことはさせないぞ！」事務室のドアがばたんと開いた。

さっと顔を上げたハンソンが強烈なパンチを食らって吹き飛ぶ。アシュビーはその襟をつかんで立たせ、壁に押しつけて、喉を腕で圧迫した。「イザベルにふれたら殺してやる！」これまで聞いたこともない恐ろしい声だ。

「アシュビー、やめて！」イザベルは懇願した。「こんな男、誓いを破る価値もないわ」

アシュビーがハンソンを突き飛ばし、彼女を見た。「こいつはそうかもしれないが……きみは違う」

そのときハンソンの拳がアシュビーの顎をとらえ、彼はよろめいた。「何年もこのときを待っていたんだ」ハンソンはリングに上がったボクサーのような軽快なフットワークを披露した。「今のは〈ジェントルマン・ジャクソンズ〉流の挨拶さ」彼は二発目、三発目のパンチを繰り出したが、アシュビーは巧みにかわした。「逃げるな、腰抜けめ！」

アシュビーがすっと重心を下げ、全身に緊張をみなぎらせて拳を握りしめる。だが、彼はすぐに構えを解いた。「おまえと戦う気はない。出ていけ」

「イザベルを残してか？　またぼくの背後でいちゃつくつもりだろう？　おまえの思いどおりにさせるものか！」ハンソンはアシュビーの頭部をねらって拳を繰り出した。

アシュビーが平手でそれを受ける。「目を攻撃するのはやめてくれないか？　イザベルはぼくの目がお気に入りなんでね」そう言ってハンソンの腕をねじり上げ、腹部に拳をめり込ませた。一発、二発。ハンソンが体を折って膝をつき、苦しげに咳き込む。「満足したか？」アシュビーが尋ねた。「それともまだわからないか？」

ハンソンは目に殺意をにじませて立ち上がると、なおもアシュビーに挑みかかった。ハンソンの首にアシュビーの肘が当たり、脇腹にも強烈な一打が炸裂する。顔面への一発で、鈍い音とともにハンソンの鼻から血が噴き出した。ハンソンは肩で息をしながらよろめいた。手の甲で血をぬぐい、腫れ上がった目でアシュビーをにらみつける。「伯爵のくせに、けんかの仕方はごろつきと一緒だな！　おまえみたいなちんぴらを家に招き入れた祖父の気が知れないね。姉の人生をめちゃくちゃにしておいて、ぼくの人生まで台なしにする気か？」

「おまえたちきょうだいの場合は自業自得だ。次期ハーワース公爵が慈善事業から金をくすねていると知ったら、摂政皇太子はなんとおっしゃるかな？　相続は取り消しかもしれないぞ」

「証拠もないくせに！」

ハンソンが犯行を否定しなかったことに、イザベルはショックを受けた。アシュビーが歯を食いしばって言った。「今後ミス・オーブリーに近づいたら、一家全員、督促人に追われることになると思え」

「おまえがぼくの祖父をそんな目に遭わせられるものか！」

「ハーワース卿も永遠に生きるわけではない」

「祖父はまだ七〇だし、日に日に若返っているくらいさ。父は不幸にも肝臓の病にかかっている。おまえが摂政皇太子になにを吹き込もうと、結局ぼくがすべてを相続することになるんだ」

「おまえを破滅させようと思えば簡単なんだぞ」

「そうかな？　最後に勝つのはぼくだ。ぼくとイザベルは婚約した。そうだろう、イザベル？」

アシュビーの顔が蒼白になった。「イザベル、本当か？」

イザベルはつばをのみ込んだ。「この人、ソフィーも慈善事業もめちゃくちゃにすると脅したの。彼はわたしたちのことを知っているのよ」

アシュビーがつむじ風のような素早さでハンソンに近づき、強烈な右パンチを食らわせた。ハンソンはついに気を失ってばったりと床に倒れた。

「パリス！」イザベルは震える声でつぶやいた。「殺してしまったの？」

「いいや」アシュビーがハンソンの脇に膝をついて脈を調べた。「残念ながら、まだ脈はある」彼はハンソンの襟首をつかんで椅子のほうへ引きずっていき、彼のクラヴァットで拳の血をぬぐうと、イザベルのもとに戻って抱き寄せた。彼女はほっと息を吐いてアシュビーの腰に腕をまわし、肩に頭を押しつけた。「もう少し早く駆けつけていればいやな思いをさせずにすんだのに、すまなかった」アシュビーが彼女の髪に口を押し当ててささやく。「ハンソンは本当にぼくらの関係を知っているのか？」

イザベルは不安で息が苦しくなった。「彼は仮面舞踏会の夜にわたしを尾行したらしいの。

ソフィーも巻き込んでひどい噂を流し、慈善事業をめちゃくちゃにしてやると言われたわ。そんなことをされたら、かわいそうな女性やその子供たちが……！」

「大丈夫、ぼくがなんとかするから心配しなくていい。ホワイトブロンドの鮫がきみを悩ますことは二度とない。約束するよ」

イザベルはアシュビーを見上げた。「でも、どうするつもり？　なぜ彼がお金を盗んだとわかったの？」

「事実関係を整理したまでさ。あいつの一族は一文なしで多額の借金を抱えているんだ。ぼくはハーワース公爵のことが好きだが、若き日の彼は浪費家でね。ハンソンの父親も肝臓を悪くする前は金遣いが荒かった。ハーワース家の財産はすべて差し押さえられているんだよ。ぼくはなんとか助けになりたいと思って、ハーワース城の周囲の土地を二倍の値段で買い取った。その金でハーワース公爵は屋敷を取り戻したんだ。もっと力になれたかもしれないが、オリヴィアの件以来……」アシュビーは息を吐いた。「そういう気になれなくて。ハンソンはばかではないが、着飾ったり、女に貢いだり、賭けをするのが好きだから」

「女性に貢ぐ？　でもメイフェアの女性たちはみんな、彼の気を引こうとやっきになっているじゃない」

「結婚はまた別なんだろう。やつは金持ちの女性と結婚して、一族の窮状を救おうと必死なんだ。今まできみに話さなかったのはハーワース公爵の名誉のためだ。あの人は――」

「あなたを家族同然に扱ってくれたのよね」イザベルは彼の誠実さを好ましく思った。

「それにライバルの悪口を言うのは格好が悪い。そんな手段で勝ちたいとは思わない」

彼女はアシュビーにほほえみかけた。「わたしのドレスを脱がそうとしていないときのあなたは紳士の鑑だわ」

彼が暗い顔になる。「自分で立てた誓いも守れないようでは紳士とは言えないよ」

イザベルはアシュビーにキスをした。「わたしの名誉を守ってくれたのよ。感謝しているわ」

「もうぼくに腹を立てていないのか？」

「そんな感情はどこかへ消えてしまったわよ。ソフィーとも仲直りしたの。もう仲たがいはやめましょう」

彼のまなざしがやわらいだ。「きみはやさしいな」イザベルを抱き寄せて唇を合わせる。いつ果てるとも知れないキスに、彼女の体は打ち震えた。

誰かが咳払いをした。イザベルが驚いて飛びのくと、ドアの向こう側でアイリスとソフィーが笑っていた。アシュビーが彼女の隣に立って指と指を絡める。

「あの人、いったいどうしちゃったの？」アイリスが床に伸びている男を指さした。

イザベルがことの顚末を話し終えるころ、ソフィーは真っ青になっていた。「わたし、この事務所を辞めるわ。それでしばらく英国を離れる。ジェロームとパリに行ってもいいし――」

「わたしのせいでそんなことはさせられない」イザベルはアシュビーを見た。「わたしがジヨンの求愛をさっさと断っていればよかったんだもの。自分の不始末は自分で片をつけるわ」

アシュビーはにっこりして彼女の手を口元に掲げた。「ぼくがきみたちを守るよ。あんなやつにこの事業をつぶさせたりはしない。任せてくれ」

「ありがとう」ソフィーがほっと息を吐いた。「この仕事をやめるのはつらいもの」

「きみは家に帰って、しばらく外に出ないように」アシュビーがイザベルに言った。「ハンソンが訪ねていくかもしれないから、卑劣な手を使って脅されたことを家族に話して、どんなことがあってもやつを家のなかに入れないよう念を押すんだ。特にスティルゴーに、ハンソンの危険性を認識させなくてはいけない。スティルゴーに先走ったことをしてほしくないから、ぼくがなんとかするとだけ伝えてくれ。しばらくは内密にことを進めたいんだ」

「もしジョンが……先に噂を広めたら？」

「その心配はない。そんなことをしたら、きみを脅す材料がなくなってしまうからね。ただ、やつはきみをとことん追いつめようとするはずだ。だからぼくが決着をつけるまで、数日間は家を出ないこと。信頼できる人のリストを作って、それ以外の人物が訪ねてきても家に入れないよう召し使いたちに命じてくれ。ハンソンは死に物狂いになっているから、きみを誘拐してもおかしくない。用心するんだよ」

「わかったわ」不安に胃が痛くなる。「でも、どうやって決着をつけるつもり？」

「やつを家に送り届けてから検討するよ」アシュビーはイザベルの友人たちに目をやった。

「彼女を連れて帰ってもらえるかい？」

「任せてちょうだい」アイリスがほほえんだ。「イザベルのことは心配しないで」

「ありがとう」アシュビーはイザベルに視線を戻し、海色の瞳でじっと見つめたあと、ハンソンに向き直った。「目を覚ます前に送っていったほうがよさそうだな」

イザベルはアシュビーの襟をつかんだ。床に倒れているハンソンと違って、彼の服装はまったく乱れていない。「次はいつ会えるの？」

「すぐだよ」

「すぐっていつ？」

彼はいたずらっぽく目を輝かせた。「待たせはしない」

イザベルは顔をしかめてアシュビーを引き寄せ、唇を押し当てた。「約束よ」

32

夢のなかで訪ねてきてほしい
吐息と鼓動を重ね
ささやき合って、体を寄せ合って
遠い昔のように
懐かしいあの日のように

クリスティーナ・ロセッティ

やわらかな唇があてがわれ、うっとりする香りがイザベルの欲望を揺り覚ました。闇のなかで目を開けた彼女は、絹のような髪に手を差し込み、眠そうな声で尋ねた。「これは夢かしら？」

「そうでないことを祈るよ」アシュビーがつぶやき、女らしい体を抱き寄せてキスを深める。イザベルは夢見心地のまま目を閉じ、官能的なキスと力強い抱擁に身を任せた。彼に抱かれていると、なにが起きても大丈夫な気がしてくる。アシュビーは薄い夜着の上から円を描くようにしなやかな背中をなで、口のなかに舌を差し入れてきた。イザベルの下腹部が熱くなり、全身が彼の愛撫を求めて叫び声をあげる。

彼女は甘いため息をついた。「パリス……」

「なんだい？」

「どうやってなかに入ったの？　塀があるのに」

「楢の木伝いに客室へ忍び込んだのさ」

アシュビーがこの家のことをわが家同然に知りつくしているのを忘れていた。「ジョンはどうなったの？」

「家の前に、文字どおり落としてきたよ」

その場面を想像して、彼女はくすくすと笑った。「だからあの人は夕方になっても訪ねてこなかったのね」

「イザベル」あたたかな息が首筋をなぞり、彼女の全身を覚醒させた。「あんな男の話をするために来たんじゃない。ぼくはきみに会いたかったんだ」

「わたしもよ」イザベルはアシュビーの上着の前をはだけさせてクラヴァットを引っ張った。彼と肌を合わせて、体と心を食い荒らしている欲望を解放したい。今すぐ抱きしめてもらえなければ死んでしまいそうだ。

「それならもう一度、お互いをよく知るとしよう」アシュビーは上着を床に落とし、クラヴァットとベスト、そしてシャツを脱ぎ捨てた。ベッドの端に腰を下ろしてブーツを蹴るように脱ぐ。

イザベルは膝立ちになって広い背中に両手をはわせ、なめらかな肌にキスをした。アシュビーが立ち上がってズボンと下着を脱ぎ、彼女のほうへ向き直る。「腕を上げて」イザベルが従うと、彼は薄い夜着を引き抜いて床に落とした。月光を受けて輝くアシュビーの肢体を、彼女は期待に満ちた目で眺めた。彼がイザベルの肩にかかった髪を背中に払い、大きな手で顔を包み込む。「イザベル……」アシュビーは上体をかがめて唇を合わせ、乳房を探り当てて頂を巧みに刺激すると、彼女を独占するように抱きしめた。

下腹部に火がつくのを感じて、イザベルはアシュビーの引きしまった腰にしがみついた。「あなたにふれられるのが好き」彼に愛撫されると、自分が美しく、貴重な存在になった気がする。

「ぼくもきみにふれるのが好きだ」アシュビーが低い声で応えた。「きみは芸術作品のようにどこも完璧だよ」頭を下げて片方の乳首を口に含み、強く吸う。

彼女は小さな声を漏らした。アシュビーの唇が繰り出す罪深い喜びに、太腿の付け根が潤い、膝がぶるぶると震える。

広い背中や胸をなでまわすと、筋肉がぴくりと反応した。アシュビーの肉体はあたたかく弾力がある。もうすぐこの体が覆いかぶさってきて、嵐のなかに放り込まれるのだ。

イザベルはヒップへとはわせた手を、腿から怒張した部分へと移動させた。彼の体がびくっと跳ね、目がぎらぎらと輝く。「そんなことをされたら爆発してしまうよ」忠告を無視して彼女がこわばりを強く握ると、アシュビーは大きな体を震わせた。「イザベル、ぼくを殺す気かい？」

「気持ちよくしてあげたいの」彼女は両手で下腹部の筋肉をなぞり、乳房を押しつけるように身を弓なりにした。

「もう爆発寸前だってことがわからないのか？」アシュビーはかすれたため息をついて彼女を仰向けにし、その上にのしかかって脚を開かせた。イザベルは彼に手足を絡ませて重みを受けとめ、男らしい香りを吸い込んだ。アシュビーへの愛で胸がいっぱいになる。

「やあ」彼が言った。

「こんにちは」イザベルは笑いかけた。アシュビーの表情は陰になっていてよく見えない。

「あなたの肌、なんだかとっても懐かしいわ」

「きみの肌もね」彼は情熱的なキスをしながら、潤った場所に欲望の証をすりつけた。「どうしてもきみに会いたいというやつがいるんだ。気に入ってくれるといいんだが」

「その方は紳士なの？」イザベルは噴き出したいのをこらえて尋ねた。

「紳士とは言いがたいが、いいやつだよ。きみを喜ばせるためならなんでもすると思う」

「それなら、ぜひお会いしたいわ」彼女はかすれ声で応え、広い背中をなで下ろしてヒップをつかんだ。腰を押しつけて相手をせかす。

アシュビーがうめいた。「正気を失う前に、ラズベリーを味わっておかないと」そう言って頭を下げ、つんととがった乳首にキスをして、そのまま腹部へと口で熱い軌跡を描いた。

彼の手が太腿にかかる。イザベルは身をこわばらせて、きつく目を閉じた。アシュビーの唇が秘められた突起を探り当てた。彼女はシーツをつかんで衝撃の波に耐えた。心臓が破れそうなほど激しく打っている。快感の中心を強く吸い上げられると、イザベルは本能のままに背中を反らしてもだえた。

アシュビーが彼女の叫びをキスで吸い取り、欲望の泉に身を沈める。すでに絶頂へ押し上げられていたイザベルは嵐の中心に引き戻され、夢中で彼にしがみついた。ふたりの体が絡み合い、高く、高く舞い上がる。

彼とひとつになったイザベルは、ようやく完全になった気がした。体のなかでなにかが急速に膨張していく。「ああ、だめ……ああ、パリス！」

アシュビーは歯を食いしばった。汗が月の光にきらりと光る。「そうだ……そうだよ」彼はリズムを速め、欲望のままに攻めたてた。「そうだ、ああ、イザベル！」ふいにアシュビーが硬直し、彼女はまるで宙に投げ出されたように感じた。彼が熱いほとばしりを注ぎ込んで、イザベルの上にくずおれる。耳元に響く荒い息遣いを聞きながら、彼女は体の力を抜き、このうえない幸福感に浸った。

彼が頭を上げた。汗で湿った髪が額に垂れかかっている。暗闇に慣れたイザベルの目に、アシュビーの幸せそうな笑顔が映った。彼はやさしくキスをして、イザベルの顔にかかった巻き毛を払ってくれた。「これでもぼくらは合わないと言うつもりかい？」

彼女はアシュビーの頭を抱き寄せ、背中をなでた。「あれはあなたがわたしを怒らせるから」

「ごめんよ。二度ときみを傷つけたりはしない。ほかの誰にもそんな真似はさせないよ」彼の真剣な口調に、イザベルは現実に迫る危機を思い出した。

「どうすればジョンをとめることができるかしら？　かわいそうな女性たち……わたしの愚かなふるまいのせいで希望の光を断ってしまったなんて、とても言えないわ。おなかをすかせた子供たちのことを考えると――」

「ぼくがなんとかする」

イザベルは艶やかな髪に指を絡めた。「あなたをこんなことに巻き込みたくないの。社会復帰したばかりなんだもの。わたしのことで噂になったりしたら迷惑がかかるわ」

彼女の腕のなかでアシュビーが体をこわばらせた。「ぼくはもう二度ときみを放すつもりはないよ」

「あなたから離れたいなんて思っていない。でも、無理をさせたく――」

「だったらいいんだ。あいつのことはぼくに任せてくれ。手伝いを頼むかもしれないけどね」

「それは当然よ。でも、人の口に戸を立てることなんてできないわ。シェークスピアの『タイタス・アンドロニカス』を知っているでしょう？　ディミートリアスとカイロンは、ラヴィニアを強姦《ごうかん》したあと悪事を追及されないよう、彼女の両手と舌を切り落としたのよ」

「あいつの手と舌を切り落とすというのは名案かもしれないな」アシュビーが応える。

「そんな非現実的なことを。やっぱりわたしが彼と結婚するしかないんだわ」卑劣な男の妻になることはもちろんだが、アシュビーと離ればなれになるかと思うと怖くて仕方がなかった。

「ぼくが命をかけても阻止してみせる」彼はきっぱり言うと、仰向けになって白い天蓋をにらんだ。「ぼくでは頼りにならないかい？」

イザベルはふたりの体に上掛けをかけ、アシュビーにすり寄った。「頼りにしているわ。だけど、うまい解決法が思いつかないから」

「どうにかして、やつの信用を落とせばいいんだ。あいつの言うことなど誰も耳を貸さなくなるようにすればいい」

「それはいい考えね。でも、そんなことができるかしら？」

「まだわからない。だが、なにか考えるよ。必ず方法は見つかる。だからきみはもうしばらく外出を控えてくれ。きみがおびえていると思ってハンソンは油断するはずだ。ずっと隠れているわけにはいかないからね」

「お兄さまは、わたしがなにか隠していることを察したみたいなの。明日にもあなたのもとを訪ねるかもしれない」

「スティルゴーならとっくに来たよ」アシュビーがイザベルを見つめた。「ぼくらが結婚すればハンソンに悩まされることもなくなるとほのめかしていった」

アシュビーの妻になれたら最高だ。ただ、社会的な破滅を避けるためだけに結婚するつもりはない。「それだけではだめよ。ソフィーと慈善事業が救われないもの。わたしがジョンに嫌われるように仕向けるというのはどうかしら？」

「それこそ非現実的だよ」アシュビーが彼女の腰に腕をまわして引き寄せた。「きみが望むなら、今すぐにでも結婚するんだが……」

イザベルはどきりとした。「ありがとう。でも、こんな理由で結婚するのはいやなの」

彼はそれ以上説得しようとはしなかった。

「ところで、わたしがあなたを訪ねた夜はいったいどこへ出かけたの？」彼女はアシュビーの胸に円を描いた。

「将校クラブだ。家にいたら頭がどうかなりそうだったからね」

イザベルはくすくす笑った。

「なにがおかしい？」

「わたしたち、立場が入れ替わったみたいだなと思って。あなたは家のなかにいるのが我慢できず、わたしは怖くて外へ出られない」

「ハンソンには常に見張りをつけているから、怖がることはないよ」

「ありがとう。それを聞いてほっとしたわ。でも、こうなったおかげでわかったこともあるの。好奇心の的になったり、ひどい噂を立てられたりするのがどれほど苦痛かということ。あなたに謝らなくちゃ。この件に関して、わたしはちっとも理解がなかったわ。もっとあなたの立場を思いやるべきだったのに。ごめんなさい」

「ぼくのほうこそ謝らなくては。きみに指摘されたとおり、ぼくは自分が引きこもっていた理由と向き合いたくなかったんだ。それできみに嚙みついたり、脅したりしたんだな。窓から身を乗り出して泣いていたきみを思い出すとたまらないよ。本当にすまなかった」

イザベルはアシュビーの首に手を添えて引き寄せ、キスをした。「この先なにがあろうと、わたしはあなたの友人だし、うちの家族はいつでもあなたを歓迎するわ」

「ただの友人かい？」彼が静かに尋ねる。

もしハンソンが脅しを実行して、それを阻止できなかったら、アシュビーとの未来は消える。こんな夜は二度と訪れないだろうし、彼と話すことすらできなくなるかもしれない。イザベルは彼の首に顔をうずめ、この瞬間を記憶に焼きつけようとした。

アシュビーが彼女の背をなでながら、そっと話しかけた。「こんなことになったのはぼくのせいでもある。ぼくがきみを抱かなければ、きみに手をふれなければ――」

イザベルは顔を上げた。「でも、わたしがあなたにふれるのはとめられないはずよ」首筋にキスをして、すべすべした腹部をなで下ろす。

彼が鋭く息を吸った。すぐに下腹部が反応する。「そんなことをされたらお手上げだ」

「あなたが？　お手上げ？」イザベルは欲望の証を刺激してにっこりした。

アシュビーの胸が大きく波打つ。「きみの言いなりだよ」

イザベルはくすくす笑い、彼の上に馬乗りになった。「そんなことはないでしょう？」

「ちょっと待ってくれ。今度はきみを見ていたい。ランプはどこだい？」

「鏡台の上よ」月の光を浴びて部屋を横切るアシュビーの美しい体と優雅な身のこなしに、彼女は見とれた。ランプの明かりがほのかに室内を照らす。

「ぼくが最初にこの部屋を訪れたとき、ベッドの上には人形が飾ってあって、下には犬が隠れていた」

「覚えているわ」

彼は髪をかき上げ、海色の瞳で部屋のなかを見渡してから、イザベルに視線を戻してにやりとした。「そんな顔をされるとさらってしまいたくなる」

そうしてくれたらどんなにいいだろう。

「来て」彼女は自分の隣をたたいた。

「はい、ご主人さま」アシュビーはイザベルの視線を楽しみながら、自信に満ちた足取りでベッドに近づいてきた。性急な欲望を抱えていることがひと目で見て取れる。彼の瞳に宿る快楽の約束にイザベルの鼓動は速まり、下腹部が震えた。ベッドの中央に仰向けになると、アシュビーは彼女の顔の両脇に手をついて、ゆっくりと覆いかぶさってきた。「どこまでしたかな？」

「あなたが仰向けになって、わたしの言いなりになっていたところよ」

「そうだったね」アシュビーが彼女の首筋にキスをして探索を開始した。「まずは、とがった薔薇色のお菓子を味見しよう」胸の先端を口に含んでさらにかたくとがらせる。イザベルは彼の手を熱く濡れた場所へ導いた。アシュビーが彼女と目を合わせ、ゆっくりと身を沈めてくる。

彼の熱いまなざしを浴びながら、イザベルは至福の世界へと上昇を始めた。

「パリス」イザベルはアシュビーの肩に頭をのせたまま、指先で胸をなぞった。「あなたがしてくれたのと同じことをしたいの。あなたはわたしのことを知りつくしているのに、わたしはあなたのことをほとんど知らないんだもの」

アシュビーが彼女のほうへ顔を向けた。「よく知っているじゃないか。この世の誰よりも」

「心ではなくて体のことよ。あなたの秘密を探り当てたいわ。あなたの前ですべてをさらけ出したい」そんなふうに思える相手は、この先二度と現れないだろう。

「すべてを?」精悍な顔に官能的な表情が浮かぶ。

「そうよ」イザベルは明るい海色の瞳をのぞき込んだ。「あなたを喜ばせたいの」

彼がはっとするような笑顔になった。「きみにはいつも驚かされるよ。好きにしてくれ」

イザベルはいたずらっぽい笑みを浮かべてうつ伏せになると、なめらかな肩の曲線に唇をはわせた。ここへ来る前に湯を使ったのだろう。アシュビーの体からはかすかに石鹸の香りがする。彼女はたくましい胸に夢中で唇を滑らせ、乳首をなめてやさしく噛んだ。彼のうめき声に自信を得て、そのまま下へと探索を続け、腹筋にキスをする。「まるで美術館に展示されているギリシア彫刻みたいね」

アシュビーが遠慮がちに笑った。「気に入ってくれるといいんだが」

「気に入ったわ」彼女はからかった。「肉体的には文句なしよ」

「きみは魔女だな」

イザベルはにっこりして、本能のおもむくままに愛撫を続けた。しだいに彼の緊張が高まっていくのがわかる。引きしまった腹部に歯を立てると低いうめき声が返ってきた。へそに舌を入れるとはっと息がとまり、怒張した先端にキスをすると頭がのけぞる。

「もう少し静かにしてちょうだい」彼女は注意した。「そんなに声を出したら家族が起きてしまうわ」

「大きな声を出すのはきみのほうだろう。ぼくは鼠《ねずみ》みたいに静かさ」アシュビーはにやりとして、頭のうしろで手を組んだ。

「あら、そうかしら？」視線を合わせたまま、下腹部を口に含む。アシュビーのヒップが跳ね上がり、喉から太いかすれ声が漏れた。イザベルはわざと動きをとめ、彼をじっと観察した。「鼠のように静かですって？　楽しんでくれないならやめるわよ」

「だめだ」アシュビーが息をのんだ。「ぼくは……きみの好きにしてくれ。今夜はきみのしもべだ」

「今の言葉、忘れないでね」イザベルは彼の高まりを手で握ってゆっくりとさすった。先端に舌先をはわせようとした瞬間、力強い腕に引っ張り上げられた。

「それはやめたほうがいい」アシュビーが言う。「また口に含まれたら、アメリカ大陸まで聞こえる声で絶叫してしまうよ。腹の上に座ってごらん。きみを見せてくれ」

「いいわ」イザベルは彼の腹部にまたがった。アシュビーが、顔から髪、乳房へと視線を走らせながら、あたたかな手で太腿を愛撫する。

「きみを見るのが好きだ。きみがぼくに見られるのを恥ずかしがらないことがうれしい。いつかその姿を木に彫ってみたいな」

「あなたが彫っているあいだ、わたしはどうするの？　刺繍《ししゅう》でもする？」

彼の瞳がぎらりと光った。「乳房を手で覆って」

「見えなくなってしまうわよ？」

「いいから」アシュビーは艶っぽい笑みを浮かべた。「すべてをさらけ出したいんだろう？」

彼の意図を理解して、イザベルは頬を染めた。熱い視線を感じながら、自分の乳房をゆっくりともみしだく。アシュビーの瞳が欲望に色濃くなるのを見て、イザベルの下腹部に鋭い衝撃が走った。腰がむずむずしてまっすぐに座っていられない。ふたりのあいだに火花が散った。

「もう濡れているね？」

「ええ」イザベルは彼の胸に両手をついた。「あなたのレッスンは……とても変わっているわ」

「ぼくをなかに感じたいかい？　それともレッスンを続けたい？」

潤った部分がうずく。彼女は身を低くして、反り返ったものに自分自身をすりつけた。

「両方とも欲しいの。あなたは？」

「きみにぼくの顔をまたがせて、秘密の蜜を味わいたい」

「パリスったら！」口では抗議しながらも、鮮烈なイメージに体が敏感に反応した。全身がとろけそうだ。

「じゃあ、それは次回のレッスンまでとっておこう」アシュビーの胸は波打ち、その声は欲望にくぐもっていた。「今、どんな気分か教えてくれ」

彼女は目を閉じて、意識を集中しようとした。「体がむずむずして、ぎゅっと締めつけられるみたいな感じ。とっても……興奮しているわ」

アシュビーが大きく息を吸ってイザベルの腰をつかんだ。「レッスンは終わりだ。先生も我慢の限界だからね」そのまま彼女を抱き上げ、ゆっくりと自分の上に下ろす。イザベルは彼と一緒になってうめき声をあげ、広い肩にしがみついて腰を揺らした。

どんなに求め合っても満足することなどないように思えた。アシュビーの整った顔が快楽にゆがんでいる。それを見ているイザベルも、あまりの快感に苦しいほどだった。彼女の頰に乱れた息が吹きかけられる。「きみと愛を交わす以上にすばらしいものはないよ」

「ええ……ああ、パリス！」彼を失ったら生きていけない。心のなかで何度も愛しい人の名前を呼び、イザベルは彼を強く締めつけた。

アシュビーは彼女の唇をむさぼりながら何度も突き入った。イザベルは情熱の波にわれを忘れ、大きく身を震わせて彼を受け入れた。これほど甘美なひとときは味わったことがない。彼女に続いてアシュビーが欲望を爆発させる。ぐったりした体を抱き寄せられたイザベルは、彼の無限の愛情を感じた。

イザベルがあくびを嚙み殺す。アシュビーは身じろぎした。「もう行くよ。きみは眠りなさい」

「だめよ、ここにいて。一緒に眠りたいの。夜明けに帰ればいいじゃない」

彼は自分の腕に頭をのせている天使の眠そうな顔を眺めた。何時間も愛し合ったというのに、まだイザベルが欲しいなんて尋常じゃない。彼女が恥じらいを捨ててくれたおかげで、レッスンは驚くほど順調に進んだ。次のレッスンが待ち遠しいが、今日はここまでだ。ぼくの天使は休息を必要としている。

こんな可憐な女性の内に雌ライオンが潜んでいるとは誰も思わないだろう。イザベルがぼくみたいな男を受け入れてくれたことが、いまだに信じられない。なんとしても彼女を妻にしてみせる。

イザベルが猫のように伸びをした。形のよい乳房がつんと上を向く。シーツの上には金色の巻き毛が広がっていた。スプーンのように折り重なって眠りにつきたいのはやまやまだが、そうするわけにはいかなかった。「一緒に寝るのはまずいと思うよ」

「なぜ？」彼女がゆっくりとまばたきする。「悪夢を見るから？」

アシュビーはどきりとした。「どうしてそれを？」

「ウィルの手紙よ」イザベルはにっこりした。「情報は片方だけに流れるものではないのよ」

彼女はアシュビーにすり寄った。「いちばんよく見る夢について話してみて」

「夢判断かい？」

「皮肉を言わないの」イザベルがたしなめる。「わたしも悪夢にうなされた時期があるのよ。そんなときはウィルが飛んできてわたしを抱きしめ、夢の話を聞いてくれたわ。そしてハッピーエンドの結末を語って聞かせてくれたの。そのうち悪夢は途中から楽しい夢に変わるようになって、最終的には見なくなった。夢を生み出すのはわたしたちの脳だもの。新しい結末を与えてやればいいのよ」

「つまりぼくが悪夢を見たら、ぼくを抱きしめ、ぼくのたわ言に耳を傾けて、楽しい結末を考えてくれるってことかい？」

イザベルは真っ赤になってシーツに顔をうずめた。「もう！　ばかにするなら帰ってちょうだい」

アシュビーは天使を抱き寄せた。

「一緒にいるよ。ずっとね」

夜が明けて、召し使いたちが起き出す前に、イザベルはアシュビーを調理場の裏口へ案内した。小雨の降るなかで長いキスを交わす。「今日はもう来られない。この状況を打開できる唯一の人物と接触するつもりだ」

「わたしも行きたいわ」

「だめだよ。社交クラブで会うんだから」

「男装すればいいじゃない。ウィルの服なら着られるわ」

「そんなことをしたら、自ら破滅の道を進むようなものだ」

怒った顔があまりにハンサムだったので、イザベルはもう少しからかいたくなった。「公の場であなたにキスしたりしないって約束するから。こっそり体にさわるかもしれないけれど……」

アシュビーが荒々しいキスで彼女の口をふさぎ、夜着に包まれた体を力いっぱい抱きしめた。「ぼくの髪を真っ白にしたいのか？　ぼくをいたぶって楽しんでいるんだろう？」

イザベルはため息をついた。「あなたとこそこそするのが好きだって気づいただけ」

「その言葉、忘れないでくれ。じゃあ、誰かに見られないうちに行くよ」

互いに伝えたいことは山ほどあるけれど、それはこの危機を乗り越えてからだ。果たしてそんな日が来るのだろうか？

「わたしがいないと寂しい？　わたしのことを考えてくれる？」彼女は甘い声で尋ねた。

「呼吸するのと同じくらい頻繁に」アシュビーがイザベルの耳にキスをした。「ぼくがいないあいだ、レッスンはお休みだよ」最後にもう一度、自分のものだと言わんばかりのキスをして、彼は去っていった。

イザベルは夢見るようなため息をついてベッドに戻った。ついさっきまで愛する人と手足を絡ませていた場所だ。アシュビーは眠っている彼女をやさしい愛撫で起こしてくれた。男装して〈ホワイツ〉に潜入し、彼に歩み寄って濃厚なキスをする場面を想像して、イザベルはくすくす笑った。

そのとき、脳裏にある計画がひらめいた。

33

「ぼくはなにかまずいことに頭を突っ込んだのかな?」薄暗い馬車のなかで神妙な面持ちの三人と向き合ったライアン・マカリスター少佐は、三番目の顔に視線をとめた。「まったく、そんな格好をしているとまるで少年に見える。しかもとびきりの美少年だ。ともかく男だと思った」

「そう見えなくては困るわ」イザベルは緊張に声をかすれさせた。睡眠不足だというのに、頭は冴《さ》え渡っている。

明け方にアシュビーを見送ったイザベルは、まずアイリスとソフィーを呼んで無謀な計画を打ち明けた。そのあと口のかたい御者のジャクソンに頼んで、ハンソンの日課やよく顔を出す場所などを調べさせ、さらにメアリーを呼んでウィルの夜会服の丈を詰めてもらった。茶色のかつらとひげを調達したのはソフィーだ。

アイリスは最後まで反対していた。用心深い彼女は失敗したときの危険が大きすぎると主張し、どうしても決行するつもりならアシュビーに話すとさえ言った。だが最終的にはイザベルの熱意にほだされて協力を承知してくれたうえに、社交クラブに潜入するすばらしい方法を思いついてくれた。

　イザベルはライアンに目をやった。この人はくせ者だ。ウィルやアシュビーから信頼されているとはいえ、過去にアイリスを裏切った人物でもあるのだから。ただ今回、彼の力を借りようと言い出したのはアイリスだ。

「ぼくのために筋書をおさらいしてくれないか？」ライアンが言った。

　イザベルは深呼吸した。不安で胃がきりきりする。「ハンソンのあとをつけて――」

「あとをつけるといっても、舞踏会へ行くかもしれないし、愛人のところや賭博場、売春宿に行くことだってありうるよ」

「今日は社交行事には参加しないらしいわ。それに、お金に困って賭博にはまっているという噂があるの。女性のところへ行かれたらどうしようもないけれど……」

　ライアンがにやりとした。「やつが性欲よりも金銭欲を選ぶと――」

「ライアン！」アイリスが彼をにらんだ。「無謀な企みについて話しているとはいえ、イジーは陸軍の粗野なお友達とは違うのよ」

　ライアンがゆっくりとアイリスを見た。「その粗野な友人のひとりは彼女の兄で、もうひとりは恋人だぞ。無神経なのはどっちかな？」

「お願いだから、じゃれ合うのはまた今度にしてくれない？」ソフィーがたしなめる。

「ハンソンが社交クラブに向かってくれるといいのだけど」イザベルは続けた。「期待どおりに運んだら、そのクラブに潜入したいのよ。ライアン、わたしと一緒になかに入ったら、少し離れて待機していてちょうだい。ハンソンはあなたがアシュビーと親しいことを知っているから警戒するかもしれない。わたしは彼に近づいて、みんなの見ている前で、その……恥をかかせるわ」

「本当にそんな度胸があるの?」ソフィーが尋ねた。「少しでも迷っているなら――」

「もちろん迷っているわ」イザベルは答えた。「でも、やめるわけにはいかない。この計画がうまくいくかどうかに、わたしたちはもちろん、たくさんの女性の人生がかかっているんだもの。短いキスくらいなら我慢できると思う」

ライアンがむせた。「なんだって! ハンソンを男色家に仕立てるのか?」

「明日にはハンソンが同性とキスしていたという噂で持ちきりになるわ。もちろんいずれは悪趣味ないたずらだとわかるでしょうけど、噂が立っているあいだは、誰も彼の言うことに耳を貸さなくなる。ハンソンがわたしたちを中傷しても、自分の噂をもみ消すための作り話だと思うはずよ」

「本気なのかい?」ライアンが静かに言った。「躊躇したら命取りだよ。失敗するようなことがあったら、ぼくは粗野な友人のひとりに絞め殺される」

「わかっているわ」

「見て、ハンソンが出てきたわ!」ソフィーが通り向かいの屋敷を指さし、馬車の天井をたたいて御者に合図した。「あの男を尾行して」

ハンソンがセント・ジェームズ・ストリートに向かったことに気づいたイザベルは、ほっとすると同時にパニックに襲われた。馬車がとまり、彼の姿がロンドンでもっとも伝統のあるクラブのなかへ消える。「行きましょう」彼女は勇気が萎《な》える前に言った。手が氷のように冷たくなり、頭がずきずきする。こんなところで発作を起こしたら、すべてが水の泡だ。

ライアンは動かなかった。「あそこへは入れない。ぼくは会員ではないからね。ごめんよ」

イザベルはライアンとアイリスを見比べた。「そう……でも、そのほうがよかったのかもしれない……」体の力を抜く。「夕方にアシュビーから手紙が届いて、なにかあったら〈ホワイツ〉に連絡してくれと書いてあったの」

「アシュビー大佐がなかにいるのか？」ライアンは窓の外をじっと見つめた。

「これからどうする？」ソフィーが言った。

発作を起こしそうになったくらいであきらめるわけにはいかない。「待ちましょう。ハンソンが場所を変える可能性だってあるわ」

はやる心を抑えつつ、四人は馬車のなかで二時間待った。

「ところで、チルトンにはなんと言って出てきたんだ？」沈黙を破って、ライアンが口を開いた。

「今、夫は留守なの。あなたには関係ないけど」アイリスがそっけなく答えた。

「ロンドンにいないのか？」彼が追及する。

「こんなことをしていても意味がないわ」ソフィーがふたりの会話を遮った。「そろそろ夜中だというのに、出てくる気配すらないじゃない」

イザベルの心は沈んだ。ここであきらめるのは降参するに等しい。アシュビーが失敗したら、自分も、そして慈善事業もおしまいだ。突然、激しい怒りが湧き上がった。その矛先はハンソンではなく自分自身だ。なぜこんな愚かな事態を引き起こしてしまったのだろう？どうして欲望に逆らえなかったの？　発覚したらどうなるかわかっていながら、理性も責任も放り出してアシュビーのもとへ走るなんて。ただあのときは、彼を失わないようにすることがなによりも大事だと思った。

慈善事業より、評判より、自分の命よりも、彼が大事だった。

だから身勝手な行動に走ってしまった。

イザベルは友人たちの疲れた顔を見まわした。アイリスとソフィーは一日じゅうついていてくれた。ライアンも自分の問題を棚上げにして協力してくれている。こんなにいい友達はいない。そろそろプライドを捨てて、過ちの代償を自ら支払うべきなのだ。「そうね」イザベルは言った。「帰りましょう」

「いや、ハンソンが出てきたぞ」ライアンは御者に声をかけて、建物から出てくる男を指さした。尾行が再開される。ハンソンはアルバーマル・ストリートの〈アルフレッド・クラブ〉で馬車を降りたが、建物の前で誰かと話をしただけで再び馬車に乗り込んだ。霧深いロンドンの街を先の見えない追跡が続く。「これが片づいたら、軍隊を辞めて外務省に就職しようかな」ライアンが軽口をたたいた。「外務省はまだ密偵を募集していると思うかい？」

「密偵は頭の切れるまじめな人がなるものよ。あなたみたいなおつむの軽いうぬぼれ屋に務まるものですか」

彼はアイリスをにらんだ。「今の発言は聞かなかったことにするよ」

「ほらね」アイリスがおもしろがって続ける。「密偵はあらゆることに注意を払うものよ。自分に不利な情報だからって無視したりしないわ」

ライアンがにやりとした。「ところで、きみのご主人はいつ帰ってくるんだ?」

アイリスがうつむいた。赤面しているのだ。イザベルはソフィーに目配せした。

「馬車がとまった!」ライアンが言った。三番目の目的地に到着したようだ。「今度はついてるぞ。ぼくはあのクラブの守衛と知り合いなんだ。うちの連隊の伍長《ごちょう》だったやつさ。交渉すれば、しばらく入れてくれると思うよ」

緊張のあまり、イザベルは返事もできなかった。ライアンが守衛と話をするあいだ、身をかたくして待つ。交渉は思ったよりも長引き、そのあいだ彼女は目を閉じて意識的にゆっくり呼吸するようにした。ライアンが戻ってきて馬車のドアを開ける。「話はついた。イザベル、心の準備はいいかい?」

先ほどと同じ猛烈な症状が襲ってくる。鼓動が激しくなり、体が震え、頭がぼうっとして、手先が冷たくなった。頭がずきずきするし、呼吸も浅い。「ちょっと待って」イザベルは大きく息を吸って、両手を頬にあてがった。男物の夜会服は重く暑苦しかったが、これを着ているかぎり正体はわからないはずだ。〝ハンソンのところへ行って、声をかけ、キスをして、去る〟彼女はこれからするべきことを反復した。ここでくじけたら二度とチャンスはない。

「いいわ」

馬車の外へ出ると、冷たい夜風がほてりを冷ましてくれた。体を動かしたことで、頭に血液がまわり始める。イザベルは隣を歩くライアンの手にすがりたいのをこらえ、彼に遅れないようぎくしゃくと歩いた。ライアンが守衛と冗談を交わし、クラブのなかに足を踏み入れる。

重厚なオーク材の調度品でしつらえられた室内に、さまざまな年代の紳士たちがくつろいでいた。床には分厚いカーペットが敷かれ、あたりには葉巻の煙がたゆたっている。

「帽子を取って」ライアンがささやいた。「いいかい、退屈しのぎに来た客を装って、さりげなくやつを探すんだ。中止したくなったら、すぐに言ってくれ」

「ありがとう」自分の脚が自分のものでなくなったみたいだ。

「ハンソンは見当たらないな。空いているテーブルに座ろう。顔色が悪いよ」

「ウィスキーなら歓迎だけど、座る必要はないわ」

「わかった。ちょっと待っていてくれ」ライアンは三人の青年が座っているテーブルのそばにイザベルを残し、その場を離れた。青年たちは酒を飲みながら談笑している。そのうちのひとりがじっと顔を見つめてきたので彼女は一瞬ひやりとしたが、しばらくすると青年はなにごともなかったように仲間のほうへ注意を戻した。

イザベルは詰めていた息を吐いた。少なくとも男には見えるらしい。そう思った瞬間、視界の隅にハンソンの姿が映った。

ハンソンはイザベルに目もくれず、彼女の前を通り過ぎていった。顔のあざが痛々しい。ウィスキーのグラスを手にしたライアンが戻ってくると、彼女はグラスを両手で受け取り、中身を一気に飲み干した。

「そんな勢いで飲んだら倒れてしまうよ」ライアンはイザベルの手からグラスを取り上げ、通りかかった給仕に渡した。

「ハンソンがいたの。わたしには気づかなかったわ」

「よし。まずは落ちついて深呼吸するんだ」

「落ちつくなんて無理よ」彼女はなぜか、ライアンが決定的瞬間を先延ばしにしようとしている気がした。

「なにか違うことを考えるといい。去年の夏はスティルゴーの領地へ行ったかい？　雨はどうだった？」

ライアンの気遣いが功を奏し、しだいに呼吸が落ちついてくる。イザベルは彼に尋ねられるまま質問に答え、ゆっくりと深く息を吸った。「もう大丈夫よ。さっさと終わらせましょう」

ふたりはハンソンが消えた部屋へ向かった。賭博室だ。入口まで来たとき、ライアンがふと足をとめた。「やつの顔ときたら、ひどいあざだな。アシュビー大佐の仕業かい？」イザベルがうなずくと、彼は楽しげに笑った。「どうりで拳の跡があると思ったよ。じゃあ、ぼくは離れているからね」

「あまり遠くには行かないで」イザベルはテーブルの向こうにいるホワイトブロンドの男から目を離さずに言った。

「わかった」ライアンが彼女の肘にふれる。「きみはお兄さんと同じく勇敢だ。幸運を祈る」

まるで夢のなかにいるようだ。イザベルは両手を背中で組んで、ぶらぶらと部屋を横切った。鼓動の音がやけに大きく聞こえる。テーブルをまわったところで座っていた客が席を立ったので、彼女は数歩下がってそれを避けた。ハンソンの座っている椅子は目と鼻の先だ。ついにハンソンの隣に立った。イザベルは目をつぶった。〝三、二、一！〟思いきって肩をたたくと、彼が顔を上げた。「ハンソン、思い知るがいい！」低い声で言う。

「誰だ？」

イザベルはすかさず上体をかがめて軽く唇を重ね、すぐに身を起こして出口へ向かった。背後でどよめきが起こる。椅子を引く音に続いて、ハンソンの悪態が響いた。

賭博室を出た彼女は小走りでドアへ向かったが、すぐに腕をつかまれて引き戻された。

「こいつめ、殺してやる！」黄金の天使の顔は見たこともないほどゆがんでいた。頰は赤黒く、氷のような瞳が殺意にぎらついている。ほかの男たちが集まってきて、野次を飛ばし始めた。ライアンはどこに行ったのだろう？　腕を振りほどこうにも、ハンソンはびくともしない。

「ちょっと待て！　おまえ、女だな？」ハンソンがイザベルのかつらに手を伸ばした。

そのとき、ふたりのあいだに大きな人影がぬっと立ちはだかった。彼女の頭に黒い布がかぶせられる。まるで網にかかった魚だ。「ひと言もしゃべるな!」怒りのこもった低い声はアシュビーのそれに思えた。「ハンソン、この件について他言したら、一生かかっても出られないほど深い穴に埋めてやる。それがいやなら、しっかり口を閉じておけ」

「そこでコートをかぶっているやつに伝えろ。明日、午前の議会のあとに訪ねていくと」ハンソンが言い返す。「拒めば道連れにしてやるとな」

イザベルはコートに覆われたまま表へ連れ出された。ブーツが石畳に当たる。

「マカリスター、すまなかった」アシュビーの声がした。「借りができたな」

イザベルは荷物さながら馬車に押し込まれた。顔がやわらかなものに押しつけられる。ドアが閉まって馬車が動き出した。

なんとか体を起こして、頭にかぶせられていたコートを取り去ると、イザベルはずれたかつらを取って頭を振った。向かいに座った男の体から、激しい怒りが伝わってくる。彼女はほっと息を吐いてクッションにもたれ、アシュビーの険しい表情を見つめた。彼を怒らせるのはこれが最初ではないけれど、ここまですさまじいのは初めてだ。

ふいにアシュビーが身を乗り出してイザベルの口ひげをはぎ取ったので、彼女は噴き出しそうになって口元を手で覆った。「自分がなにをしたかわかっているのか?」

また保護者面をするつもりだ。彼は兄でもなければ夫でもない。言い訳をする必要などない。「どうしてここにいるってわかったの? ライアンは最初から協力するふりをしていただけだったの?」

「最初から知っていたら、きみは今ごろ寝室に閉じ込められていたはずだ」

「じゃあ、ライアンが隙を見て〈ホワイツ〉に伝言を送ったのね？」

「そうだ」

ひどく無愛想な声だった。今朝の別れから何年もたったような気がする。「どうぞ」イザベルは言い返した。「怒鳴りたいなら怒鳴ればいいわ。さっさと終わりにしましょう」

「正直なところ、言いたいことがありすぎて、どこから始めればいいかわからない」アシュビーは歯を食いしばって暗がりを凝視していた。「ハンソンのことは任せろと言っただろう？　ぼくがきみを助けようと奔走しているあいだ、きみは自ら深みにはまろうとした。女を脅迫するような男がどれほど危険かわからないのか？　そんなやつにちょっかいを出すなんて、いったいなにを考えているんだ！」

「これはわたしの引き起こした問題よ。黙って見ているなんてできないわ」

「もうたくさんだ」

イザベルは目を細めた。「それはどういう意味？」

「きみは衝動的で無謀で無責任すぎる。これまでやりたい放題を許されてきたから、行動する前に考えるということをしない」

「馬車をとめて」涙がこぼれそうになり、彼女は目をしばたたいた。

「根性があることは認めるが、今夜の行動は許容範囲を超えている」

これ以上聞いていられない。「馬車をとめてったら！」

「家まで送っていく。もうすぐそこだ」

昨日の夜、アシュビーは抑制を取り払う方法を教えてくれた。それなのに今日は抑制が足りないと非難する。イザベルはかたい声で言った。「硬貨に裏と表があるように、人の性格もひとつの面だけではないの。確かにわたしは衝動的かもしれない。でも、そうでなかったら、あなたはいまだにランカスター・ハウスに閉じこもってマスクをつけていたのよ。こんな会話をすることもなかったわ」

「明日、午前の議会が終わったら、ジョン・ハンソンは結婚の許可を求めてスティルゴーのもとを訪れるだろう。きみが断れば、やつはその足で噂好きの連中を訪ね、ぼくらふたりの……いや、ソフィーも含めると三人の私生活について、あることないことでっち上げるはずだ。ソフィーは英国にいられなくなり、きみの慈善事業も終わる」

「わたしがそれを予測しなかったと思うの？」

「ぼくに任せておけばなんとかなった。きみはただでさえ少なかった残り時間を、さらに切りつめてしまったんだ」

馬車がセブン・ドーヴァー・ストリートでとまった。イザベルはすぐさまドアに手をかけ、悲しげにアシュビーを見つめた。「おめでとう。愚かな小娘の世話から解放されて、ほっとしたでしょう？　その小娘は明日の昼までに破滅しているはずよ」

彼女はドアを開けて馬車から飛び下りた。今この瞬間にも天からなにかが落ちてきて、頭を直撃してくれればいいと思った。

背後から追いかけてくる足音がしたかと思うと、アシュビーが彼女の腰をつかんだ。彼はイザベルを薔薇園へと引っ張っていき、彼女の腕をつかんだままベンチに腰かけた。

「七年前、このベンチでなにが起こったかわかるかい？　ぼくは美しく、聡明で、汚れのない少女に恋をした。世界一広い心を持った娘にね。そのときの気持ちはとうてい言葉にならない。雷に打たれたようだった。たった一度のキスで、彼女はぼくを絶望の底から救い出してくれたんだ。心に光が差したようだった。でも彼女はまだ子供だったから、自分のものにするわけにはいかなかった。そこでぼくはひどく愚かで性急な行動に出た。別の女性に求婚したんだよ。手に入らないとわかっているものを求め続けるなんて耐えられないと思った。きっと数年したら、少女はぼくのことなど忘れてしまうだろう。ところが天におられるお方が情けをかけてくれたらしい。ぼくに火の球をぶつけて魔女から解放してくれたんだ。救済にはそれなりの対価が伴った。ぼくはこつこつとそれを返しながら、奇跡を待ち続けていた。すっかり大人になった天使がぼくを探し出し、まだ愛していると言ってくれるのを――」

アシュビーの声はしわがれ、目は潤んでいた。「天使が冷血漢の手に堕ちそうだというのに、黙って見ていると思うのか？　きみは誰にも渡さない。そのためなら太陽だって動かしてみせる」

イザベルはヒステリーを起こした自分を恥じてほほえんだ。彼はわたしを愛している！

「結末はきみが決めてくれ。ぼくは天使を手に入れることができるだろうか？　愛と光の女神を生涯の伴侶にすることができると思うかい？　それとも闇の世界に逆戻りして、実体のない幽霊のように過去をさまようのだろうか?」

彼女はアシュビーの首に手をまわして唇を合わせた。「あなたは天使を手に入れるわ」

彼がイザベルを抱きしめる。彼女はアシュビーの胸に頬を押し当てた。

「馬車のなかで言ったことは取り消すよ。ぼくが悪いんだ。今夜のこともね。きみが言ったように、人はみな相反する面を持ち合わせている。きみがすることはすべて、その寛大で勇敢な心から発せられたものだ。そのなかにぼくの居場所があるというだけで、神に感謝するべきなんだ」

イザベルは彼を見上げた。「ごめんなさい。わたしの心はずっと前から、このベンチで会った騎兵隊員に独占されているの」

アシュビーが顔をしかめた。「そいつは誰だい?」

イザベルは彼の顔や髪を愛おしげになでた。「あなたよ。わたしは手に負えない跳ねっ返りだから、あなたの人生をめちゃくちゃにするかもしれない。でも、すべてはあなたと一緒にいたい一心でしたことなの。だから愛想を尽かさないで」

アシュビーが頭をのけぞらせて笑った。

彼の笑い声はイザベルを幸せな気分にしてくれた。「なにがそんなにおかしいの?」

アシュビーがくすくす笑いながら答える。「ぼくの人生はもとからめちゃくちゃだった。これ以上悪くできるものなら、やってみるといい」彼女を膝に抱き上げて、情熱的に唇を合わせる。

「だめよ」イザベルはうっとりとつぶやいた。血が体内を駆けめぐり、つま先が丸まった。

「通りかかった人に、男同士でキスしていると思われるかもしれない」

「彼らが目にするのは——」アシュビーは彼女の長い巻き毛をほどいた。金色の髪が腰へと流れ落ちる。「男装したおてんば娘とキスしているぼくだよ」

34

イザベルが居間に戻ると、アシュビーが部屋のなかを落ちつきなく歩きまわっていた。ハンソンが来ているあいだ、彼にはそこで待機してもらっていたのだ。長椅子には、好奇心と不安の入りまじった表情を浮かべたレディ・ハイヤシンスと、ダニエラを抱いたアンジー、その向かいの椅子には神妙な面持ちの双子たちが腰かけていた。早朝にアシュビーが訪ねてきて以来、セブン・ドーヴァー・ストリートはただならぬ緊張感に包まれていた。

部屋に入ってきたイザベルを見て、アシュビーが足をとめた。「やつは帰ったのか?」

「ええ」彼女は複雑な気分だった。なにしろハンソンと婚約したのだから。そうするよう説得したのは、ほかでもないアシュビーだ。彼がなにを考えているにせよ、下手をするとイザベルはハンソンの妻として一生を送らねばならなくなる。

アシュビーがイザベルに歩み寄り、冷えきった手を握った。「やつを追い払う方法はこれしかないんだ。ぼくを信じてくれ。やつの思いどおりにはさせない」

そこへスティルゴーが現れた。ぼくを信じてくれ。

結婚を願い出て、イジーはそれを受けた。ふたりは婚約したんだ」

「ハンソン卿と婚約？」フレディーが大きな目に落胆の色を浮かべて叫んだ。「でも……でも……！」アシュビーとイザベルに目をやる。

「お姉さまったら、頭がどうかしたんじゃないの？」テディーが椅子から立ち上がった。

「あの人と結婚するなんてだめよ！　だってお姉さまが愛しているのは――」フレディーが抗議する。

全員の目がアシュビーに向けられた。彼はイザベルを見つめて静かに言った。「ぼくも彼女を愛している。だがあの男は、イザベルが求婚を拒んだらひどい噂を流して慈善事業をつぶしてやると脅したんだ。まずはそちらをなんとかしなければ」彼女の手をぎゅっと握る。

「そのあときっと」

アシュビーの真剣なまなざしと力強い言葉が、イザベルの心をあたためてくれた。「愛しているわ」

双子がハンソンの悪口を言い始める。レディ・ハイヤシンスが立ち上がった。「さあ、あなたたち、いらっしゃい。スティルゴーとアシュビーには大事なお話があるはずよ」

「ぼくらは今夜、ハンソンのエスコートで第一八騎兵連隊の舞踏会に参加することになりました」スティルゴーが母親に報告した。

レディ・ハイヤシンスがふんと鼻を鳴らす。「チャールズ・ハロルド・オーブリー、必要とあらば、わたしは蛙にだって愛想よくしますよ」

アシュビーとイザベル、そしてスティルゴーを残して、残りの家族がぞろぞろと居間を出ていく。アンジーがアシュビーの脇で足をとめた。「ようこそ、わが一族へ。あなたの評判は上々ですわ」彼女が腕のなかの娘に笑いかける。遊び相手を見つけたダニエラがアシュビーのほうへ手を伸ばした。

「ありがとう」アシュビーはダニエラの頰を軽くなでた。

スティルゴーが妻と娘を廊下までエスコートしてから、戻ってきてドアを閉めた。「さて、アシュビー、ちゃんと考えがあってのことだろうな？」

アシュビーはうなずいた。「やつに結婚の条件は伝えてくれたか？」

「きみに言われたとおり、持参金を二倍にしてやった。あいつにつかみかからないようにするのはひと苦労だったよ」

アシュビーが重々しくうなずいた。「これで余計なことをしゃべらないといいんだが……」

「少なくとも帰るときは上機嫌だったぞ。口笛が聞こえたからな」

アシュビーの機嫌は最悪だった。「婚約を正式なものにするにあたり、ハンソンにもある程度の額を慈善事業に寄付してもらいたいと望んでいると話してくれたかい？」

「朝食前に打ち合わせたとおりね。慈善事業に寄付することが条件のひとつだという点は、しつこいくらい繰り返してやった。ハンソンはきっとぼくらを変人だと思っただろうな。今のご時世、拝金主義が蔓延《まんえん》しているから。きみの予想どおり、未来の花嫁の歓心を買おうと、やつのほうから寄付について話してくることはなかったよ」

アシュビーがうんざりした顔でイザベルに視線を移した。「きみにとって慈善事業がいかに大切なものか説明したのかい？　結婚後も続けたいと思っていることを」

「もちろんよ。打ち合わせどおりに」

「それで、やつはなんて？」

「別に気にしていなかったみたい。政治家として妻が慈善事業をするのは好ましいだろうって」

「ほう」

イザベルは唇を噛んだ。「それで……議会に法案を提出するようハンソンにお願いしたの」

アシュビーが顔をしかめた。「それはぼくがやる。委員会を立ち上げると話したじゃないか」

「わかっているわ」彼女は愛しい男性の頬にふれた。オリヴィアがアシュビーとの婚約を破棄してくれて本当によかった。「でも婚約するのだから、彼に頼むのが自然だと思ったのよ」

「婚約といっても一時的なことだ」

「そうだといいのだけれど……」いえ、そうでないと困る。

「ふむ」アシュビーはスティルゴーに視線を移した。「しばらくふたりきりにしてもらえるかい？」

「ああ、ごゆっくり。ぼくは書斎にいる。ちなみに書斎は隣だからな」スティルゴーは最後の部分を強調して、イザベルの頬にキスをした。「いい男を選んだな。おまえの幸せを祈っているよ。アシュビー、きみもね」

「ありがとう」ドアが閉まるやいなや、ふたりは性急に唇を求め合った。ハンソンと対面して以来、イザベルは神経が張りつめっぱなしだった。今夜のことを思うとひどく不安だ。果たしてうまくいくのだろうか？　アシュビーの愛情以外に頼るものはない。

「ハンソンと外出などしたくないだろうが、どうかこらえてほしい。オーブリー家に受け入れられていると思わせたいんだ。ほかにいい案がない――」

「大丈夫よ。あなたも会場に来るのでしょう？」彼女はにっこりした。「あの青い軍服姿で」

アシュビーが顔をしかめた。「こんなときに軍服のことなんか考えているのかい？」

「誰かさんが計画の内容を明かしてくれないのだから、ほかに楽しみを見つけないとね」

「きみには心底驚いた顔をしてもらわないといけないんだ。ハンソンがうまく罠にかかってくれれば、舞踏会でちょっとした騒ぎが起こるはずだ。今夜はぼくにかまわず、彼に愛敬を振りまいてくれ」

「それは難しい注文ね」イザベルは石鹼の香りのするあたたかな首筋にキスをした。「あの軍服を着たあなたとワルツを踊る夢を何度も見たのに」

「それはおかしいな。ぼくの夢では、きみはなにも身につけていなかったが……」アシュビーは彼女をドアに押しつけて、息が苦しくなるまでキスを続けた。「どれほどきみが欲しいかわかるかい？　七年前のキスからずっと、きみの魅力に抗えたためしがない」

「わたしだって、ワイン貯蔵室で上半身裸のあなたを見たときから影響されっぱなしよ」

「どうやら苦しんでいるのはぼくだけではないらしいな」

「あなたのおかげで不安が薄れたみたい」ふたりは再び唇を重ねた。体のほてりに、緊張が音をたてて溶けていく。「あなたが欲しいわ。このまま愛を交わせればいいのに」

「不可能ではないが、やめておいたほうがいいだろう。隣の部屋でスティルゴーが聞き耳を立てているからね」アシュビーは彼女の耳たぶを甘噛みした。「レッスンの続きは今夜にしよう」

「夜明けまで一緒にいてね……」

35

ぼくはパリス王子になり
トロイではなくきみへの愛の証として
ワーテンバーグを破壊する
腰抜けのメネラーオスと戦って
羽の紋章の上にきみの旗を掲げ
アキレスの踵《かかと》を突いて
ヘレンのキスを受けに戻るのだ

クリストファー・マーロウ『フォースタス博士の悲劇』

煌々《こうこう》と照らされたドローイダ邸の舞踏室は大変なにぎわいだった。第一八騎兵連隊の青地に銀のラインが入った軍服に身を包んだ士官たちが寄り集まって、酒を飲んだり、冗談を言ったり、美しい娘に色目を使ったりしている。その光景を目にしたオーブリー家の四人は、今は亡き家族のことを思い出して悲しげに顔を見合わせた。現在の平和があるのもウィルのおかげだ。

イザベルは、このときほどウィルの不在を痛切に感じたことがなかった。いちばんの理解者だった兄はもういない。話をすることも、抱きしめることもできないし、あの笑い声を聞くことも二度とない。残っているのは兄の記憶と……アシュビーだけ。アシュビーは彼女の悲しみを分かち合い、大きな愛で包んでくれた。彼がいないと半身をもぎ取られたように感じる。

「ハンソン」スティルゴーが気を取り直して呼びかけた。「女性たちにパンチを運んでこようじゃないか」

「いいですね」ハンソンはイザベルの手を掲げて手袋の上からキスをした。「最初のワルツはぼくのためにとっておいてくれ。未来の花嫁と踊りたいから」

ハンソンのやさしさは狡猾さよりも始末が悪い。彼女は笑顔を繕った。「もちろんよ」

「なんていやな男なのかしら!」スティルゴーとともにハンソンが行ってしまうと、レディ・ハイヤシンスが言った。

「お母さま、以前は彼のことを公正で品がよいとおっしゃっていたくせに」

「そんなことは言っていませんよ」レディ・ハイヤシンスが声を荒らげる。「わたしはいつだって、あなたとアシュビーが結ばれるのがいちばんだと思っていたわ。あの人は本当にすてきで、あなたのことを真剣に考えてくれていますからね。でもアシュビーのような大人の男性は、口のきき方を知らない奔放な娘など相手にしないはずよ。彼の花嫁になりたいのなら、少しは慎《つつ》ましくしないと」

「はい、お母さま」イザベルは笑みを嚙み殺した。彼は〝慎ましい〟わたしより、〝奔放〟なわたしのほうが好みに決まっている。

「そういえばアシュビー卿はどこにいるのかしら？」アンジーが眉をひそめた。

客のあいだを縫って、ソフィーとアイリスが現れた。「イジー、すごくきれいだわ！」アイリスは、銀色の薄衣に濃い青のリボンをあしらったイザベルのドレスに目を走らせた。「騎兵連隊の軍服と同じ色合いにしたのね」

「あなたたち、どうしてここへ？」イザベルは驚きながらも、仲間が来てくれたことを心強く思った。「招待されているなんて知らなかったわ。でも、あなたたちがいてくれてうれしい」

「アシュビーが招待状を送ってくれたのよ」ソフィーが答える。

「あなたのためにぜひ参加してほしいと手紙が添えられていたわ」アイリスがつけ加えた。イザベルの喉に熱いものが込み上げた。彼はそこまで考えていてくれたのだ。「あの人、本当にわたしのことを大切に思ってくれているのね」驚嘆してつぶやく。

「当たり前でしょう！」ソフィーが笑い声をあげてイザベルの手を握りしめた。

「それはそうと、今夜は黄金の天使の唇を奪った破廉恥な娘の噂で持ちきりよ」アイリスが好奇心と不安の入りまじった表情で言った。「昨日、あの社交クラブのなかでなにがあったの？」

「すべて計画どおりに進んでいたのに、最後の最後でジョンに女だと気づかれたのよ」イザベルは答えた。「みんなの前で正体を暴かれそうになったのだけれど、アシュビーが現れて、わたしの頭にコートをかぶせてくれたの。それから家に帰るまで、ずっとお説教されたわ。わたしのことを心配してくれたのね」

「駆けつけてきたときのアシュビーの形相といったら、幽霊みたいに真っ青だったわよ」アイリスが言った。「わたしたちに家へ帰るよう指示して、ものすごい勢いでクラブへ飛び込んでいったわ」

「みんな、アシュビーが男装した娘に同情したのだと噂しているの」ソフィーが言う。「口ひげがあったから、正体はルイーザ・タルボットじゃないかと言ってるわ」

「ばかばかしい」イザベルは反論した。「わたしの口ひげはルイーザよりずっと立派よ」

「ルイーザはハンソンに夢中だから、騒ぎを起こして結婚に追い込もうとしたのじゃないかって。次回は成功するといいわね」アイリスが片目をつぶった。「なんなら助言してあげようかしら」

結婚という言葉に、イザベルは自分の置かれた立場を思い出した。「助言してほしいのはわたしのほうよ。ジョンと婚約したの」友人たちの愕然とした表情を見て、彼女はことの顛末を説明した。「アシュビーがすべて仕切ってくれたの。でも、どんな作戦なのか教えてくれないのよ。自分がチーズになるのか鼠になるのかは、そのときにならないとわからないの」

アイリスの返事は湧き起こった拍手にかき消された。人々がふたつに割れる。その向こうに現れた人物を見て、イザベルは心臓をわしづかみにされたような気がした。第一八騎兵連隊の元隊長であるアシュビー大佐が、ウェリントン公爵やカースルレー卿、そして数名の議員を伴って舞踏室に入ってきた。彼らのうしろにぞろぞろと軍の高官が続く。戦争やそれに伴う宣伝行為を嫌悪しているアシュビーが、イザベルのために――慈善事業と友人を救うためにここまでしてくれたのだ。彼女をハンソンの手から救い出すために。イザベルはアシュビーの晴れ姿を誇らしく思った。伯爵家の当主であり戦場の勇者でもある彼にはカリスマ性がある。

彼女はアシュビーの全身に目をはわせた。ロイヤルブルーの上着は数々の勲章で飾られている。ぴったりした白のズボンが脚のラインを際立たせ、膝近くまであるブーツは黒光りするほど磨き込まれていた。毛皮付きのコートは、胸元部分を銀のひもでとめて無造作に肩にかけられている。濃い茶色の髪はうなじできれいにカットされ、海色の目は自信に満ちあふれていた。なんてすてきなんだろう。

アシュビーの視線が広い舞踏室をさまよって彼女の上にとまる。彼の瞳に宿る愛情を見て、イザベルは気持ちが浮き立つのを感じた。〝彼はわたしのものだ〟何年も前に彼女の心を奪った騎兵隊員は、もはや手の届かない存在ではない。ふたりの力を合わせれば、必ずやハンソンの悪事を暴くことができるだろう。

イザベルの目に涙が込み上げた。少女のころから思いを寄せていた人が、こんなにも深い愛情を返してくれるなんて、これ以上の幸せはない。〝愛しているわ〟彼女はそっと唇を動かした。

〝ぼくも愛しているよ〟海色の目に熱っぽい光が浮かぶ。

「イザベル、ハンソンとお兄さまが戻ってきたわよ」アイリスが警告した。「軍神に見とれるのはやめて、誠実な婚約者の仮面をかぶらないと」

「待たせたね」ハンソンがパンチのグラスを差し出す。「これはレディたち。こんばんは」

「レディ・チルトンとミセス・フェアチャイルドが、わたしたちの婚約を祝福しに来てくれたの」イザベルはソフィーの脇をつついた。ふたりの友人が慌てて祝いの言葉を述べる。ハンソンも礼儀正しくこれに応えた。イザベルはアシュビーのほうへ目が泳ぎそうになるのをこらえて、会話に神経を集中させた。

ふいにハンソンの顔が赤みを帯びる。彼は逃げ場を探すようにそわそわし始めた。

「ジョン、どうかしたの？」アシュビーがこの人に毒を盛ったのだろうか？

「ちょっと……失礼するよ」一歩後退したところで、ハンソンはスティルゴーに阻まれた。スティルゴーはよけようとしない。

「ハンソン！」太い声がしてイザベルたちが振り向くと、取り巻きに囲まれたウェリントン公爵が立っていた。周囲の人々が慌てておじぎをする。

「どうやらめでたいことがあったらしいな」ウェリントンは野太い声で言い、ハンソンの右手を握って女性陣を見まわした。「それで、幸運な花嫁はどなたかな?」

「わたしです」イザベルは笑顔を作って頭を下げた。婚約のことは公にしたくなかったのだが、こうなっては仕方がない。

「公爵閣下」ハンソンが弱々しい笑みを浮かべた。

「さあ、早くこの美人を紹介してくれないか?」

ハンソンは首元に美しく結んだクラヴァットを引っ張った。「イザベル、こちらはかのウェリントン公爵だ。閣下、こちらは婚約者のミス・イザベル・オーブリーです」

ウェリントンが目を輝かせて彼女の手を取った。「ミス・オーブリー、あなたのことはよく知っている。〝先の戦争で夫や兄弟を失った女性、子供を失った母親の擁護を訴えている〟とか」彼は『タイムズ』の記事を引用して言った。「実にすばらしい活動だ」

イザベルは真っ赤になった。「光栄に存じます。閣下の部下のひとりが大変よく――」

「それで、わたしの妻の料理人は見つかったのかな?」ウェリントンが遮った。「妻はひどく気をもんでいてね」そう言って片目をつぶると、取り巻きたちが一斉に笑った。

「まあ、申し訳ありません。その件については存じ上げておりませんでした。アイリス、ソフィー、あなたたちは?」アイリスたちが首を振る。イザベルは困惑した。よりによってウェリントン公爵の依頼を果たせなかったとなれば、とんでもない失態だ。

「ハンソン!」ウェリントンが声を荒らげる。「おまえはそんなこともまともに伝えられないのか?」

「あの……その……」ハンソンがしどろもどろになる。

「ミス・オーブリー、その男のポケットを調べてごらんなさい。わたしが渡した二〇〇〇ポンドの寄付金と、しかるべき料理人の斡旋を希望する妻からの手紙が入っているはずだ」

ハンソンは今にも気絶しそうな顔をしていた。戦争の英雄であり、ナポレオンを打ち破って世界を救ったウェリントン公爵に逆らえる者はいない。

騒がしかった舞踏室が水を打ったように静まり返った。

「ジョン?」イザベルは内心、飛び上がりたい気分だった。この場で二〇〇〇ポンドを出せなければハンソンはおしまいだ。どうせ賭博場ですってしまったに決まっている。すべてアシュビーが仕組んだのだ。これでソフィーも慈善事業も、そしてわたしとアシュビーも救われた。もう彼のそばを離れずにすむ。これほど巧妙な罠を仕掛けるなんて、敵の弱点を知り抜いている証拠だ。

イザベルは会場内にヒーローの姿を探した。ふと、うなじにあたたかな息がかかり、背中に大きな手があてがわれる。「ハンソン」アシュビーの深い声が響いた。「きみはミス・オーブリーに二〇〇〇ポンドの借りがあるようだ」

窮地に陥ったハンソンはほかにどうすることもできず、一目散に出口へ向かった。

客のあいだからざわめきが起こる。「ウェリントン公爵の寄付金を横領したらしい」「寄付金を盗むなんて!」「泥棒だ!」スティルゴーがここぞとばかりに、妹の婚約はハンソンの悪事を暴くためだったことをふれまわる。イザベルはソフィーたちと手を握り合った。

「これはいったいどういうこと？」友人たちが同時に叫ぶ。

「わからないの？　すべてはアシュビーの計画だったのよ！」イザベルは声をあげて笑い、彼に向けてとびきりの笑顔を見せた。「アシュビーがウェリントン公に協力を持ちかけてくれたんだわ。寄付金も手紙も彼が用意したのよ」

「昨日の夜、〈ホワイツ〉でね」アシュビーが応えた。「きみたち三人がいたずらをしているあいだに」

「どうしてハンソンが寄付金を着服するとわかったの？」ソフィーが尋ねる。

彼は大きく息を吐いた。「一か八かだよ」

「彼はなんでもお見通しなのよ」イザベルは周囲の視線も無視してアシュビーの胸に手をあてた。「わたしにそこまでしてもらう価値があるかしら？」

アシュビーが顔を輝かせて彼女を抱き寄せた。「ぼくはこれまで愛情に飢えている自分を必死に押し込めて生きてきた。そこへきみが現れ、なんの見返りも求めずに愛を与えてくれたんだ。ぼくがなにを言っても、なにをしても、きみの愛は揺るがなかった。ぼくの清らかな天使、一生そばにいてくれるかい？　命よりも大事にするから」

「ライオンの心《クール・ドゥ・リヨン》を持った人……恋に落ちる相手を選ぶことなどできないのよ。あなたは出会った瞬間にわたしの心を奪って、二度と返してはくれなかった。わたしはあなたを愛さずにいられないの。あなたもわたしを愛してくれるなら、それだけで世界一幸せな女になれるわ」

アシュビーが瞳を輝かせて彼女にキスをした。「ウィルがぼくらを引き合わせてくれたんだ。あいつがきみからの手紙を読めと言ってくれた。寂しくなったときや、家庭を持ちたいと思ったときは、イザベルのもとへ行け、とね」

「さすがお兄さまね」イザベルは声をあげて笑った。「きっと今ごろ天国で得意になっているでしょう」

「アシュビー、ほかの男の花嫁を奪うのかね?」ウェリントンにからかわれて、ふたりは舞踏室にいることを思い出した。イザベルの家族と騎兵連隊の仲間たちが笑顔で周囲を取り囲んでいる。

「実際、この女性はとうにぼくのものだったんです」アシュビーがポケットからなにか小さなものを取り出し、イザベルの手を取って手袋を脱がせた。彼女の薬指に、驚くほど大きなハート形のダイヤモンドの指輪が滑り込む。

「おいおい、アシュビー、そんな指輪をつけたら、街を出歩くにも護衛がいるぞ」スティルゴーがからかった。

「世界でいちばん大きな心を持っている女性には、世界一のハートのダイヤモンドがぴったりだ」アシュビーは彼女の手にキスをした。「二度も拒絶されたのだから、もう求婚はしないよ」

「二度?」イザベルは目をぱちくりさせた。「二度目はいつなの?」

「ピクニックのときさ。きみは逃げ出しただろう?」

「あれはあなたが……」あのときはてっきり誘惑されると思ったのだが、どうやら誤解だったらしい。

彼もそれに気づいたようだ。「どうやらぼくは、きみも堕落させてしまったみたいだね」

イザベルは信じられない思いで指輪を見つめた。「しかるべきレッスンを受ければ、獣だって紳士になれるのよ」

アシュビーが彼女の耳元でつぶやく。「それより、獣になるレッスンを受けたくないかい?」

「アシュビー、場をわきまえたらどうだ!」ウェリントンがいたずらっぽい目でたしなめた。

「この美しい女性に夢中なのはわかるが、おまえは隊の模範となるべき男なんだぞ」

「ぼくが?」アシュビーがまばたきをした。「それならば……」彼はイザベルを抱き上げてくるくるとまわし、周囲の視線もはばからずに熱い口づけを交わした。

「われら騎兵連隊は〝稲妻のように駆けて敵をたたく〟!」誰かが叫んだ。兵士たちが盛んに野次を飛ばす。

アシュビーはイザベルを床に下ろし、ウェリントンの手を握った。「お力添えに感謝します」

「なに、皇帝親衛隊を倒してくれた恩に報いただけだ」

「アシュビーが?」イザベルは彼の肩に頭を寄せた。

「この男はワーテルローの英雄だからな」ウェリントンが誇らしげにアシュビーを見つめた。

「あなたが絶妙なタイミングで援軍を投入してくださったからです」

「お嬢さん、最高の男を選んだね」ウェリントンはイザベルに言った。

「みなさん、そうおっしゃいます」彼女はアシュビーにほほえみかけ、彼の手に指を絡ませた。「わたしには、とうの昔からわかっていましたけれど」

「きみたちの幸せを祈る」ウェリントンがアシュビーの背中をたたいた。「アシュビー、これまでご苦労だった。除隊を認めよう」

「ありがとうございます」アシュビーは大きく息を吐いてイザベルを見た。「公爵閣下のお許しが出た。ぼくはこれから、きみと新しい人生を始めたい。ふたりで戦争の悲しみを乗り越えるんだ」

「今夜がわたしたちの始まりなのね」彼女は期待に胸を高鳴らせた。「アシュビー伯爵、わたしをグレトナ・グリーンに連れていって」

彼はイザベルを真似て口をとがらせ、首を振った。「花とシャンパンを用意して、家族や友人の祝福のもと教会で式を挙げるんだろう?」

「パリス・ニコラス・ランカスター!」彼女は青い軍服の上を走る銀色の線をなぞった。

「長々とした求愛期間を耐えろと言うなら、ワルツを踊りながらじっくり説得してもらうわよ。わたしはもう、毎晩あなたの腕のなかにいたいのに……」

アシュビーの瞳が欲望にきらめいた。「きみがそう望むなら……」

わたしを愛するなら
愛以外のどんな理由もつけないでほしい
〝きみの笑顔が、その顔立ちが、やさしい話し方が好きだ
ぼくらは気が合うし、きみといると心が安らぐ〟
どうかそんなことは言わないで
ささやかなしぐさとともに
愛も移ろうかもしれないから

わたしの涙を
愛で乾かそうとしないで
泣くことを忘れたとき
あなたの愛を失うかもしれないから
わたしを愛するのなら、ただ愛してほしい
そうすればきっと、あなたの愛は永遠に続く

エリザベス・バレット・ブラウニング

訳者あとがき

ヒストリカル・ロマンスの新星、ロナ・シャロンの初邦訳をお届けします。

ナポレオン戦争で顔と心に深い傷を負ったアシュビーと、そんな彼をひたむきに愛し続けるイザベルの物語は、彼女にとって二冊目の小説にあたります。イスラエルで会社員をしていたロナは二〇〇五年の夏、小説家になる夢をかなえるため会社を退職。書き上げたばかりの小説を手にニューヨーク行きの飛行機に乗りました。そして一年後の二〇〇六年、イタリア人の海賊とイギリス貴族の令嬢の恋を描いた“My Wicked Pirate”で見事なデビューを飾ったのです。この作品はスペイン語、ポルトガル語、ロシア語に翻訳され、各国のロマンス・ファンの支持を得ました。その勢いを受けて執筆されたのが本書です。ならば一作目はどうなったのだと思われる方もいるかもしれませんが、どうぞご心配なく。ライムブックスより邦訳出版が決定しています。ロナは現在、イスラエルのテルアヴィヴで四作目の執筆に取りかかっているということで、これからも世界のヒストリカル・ファンにスケールの大きな夢を見せてくれることでしょう。

ロナの住むテルアヴィヴは地中海に面した温暖な都市で、数々の歴史的建造物に囲まれています。彼女はとりわけヨーロッパの歴史に興味を抱いており、外国旅行も大好きだということなので、本書の舞台となったイギリスはもちろん、フランスやスペインにも足を運んだことがあるに違いありません。

本書においては、ヒロインの兄であるウィルが恋のキューピッドとして大きな役割を果たしますが、彼とアシュビーの戦争体験については9章を丸々使って詳しく描写されています。特にワーテルローの決戦の場面はその場に居合わせたかのような臨場感があり、一瞬これがロマンス小説であることを忘れさせるほどです。

ロナの作品のもうひとつの特徴は随所にちりばめられた詩と言えるでしょう。シェークスピアをはじめ、バイロンやクリスティーナ・ロセッティ、エリザベス・ブラウニングやアイスキュロスの言葉から各場面にぴったりの一節を引用しており、作者が普段から詩に親しんでいることがよくわかります。わたしがいちばん好きなのは、イザベルが引用したシェークスピアの『ソネット一一六』です。〝愛は決して動かない燈台のようなもの。どんな嵐にも揺らぎはしない〟こんな言葉を綴ったシェークスピアは、いったいどんな恋愛に身を焦がしたのでしょう?

さて、次回はロナの処女作〝My Wicked Pirate〟をお届けする予定です。本書とは一転、世界を股にかけて活躍するセクシーな海賊が主人公です。海賊退治に出かけたきり帰ってこない婚約者を探して、イギリスからジャマイカへと旅立ったヒロインの運命やいかに?

次回作もどうぞお楽しみに。

二〇一〇年七月

ライムブックス

仮面《かめん》の伯爵《はくしゃく》とワルツを

著　者　ロナ・シャロン
訳　者　岡本三余《おかもとみよ》

2010年8月20日　初版第一刷発行

発行人　成瀬雅人
発行所　株式会社原書房
〒160-0022東京都新宿区新宿1-25-13
電話・代表03-3354-0685　http://www.harashobo.co.jp
振替・00150-6-151594
ブックデザイン　川島進（スタジオ・ギブ）
印刷所　中央精版印刷株式会社

落丁・乱丁本はお取り替えいたします。
定価は、カバーに表示してあります。
©Hara Shobo Co., Ltd.
ISBN978-4-562-04390-3　Printed in Japan

運命の恋、宿命の愛——
極上のドラマティックロマンス!

ガーレン・フォリー
愛の旋律を聴かせて
数佐尚美[訳] 980円
ISBN978-4-562-04388-0

良家の令嬢ながら過酷な運命に翻弄されるベリンダ。公爵のロバートから事件の捜査のため、見せかけの愛人契約の申し出を受けるが…。

メレディス・デュラン
愛は陽炎のごとく
大杉ゆみえ[訳] 930円
ISBN978-4-562-04376-7

19世紀。エマと両親がインドへ向う途中、船が難破。一命を取り留めながらも孤独なエマの前に、謎めいた侯爵ジュリアンが現れる…。

ヴィクトリア・ダール
ひめやかな純真
月影さやか[訳] 930円
ISBN978-4-562-04385-9

ある事件以来、社交界から姿を消してひっそりと生きてきた上流貴族の令嬢アレックス。そんな彼女を男爵コリンが突然訪ねてきた…。

めくるめく愛の世界を華麗な筆致で描く
ニコール・ジョーダン
大人気シリーズ!

誘惑のエチュード
水野凜[訳] 930円
ISBN978-4-562-04378-1

困窮する子爵家の長女ヴァネッサは弟の借金の交渉をするため、放蕩者で名高い男爵ダミアンの屋敷を訪れる。しかし彼は代わりに取り引きを持ちかけきて……。

情熱のプレリュード
水野凜[訳] 940円
ISBN978-4-562-04384-2

公爵令嬢オーロラは、婚約者を亡くし父が強要する結婚から逃れるためカリブ海の島を訪れる。そこで出会った海運業者のニコラスに便宜結婚の申し出を受けるが…。